히나구치 요리코의
최악의 낙하와 자포자기 캐논볼

HINAGUCHI YORIKO NO SAITEINA RAKKA TO YAKEKUSO CANNONBALL

© KATSUHIRO GO, 2018

All rights reserved.

Original Japanese edition published by Kobunsha Co., Ltd.

Korean translation rights arranged with Kobunsha Co., Ltd.

through JM Contents Agency Co., Seoul.

이 책은 JMCA를 통해 일본의 Kobunsha Co., Ltd.와 독점 계약하여 한국어판 출판권이
블루홀식스에 있습니다.
저작권법에 의해 한국 내에서 보호를 받는 저작물이므로 무단 전재와 복제를 금합니다.

히나구치 요리코의 최악의 낙하와 자포자기 캐논볼

오승호(고 가쓰히로) 장편소설 | 이연승 옮김

차례

총기 난사로 3명 사망, 2명 중경상

지바현 인자이시 주택가에서

26일 오후 6시 40분경 지바현 인자이시의 한 주택에 여러 명이 쓰러져 있다는 신고가 접수됐다. 지바현 경찰 산하 인자이 경찰서의 발표에 따르면 집 안에서 엽총을 난사한 사건이 발생해 미성년자를 포함한 3명이 얼굴과 가슴 등을 총에 맞아 숨졌고 2명이 중경상을 입었다. 범인으로 추정되는 남자는 현장에서 스스로 목숨을 끊었으며 경찰은 현재 범인과 피해자의 신원을 확인하고 있다.

· 시작의 기억

우리 공주님, 예쁜 공주님.

그 말을 처음 들었을 때 히나구치 요리코는 아파트 단지 뒤에 있는 뜰에서 몸을 웅크리고 있었다. 토요일 혹은 일요일 오후다. 왜 웅크리고 있었는지는 기억나지 않는다.

우리 공주님은 예쁘니까 인형을 줘야겠어.

요리코에게 말을 건 사람은 가끔 이 일대에서 보이는 쟁반처럼 둥근 얼굴과 쟁반처럼 둥근 몸에 손가락이 두툼한 아저씨였다. 여름인데도 긴소매 차림이고 옷은 부드러워 보이는 소재다. 동네 아이들은 그를 '도라 아저씨'라고 불렀다.

자자, 이리 오렴. 우리 예쁜 공주님한테 아저씨가 인형을 줄게.

지금껏 자신이 예쁘다고 생각해 본 적이 없었던 요리코는 도라 아저씨가 사람을 잘못 봤다고 생각해 "쓰루가 더 예뻐요"라고 알려 주었다.

응? 쓰루? 쓰루는 어디 사는데?

이 근처에 있는 큰 집에 살아요.

오오, 쓰루는 지금 어딨니?

공원이요.

어느 공원?

그게, 그러니까……

아이들이 모여서 노는 공원이 바로 옆에 있었다. 꺄아, 꺄아 하고 시끄럽게 떠드는 소리가 여기까지 들린다.

어른스러운 쓰루는 유치한 소꿉장난 놀이 같은 건 이미 오래전에 졸업했다. 지금은 자기를 따르는 아이들에게 신데렐라나 오즈의 마법사에 등장하는 조연 캐릭터를 시키고 자신은 꼭 주인공이 되어 즉석 연극을 펼치는 놀이에 푹 빠져 있다. 로미오와 줄리엣 같은 이야기도 알고 있다고 한다. 요리코는 지금껏 그 아이들과 딱 한 번 함께 논 적이 있는데 백설 공주가 누워서 잠드는 침대 역할을 맡았다. 몸 위에 드러누운 쓰루한테 깔려 죽을 뻔한 위기까지 겪었는데도 그날 이후 쓰루는 두 번 다시 요리코에게 함께 놀자고 하지 않았다. 누워도 편하지 않았다는 게 해고 이유였다.

쓰루는 뭘 좋아해?

도라 아저씨가 쟁반 같은 얼굴을 들이밀며 물었다.

과자를 좋아해요. 카푸리코 딸기 맛.

넌 안 좋아하니?

모르겠어요.

먹고 싶지 않아?

요리코는 대답하지 않았다. 모르는 사람이 주는 것을 함부로 받으면 안 된다고 들었고 쓰루보다 먼저 과자를 받아먹었다가 나중에 무슨 말을 들을지도 걱정됐다.

흐음. 도라 아저씨가 실망한 것처럼 콧숨을 내쉬었다.

그럼 여기 잠깐만 있어 볼래? 아저씨가 마술을 보여 줄게. 되게 멋진 마술이야. 안 보면 평생 후회할걸. 알겠지? 여기 있어야 해.

도라 아저씨는 싱글벙글 웃으며 요리코의 머리를 쓰다듬고 공원 쪽으로 걸어갔다.

그의 뒷모습을 바라보던 요리코는 웬일인지 몸이 굳어 버렸다.

그 뒤로 30분 남짓 도라 아저씨가 시킨 대로 꼿꼿이 서 있었다. 머리 위로 뜨거운 햇볕이 내리쬐서 땀이 줄줄 흘렀다. 목이 바싹바싹 마르고 배도 고팠다. 역시 카푸리코를 받을 걸 그랬나 하고 약간 후회했다.

잠시 후 "어이, 공주님!" 하고 하늘에 뜬 해님이 요리코를 향해 말을 걸었다. 고개를 들어 보니 목소리의 주인공은 해님이 아니라 해님처럼 얼굴이 둥근 도라 아저씨였다.

우리 공주님, 잘 보고 있어야 해!

햇빛 때문에 아파트 옥상에서 손을 흔드는 커다란 그림자가 잘 보이지 않지만 왠지 신이 난 것 같아서 뭔가 이상했다.

도라 아저씨가 허리를 숙였다가 일으켰다. 두 팔에 어린아이를 안고 있다. 꼭 배에 달린 주머니에서 아이를 꺼낸 것처럼 보였다. 도라 아저씨에게 지지 않을 만큼 얼굴과 몸이 둥그스름한 여자아이가 두 팔을 활짝 펼치고 즐거운 것처럼 뭔가를 외치고 있다.

쓰루였다.

다음 순간, 도라 아저씨가 쓰루를 내팽개쳤다. 휙 하고.

쓰루가 아래로 떨어졌다. 휘잉 하고.

해가 여전히 뜨겁게 내리쬐고 있고 매미도 맴맴 울어서 도라 아저씨의 마술은 뭔가 맥빠진 느낌이었다.

그때 옥상 난간 너머에서 도라 아저씨가 몸을 부들부들 떨기 시작했다. 경련하면서 고개를 치켜들어 하늘을 우러러보고 있다. 고개를 든 요리코의 뺨에 뭔지 모를 액체가 툭 떨어졌다. 매미 오줌일까 생각했지만 오줌치고는 끈적했다. 혹시 이게 바로 도라 아저씨가 말했던 마술일까.

위와 같은 체험이 요리코에게 크나큰 죄책감이나 인간 불신 같은 것을 남기지는 못했다. 반성하기에는 너무 어렸고 정신없이 뒤바뀌는 주변 상황 때문에 그럴 틈도 없었다.

다만 휙 하고 하늘을 날아 휘잉 하고 떨어지는 쓰루의 모습은, 그 맥없는 잔상은 요리코의 머릿속에 선명히 아로새겨졌다. 아직 어린 나이에도 세상은 이렇다는 것을 배웠고, 어쩌면 그날의 기억은 쓰루의 어머니에게 "이 살인자!"라는 말을 듣거나 이웃들의 눈총 때문에 결국 이사를 하고 가족끼리 서로 으르렁거리게 된 것보다 요리코의 인격에 더 큰 영향을 끼쳤을지도 모른다.

어쨌든 거기서부터 히나구치 요리코의 기구한 인생의 막이 올랐지만, 그로부터 대략 20년이 지난 지금 이 순간 어떤 성가신 사태에 직면한 요리코에게는 그다지 의미 있는 추억은 아니었다.

· 현재 - 2017년

탁, 구르르릉.

주황색 공이 매끄러운 나무 레인 위를 굴러간다. 공은 쭉 뻗은 레인 오른편에서 가운데로 꺾이더니 1번 핀과 3번 핀 사이의 포켓이라 불리는 곳을 향했다.

퍽!

노린 곳에 정확히 맞았지만 핀 열 개를 전부 쓰러뜨리지는 못했다. 6번과 10번 핀이 '고작 그걸로 되겠어?'라는 것처럼 핀 세터 위로 사라진다.

두 번째 공을 던지기 전에 핀이 세팅될 때까지 요리코는 의자에 앉아 있었다. 세팅이 끝나고 공이 돌아와도 서두르지 않는다. 시간을 들여 볼링 핀을 유심히 관찰하고 일어선다. 주황색 공의 구멍에 손가락을 집어넣고 자세를 잡는다. 올곧은 포즈와 수평을 의식하며 레인으로 향한다. 순간 자신이 볼링 핀을 쓰러뜨리는 기계처럼 느껴졌다.

사뿐히 두 걸음을 내디뎌 파울 라인 앞에 가서 도움닫기에 나선다. 공을 든 팔을 뒤로 뻗어 수평의 균형과 수직의 중심을 의식하며 스핀을 넣고 속도와 각도를 맞춘

후 힘을 실어 후회 없는 일구를 날린다.

공은 보기 좋게 레인 위를 굴러가 오른쪽 끝에서 세로로 늘어선 6번 핀과 10번 핀에 부딪쳤다.

픽!

스페어다.

가볍게 숨을 내쉬고 벤치로 돌아갔다. 원하는 대로 굴러간 공의 손맛을 느긋이 음미한다.

7프레임 세트가 완성돼도 요리코는 일어서지 않았다. 어차피 옆에서 보채는 사람도 없다. 꽃무늬 바지를 입은 허벅지 위에 손을 얹고 레인 정면에 있는 벽시계를 본다. 밤 9시까지 앞으로 20분 정도 남았다.

"오늘 밤은 컨디션이 좋네."

누가 뒤에서 말을 걸어서 돌아보자 형광색 직원용 유니폼이 전혀 어울리지 않는 남자가 실실 웃으며 서 있었다. 주름이 자글자글한 얼굴은 누가 봐도 노인이지만 이곳 오너나 점장이 아닌 아르바이트생이라고 한다.

밤 시간대에는 손님이 거의 없어서 보통 그 혼자 볼링장을 지킨다. 요리코가 자주 쓰는 레인이 카운터 바로 앞에 있어서 그는 종종 요리코에게 잡담을 건넸다.

"나중에 대회에 나가 보는 건 어때?"

"대회요?"

"다음 달 일요일에 소메이노에 있는 볼링장에서 열린 대. 참가비는 3천 엔이고 경품도 준다던데."

너라면 입상할 수 있지 않을까? 에이, 아니요, 그럴 리 없어요. 아니, 한번 참가해 봐.

건성으로 대답하고 다시 공 던질 준비를 한다. 자글 자글 아르바이트생이 말을 멈췄다.

공을 들고 레인을 마주한다. 열 개의 핀을 주시한다. 레인에 그려진 타깃 스폿을 확인하지만 중요하지는 않다. 요리코는 프로가 아닐뿐더러 타깃 스폿보다는 가지 런하게 놓인 열 개의 볼링 핀을 보는 것을 좋아했다.

도움닫기를 하고 공을 던진다. 탁, 구르르릉.

앞으로 1초 또는 2초 후에 저 가지런한 배치가 무너질 것이다. 이미 확정된 그 결말까지의 짧은 시간 동안 괜 스레 마음이 설렜다.

요리코가 자주 다니는 이 궁상맞은 오락 시설은 1층 과 2층이 노래방이고 4층에는 당구장이 있다. 3층에 있 는 볼링장은 한산하지만 노래방은 늘 손님이 많아서 빌 딩을 나설 때 시끄러운 젊은이들과 얼굴이 불콰한 회사원들을 마주쳐야 하는 것이 유일한 단점이다.

주차장을 대충 한 바퀴 돌고 문자를 보낸다. 오토바이 주차장에 세워둔 스쿠터에 올라타 크림색 하프 헬멧을 쓴다. 시동을 걸기 전에 문득 할 일이 떠올라 왼쪽 어깨 부분이 날카롭게 파인 가죽점퍼 주머니에 손을 집어넣었다. 부적처럼 늘 갖고 다니는 펜을 꺼내 로또 번호를 적는 기분으로 손바닥에 숫자를 적는다. '194'. 오늘 밤 경신한 최고 점수가 그야말로 흐뭇했다.

296번 국도를 타고 서쪽으로 달린다. 가부라기 교차로를 지나서 강을 건너자 주변에서 민가들이 순식간에 자취를 감췄다. 눈에 들어오는 풍경이라고는 밋밋하게 늘어선 라면 체인점과 고깃집, 주차장. 주유소를 지나면 그마저도 사라진다.

전조등 불빛이 비추는 아스팔트 도로 주변을 어두운 논밭이 둘러싸고 있다. 신호등 하나 없는 외길이 대략 2킬로미터가량 이어진다.

이 길을 오가는 차들은 대부분 총알처럼 달려서 비라도 내리는 날에는 울고 싶어지지만 오늘처럼 고요한 밤에는 상쾌함을 만끽할 수 있다. 오늘 밤은 차가 별로 없고 기분 좋은 피로감까지 더해져 요리코는 약간 취기가

도는 듯한 기분을 맛봤다.

눅눅한 바람이 뺨을 스쳐 간다. 가죽점퍼를 입기에 약간 더운 날씨다. 벌써 여름이 왔다. '그 사건'이 일어난 지 이제 곧 4년이다.

대회에서 우승이라도 하면 어쩌려고.

요리코는 웃음을 풋 터뜨렸다. 26년 가까이 살아오면서 1등 상 같은 건 받아 본 기억이 없다. 고작 동네 볼링장 대회이기는 해도 1등을 하면 인생 첫 1등인 셈이다.

TV 같은 곳에서 종종 본다. '이 기쁨을 누구와 나누고 싶습니까?'라는 식의 인터뷰.

'그 사건'만 없었다면 볼링을 시작하지도 않았을 것이다. 그럼 나 같은 사람은 누구에게 감사해야 할까.

살인범이 돼 버린 우라베? 가도무라 씨? 아니면.

오미야 신사 쪽으로 다가간다. 안쪽에는 나나이도 공원이 있다. 단조로운 레인의 끝부분. 그 뒤로는 집이 밀집해 있는 주택가다.

예컨대 내가 주황색 공이고, 나란히 늘어선 저 볼링핀 같은 집들을 오늘 밤 퍽! 소리를 울리며 쓰러뜨릴 수 있다면……

아니, 아니.

무슨 엉뚱한 상상을.

이 세상에는 당연한 일들만 일어난다는 것을 요리코는 알고 있었다. 기적이라며 호들갑을 떨거나 불행하다고 한탄하는 것은 그저 그 당연한 것들을 보지 못했을 뿐이다. 각도, 속도, 회전, 마찰, 습기……. 인간은 그 모든 것을 계산하지 못하니 공이 어디로 향할지 내심 기대하지만 공을 던진 순간에 결말은 이미 정해진다.

아무튼 내가 아니다. 정하는 건 **그 녀석**이다.

요리코는 상념을 떨치고 가속 페달을 더 세게 밟았다.

얼마 후 히나구치 요리코는 허공에 떠올랐다.

퍽! 하는 소리를 울리며.

정신이 들었을 때는 땅 위 4미터쯤 되는 허공을 부유하고 있었다.

팔다리의 움직임이 이상하리만치 또렷이 느껴진다. 우아하면서도 우스꽝스럽게 자유형하듯 팔을 허우적거리자 묘하게 시야가 서서히 돌면서 세상이 빙그르르 회전한다. 아래로는 납작하게 찌그러진 스쿠터가 보이고 골목에서 튀어나온 승용차의 푹 파인 측면과 옆집 창문에 비치는 사람 그림자 따위도 선명하게 눈에 들어온다. 하늘에는 총총하게 뜬 별들이 반짝거리고 있다.

이제 죽겠구나 생각했다. 보아하니 떨어질 곳은 전부 아스팔트다. 연약한 이 몸으로는 충격을 이기지 못할 것이다.

땅 위 3미터. 슬슬 인생을 돌아봐야 할 시점이다.

땅 위 2미터. 기왕 이렇게 된 김에 신나는 팝 음악을 배경 삼아 행복한 추억 모음집을 재생하다가 마지막은 해피 엔딩으로 마무리 짓고 싶지만, 세상은 그렇게 만만하지 않다. 애초에 밝고 빠른 곡에는 익숙하지 않고 행복한 추억이 있는지도 의심스럽다. 히나구치 요리코의 삶은 살벌하고 무시무시한 사건들이 압도적으로 많은 분량을 차지했다.

땅 위 1미터. 아스팔트에 입을 맞추기까지 남은 시간은 고작 몇 초.

조금 전에 떠올린 우라베의 얼굴이 머리를 스친다. 뒤이어 가도무라 씨, 요시키 씨, 미쓰히데 씨…… 부모님. 이로카와 백부님, 도키로…… 에노키도 씨, 그의 딸. 그리고 리쓰카. 아오이.

주간지, 트럼프, 수갑, 엽총…….

아아, 참,

하마터면 잊을 뻔했다.

5년 전에 죽지 않고 되살아난 오빠를.

· 5년 전 – 2012년

15층 아파트 옥상에서 추락한 오빠가 다시 눈을 떴을 때 부모님은 묘한 반응을 보였다.

아빠는 입을 떡 벌린 채 몸이 굳었고 엄마는 "꺄앗!" 하고 비명을 지르고 쓰러져 어깨를 들썩이며 흐느꼈다. 난 그 광경을 안타까운 심정으로 지켜봤다.

조금 더 자세히 설명하겠다.

메마른 바람이 몰아치던 11월의 그날, 난 갈아입을 옷을 전해 주기 위해 병원으로 향했다. 병실 안까지 들어간 데는 별다른 목적이 없었다. 오빠가 완전한 식물인간 상태로 곤히 잠든 모습을 구경해야 할 이유는 단 하나도 없고, 엄마가 "어땠어?"라고 물으면 "자고 있어"라고 대답하기 위한 의식에 지나지 않았다. 난 거짓말을 잘 못한다.

침대 옆에 간이 의자를 두고 앉아 로비에서 가져온 성인 주간지를 읽는 게 내 병문안 패턴이었다. 정치인과 연예인의 성 추문, 그저 순수하게 저속한 칼럼 등을 대충 훑어보고 선더 후쿠스케의 별자리 운세를 읽는다. 처녀자리의 행운 아이템은 토템 폴. 아마존 사이트에서는 팔지 않을까.

책장을 넘긴다. 여자 두 명이 머리칼을 쥐어뜯는 익숙한 일러스트가 눈에 들어온다. 엄마와 딸이 남자들을 둘러싸고 치열한 경생을 벌이는 내용의 연재소설 〈악질 엄마 VS 정병* 딸〉 제20화. 난 잡지에 3센티미터 정도 얼굴을 갖다 붙이고 총 4페이지에 묘사되는 치열한 혈투에 몰입했다.

소설에 나오는 '파과'라는 단어를 스마트폰으로 검색할 때 그 소리가 들렸다. "으, 응⋯⋯" 하는 속삭임. 고개를 돌렸지만 병실 입구에 간호사 선생님은 없고 문도 그대로 닫혀 있다. 병실 바닥을 기어 다니는 아이도 없다.

마지막으로 침대에 누워 있는 까까머리 오빠를 확인

---

* '정신병'을 줄여 쓰는 신조어.

했다. 눈을 끔뻑거리며 나를 보고 있다. 호흡기를 뗀 입가를 오물거리며 조금 쉰 목소리로 "누, 구……?"라고 묻는다.

순간 머리털이 곤두섰다.

꿈인가 싶어 눈을 비볐다.

부모님은 내 연락을 받고 한달음에 달려왔고 그 옆에서 주치의는 흥분하며 "다행입니다! 아버님, 어머님의 바람이 이뤄졌습니다! 이건 기적입니다! 기적이에요!"라고 소리쳤다.

정말이지 제삼자들은 무책임하다.

의사는 아빠 엄마가 바랐다고 했지만 우리의 놀람에 기쁨의 요소는 전무했다. 다소 점잖게 표현하면 '실망', 솔직히 표현하면 '절망'. 우리는 달갑지 않은 '기적'을 눈앞에 두고 잠시 넋이 나갔을 뿐이었다.

그런 우리를 아랑곳하지 않고 주변에서 모두 축하한다고 떠드는 바람에 아빠와 엄마는 "저, 정말 다행이다……"라거나 "아라타, 엄마야. 알아보겠어?" 같은 진부한 삼류 연기를 능숙하게 소화해 냈다.

그리고.

난 어땠을까.

"요리코도 이리 와서 오빠 손 좀 잡아 주렴."

난 겸연쩍게 웃으며 엄마가 시키는 대로 했다. 그러지 않으면 교수형에 처할 분위기였다.

주뼛주뼛 오빠의 주먹에 손을 갖다 댄다. "오랜만이야, 오빠" 하고 말을 건다.

오늘의 주인공은 고개를 살짝 기울인 채 이렇게 대답했다.

"누구?"

오빠는 반년의 와병 생활이 단순한 게으름이었다는 듯 금세 회복했다. 2주가 지나자 몸을 일으켰고 음식을 입에 댔으며 재활 훈련을 시작했다.

"오빠, 내 이름 기억해?"

"요리코 씨."

"오빠 이름은?"

"히나구치 아라타."

"아빠랑 엄마는?"

"진토쿠 씨, 기요미 씨. 얼마 전에 알려 줬잖아."

"어제 저녁밥은?"

"햄버그. 브로콜리랑 당근 버터 볶음, 된장국."

"저번 주 럭키 아이템은?"

"처녀자리인 넌 악어가죽 지갑. 천칭자리인 난 BMW."

기억력도 보통 수준으로는 돌아왔다.

"그리고 네 그 주황색 머리카락은 처음 만났을 때는 파란색에 회색 브리지였어."

색도 잘 구분한다.

"옷은 똑같아. 번쩍이는 검정 가죽점퍼."

"오빠한테 물려받은 거잖아."

그래? 오빠는 트렌트 레즈너*를 좋아했어. 그게 누구야? 음악을 하는 허세기 다분한 외국인 아저씨.

"전혀 모르겠는데."

면목 없다는 듯이 머리를 벅벅 긁는 오빠에게 알려 주었다.

"역행성 건망증. 극심한 충격 등을 받았을 때 생기는 기억 장애 증상인데 보통 사고 전후 기억을 잃어버린대."

"오, 넌 모르는 게 없네."

"그렇지 뭐."

* 1988년 미국에서 결성된 인터스트리얼 록 밴드 나인 인치 네일즈의 보컬.

난 의기양양하게 가슴을 폈다.

"그래서, 내가 그 역뭐시기 건망증에 걸렸다는 거야?"

"응. 틀림없어."

"하지만 사고 전후보다 더 많은 걸 잊어버린 것 같은데……."

"뭐 그런 사례도 있지 않을까?"

오빠가 미심쩍은 듯이 날 봤지만 소용없다. 난 뇌 과학자가 아니고 일개 네티즌일 뿐이다.

그러나 오빠의 증상은 분명 평범한 사례와는 조금 거리가 있어 보였다. 오빠 말대로 오빠는 더 많은 기억을 잃었다. 아마 꽤 중요한 기억들까지.

의사소통에는 문제가 없다. 프로 야구팀들도 기억하고 있다. 사과도 잘 깎는다. 그렇게 일상생활과 관련된 기억은 무사했다.

오빠가 잃어버린 것.

그것은 오빠를 오빠답게 하는 모든 사적인 데이터였다.

나이와 생일, 이름을 기억하지 못했다. 거울에 비친 자신의 모습을 보며 눈을 휘둥그레 떴고 이치로*는 알아

---

* 일본의 유명 야구 선수 스즈키 이치로.

봐도 가족 얼굴은 잊었다. 이라크 전쟁과 대지진은 기억하지만 학창 시절에 수학여행을 갔던 곳은 알 수 없음. 좋아하던 영화, 만화, 예술가……. 꼭 자신과 가까운 정보들만 쏙쏙 골라서 지운 것처럼 망각은 선별적으로 이뤄졌다.

그리고 또 하나.

"저기, 요리코 씨."

"그냥 요리코라고 부르라니까. 괜히 더 어색해."

"네가 내 여동생이라는 기억도 없으니 씨를 빼는 건 실례지."

새삼 귀를 의심했다. 장례식에서 불경을 외는 스님이 갑자기 흥얼거리는 랩을 들은 기분이다.

"오빠는 그런 걸 신경 쓰는 사람이 아니었어. 잘난 척을 잘하고 늘 제멋대로에다가 모든 사람을 자기 아래로 보는 사람이었다고."

"개념 없는 놈이었네."

난 기억뿐만 아니라 성격까지 잃어버린 남자를 뚫어지게 쳐다봤다.

"추락한 것도 기억 안 나?"

오빠가 이맛살을 찌푸리며 되물었다.

"어디서?"

"에도가와구에 있는 아파트 옥상."

"흐음. 왜?"

"그걸 내가 어떻게 알아."

반년 전 5월 한낮에 오빠는 하늘을 날았고 원래라면 땅에 떨어져 당연히 목숨을 잃었을 텐데 그때 우연히 아래 공원에 있는 나무가 쿠션이 되었고 당시 개를 산책시키던 이웃 주민이 우연히 발견해 구사일생으로 살아났다.

"정말로 하나도 기억 안 나?"

"응, 하나도."

이번에는 내가 "흐음" 하고 인상을 썼다.

"자살이었나?"

"글쎄."

난 어깨를 으쓱했다.

"일단은 사고로 처리된 것 같아. 유서가 없었고 신발을 가지런하게 모아 두지도 않았으니까. 자살 가능성도 있지만 사고가 더 낫지 않아? 보험금도 받을 수 있고."

형사도 처음에는 이것저것 의심하는 듯했지만 채 한 달도 되지 않아 열정이 식었다. 목격자가 없고 추락한 당사자는 의식불명, 거기에 가족들 반응마저 뜨뜻미지 근하니 사안을 일찍 마무리 짓고 싶었을 것이다.

"형사가 조사했을 때 오빠 스마트폰은 텅 비어 있었 대. 연락처에 등록된 사람도 0명. 요즘 아이들한테 그런 건 죽기보다 무서운 일이라던데."

"친하게 지내는 사람도 별로 없었던 건가. 딱하네."

내 스마트폰에도 가족 번호만 저장돼 있지만 일단은 "응, 정말 딱하지" 하고 맞장구를 쳤다.

오빠가 목소리를 낮춰 물었다.

"누가 뒤에서 밀어서 떨어졌을 가능성은?"

"우리 가족이 아닌 다른 사람한테?"

"내가 가족들 손에 살해될 만한 사람이었어?"

깜짝 놀라는 오빠에게 "뭐 그럭저럭" 하고 얼버무린다.

오빠는 풀 죽은 얼굴로 속을 떠보듯 물었다.

"그래서야?"

나는 "응, 그래서야"라고 대답했다.

우리 남매에게 떨어진 엄마의 지시. 기억상실에 대해 서는 없었던 일로 하자꾸나.

우스갯소리 같은 이 비밀 지령을 영문도 모르고 충실 히 수행해 온 남자가 납득을 못 하는 표정을 지었다. 나는 나대로 불안과 호기심이 뒤섞인 심정으로 오빠의 다음 말을 기다렸다.

"저기, 요리코."

오빠는 조금 겸연쩍은 것처럼 '씨' 없이 날 부르고 몸을 앞으로 뻗었다.

"나에 대해 좀 더 알려 줄래?"

히나구치 아라타. 26세. 내 다섯 살 위 오빠.

그를 한마디로 표현하자면 '불도저 같은 인간'.

절도, 협박, 집단 괴롭힘, 시너 중독, 강간, 키보드 워리어…… 따위는 아니다.

오빠가 특화된 분야는 오직 하나, 폭력이었다.

선생님, 학생, 여자, 어린아이, 연금 수급자, 길거리에서 우연히 마주친 낯선 사람과 권투 선수, 공수도 유단자, 심지어 야쿠자와 경찰관까지. 오빠의 폭력은 철저하게 평등주의를 추구하며 상대를 가리지 않았다. 거기에 완벽주의까지 있어서 한번 시작한 폭력은 상대를 때려눕히거나 그 자신이 당해서 몸을 움직이지 못할 때까지 멈추지 않았다. 난 누가 돈을 주며 제발 가지라고 해도 그런 신념은 사절이다.

당연히 가족에게도 주먹이 날아왔다. 평등하고 완벽하게, 가차 없이.

청소년 교화 시설을 몇 번 드나들고 병원에서 상담 치료도 받았지만 오빠는 결국 열일곱 나이에 소년원에 들어갔다. 상담 선생님을 두들겨 팬 것이 원인이었다.

"구제 불능인 녀석이었네."

오빠는 심지어 화를 내는 것처럼 말했다.

"사람을 때리는 건 좋지 않아."

오오, 잘 아네. 몇 년 전 오빠한테 그 말을 직접 들려주고 싶어.

오빠가 절대 새사람이 될 수 없다고 확신한 우리 가족은 오빠가 소년원에서 다른 사람을 죽이거나 다른 사람 손에 죽기를 바랐다. 소년법 강화는 히나구치 집안의 절실한 염원이었다.

그래서 1년 후 오빠가 다시 팔팔하게 집에 돌아오기로 되었을 때는 집 안에 자연스럽게 장례식 분위기가 감돌았다. 밀려드는 폭행 사건의 합의금 홍수 때문에 가세가 이미 기울었고 이웃의 따가운 눈총을 받는 것으로 모자라 얻어맞기까지 해야 한다. 이토록 알기 쉬운 막다른 골목이 또 있을까.

"실제로 그대로 있다가는 일가족 동반 자살이 거의 확정이나 마찬가지였어. 아빠는 〈다음 생애를 살아가다〉 같은 책을 열심히 읽기도 했으니까."

그럴 때 행운이 찾아왔다. 우리 가족을 돌봐줄 은혜로운 사람이 퇴소한 오빠와 함께 우리 앞에 나타난 것이다.

"이로카와 백부님?"

오빠가 이맛살을 찌푸렸다.

"잊으면 안 돼. 정말 잘해 주셨으니까."

나도 이맛살을 찌푸렸다.

그로부터 5년 정도 우리는 백부님에게 신세를 졌지만 결국 그곳에서 쫓겨난 것도 역시 오빠 때문이었다.

"갑자기 미친 듯이 날뛰기 시작했거든. 얼마나 짜증 났는지 알아?"

"면목이 없네."

오빠는 형식적으로 사과하고 "그 뒤로는?" 하고 물었다.

지금 사는 집에 이사 온 게 2년 전. 오빠는 이곳에서 은둔형 외톨이가 되었다. 혹시라도 마음을 고쳐먹을까 기대했지만 집 안에서는 이전과 똑같이 아빠와 엄마, 내게 평등하면서도 완벽하게 폭력적이었다. 밖으로 향하던 주먹이 안으로 쏠렸을 뿐이다. 혹과 스트레이트의 차이. UFC*에서 판크라스*로 이적한 정도의 차이였다.

그러나 그때는 우리도 오빠를 다루는 일에 어느 정도 능숙해졌고 오랜 경험으로 쌓아 온 방어 기술과 "얼굴은 안 돼. 얼굴은 사람들 눈에 띄잖아!" 하고 비굴하게 거래 조건을 내거는 수법도 익힌 상태였다.

"합의금 대신 병원비만 내면 됐으니 그나마 다행이었을 수도."

스마트폰도 사게 됐고.

얼굴을 찌푸리는 오빠를 보며 덧붙였다.

"오빠는 늘 내키는 대로 했고 정서가 불안정했어. 걸핏하면 화를 내고 집 안 물건들을 집어 던졌지. 오빠가 추락해서 입원하기 전까지 우리는 오빠가 부순 거실 TV도 일부러 안 바꿨을 정도야."

"TV를 부숴서 불만이 해결된 거야?"

"그럴 리 없잖아."

"뭐야, 정말 바보 같네."

---

* 각각 미국과 일본의 종합 격투기 단체.

그 사람이 바로 오빠야.

"행패를 부리지 않을 때는 멍하니 허공을 응시하곤 했어. 아마 우주랑 교신했을걸."

특히 은둔형 외톨이가 된 뒤부터는 날뛸 때와 가라앉을 때의 간극이 더 심해져서 어떤 의미에서는 야쿠자를 상대하는 것보다 고생스러웠다.

"야쿠자는 주먹을 드는 이유가 대부분 정해져 있잖아. 화가 났다거나 돈이나 섹스가 얽혀 있는 경우도 많고. 하지만 오빠는 '안녕하세요' 하는 것처럼 느닷없이 주먹을 휘둘렀어."

"진짜 못 말리네."

"아파트 옥상에서 추락했는데 죽지 않은 것도 문제야. 입원비도 절대 무시할 수준이 아닌데 목숨이 붙어 있으니 어쩌겠어. 덕분에 우리 집은 이제 정말 망하기 일보 직전이야."

난 "원래 가난하기도 했고" 하고 덧붙였다.

"그냥 못 말린다는 한마디로 퉁칠 수준이 아니지?"

"응, 그러네. 네 말이 맞아."

오빠는 연신 고개를 끄덕였다.

"그러니까 평소에 일상적으로 폭력을 휘두르고, 친구

는 한 명도 없었던 데다가, 가족들도 죽기를 바라던 사람이었다는 거지?"

"그래서 병간호도 내가 거의 도맡은 거야."

아빠와 엄마 모두 초반에는 병원을 오갔지만 얼마 안 돼 모두 내게 떠맡겼다.

"아빠는 요즘 집에 잘 오지도 않아. 오빠가 부활했으니 두려워서겠지."

엄마는 그저 요새 봉사 활동에 푹 빠진 바람에 바빠서지만.

오빠가 깊숙이 한숨을 내쉬었다.

"이제야 알겠어. 왜 기억상실을 없었던 일로 하자고 했는지."

우리 가족만의 비밀로 하고 의사 앞에서는 단호하게 "이 착한 청년이 바로 히나구치 아라타입니다. 혹시 뭐 문제라도?" 하며 모르는 척하기로 했다. 기억상실 같은 건 어차피 자기 입으로 말하지 않으면 모를 테니 당사자의 협조만 있으면 의심받을 리도 없다.

"그러니까 내가 예전처럼 돌아가면 곤란하다는 말이지?"

"응, 맞아. 그러면 우리를 또 때릴 거잖아."

"그럴지도 모르겠네."

"TV도 부술 테고."

"그럼 안 되지."

"응, 절대 안 돼."

의외로 일찍 결론이 나왔다.

"그런데 이대로 잘 지낼 수도 있지 않을까? 애초에 죽지 않고 살아난 시점에 이미 기적이 일어난 셈이고, 옆에 있는 사람들이 오빠의 기억을 하나하나 되살려 줄수도 없으니까."

오빠는 팔짱을 낀 채 "그건 그래" 하고 중얼거렸다.

"아무튼 뭔가 미안하네. 살아나서."

쓸쓸한 것처럼 허공을 보는 오빠를 난 묘한 심정으로 바라봤다.

눈을 뜬 오빠와 이렇게 오래 마주 보고 대화를 나누는 건 오늘이 두 번째다. 사흘 전 나름대로 각오를 다지고 병실에 고개를 들이민 내게 오빠는 말했다. 안녕하세요. 귤 하나 드실래요?

되살아났을 때와는 또 다른 놀라움이었다. 거의 천재지변에 가까웠다. 그로부터 약 한 시간 남짓 오빠와 대화를 주고받았지만 예전의 오빠를 떠올리게 하는 말과 행동은 일절 보이지 않았다.

그 망나니 같았던 오빠가 이렇게 변할 줄이야.

거기서 오는 놀라움과 허무한 기분을 떨치지 못하고 난 엄마가 시키지 않았고 심지어 이번 주 잡지를 다 읽었는데도 오늘 이렇게 병실을 찾아온 것이다.

"저기, 요리코."

오빠가 날 보며 입을 열었다.

"난 왜 다시 살아난 걸까?"

오빠와 함께 고민하는 척하며 떠올렸다. 제대로 된 이유 같은 건 없을 거라고.

오빠는 그 뒤로도 순조롭게 회복했다. 12월에는 허리를 삐끗한 중년 아저씨 정도로는 움직일 수 있게 돼서 재활 치료를 맡은 간호사가 "정말 반년을 누워 계셨다고요?"라며 놀라기도 했다.

반면 기억은 단 하나도 돌아오지 않은 상태로 마침내 퇴원일이 정해졌다.

"요리코. 좀 도와줄래?"

부엌에서 엄마 목소리가 들렸다. 오빠가 전에 쓰던 방은 발 디딜 틈이 없을 만큼 난잡해서 어디를 밟아도 물건이 밟힐 지경인데도 엄마는 "청소 좀 해 두렴" 하고 솜사탕처럼 가볍게 지시했다. 청소 하나로도 벅찬데 부엌일까지 도우라니. 난 언제든 부려 먹을 수 있는 3분 대기조가 아니다.

너덜너덜해진 나인 인치 네일즈 포스터를 좍좍 찢어서 쓰레기통에 버렸다. 방바닥에 널브러진 오디오가 눈에 들어온다. 지금 방을 청소하는 건 오빠의 쾌적한 삶을 위해서가 아니라 오빠의 기억이 돌아오지 않게 추억이 담긴 물건들을 처분할 목적이다. 그렇다면 이 오디오 역시 대형 폐기물로 버려야 한다.

일단 오디오를 버리는 건 내일로 미루고 쓰레기 봉지를 짊어지고 오빠의 방을 나섰다.

2층에서 한없이 직각에 가까운 가파른 계단을 내려가는 도중에 익숙한 냄새가 코끝을 스쳤다. 요즘 같은 계절에 우리 집 식탁에는 채소 볶음과 회과육*이 번갈아 오른다. 채소를 썰고 볶는 과정에 대체 무슨 도움이 필요한 걸까. 의문을 품고 부엌에 들어가자마자 엄마가

---

* 돼지고기에 마늘종, 마늘, 양파 등을 넣고 볶는 중국 요리.

입을 열었다.

"요리코. 엄마 말 좀 들어 보렴. 야마다 씨가 그러더라. 히나구치 씨네 아들이 건강을 되찾아서 다행이고 그게 다 평소 행실 덕에 찾아온 행운이라며 앞으로도 같이 힘내재. 꼭 그렇게 말해야 되겠니? 응? 요리코, 넌 어떻게 생각해?"

글쎄. 착하고 선량한 야마다 씨가 마땅히 할 말처럼 들리는데.

"엄마는 그 누구보다 힘내고 있어. 가족을 위해, 우리 모두의 행복을 위해 늘 뼈를 깎아 노력하고 있다고. 그런데 히나구치 씨는 다행이고 행운이라니. 이상하지 않니?"

번역하자면 이렇다.

히나구치 씨는 딱하다.

히나구치 씨는 불쌍하다.

그런 상황에서 봉사 활동까지 하다니. 아아, 히나구치 씨는 이 얼마나 훌륭한 분이란 말인가. 그런 말을 들을 특권이 오빠의 부활로 사라져 버렸고 엄마의 지위도 하루아침에 봉사 활동을 하러 다니는 한가한 주부이자 운 좋은 여자로 전락해 버린 것이다.

직접 설명해 놓고 이런 말 하기 그렇지만, 전혀 이해

되지 않는다.

"하지만 오빠는 아직 상태가 그 모양이잖아. 그렇게 행운도 아닌 것 같은데."

"그래, 그래. 대체 뭐가 그렇게 행운이라고 부산들을 떠는지 원."

"……그런데 엄마. 난 뭘 하면 돼?"

엄마는 순간 멍한 얼굴로 "식기" 하고 말했다.

"아빠는?"

"오늘 출장 아니니?"

난 아빠가 무슨 일을 하는지 자세히 알지 못한다. 그러나 매일 식탁에 올라오는 반찬으로 수입이 대단치 않다는 것은 대략 알 수 있다. 심지어 일을 하는지도 의심스럽다.

"그래. 내가 행운은 무슨 행운. 남편은 무능력자에 아들은 그 모양이고, 그리고 너도……."

또 시작이다.

난 잔소리에서 도망치듯 TV를 켜고 볼륨을 높였다. 저녁 뉴스에 어느 쇼핑몰의 전등 장식이 소개되고 있다. 날개 돋친 듯 팔린다는 요즘 유행하는 옷과 디저트 따위를 젊은 여자 리포터가 영업용 미소를 지으며 한껏 치켜세운다.

"어머. 즐거워 보이네."

엄마는 TV 화면 속 케이크 가게 앞에 줄 서 있는 사람들의 모습을 홀린 것처럼 바라봤다.

"엄마도 이런 데 줄 서 봤어?"

"당연하지."

"막 한 시간을 기다리기도 하고?"

"응, 그럴 때도 많았지."

"즐거웠어?"

"당연히 즐거웠지."

나와는 도통 연이 없는 '당연'이다.

"바겐 세일을 할 때나 연말 럭키 박스를 살 때 줄을 섰던 것 같아. 유명 디저트 가게와 카레라이스 집 앞에서도. 얼마나 멋진 게 나올까 가슴이 두근두근했어."

"럭키 박스는 쓰레기 박스라고 인터넷 게시판에서 봤어. 팔리지 않은 재고들을 모아서 처분하는 거래."

"그게 뭐 어때서. 박스를 열지 않으면 되지. 그럼 영원히 두근거릴 수 있잖니."

엄마는 어처구니없다는 듯 말했다.

별로 좋은 방법은 아닌 것 같다. 럭키 박스의 취지에

맞지 않을뿐더러 단순히 시간과 돈 낭비 아닐까. 그런 생각이 떠올랐지만 입 밖에는 내지 않았다. 말해 봐야 긁어 부스럼이다.

쓰레기 봉지를 묶으며 가게 앞에 줄 선 엄마의 모습을 상상해 봤다. 엄마는 20대 중반에 날 낳았다고 하니 좀 더 젊었을 때겠지만 난 그 당시 엄마를 보지 못했고 그런 곳에서 함께 줄을 서 본 적도 없다. 결국 지금 눈앞의 엄마가 자처해서 고행에 나서는 미소 띤 얼굴만 어렴풋이 떠올랐다.

난 괜히 쓰레기 봉지를 발로 툭 찼다.

"이거, 분리수거 안 해도 돼?"

"응, 그냥 대충 버리렴."

봉사 활동 정신과는 거리가 먼 대답이다.

"있지, 엄마."

"응?"

"오빠는 그날 왜 옥상에서 추락했을까?"

난 날씬하고 균형 잡힌 엄마의 뒷모습을 향해 물었다.

"오빠는 계속 집에만 틀어박혀 있었잖아. 그런데 그날은 집을 나가서 에도가와구까지 갔어. 사고든 자살이든 타살이든 다 좀 이상한 것 같아서."

난 지도를 싫어해서 실제로 에도가와구가 어딨는지 잘 모르지만 어쩐지 멀 것 같은 느낌이다.

"그날 집을 나간 이유가 분명 있었을 거야. 그날 오빠는 나한테……."

"요리코."

엄마가 뒤돌아봤다. 찬란한 후광이 비치는 듯한 생기 넘치는 얼굴로 말한다.

"그걸 굳이 신경 쓸 필요가 있을까? 네 오빠는 어차피 못 쓰는 막장이었잖니."

속으로 '그건 맞아' 하고 맞장구를 쳤다.

오빠는 구제 불능의 막장이었다. 그러니 이로카와 백부님 집에서도 사고를 치고 쫓겨나 이 2층 집 안에 틀어박혀 우리에게 일상적으로 폭력을 휘둘렀다. 오빠의 허락 없이 집 밖에 나가면 얻어맞았다. 사람들이 줄 서는 인기 가게는 고사하고 집 앞 편의점에 가기도 힘들었다.

백부님 집에서 지낸 날을 그리워해도 때렸다. 잘 모르는 이유로도 맞았다. 그야말로 부조리의 극치였다.

"이미 못쓰게 된 사람의 행동을 이해하려고 해 봐야 뭐하겠니. 중요한 건 네 오빠가 추락했다가 다시 살아난 덕분에 막장에서 벗어난 것 아니겠어?"

엄마는 다시 도마로 고개를 돌렸다. 얄미울 만큼 엄마 말이 옳다.

요리코 너, 요새 아무래도 추리 드라마를 너무 많이 본 것 같아. 그런 엄마의 설교를 흘려듣고 쓰레기 봉지를 들고 밖으로 나갔다. 내일은 꼭 오디오를 처분하자고 다시 한번 다짐했다.

"이거, 오빠가 발로 차서 뚫은 구멍이야."

종이 박스를 치워서 보여 준다. 집 안에 덕지덕지 붙은 부자연스러운 포스터와 전단은 모던 아트 따위가 아니라 오빠의 만행을 감추는 응급 처치다.

반년 만에 집에 돌아온 당사자는 천진난만한 얼굴로 "사이즈는 맞는 것 같네" 하고 구멍에 발을 집어넣었다.

"이것도, 이것도, 저것도."

오빠는 "흐음, 그렇구나" 하고 내 설명을 새겨들었다.

"벽에 난 구멍들은 더 말도 못 해. 박치기를 열 번 연속 날려서 끝내 구멍을 뚫었을 때는 과다 출혈 쇼크사 직전이었대."

"딱따구리 같은 녀석이었네."

"기억 안 나?"

"전혀."

어깨를 움츠리는 오빠를 보며 가슴을 쓸어내렸다. 앞으로 벽에 구멍이 더 생길 일은 없어 보인다.

"저것도 내가 한 거야?"

오빠가 서서히 고개를 향한 곳 끝에는 거실 유리문이…… 있어야겠지만.

"아무리 그래도 저건 너무 위험하지 않나?"

"당연히 위험하지."

문은 처참하게 부서져 있었다. 나무틀이 바닥에 떨어졌고 유리 조각이 사방에 튀어 있다.

오늘 아침까지만 해도 이렇지 않았는데. 난 고개를 갸웃하며 슬리퍼를 신고 유리 조각을 밟고 가서 거실을 들여다봤다.

"여어, 아라타 왔구나."

소파에 앉은 남자가 히죽 웃으며 손을 번쩍 들었다. 아는 사람 중에 이런 외계인 같은 얼굴을 한 사람이 있었나 순간 의아했지만, 자세히 보니 아빠였다.

"왜 이렇게 됐어?"

난 마치 다이너마이트가 폭발한 것 같은 거실과 부엌, 산산조각 난 유리문을 차례대로 가리키고 마지막으로 조그만 풍선이 가득 모인 것처럼 퉁퉁 부어오른 아빠의 얼굴을 향해 물었다.

"무서운 형씨들이랑 살짝 한바탕했어."

쑥스러운 것처럼 웃는 입 위에서도 코피가 줄줄 흐르고 있지만, 어차피 입안이 피투성이고 이도 몇 개 부러진 마당에 코피 1, 2리터 정도는 신경 쓰지도 않는다는 듯이 아빠는 태연하게 과실주 캔을 기울였다. 그 모습이 자칫 믿음직스러워 보일 만큼 후련하고 상쾌해 보였다.

아빠가 "일단 앉아" 하고 의자를 가리켜서 나와 오빠는 아빠 옆에 앉았다.

"7번?"

아빠가 TV를 보며 대뜸 거칠게 말했다.

"뭐야, 멍청하기는. 초등학생도 그런 실수는 안 하겠다!"

투덜거리며 보는 TV 화면 속에서는 사회자가 "어택!" 같은 말을 시끄럽게 떠들고 있다.

"이런 머저리들을 공중파에 내보내다니, 인권 단체들은 왜 가만있지?"

"저 사람들보다 아빠 머리가 더 걱정되는데."

귀에서 피도 흐르고 있고.

"무서운 형씨들이 누구야?"

"오, 맞혀 볼래? 어택 찬스!"

"빚쟁이?"

"그게 파이널 앤서입니까?"

혼자 신났다.

"빚이 이제 얼마 남았어?"

"8백만 엔 정도?"

"난 지금 8천 엔도 없어."

"안타깝네. 근데 아빠는 너보다 더 빈털터리야."

정말 안타까웠다.

"대체 돈을 왜 그렇게 많이 빌렸어? 그리고 8백만 엔이나 빌렸으면 식탁도 더 호화로워야 하는 거 아니야? 계산이 안 맞잖아."

"빌린 돈을 갚으려고 빌린 돈이지."

예상보다 더 엉망진창이다.

"아무튼 말귀를 못 알아먹는 녀석들이었어. 하도 끈질기게 들러붙어서 가볍게 손 좀 봐 줬지."

이마에 박힌 유리 조각이 무릎을 꿇고 바닥에 머리를 조아린 증거 같지만 일부러 모르는 척해 드렸다.

"그런 거금을 갚는 건 무리라고 일일이 설명했는데도

무리란 건 무리할 만큼 열심히 뛴 사람에게만 허락되는 말이라느니 뭐니 우기면서 생떼를 부리잖아. 그런 날강도들이 어딨어?"

아빠는 분개하며 말을 이었다.

"요리코, 너도 알다시피 아라타 앞으로 보험금을 꽤 부었잖아. 그걸 담보로 돈을 빌렸지. 아라타는 잠자는 병실의 왕자님이 돼 버렸으니 남은 가족들이라도 먹고 살아야 하지 않겠어? 그리고 원래대로라면 오늘까지 지켜보다가 호흡기를 떼는 불행한 사고가 일어날 예정이기도 했고."

아빠는 자못 충격적인 사실을 천연덕스럽게 늘어놓고 "없애도 그 누구도 곤란하지 않을 쓸모없는 자원을 없애는 것. 그게 바로 친환경 아니겠어?" 하고 캔을 홀짝였다.

"그런데 갑자기 아라타가 되살아나 버렸으니 당연히 돈도 못 갚게 된 거야. 그런데도 자꾸 갚으라고 갚으라고 타령을 해 대서."

아빠는 땅이 꺼질 듯이 한숨을 내쉬고 빚쟁이가 한 말을 우리에게 들려줬다.

어이, 형씨. 8백만 엔이라고, 8백만 엔. 8백만 엔이라는 돈을 다달이 갚으며 살 수 있겠어? 심지어 안 갚으면 이자가 계속 늘어. 산수 할 줄 알지? 8백만 곱하기 10퍼센트, 그럼 얼마야? 80만 엔이지. 이게 월 이자야. 물론 그렇게 살아도 되는데 앞으로 인생이 여러모로 고될 걸. 월급날에 열심히 일해서 번 돈이 통장에 찍힐 새도 없이 사라져 버리는데 상상만 해도 지긋지긋하지 않아? 이미 맛탱이가 가서 사리 분별이 안 되는 사람이면 모를까, 그런 삶은 못 버틸 거라고, 분명.

"그래, 못 버티겠지. 아마도."

아빠는 진지하게 인정했다.

"그러니까 말이다, 아라타. 우리 가족을 위해서 한 번만 더 죽어 줄 수 없겠냐?"

꼭 '날씨가 좋으니 낚시라도 하러 갈래?'라고 묻는 듯한 투다.

"어차피 한 번은 죽은 거나 마찬가지기도 하고, 네가 옥상에서 휙 한 번 더 뛰어 주기만 하면 앞으로 우리 가족이 영원히 겪을 고통이 리셋되는 거야. 그냥 스카이다이빙을 하다가 안타까운 사고를 당했다 정도로 생각하면 되겠지."

오빠는 흐음 하고 고민했다. 그게 고민할 일이야?

"……라니. 이 아빠가 그런 걸 허락하겠어? '전처럼 죽어 가고 있다면 모를까 되살아난 마당에 우리 아들을 두 번 죽일 순 없지! 우리 요리코와 기요미도 손끝 하나 못 건드리게 할 거다!'라고 받아쳐 줬지!"

아니, 그걸 떠나 애초에 오빠를 죽일 계획이었고 빚도 아빠가 졌으니 그렇게 큰소리칠 일은 아닌 것 같은데.

"아무튼 그렇게 된 거야."

아빠는 설명을 마치고 "아 참" 하더니 다리 옆에 둔 슈퍼마켓 비닐봉지를 들어 올렸다.

"오늘 밤은 불고기 전골이다."

아빠는 기쁜지 슬픈지 구분하기 어려운 표정으로 미소 지었다.

저녁에 봉사 활동을 마치고 돌아온 엄마는 "어머? 아빠 왔네. 어머? 얼굴이 왜 그래? 어머? 비싼 고기잖아" 하고 아무 놀라움도 감동도 없이 불고기 전골을 만들기 시작했고, 나한테도 옆에서 도우라고 했지만 냄비에 재료를 넣고 불만 붙이면 끝이니 도울 것도 없었다. 채소 썰기는 오빠에게 맡기고 난 식탁 위에 식기를 완벽하게 놓는 일에 전념했다.

아빠는 식탁 의자에 앉아 부엌에서 벌어지는 소동을 느긋이 지켜보며 혼자 병맥주 뚜껑을 따서 맥주를 잔에 따랐다.

불고기 전골은 맛이 훌륭했다. 달콤짭짤한 간장과 소고기, 달걀의 궁합이 얼마나 좋은지를 수학적으로 증명하면 노벨상을 탈 수 있지 않을까.

"역시 맥주는 병맥주지. 이렇게 잔에 따라서 마시는 병맥주. 캔맥주 따위에 길들여지면 진정한 애주가라 할 수 없어. 생맥주도 기분이 영 안 나고. 역시 병이랑 잔으로 마시는 게 최고야."

요리코도 이제 곧 스무 살이지? 자자, 한번 마셔 봐. 아빠가 병을 내밀어서 어쩔 수 없이 그 오줌 같은 액체를 잔에 받아 한 모금 머금었다.

"우엑."

하마터면 비싼 고기를 게워 낼 뻔했다.

박장대소하는 아빠를 보며 토할 거면 아빠 얼굴에 하자고 마음을 굳혔다.

"우리 아라타는…… 퇴원한 지 얼마 안 됐으니."

그러자 오빠는 "네, 죄송해요"라고 했다.

"그런데 너 정말 어른스러워졌구나. 정말 아빠도 기

억 못하냐? 네가 이 아빠를 얼마나 때리고 괴롭혔는데 말이야. 힘은 또 어찌나 세던지. 한창때인 20대 남자에게 백 브레이커*를 당하면 고통스럽지 않겠어?"

"네, 죄송합니다."

"네 엄마랑 요리코도 죽을 고비를 여러 번 넘겼다고."

"근데 오빠는 말이지. 음음. 그러니까 나한테는, 크흠…… . 잘해 줬던 것 같아. 흐음, 흠."

"그래, 맞아. 우리 아라타는, 흐음. 이래 봬도 신사적이라고 할까. 으으음, 그런 면이 있지. 응."

그렇게 우리 가족은 단란하게 저녁 식사를 했다. 곰곰이 생각하니 가족이 모두 모였는데 비명과 울음소리가 들리지 않고 코피와 멍도 신경 쓰지 않은 적이—아빠의 비참한 몰골은 논외로 하고—바로 옆에 있는 부서진 거실 문도 무시하고—내 기억에는 없다. 그럴 기회를 제 손으로 없앤 장본인인 오빠는 지금 생판 모르는 사람들과 있는 것이나 마찬가지니 별 감흥이 없을 것이다.

고기를 거의 다 먹고 마무리로 우동을 삶고 있을 때

---

* 프로 레슬링에서 상대를 들어 매고 등뼈를 흔들거나 무릎에 내려치는 기술.

엄마가 "슬슬 야마다 씨한테 연락해야 하려나?" 하고 중얼거렸다. 아빠가 "응, 그래, 그러는 게 좋겠군" 하자 엄마는 부엌을 나갔다.

"야마다 씨? 엄마랑 봉사 활동 같이하는 그 야마다 씨 말이야?"

아빠가 고개를 끄덕여서 난 다시 물었다.

"야마다 씨가 먹을 고기는 없는데."

"괜찮아. 고기는 너희가 다 먹어도 된다."

"요리코. 실곤약이랑 배추도 좀 먹어. 고기 말고는 표고버섯 한입 먹은 게 전부잖아."

난 오빠를 째려보며 먹다 남긴 표고버섯을 입에 넣었다.

"저기, 아빠. 요즘은 좀 어땠어?"

"응? 아아, 뭐 그럭저럭. 어떻게든 될 거라며 여기저기 상담하고 부탁하러 돌아다녔지만 역시 아빠 힘으로는 무리 같네."

그러더니 아빠는 느닷없이 울음을 터뜨렸다.

"미안하다, 요리코, 아라타한테도. 정말 미안해."

아빠가 우는 모습을 하루 이틀 본 게 아니지만 오늘 밤은 얼굴이 엉망진창이라 더 흉했다. 왠지 아빠가 곧

이번 생을 마감할 것 같아서 난 먹던 표고버섯을 접시에 내려놓고 "전철에 뛰어드는 건 안 돼. 이것저것 성가셔진대" 하고 미리 알려 주었다. 아빠는 눈을 크게 뜨더니 "그래그래. 응, 맞다. 네 말이 맞아" 하고 눈물을 닦았다. 딸의 풍부한 상식과 상냥한 모습에 압도된 게 분명하다.

"그런데 말이지, 요리코. 이 세상에는 어쩔 수 없는 것들이 아주 많단다. 저 하늘에 뜬 별만큼이나. 그리고 아빠는 이제 '어쩔 수 없다'가 모인 백화점 같은 사람이 돼버렸어. 엄마가 저렇게 된 것도 원인을 거슬러 가면 다 내 탓이겠지. 내가 좀 더 제대로 된 인간이었다면 네 엄마가 야마다 씨를 만나지도 않았을 텐데."

쓰레기 줍기 행사가 열린다는 소식을 들으면 비가 오건 눈이 오건 서쪽으로 달려가고, 배식 봉사자 모집 소식을 들으면 동쪽으로 달려가고, 우는 아이나 힘들어하는 사람을 눈에 불을 켜고 찾아다니고, 그래도 찾지 못하면 억지로라도 다른 사람을 힘들게 해서 엄마와 경쟁하듯 봉사 활동에 매진한다는 야마다 씨를 아빠는 나쁜 사람이라도 되는 것처럼 말했다.

"생각해 보면 아빠는 늘 그랬어. 뭔가 힘든 일이 생기면 그때마다 '어쩔 수 없지'라고 되뇌며 살았지. 그러면서 점차 다른 사람이 말해 주기를 기다리게 된 거야. 이렇게 해라, 저렇게 해라. 그렇게 다른 사람이 내게 명령해 주기를 바랐어. 그러면 마음이 편하고 안심도 됐으니까. 그러다 결국 이 모양 이 꼴이 돼 버렸지."

요리코, 아라타.

아빠가 느닷없이 든든한 가장의 눈빛으로 우리를 보며 입을 열었다.

"자기 인생은 스스로 결정해야 한다. 물론 스스로 결정해서 후회할 일이 생길지도 모르지. 두고두고 미련이 남는 실수도 저지를 테고. 하지만 그런 것들이 모이고 모여 내가 나라는 징표가 되는 거야. 사람은 그걸 잃어버리면 안 된다. 물론 주변에서는 이러면 안 된다거나 저러면 손해다, 큰일이다, 라며 옥박지르는 사람도 있을 거야. 하지만 그런 건 신경 쓰지 마라. 제아무리 손해를 보고 큰일 난다고 해도 내가 나이기를 포기하는 것보다 더 나쁜 건 없으니까. 응, 진짜 최악은 바로 그거지."

아빠는 제멋대로 납득하고 고개를 끄덕이더니 잔에 맥주를 따랐다.

"아빠는 그걸 너무 늦게 깨달았다. 맞서 싸울 용기도 없었고. 이보다 더 한심한 아빠이자 인간이 또 어딨겠니."

요리코, 아라타. 아빠는 충혈된 눈으로 다시 우리를 불렀다.

"아빠 말 이해했지? 중요하니 한 번 더 강조하마. 이게 아빠의 유언이라고 생각하고 잘 들어 줬으면 해. 아니, 잘 듣지 않아도 되니 가슴 한구석에만 심어 둬. 너희는 그 어떤 순간에도 너희 자신을 포기하면 안 돼. 다른 사람들이 뭐라고 하던 그들이 시키는 대로 살지 말라는 말이야. 당당히 싫다고 하는 거다. 아무리 미움받고 소외당해도 정말로 싫을 때는 가슴을 쭉 펴고 '싫어요!'라고 외치는 거다. 심지어 그 상대가 신이어도."

"아빠……."

"너희는 앞으로도 아빠 때문에 힘든 일을 많이 겪을 거야. 하지만 이것만은 잊지 마라. 그것들은 절대 **평범한 일들이 아니라는 걸**. 아주 이상하고 비정상적인 일들이지. 너희는 아직 아빠 말이 무슨 뜻인지 모르겠지만, 설사 그런 일들이 닥쳐도 절대 그걸 당연하다고 생각하지 마라."

요리코.

"책을 읽어라. 신문도 괜찮고 TV도 상관없어. 영화든 만화든 라디오든 인터넷이든 다 좋아."

그러더니 아빠는 "유튜브는 안 돼, 그건 볼수록 머리만 나빠지니까" 하고 덧붙였다.

"어쨌든 요리코, 넌 세상을 좀 더 알아야 한다. 될 수 있으면 밖에 나가서 다양한 사람들을 만나라. 그렇게 진정한 히나구치 요리코가 되는 거다."

아빠는 "아라타" 하고 이번에는 오빠를 봤다.

"네가 눈을 떴을 때 이 아빠도 눈을 떴다. 이제는 늦었고 실패할 수도 있지만 그래도 아빠는 할 수 있는 만큼 해 보려고 해. 네 덕분에 깨달았다. 이 세상은 정말 무슨 일이 일어날지 아무도 모른다고. 그러니 어쩔 수 없는 일 따위 없다고."

고맙다, 아라타. 죽지 않아 줘서. 다시 살아나 줘서. 아빠는 그야말로 진지하게 말을 이어 갔다.

그때 현관에서 "여보" 하는 엄마 목소리가 들렸다.

"야마다 씨 오셨어."

"응, 갈게."

아빠는 잔에 남은 맥주를 단숨에 비우고 "역시 병맥주가 최고야"라고 중얼거렸다.

"자, 요리코, 아라타. 이별의 시간이다. 이 아빠는 끝까지 너희가 행복하기만을 바랄게."

아빠는 자기가 한 말에 스스로 감동했는지 코를 훌쩍였다. 나는 속으로 '뭐야 이, 삼류 연기는' 하고 생각했다.

그렇다, 생각했다.

마음 깊숙한 곳에서 짜증스럽다고 생각했다.

이 남자는 이제 정말 가망이 없다고 생각했다.

아빠가 비칠비칠 식탁을 떠났다. 난 아빠 쪽을 보지 않고 약간 초조한 심정으로 냄비에 남은 고기를 먹었다.

"아 참. 깜빡할 뻔했네."

아빠 목소리가 들렸다.

"자, 선물이다."

아빠는 다시 돌아와 네모난 케이스를 식탁 위에 올렸다.

"컴퓨터로 트럼프를 만들어 봤어. 완성도는 떨어지지만 아빠가 없어서 외로울 때면 이걸로 신경 쇠약 게임* 이라도 해라."

이가 몇 대 빠진 피투성이 입이 헤벌쭉 벌어진다.

---

* 카드를 뒤집어서 늘어놓은 후 짝을 맞춰서 회수하는 게임. 더 많은 카드를 회수한 사람이 승리한다.

"메리 크리스마스."

그날 이후 해가 바뀌어도 아빠는 집에 돌아오지 않았다. 전화도 받지 않았다. 이럴 줄 알았으면 아빠 앞으로 보험이라도 들어 둘 걸 하고 후회했다.

엄마는 평소와 똑같았다. 낮에는 땡전 한 푼 못 받는 봉사 활동에 매진했고 밤에는 채소 볶음과 회과육을 만들었다. 8백만 엔의 빚더미와 아빠의 실종에도 엄마는 "어머, 큰일이네" 정도로만 반응했고 심지어 약간 기뻐하는 기색마저 보였다. 불행을 기꺼이 환영하는 희한한 정신세계의 소유자인 엄마가 히나구치 집안의 존망이 걸린 일생일대의 위기에 무력할 것은 누가 봐도 뻔했다.

오빠도 평소와 다를 바 없었다. 착하고 바른 청년이 되어 재활 치료를 받으러 병원에 갈 때 외에는 자기 방에서 아빠가 선물한 트럼프 카드를 만지작거리며 일상을 보냈다. 그러다 어느덧 마카오의 여느 사기꾼 딜러 못지않게 카드를 잘 다루게 돼서 가끔 내게 카드 마술을 보여 줄 때는 삶을 거의 포기한 느낌이 짙게 배어났다.

그렇게 우리는 얼마 후 우리에게 들이닥칠 파멸을 어쩔 수 없이, 혹은 무관심하고 한가롭게 맞을 준비를 하고 있었다.

이를테면 낮에 거실에서 홀라를 치면서.

"질리지도 않나 보네."

"카드 게임은 원래 이길 때까지 하는 거야."

언제 밑장 빼기를 해도 알아챌 수 있도록 난 눈빛을 번뜩였다. 벌써 여섯 번째 카드를 나눠 주는 오빠는 손놀림이 거칠고 시종일관 담담하던 표정도 어느새 귀찮은 것처럼 보였다.

"사람이 같이 놀아 주는데 그 태도는 뭐야?"

"요새 둘이서 매일 홀라만 치잖아."

"어쩔 수 없지. 엄마는 봉사 활동을 가지 않으면 죽어 버리는 생명체니까."

"요리코, 넌 친구 같은 거 없어?"

그대로 되돌려 주고 싶은 말이다.

오빠는 카드를 나눠 주던 손을 멈추고 한숨을 내쉬었다.

"이런 상태로는 포커도 못 치고."

원망스러운 듯이 카드 뒷면을 바라본다.

아빠가 손수 만든 트럼프 카드는 언뜻 평범해 보이지만 '그러나'라고 해야 할지 '역시나'라고 해야 할지 치명적인 문제가 있었다. 카드 뒷면에 그리다 만 수묵화 같은 흑백 무늬가 모든 카드에 정중히, 그것도 아무 규칙성 없이 미묘하게 다르게 그려져 있었다. 트럼프 카드로서는 결코 있어서는 안 될 결함이었다.

"누가 아빠가 만든 카드 아니랄까 봐 카드까지 이 모양이야."

이런 카드로 신경 쇠약 게임을 하라니. 아빠야말로 신경이 쇠약했던 것으로 보인다.

"이걸로는 도둑 잡기 게임도 못 하고."

"애초에 도둑 잡기는 둘이 하는 게임이 아니야."

나는 속으로 '그런가' 하고 생각하며 손에 든 카드를 확인했다.

"저기, 요리코."

오빠가 입을 열었다.

"솔직히 너도 이제 질렸지?"

"아니, 전혀,"

그렇게 말하고 네 장 늘어선 7 옆에 6을 던진다. 내가 생각해도 조금 오기를 부리고 있다는 자각은 있었다.

"실은……."

오빠가 갑자기 비밀 이야기를 하듯 목소리를 낮췄다.

"가 보고 싶은 곳이 있는데."

"집 밖이야?"

"당연하지."

"안 돼, 안 돼. 엄마한테 혼나."

"혼난다고?"

"당연하지."

오빠가 "왜?"라고 물어서 난 "몰라"라고 했다.

"아무튼 안 된다면 안 돼. 그걸 떠나서 추락하기 전에 오빠가 정한 집 안 룰이기도 해. 멋대로 집 밖에 나가면 엄청 성질냈잖아."

"흐음……."

"됐고 얼른 6이나 내."

오빠가 하트 6을 들고 있다는 것을 이미 알고 있었다.

"잠깐 갔다가 금방 다시 돌아오면 안 들키지 않을까?"

오빠는 성격도 끈질기게 변했다.

오늘은 날씨가 좋고 별로 춥지도 않잖아. 잘하면 네가 어제 추리 드라마에서 본 특급 열차를 탈 수 있을지도 몰라.

"혹시 엄마가 뭐라고 하면 전부 나 때문이라고 해."

왠지 속는 느낌이었지만 추리 드라마 속 열차 시각표 트릭이 실제로 실현 가능한지는 나도 궁금했다.

"가 보고 싶다는 곳이 어딘데?"

난 담담히 물었다.

"내가 떨어졌다는 아파트."

결국 속고 말았다. 특급 열차 '하야부사'를 타거나 비밀 지하 통로에 들어가기는커녕 오래된 개찰구 앞에 도착하고서야 오빠가 무일푼인 것을 깨달았다.

화를 내며 열차표를 사러 간 나는 티켓 발매기를 앞에 두고 당황했고, 오빠의 도움을 받아 티켓을 사서 개찰구를 지나는 데 또 한 세월이 걸렸다. 열차가 오기 전 위험하다면서 안쪽에 서라는 흰색 선이 어딘지도 감이 오지 않았다.

그런 날 보며 오빠는 "요리코, 괜찮아. 거기 지나가도 안 끼어.", "요리코, 거기 서 있다가 열차에 치여서 날아간다.", "요리코, 점자 블록은 암호가 아니야"라는 잔소리를 해 가며 날 에스코트해 주었다. 본인에 대해서는 하나도 기억 못 하는 주제에 역 안에서 길을 헤매지 않고 전철을 갈아탈 때도 능숙한 모습이 조금 믿음직스러웠다. 위아래 모두 하얀 트레이닝복 차림은 좀 거슬리지만.

"난 네가 엄청 똑똑한 줄 알았는데."

"똑똑한 건 맞아."

그저 인터넷과 현실 세계가 약간 다를 뿐이고, 그러니 모든 건 다 구글 탓이다.

고백하자면 난 전철을 타는 행위 자체가 생소했고 그걸 떠나 오빠 때문에 병원에 다니기 전까지는 집에서 나가는 일이 거의 없었다. 병원에 갈 때도 늘 같은 셔틀버스를 타면 됐으니 야마노테선이나 뉴 트램 열차 같은 건 내게 TV와 인터넷에서만 봤던 도시 괴담이었던 것이다.

"훌라도 잘 못 치고."

"룰은 안다고, 룰은."

몇 번 더 하다 보면 금세 두각을 드러낼 것이다.

도쿄에 도착하자 플랫폼에 선 인구 밀도가 확 늘었다. 폭동이라도 일어난 것처럼 열차에 쇄도하는 고깃덩어리들에게 이리저리 치이며, 문득 도쿄에 취직시켜 준다는 트릭으로 세상에서 한 명쯤은 몰래 없앨 수 있겠다는 엉뚱한 생각이 떠올랐다.

얼마 후 승객이 우르르 내려서 그제야 의자에 앉았다.

발을 밟히고 새치기를 당해도 주먹을 휘두르지 않는

오빠를 보며 난 놀라고 감동했다.

다음으로 감동한 것은 머리 위 선반에 누가 두고 간 성인 주간지를 마음껏 읽을 수 있는 시스템이었다.

신춘 특별호에 올 한 해 운세가 빽빽하게 적혀 있었다. 이것 하나만 읽어도 하루가 다 갈 분량이라 오빠는 "이 주간지를 얻는 걸로 오늘치 행운을 다 소진한 거 아닐까?"라며 너스레를 떨었고 난 오빠의 말을 한 귀로 듣고 흘렸다.

천칭자리의 럭키 아이템은 진갈색 헌팅캡. 그게 뭔지 곧장 구글에 검색해서 지식을 또 하나 쌓았다.

"이 헌팅캡, 오빠한테 잘 어울릴 것 같네. 머리도 빽빽 머리니."

"잡지에 실리는 운세는 아르바이트생들이 적당히 짜 맞춰서 쓴다고 들은 적이 있어."

"누구한테?"

"그건 모르겠네."

이렇게 자기한테 불리한 것들만 잊어버리는 기억상 실이 있을까.

"이 별자리 운세를 쓴 선더 후쿠스케는 대단한 사람이야. 니르바나 기쿠이케 선생님의 제자니까."

오빠의 얼빠진 얼굴에 운세 페이지에 실린 선더 후쿠스케의 사진을 들이밀었다. 오빠는 "폭주족 헤어스타일이네"라며 선더의 트레이드마크를 헐뜯었다.

"니르바나라는 이름도 뭔가 이상하고."

난 잡지를 무릎 위에 탁 내려놨다.

"'망망대해를 떠도는 물고기가 바다의 깊이를 헤아리겠는가. 아니, 그럴 리 없다. 사막을 떠도는 낙타가 사막의 넓이를 헤아리겠는가. 아니, 그럴 리 없다. 추락하는 갈매기는 우주를 보지 못한다. 길 잃은 중생이여. 순종하여 화합을 이루거라'."

"뭐야 그게."

"니르바나 선생님의 명언."

오빠는 흐음 하고 고개를 갸웃했다.

"영 사이비 같고 별론데."

기억과 함께 지능도 잃어버린 듯하다. 난 체념하고 책장을 넘겼다.

다음 역은, 다음 역은, 니시카사이.

"되게 열심히 읽네."

열차가 출발하자 오빠가 말을 걸었다. 덜컥거리는 의자에 우리만 앉아 있고 다른 승객도 거의 없다.

"〈악질 엄마 VS 정병 딸〉이야. 신세기 모녀 전쟁 촉발 편 제24화."

"재밌어?"

"당연하지. 추리 드라마만큼 재밌어."

오빠는 이해를 못 하는 듯했다.

"악질 엄마와 정신병 딸이 이런저런 남자들과 눈이 맞고 경쟁하다가 하나둘 죽이는 내용이야."

"남자를?"

"응. 이번 호에서는 길거리 헌팅 학원의 카리스마 강사로 활동하는 사회학자가 불알이 터져서 게거품을 물었어."

내가 "읽어 볼래?" 하고 묻자 오빠는 얼굴을 찌푸렸다.

"세쌍둥이 이야기는 더 대단해. 악질 엄마의 비밀 지하 벙커에서 무려 전기의자형을 당하거든. 팔다리를 철사로 꽁꽁 묶고 목에도 철사를 감고 머리에는 철제 헬멧까지 씌워서 말이야. 입은 테이프로 봉했고 오른손에는 빨강, 파랑, 흰색 버튼이 달린 스위치를 쥐었어."

서로 마주 보고 앉은 세쌍둥이의 헬멧 색깔도 각각 빨강, 파랑, 흰색이다. 덧붙이면 이 사이 좋은 삼 형제는 고등학생이고 천 년에 한 번 나올까 말까 한 미소년이라는 설정이다.

"헬멧에 전류를 보내는 거구나!"

"응, 맞아. 근데 맞혔다고 으스대지 마. 그런 건 바다 표범도 맞힐 테니."

오빠는 대번에 풀이 죽었다.

"그보다 손에 쥔 그 버튼 장치가 상상을 초월해. 한 명이 누를 수 있는 버튼은 세 가지 색 중 하나뿐. 세 사람이 전부 버튼을 누르면 기계가 작동해서 두 개 이상 선택된 색의 헬멧을 쓴 사람에게 전류가 흘러서 죽게 돼."

"그럼 최대로 잡아도 죽는 사람은 한 명이겠네."

"왜?"

"다들 자기 색 버튼은 안 누르지 않겠어? 그리고 한 명이 먼저 죽으면 나머지 두 명이 같은 색을 누를 가능성은 사라지지."

오빠는 "이건 오랑우탄도 알 상식 같은데"라고 했고 난 오빠의 말을 무시했다.

"하지만 세 사람은 전부 죽었어. 버튼을 딱 한 번 눌렀을 뿐인데 동시에 모조리."

"어떻게?"

"숨겨진 규칙이 있었거든."

알몸 위에 가운을 걸친 악질 엄마는 우즈베키스탄산 칼을 손에 들고 세쌍둥이를 위협해서 버튼을 누르도록 했다. 그리고 이렇게 알렸다.

─이 장치를 멈출 수 있는 조건이 딱 하나 있단다. 그건 바로 '모두가 같은 색 버튼을 누른다'야.

오빠가 흐음 하고 신음했다.

그게 얼마나 어려운지는 바보도 알아챌 것이다. 그러려면 한 사람은 반드시 자기 헬멧 색 버튼을 눌러야 한다. 상의해서 결정하려 해도 누가 뒤통수를 칠 수도 있다. 그전에 입을 열 수 없는 상태라 애초에 상의도 불가능하다.

"참 잔인한 다수결 시스템이지. 둘이 정하면 남은 한 명은 반드시 따라야 하니까. 자기 혼자 다른 색을 눌러도 결국 죽게 되고."

오빠는 "하지만……" 하고 나를 봤다.

"한 명이 아니라 셋이 동시에 감전됐다며?"

"그래. 찌리리릿 하고."

"아까 숨겨진 규칙이라고 했지? 목숨을 건질 방법은 악질 엄마가 이미 설명했으니 감춰져 있던 건 세 사람에게 동시에 전기가 흐르는 규칙 아니야?"

흠칫.

"'모두가 다른 색 버튼을 누른다'. 맞지?"

명탐정 납셨군.

"그래, 맞히긴 했는데……. 그럼 누가 어떤 색 버튼을 눌렀는지도 맞혀 봐. 이건 멍청이도 풀 문제이긴 한데."

"응, 퀴즈라고 부를 수도 없는 수준이네."

"정말? 말도 안 돼."

난 소설을 읽을 때 하나도 감을 잡지 못해서 초조해졌다.

오빠가 담담히 설명했다.

"세 형제는 사이가 좋았어. 특별히 미움받는 사람도 없었으니 당연히 모두 함께 살 방법을 선택하려고 했을 거야. 하지만 상의를 못 하는 환경에서 같은 색 버튼을 누를 확률을 백 퍼센트로 만들 수는 없지."

얼간이도 이해할 만한 논리다.

"그리고 세 사람은 '모두가 다른 색 버튼을 누르면 다 죽는다'라는 규칙을 몰랐어."

"……그래서?"

"그래서 다들 **자기 색 버튼을 누른 거야.** 자기 말고 다른 사람은 죽지 않도록."

아쉽지만 정답이다.

"골치 아프게 생각할 것도 없잖아. 인간이라면 누구든 그렇게 할 테니까. 날 위해 다른 사람의 목숨을 그리 쉽게 희생할 수 있겠어?"

오빠는 고개를 절레절레 흔들더니 "정말 악취미네" 하고 툭 내뱉었다.

솔직히 그 악취미에 박수갈채를 보낸 나는 지금도 쌍둥이의 선택을 이해 못 하고 있다. 나였다면 아마 그런 선택을 하지 않았을 테니까.

"오빠에게 호모사피엔스 칭호를 선사할게."

"바보도 멍청이도 다 호모사피엔스긴 해."

우리가 탄 전철은 얼마 후 니시카사이역 플랫폼에 미끄러지듯 들어섰다.

니시카사이역에서 나가 잠시 걷자 오빠가 추락한 아파트가 눈에 들어왔다. 고가 도로를 등지고 공원을 지나 아파트 입구로 향한다. 도중에 잠깐 멈춰 서서 고개를 거꾸로 뒤로 젖혔다. 뒤집혀서 보이는 고가 도로, 공원 나무, 녹슨 놀이 기구. 머리에 피가 쏠린다.

'베리라이프 에도가와'라는 아파트 이름은 구글 번역

기에 넣어도 무슨 뜻인지 알 수 없었다. 건물 벽면이 거무튀튀하게 때 탄 주제에 높이는 번듯하게 높아 저런 곳에서 떨어져도 용케 죽지 않고 살아난 오빠가 새삼 존경스러웠다.

인터폰 따위 알 바 아니라는 듯이 현관홀을 그대로 통과해 엘리베이터를 타고 꼭대기 층으로 간다. 집 문 앞을 지나 안쪽 계단을 오르자 옥상이 나왔다.

횅한 곳이다. 빨래가 널려 있지도 않고 철조망 따위도 없다. 이 광활한 공간의 콘셉트는 'Let's 투신!' 아닐까.

푸른 하늘이 펼쳐져 있다. 바람이 제법 차지만 그럭저럭 따뜻한 날씨다. 도쿄 풍경을 내려다보고 있는 동안 문득 옆구르기를 해 보고 싶어졌다.

오빠가 추락한 날에도 날씨가 쾌청했다고 한다. 들뜬 마음에 충동적으로 뛰어내렸을까. 그렇다면 술주정뱅이나 마약 중독자, 정신 나간 사람 중 하나다.

"오빠는 분명 정신이 나갔었겠지."

"왜?"

"오빠 몸에서는 알코올과 약물이 안 나왔으니까."

오빠가 고개를 갸웃했고 난 그 이상 설명하지 않았다.

"내가 어디서 떨어졌지?"

난 아슬아슬한 끝부분까지 가서 "아마 여기" 하고 알려 줬다.

"저것 봐. 저 나무. 아마 저 나무 위로 떨어져서 오빠는 목숨을 건졌어."

조금 전에 지나온 공원 나무를 가리킨다.

"오빠는 분명 저 고가 도로까지 날아가려고 있는 힘껏 점프했을 거야. 하지만 오빠는 스파이더맨도 아니니 저 나무 위로 떨어졌어."

"왜 고가 도로로?"

"모르지. 정신이 나갔으니 그랬던 거 아닐까?"

"왜 이 아파트였을까?"

"그냥 지나가다 들렀겠지."

오빠는 이해 못 하는 듯했다. 그럴 만하다. 나도 지금껏 이해하지 못하고 있으니까. 추락한 이유가 뭐든 은둔형 외톨이였던 오빠가 이런 곳에 온 것 자체가 의문이다.

"혹시 뭐 떠오르는 거 없어?"

오빠는 흐음 하고 심각한 표정을 지었다. 그 모습을 보며 속으로 안도했다. 여기서도 떠오르지 않는다면 문제없다. 앞으로도 기억 못 한다. 오빠는 정말로 구제 불능 막장에서 벗어난 것이다.

끈질기게 옥상을 이곳저곳 돌아다니는 오빠를 곁눈질하며 1월의 공기를 한껏 들이마셨다. 두 팔을 펼치고 빙그르르 한 바퀴 돌아 본다. 오늘 산책은 만족스럽다.

그리고 이제는 돌아가야 한다고 강하게 느꼈다. 슬슬 엄마가 봉사 활동을 마치고 돌아올 시간이다. 멋대로 외출한 걸 들키면 혼날 것이다.

그 말을 하려고 오빠를 돌아봤다. 오빠는 옥상 끝에 위태롭게 서 있다. 키도 어깨도 내 두 배는 되면서 뒷모습은 정말이지 연약해 보였다.

문득 떠올랐다. 저 등을 밀면 어떻게 될까.

"오빠."

난 오빠에게 다가갔다.

"응?"

오빠가 돌아봤다.

"너무 집착하다가는 못쓰게 돼."

"뭐?"

"못쓰는 인간은 차라리 세상에 없는 게 낫대."

"못쓰는 인간……."

"집에 가자. 엄마한테 혼나겠어."

못쓰게 됐다는 말을 들을지 몰라.

내가 한 걸음 다가갈 때였다.

"요리코."

오빠가 무슨 말을 하려다가 떠오르지 않는 것처럼 얼굴을 찌푸렸다.

"오빠?"

괴로운 것처럼 머리를 부여잡고 어깨를 들썩인다.

난 깜짝 놀라 자세를 가다듬었다. 왠지 주먹이 날아올 것 같아서 덜컥 겁이 났다.

오빠는 두 손을 머리에 대고 이를 꽉 깨물고 있다. 허리를 직각으로 굽히고 있다. 트레이닝복 위로도 근육이 도드라진다. 꼭 짐승 같다. 날 향해 덤벼들면 절대 무사할 수 없을 것이다. 이럴 줄 알았으면 아까 그냥 밀어 버릴 걸 그랬다.

"……괜찮아, 괜찮아."

오빠가 거칠게 숨을 내쉬며 말했다. 땀이 줄줄 흐른다.

"혹시……."

난 조심스럽게 물었다.

"뭐가 떠오르기라도 했어?"

그러자 오빠는 "모르겠어"라고 했다.

"그런데, 왠지 내가 여기서 누군가에게 밀려 떨어진 것 같아."

"누구?"

그러자 오빠는 다시 "모르겠어" 하고 덧붙였다.

"아마도…… 여자한테."

"둘 다 아주 팔자가 좋구나."

엄마가 돌아오기 전에 간발의 차로 먼저 집에 도착한 우리는 거실에서 두 시간짜리 추리 드라마 재방송을 시청하고 있었다.

요리코, 그렇게 할 일이 없으면 식사 준비라도 도우렴. 엄마, 이제 곧 벼랑 위 장면이 나올 거니 조금만 기다려 줘. 볼 게 뭐 있니? 어차피 피해자인 척하는 여자가 범인이잖아.

결국 엄마 말대로 된 것까지 확인하고 식탁 위에 식기를 세팅했다. 오늘 저녁은 회과육일 거라는 예상이 멋지게 적중해서 명탐정의 체면을 차렸다.

"휴, 너희 아빠는 왜 그렇게 구제 불능일까?"

엄마는 중얼거리면서 고기를 집어 먹었다.

"아마 날 때부터 그렇게 못쓰는 사람이었을 거야. 그

런 숙명을 지닌 사람인 거지. 그러니 다른 사람들한테 존경받기는커녕 폐만 끼치고 그 뒤처리는 전부 내가 하잖아."

엄마는 못 말리겠다는 듯이 푸념하고 희미하게 미소 지었다.

"근데 우리는 이제 어떻게 되는 거야? 우물우물. 한 푼도 없는데 8백만 엔을 어떻게 갚아."

"괜찮아. 백부님께 부탁했으니까."

"이로카와 백부님?"

그래. 엄마의 대답을 듣고 젓가락질하던 손을 멈췄다.

"오빠도?"

"뭐 일단은."

오빠는 무슨 말인지 몰라 멍하니 있다.

"요리코, 다 먹으면 설거지 좀 하렴. 그리고 대청소를 해야겠어. 내일까지 집을 비워 줘야 하니까."

"벽에 난 구멍들도 메꿔야 해?"

"메꿔야지."

속으로 한숨을 내쉬고 그 일은 오빠에게 맡겨야겠다고 생각했다.

"자자, 얼른 먹으렴."

그 뒤로 식사를 마치고 우리는 정말 대청소를 시작했다. 자세한 설명은 듣지 못했지만 다음에 들어올 사람이 이미 정해졌고 집을 깨끗이 비워서 넘기는 조건으로 빚이 조금 탕감될 거라고 했다.

오빠는 전에 자신이 주먹과 발차기를 날리고 박치기를 해서 만든 구멍을 전부 깨끗이 메꿔서 은폐했다. 생각보다 손재주가 있어서 감탄하며 구경하다가 엄마에게 꾸지람을 들었다.

밤을 새우고 점심이 지나 마트에서 주문한 새 거실 문을 설치하고 간신히 정리를 마칠 무렵에는 어느덧 해가 뉘엿뉘엿 기울고 있었다. 5시에 사람들이 올 거라고 해서 우리는 국수를 배달해 먹었다. 튀김 토핑은 단호히 거절당했고 후루룩 소리만 울리는 엄숙한 최후의 만찬을 가졌다.

2층에 있는 내 방에 가서 물건들을 정리했다. 엄마는 배낭에 들어갈 만큼만 짐을 챙기라고 했지만 옷과 속옷, 토템 폴 장식을 넣으니 배낭이 거의 찼다.

내게는 이렇다 할 나만의 물건이 없었다.

굳이 꼽자면 스마트폰. 인터넷과 TV, 병원에서 읽는 성인 주간지가 내 문화생활의 전부였다. 그리고 이따금 취미로 하는 머리 염색 정도.

방에서 나갈 때 오빠와 마주쳤다.

"빈손이잖아."

내가 지적하니 오빠는 "아무것도 없는데 어떡해"라며 볼멘소리를 했다. 그러고 보니 오빠 물건을 내가 전부 처분했지.

"이 가죽점퍼, 가져갈 거야?"

"너 줄게."

흰색 트레이닝복에 가죽점퍼는 역시 너무 튈 것이다.

"사이즈도 안 맞고."

"오빠가 중학생 때 산 거니까."

"이런 걸 샀다고? 조숙했네."

그런 대화를 나누며 계단을 내려가려는 순간 불현듯 어떤 기억이 떠올랐다.

"전에 오빠가 여기서 날 집어 던진 적이 있어."

"뭐? 정말? 죽을 것 같은데."

"죽일 생각으로 던졌겠지."

왜? 내가 그걸 어떻게 알아. 그러면서 우리는 경사가 가파른 계단을 내려갔다.

거실은 저녁놀에 물들어 있었다. 엄마가 수화기를 들

고 있다. 통화 상대는 아마 야마다 씨일 것이다.

난 오빠와 소파에 앉아 켜지도 않은 TV를 우두커니 바라봤다.

"나도 여기서 2년 정도는 살았다고 했지?"

"그래. 오빠 말고 또 누가 벽에 구멍 같은 걸 뚫겠어."

"응, 그건 그래."

"오빠는 감당하기 힘든 사람이었어."

"그렇구나."

오빠가 허공을 봤다.

"실은 요새 자기 전에 스마트폰으로 나인 인치 네일즈 뮤비를 보고 있어."

"유튜브를 보면 머리 나빠진대."

"근데 아무리 들어도 별로 좋은지 모르겠더라."

오빠는 '이제 나도 영 예전만 못해'라고 회상하는 노인처럼 중얼거렸다.

"앞으로도 내 기억은 영영 돌아오지 않겠지."

"옥상에 갔을 때 뭔가 떠오른 것 같았다며."

"아니. 그때 오히려 더 지워진 기분이야. 흐려졌다고 할까, 멀어졌다고 할까……. 조금 무서웠어. 언젠가 또 내 의지와는 상관없이 기억을 잃을 것 같아서. 지금 이 순간의 내가 사라지는 거잖아. 그 뒤로 계속 살아간다 해도 그건 나라고 할 수 없겠지. 나라는 인간이 아니야."

오빠가 고개를 흔들었다.

"아마 날 내가 아니게 하는 건 내가 아닌 다른 무언가일 거야. 그게 조금 무서워."

그러고는 입을 다문다. 얼빠져 보이는 옆얼굴이 주황빛으로 물들고 있다.

"지나친 생각이야."

난 지적했다.

"그럴지도" 하고 오빠가 고개를 끄덕였다.

"그나저나 즐거웠어. 너와 함께한 외출."

힘없이 웃는다.

"둘이 함께 친 훌라도. 그러니 넌 꼭 기억해 줬으면 해. 둘이 아파트 옥상에 간 것과 트럼프를 한 것까지. 혹여 내가 기억을 또 잃어서 다른 사람이 된다고 해도."

그때 엄마의 새된 목소리가 들렸다. 정말이야, 정말 최악이라고. 큰일이야. 이제 어떡해야 할지.

"저기, 오빠."

"응?"

"세상을 거스를 수는 없어."

"뭐?"

"운명이란 건 처음부터 정해져 있어서 우리 같은 일개 인간은 아무리 노력해도 바꿀 수 없다는 뜻이야. 우리가 태어나고 죽는 것도 다 우리의 바람이나 사정 같은 것과 상관없이 정해지고 선택할 수도 없잖아. 우리가 선택할 수 있는 건 거기에 적응하느냐 엇나가느냐 정도고, 우리가 더 잘 적응하는 법을 선더 후쿠스케나 니르바나 기쿠이케 선생님 같은 분들이 가르쳐 주시는 거야."

고개를 갸웃거리는 오빠에게 한마디 더 덧붙였다.

"……라고 이로카와 백부님이 말했어."

"이로카와 백부님이?"

오빠는 어깨를 움츠렸다.

"전혀 기억 안 나는데."

"백부님 집도 기억 안 나? 삼각 모양의 기와지붕이 달린."

여기보다 더 큰 일본식 가옥.

"거기 살았을 때만 해도 오빠는 그럭저럭 상태가 괜찮았어."

"적응했어?"

"초반에는."

끝은 비참했지만.

"뭐 기억 못 해도 상관없어. 오히려 잊어서 다행이야. 그러지 않았다면 백부님도 오빠를 다시 거두려고 하지 않았을 테고."

그렇게 말하고 가죽점퍼 주머니에 손을 넣었다. 손끝에 단단한 케이스가 닿는다. 아빠가 남기고 간 트럼프다.

백부님 집에 가면 아마 트럼프를 다시 칠 일은 없을 것이다. 마지막으로 오빠와 홀라나 한 게임 더 할까. 오빠에게 마음의 빛이 있는 건 아니지만 오빠는 내게 스마트폰을 사 주었다.

그러고 있을 때 오빠가 "잘 적응하려나" 하고 중얼거렸다.

"이로카와 백부님은 너그러운 분이니 괜찮지 않을까? 일만 확실히 한다면."

"일?"

그때 딩동 하고 초인종이 울렸다. 네, 하고 엄마가 뛰어간다.

"안녕하세요."

오늘부터 이 집에 살게 될 가족과 어색하게 인사를 주고받는다. 아빠처럼 보이는 남자는 그야말로 사람 좋아 보이는 인상에 머리는 7 대 3 가르마에 안경을 썼고 엄마처럼 보이는 여자는 약간 살집이 있고 상냥해 보이는 사람이다. 여자가 품에 안고 있는 원숭이 같은 갓난아기는 딸이라고 했다.

엄마가 집을 대충 안내해 주고 우리는 '그럼 이만' 하는 느낌으로 헤어졌다.

집 앞에 검은색 SUV가 세워져 있었다. 엄마는 "실례합니다" 하고 고개를 숙이며 조수석에 올라탔고 나와 오빠는 차 문을 밀어 뒷좌석에 앉았다.

"너희도 인사해야지."

"안녕하세요. 오랜만에 뵈어요."

내가 인사하자 옆에서 오빠도 "앞으로 잘 부탁드립니다"라고 했다.

"오, 둘 다 많이 컸구나. 벌써 2년이 흘렀군."

이로카와 백부님이 핸들 위에 손을 올리고 우리를 돌아봤다. 눈을 가늘게 뜨며 나와 오빠를 유심히 번갈아본다. 아빠보다 흰머리가 많고 수염도 산신령처럼 새하얗다. 백부님은 혀를 살짝 내밀더니 혀로 수염을 한 번씩 핥았다. 이 버릇을 보는 것도 2년 만이다.

"자, 오늘 밤에는 초밥이라도 시켜 먹자꾸나."

차가 출발했다. 멀어지는 2층 집을 보며 난 속으로 '그럼 아까 국수를 먹지 말걸' 하고 후회했다.

· 현재 - 2017년

히나구치 요리코의 추락의 순간이 시시각각 다가오고 있다.

얼마 후 세차게 부딪칠 아스팔트가 시야를 가득 채우고 있지만 요리코의 머리는 눈앞의 위기를 회피하는 것에는 관심이 없었다. 일생일대의 두뇌 회전을 삶의 고속 재생에 소비하는 건 무의미하고 바보 같지만 이 마당에 이성이 제대로 작동할 리 없고 생존 본능 또한 기능을 멈추기로 작정한 듯해서 요리코의 몸은 그대로 물리 법칙을 따를 수밖에 없었다. 그걸 떠나 애초에 요리코의 두뇌는 기껏해야 중하급 수준이기도 했다.

따라서 이 주마등 속에도 생략된 에피소드와 디테일이 산더미만큼 많다.

이를테면 지명. 요리코는 자신이 태어난 아파트 단지를 비롯해 2년 정도 산 집의 주소, 그리고 이로카와 백부님의 집이 어디 있는지 바로 얼마 전까지 요만큼도 관심이 없었다.

바로 얼마 전이라는 것은 정말 최근으로, '그 사건' 이후, 즉 작년 봄 노란 머리카락의 그 여자를 만나고 난 이후를 뜻한다.

2016년 3월이 거의 끝나가던 그날에 요리코는 볼링장에 있었다. 오래된 오락 시설이 아닌 서른 개의 레인을 충실히 갖춘 대형 볼링장이고 시간도 밤이 아닌 낮이었다.

당시 요리코는 이로카와 백부님의 집을 떠나 지바시 하나미가와구에 살고 있었다. 몸 상태가 좋지 않은 동거인이 검사 차 입원 중이어서 따로 할 일이 없어 볼링장으로 향한 것이다.

평일이라 한산해서 요리코도 느긋이 볼링을 쳤다. 예전 실력이 돌아오지 않아서 스트라이크는 고사하고 스페어도 쉽지 않았다. 공이 레인 옆 도랑에 빠졌을 때는 무심코 웃음을 터뜨릴 뻔했다.

의자에 앉아 다음 게임 준비를 기다리며 멍하니 있을 때 머릿속에 자연스레 '그 사건'의 광경이 떠올랐다. 피투성이가 되어 쓰러진 사람들. 엉망진창이 된 얼굴.

꿈쩍도 하지 않는 왼쪽 손목. 오줌 지린내, 저릿거리는 팔. 요리코는 볼링 핀 세팅이 끝나도 가만히 레인 끝을 바라봤다. 마치 내가 레인을 굴러가는 듯한 착각을 맛봤다.

그때였다.

"같이 한 게임 치실래요?"

누가 요리코에게 말을 걸었다.

고개를 들어 보니 큼지막한 선글라스를 낀 노란 머리 카락의 여자가 서 있었다. 날씬한 몸에 색 바랜 청바지가 잘 어울리는 덕에 '하면 된다'라는 글자가 적힌 티셔츠만 없었다면 모델로 착각했을 것이다.

그다지 내키지 않았지만 노란 머리 여자는 멋대로 게임을 시작했고, 두 사람은 서로 소개도 주고받지 않은 상태에서 차례대로 공을 던졌다. 노란 머리 여자는 요리코가 '아, 나도 처음에는 이랬지' 하고 예전 자신을 떠올릴 만큼 실력이 형편없었고 결국 거의 보기 힘든 진귀한 점수를 기록했다.

"아, 진짜 어렵네요."

여자는 승자에게 주는 선물이라며 요리코에게 음료수를 사 주었다.

"비결이 뭐예요?"

그 질문에 요리코는 "마음가짐이 중요하다고 할까요" 라고 대답했다.

저 열 개의 볼링 핀을 모조리 쓰러뜨리고 말겠다는 마음가짐.

여자는 "오, 뭔가 멋지네요"라고 했다. 빈정거리는 느낌은 없었다.

오늘 이렇게 만난 것도 인연이니 다음에 더 얘기 나눠요. 여자는 그러면서 스마트폰을 꺼내 싱긋 웃었다.

"그래도 되죠? 히나구치 요리코 씨."

그것이 우라베 아오이와의 첫 만남이었다.

·작년 - 2016년

까놓고 말해 책을 내고 싶어요. 아오이가 맥주잔을 손에 들고 의미심장하게 웃으며 속삭였다.

"책?"

난 되물었다.

아오이가 날 부른 시끌벅적한 술집에서 우리는 벽 옆

에 있는 좁은 2인석에 앉아 얼굴을 마주하고 있었다.

"전 르포든 소설이든 잘 팔리기만 하면 상관없는데 그쪽에서 르포로 내는 게 낫겠다고 해서."

난 대답 대신 우롱차를 마시며 눈앞에서 오줌 같은 액체를 꿀꺽꿀꺽 마시는 여자를 지그시 바라봤다.

등까지 기른 노란 생머리가 하얀 피부 때문에 눈에 도드라진다. 날씬한 몸과도 잘 어울린다. 눈초리가 약간 째진 눈, 오똑한 콧날. 화장기가 거의 없는데도 근사해 보이는 것은 이제 막 스무 살이라는 젊음보다 타고나길 복 받은 외모 덕분일 것이다. 오직 하나, 흰 티셔츠에 적힌 '캘리포니아' 글자만 아쉬웠다.

"우라베 사건을?"

"네."

아오이는 한 치도 망설이지 않고 답하고 맥주를 한 잔 더 주문했다.

나는 "흐음" 하고 적당히 맞장구치고 머뭇거렸다. 긴히 상담할 게 있다고 할 때부터 즐거울 이야기가 아닐 것은 예감했다. 결국 이렇게 나와 버린 자신의 경솔함이 후회스러웠다.

우라베 사건 이후로 아오이의 집안이 기울고 있다는

이야기는 들었다. 고지식한 공무원 부부인 아오이의 부모에게 그 사건은 '직장에서 목이 간당간당해질 끔찍한 사건'이고, 사건 내용이 내용인 만큼 '일가친척 모두가 등을 돌린 상태'이며, 피해자에게 줄 합의금은 '집안을 다시 일으켜 세우기 어려운 액수'라 풍비박산 일보 직전이라는 이야기였다. 아오이는 내일 당장 공산주의 혁명이 일어나거나 지구에 거대 운석이라도 떨어지지 않는 한 빚으로 인한 질식사를 피할 수 없을 거라고 결론 냈다.

아오이가 어깨 위에 있는 머리카락을 손으로 쓸었다.

"그 멍청이가 살아만 있었어도 장기나 각막이라도 내다 팔아 어떻게든 메꿨을 텐데 말이죠."

진정으로 아쉬워하는 듯하다.

"아무튼 얼렁뚱땅 넘길 상황은 아니에요. 기왕 이렇게 된 거 그 복도 지지리 없는 사람들의 가족으로 태어난 원죄를 갚는다고 할까요. 가족으로서 마지막 정을 베푼다고 할까요. 뭐 더 정확히 말하면 역시 '어쩔 수 없이'겠지만, 이런 말도 안 되는 '어쩔 수 없는' 사정 때문에 전기도 제대로 못 쓰는 삶을 참고 지낼 만큼 제가 성인군자는 아니라."

그거 알아요? 전기가 끊기면 온수기도 작동을 안 해

서 집에 따뜻한 물이 안 나와요. 그럼 사계절 내내 찬물로 정신 수행을 해야 하는 거예요. 아, 물이요? 물은 원래 웬만하면 안 끊겨요. 죽으니까요. 물이 없으면 사람이 죽으니.

평소보다 더 쉴 새 없이 떠드는 아오이에게 감탄하며 안주로 나온 삶은 풋콩을 우물거렸다.

"그래서 이것저것 궁리해 봤어요. 피해자들도 해피, 저도 해피할 방법이 있지 않을까 하고."

"그게 책이란 말이야?"

아오이는 힘차게 고개를 끄덕였다.

"현대인이라면 누구나 겪는 정체성의 위기! 터질 듯이 부풀어 오른 자의식의 폭발! 그런 문구에 워킹 푸어* 문제 같은 걸 적당히 끼얹어 주면 당연히 먹힐 거예요. 되게 좋아하잖아요. 그 문화인을 자처하는 아저씨 같은 부류들이."

나는 속으로 '그런가' 하고 생각했다.

"솔직히 이제는 그런 인간들의 힘을 빌려서 제 인생을

* 열심히 일하는데도 불안정한 직업과 소득 때문에 가난에서 벗어나지 못하는 사람들을 일컫는 말.

헤쳐 나갈 수밖에 없어요. 생각해 보세요. 제가 아무리 머리를 싸매고 공부해 봐야 이제 SONY나 덴쓰* 같은 곳에는 못 들어갈 거 아니에요. 인기 연예인이나 IT 기업 백만장자가 저랑 결혼해 줄 리도 없고요. 묻지 마 살인마의 여동생이라는 것만큼 불길하고 재수 없는 낙인이 또 있겠어요?"

나는 속으로 '그럴지도 모르겠네' 하고 생각했다.

"실은……."

아오이가 몸을 앞으로 뻗었다.

"아는 사람 중에 출판사 편집이라는 정체 모를 일을 하는 녀석이 있어요. 모토이라는 이름의 얼간이 같은 자식인데 그 자식에게 은근슬쩍 떠봤거든요. 세상을 떠들썩하게 한 연쇄 살인범의 여동생이 한 자 한 자 써 내려간 르포! 당연히 온 세상의 이목이 집중되고 시끌벅적해질 기획이니 단번에 오케이가 떨어질 거라 예상했는데, 실은 이 모토이라는 녀석이 대학에서 세상 특이한 녀석들만 모인다고 정평 난 '오컬트 연구회' 출신답

---

* 일본 최대 광고 대행사.

게 둘째가라면 서러울 괴짜라서요. 저한테 계속 태클을 걸지 뭐예요. 현실에서 사람이 죽은 사건을 그렇게 가볍게 다루는 건 도리가 아니니 뭐니 하면서 자꾸 발을 뺄 궁리만 하더라고요. 그런데 한번 생각해 보세요. 죽은 사람들도 물론 불쌍하긴 한데, 지금 당장 눈앞에 내일 전기가 끊길까 봐 드라이어도 못 쓰는 처참한 현실 속 여자가 존재하는 건 보이지도 않는 거예요? 현실을 좀 직시하라고요, 현실을."

아오이는 맥주잔을 들어 벌컥벌컥 맥주를 들이켰다. 난 아오이의 요염한 목덜미를 홀린 듯이 바라봤다.

아오이가 맥주잔을 테이블에 다시 쿵 내려놓았다.

"그리고 그걸 떠나서요. 전 제 가족이 저지른 악행을 만천하에 드러내고 타인의 불행을 이용해서라도 한밑천 잡아 보려고 단단히 마음먹은 사람이에요. 그런 도리 자체를 포기한 사람한테 딸기레몬 맛 사탕처럼 달콤한 도덕론을 설파해 봐야 귀에 들어오겠어요?"

모토이는 말이죠. 타고나기를 소심한 쫄보 같은 녀석인데, 원래는 제가 전에 했던 걸즈 밴드의 팬으로 만난 사이예요. '레퀴엠 시어터'라는 밴드였는데 실은 그 밴드도 정말 답이라고는 안 나오는 쓰레기 같은 밴드였죠. '킹 오브 머저리 집단'이라고 해야 할까요.

정통 록을 표방했지만 음치들만 모인 관계로 보컬 없이 연주곡만 공연했다는 이야기, 그 연주 실력조차 터무니없었는데 팬들은 프로그레시브를 뛰어넘은 아방가르드 록이라고 추켜세워 줬다는 이야기, 멤버들이 종교적 이유로 마스크와 망토를 뒤집어쓰는 바람에 걸즈 밴드의 장점을 하나도 못 살리다가 결국 재작년에 무사히 해체했다는 이야기까지 아오이는 자신의 흑역사를 숨도 쉬지 않고 줄줄 설명해 줬다.

난 소 곱창을 질겅질겅 씹으며 애초에 무슨 이야기를 하다가 이 이야기가 나왔는지를 떠올리기 시작했다.

"그러니까 이건 제가 확신을 갖고 단언하는데, 모토이 녀석은 제게 흑심이 있어요. 저한테 반한 거예요. 그런 주제에 경계심은 또 엄청 강해서 이렇게 제 관심을 끌 절호의 찬스를 제 발로 걷어차 버리는 녀석이죠. 책 좀 내 주는 게 뭐 어때서요. 어차피 아무도 집어 들지 않을 재활용장 폐지 같은 책들만 만드는 주제에 출간 예정 목록에 한 자리쯤은 비어 있지 않겠어요? 그리고 그렇게 저한테 마음의 빚을 만들어 놔야 나중에 어떻게 한 번 해 볼 여지도 생기는 거 아니에요? 들이댈 거면 과감하게 들이대란 말이에요. 그게 남자지!"

아오이는 자신은 절대 그런 멍청이와는 결혼하지 않을 거라 선언했고 난 얼굴도 모르는 모토이라는 사람을 조금 동정했다.

"비슷한 책이 많다느니 차별점이 없다느니 이 사건은 그렇게 화제가 안 됐다느니 어쩌고저쩌고. 언니, 이런 게 바로 자본주의인가요? 표현의 자유는 다들 어디다 갖다 팔아먹었대요?"

아오이, 울지 마.

"그러더니 마지막에는 책을 정 내고 싶으면 강력한 세일즈 포인트를 찾아오래요. 매력적인 수수께끼 같은 게 필요하다는 거예요. 말도 안 돼! 매력적인 수수께끼라뇨! 현실에서 일어난 묻지 마 살인 사건에 매력적인 수수께끼 같은 걸 더해야 할 의무라도 있는 거예요?"

그런 엄청난 질문을 내게 던져 봐야 해답이 나올 리 없다.

"아무튼 그래서 이제는 언니가 나설 차례예요."

"응?"

시끄러운 라디오 방송을 듣는 기분으로 아오이의 말을 흘려듣고 있던 나는 하마터면 마시던 우롱차를 뿜을 뻔했다.

"가해자의 동생과 피해자인 언니. 둘이 힘을 합쳐 이 사건을 파헤치는 르포를 쓰는 거예요."

아니, 아니, 잠깐만.

"물론 인세는 반반으로."

그건 좀 끌리지만.

"잠깐만, 아오이."

내 이성은 의외로 강고했다.

"무슨 얘기인 줄은 알겠어. 네 상황이 힘들다는 것도 이해했고. 나도 어떻게든 돕고 싶어. 하지만 난 네 힘이 돼 줄 수 없을 거야."

순간 머릿속에서 울려 퍼지는 총성을 떨쳐 내듯 목소리에 힘을 집어넣는다.

"난 앞으로 조용히 살기로 했어. 있는 듯 없는 듯이."

이런저런 일이 많았다. 지나치게 많았다. 오빠. 가족, 그리고 '그 사건'…….

그날 이후 이제는 정말 이 세상과 맞설 힘을 잃어버렸다.

아오이가 진지한 눈빛으로 나를 빤히 바라봤다.

"정말 그래도 되겠어요? 아직 제대로 밝혀진 건 아무

것도 없는데."

"없긴. 우라베는 엽총으로 다섯 명을 쐈고 그중 세 명이 죽었어. 그게 전부야."

"동기는요?"

난 입을 다물었다.

"총을 쏜 동기 말이에요. 그 자식이 왜 그런 멍청한 짓을 저질렀는지."

실제로 세상 사람들은 아오이가 앞서 말한 대로 그 사건을 '정체성의 위기'라느니 '터질 듯이 부풀어 오른 자의식의 폭발'이라느니 '현대의 워킹 푸어 문제' 같은 말들을 대충 덧씌워 적당히 어물쩍 넘겨 버렸다.

왜냐하면 정작 중요한 우라베 본인이 엽총을 입에 물고 발사해 자기 머리를 날려 버렸기 때문이다.

"언니."

아오이가 얼굴을 들이밀었다.

"우리가 처음 만난 날 기억해요? 제가 뉴스에 나오지도 않은 언니 얼굴과 이름을 어떻게 알고 있는지 이상하지 않았어요?"

이상했다. 이상해서 아오이에게 "어떻게?"라고 물었다. 아오이의 대답은 이랬다. 그게 바로 운명이라는 거예요.

"그건 거짓말이 아니었어요. 그렇게 만날 줄은 정말 꿈에도 몰랐으니까요. 그래서 느껴 버린 거예요. 운명을."

"날 찾고 있었다는 말이야?"

아오이는 가볍게 고개를 끄덕이고 입 앞에서 두 손을 깍지 끼더니 그때 볼링장에는 그저 배가 아파서 화장실에 가려고 우연히 들른 거였다는, 볼품이라곤 없는 고백을 온갖 폼을 잡으며 털어놓았다.

언니. 아오이가 그냥 있어도 째진 눈초리에 주름을 잡고 날카롭게 날 보며 입을 열었다.

"그 자식이 정말 죽이고 싶었던 사람은 언니 아니었을까요?"

그때 근처에 있던 남자 손님이 요란하게 웃음을 터뜨렸다. 그런데도 아오이의 목소리는 이상하리만치 또렷이 들렸다.

"그 사건은 언니가 있어서 일어난 거죠? 언니가 그때 그곳에 있었으니 그 자식도 평소보다 더 회까닥해서 그 자리에 있던 모든 사람들에게 총을 갈긴 거예요. 그리고 그때부터 우리 가족들의 생고생이 시작됐어요. 그런데 언니는 지금 이렇게 멀쩡히 살아 있죠."

난 아오이를 가만히 응시했다. 아오이는 내 눈길을 피하지 않았다.

"도와주실 거죠?"

웃음소리가 더 커졌다. 가게 안에는 남자 아이돌 그룹의 노래가 흐르고 있다.

말도 안 되는 협박이자 생트집이다. 난 눈을 감고 힘없이 한숨을 내쉬었다. 그때는, 어쩔 수 없었다.

"아오이."

"네?"

"미안."

나는 테이블 위에 돈을 내려놓고 자리를 떠났다.

터벅터벅 걸으며 우라베를 떠올렸다.

의외로 근육질인데도 옷을 입으면 말라 보이는 스타일. 듬직한 인상과는 거리가 있지만 일을 척척 해내던 사람. 근본은 성실한 성격. 내 머릿속에 박힌 우라베에 대한 인식은 그 정도다.

어두운 거리에 평온하게 집들이 늘어서 있다. 가로등 불빛이 드문드문 길을 비춘다. 게미가와역에 있는 술집에서 15분 정도 걷자 철근 콘크리트로 지은 투박한 빌라가 눈에 들어왔다. 현관홀이나 인터폰 같은 건 물론 없고 건물 밖 우편함에는 뭐가 잔뜩 꽂혀 있다. '그 사건' 이후 이로카와 백부님의 집을 떠난 나는 이곳 1층 가장 안쪽에 있는 집에 살고 있다.

열쇠로 문을 열고 집 안에 들어간다. 불은 그대로 켜져 있다. 아무도 없다는 것은 안다. 할아버지는 지금 입원해 있다.

샤워하거나 TV를 보기도 귀찮아서 거실에 그대로 주저앉았다. 벽에 등을 기댄다. 고요하다.

아무도 없는 침실을 바라본다. 할아버지가 쓰던 담요가 그대로 깔려 있다. 그 광경이 내 가슴을 술렁이게 했다.

시간이 아무리 흘러도 익숙해지지 않았다. 자랑은 아니지만 지금껏 혼자 살아 본 경험이 없는 난 할아버지 없이 홀로 보내는 밤이 달갑지 않았다.

할아버지는 "요리코는 더 강해져야 해"라고 입버릇처럼 말했다. 그러나 어떻게 해야 강해질 수 있냐고 물어도 제대로 대답해 주지 않았다. 그게 아주 어렵긴 하지, 응, 아주 어려워. 할아버지는 그런 식으로 얼버무렸다.

우선 밥을 혼자 해 먹을 수 있어야 해. 그래야 살아갈 수 있어. 난 할아버지의 조언에 따라 식칼과 도마, 채칼 같은 걸 쓰며 시행착오를 겪고 간장과 맛술의 차이도 어렴풋이 깨닫기 시작했지만 그렇다고 혼자 살아갈 수 있으리라고는 믿지 않는다.

내가 보기에 할아버지는 강한 사람이다. 아니, 강한 사람이었다. 지금은 알 수 없다. 입원해 있으니 이제는 나도 할아버지를 쓰러뜨릴 수 있을지 모른다. 만약 누가 내게 느닷없이 덤벼든다고 해도 지금의 할아버지는 날 지켜 주지 못할 것이다.

오빠는 강했다. 누구보다 뛰어난 신체 능력이 있었으니까.

이로카와 백부님도 강했다. 돈이 있었고 그의 말에는 기이한 힘도 있었으니까.

그러나 그 모든 것을 다 동원해도 당해 낼 수 없는 게 있다.

아오이도 아마 **그것**에게 진 것이다. 아빠와 엄마, 그리고 나처럼.

다다미 위에 눕는다. 몸이 찌뿌둥하지만 잠은 오지 않았다.

벽에 걸린 가죽점퍼가 눈에 들어왔다. 입지 않은 지 오래됐다. 평소 패션은 수수한 티셔츠와 바지. 머리카락도 검은색으로 유지하고 있다.

묻지 마 살인마의 여동생이라. 새삼 떠올려 보니 무시무시한 단어다.

힘이 돼 줄 수 없을 거야, 미안. 아오이에게 했던 말이 떠올라 가슴이 두근거린다.

그만둬야 했다. 아오이와의 어중간한 교류. 어차피 아무것도 못하리란 건 알고 있었다.

눈을 감는다. 전부 다 잊어버리기 위해.

그때 띠리링 하고 스마트폰이 울렸다. 'aoiaoi@'로 시작하는 누가 봐도 알 만한 메일 주소로 메시지가 도착했다.

'내일 10시에 찾아갈게요.'

참 터프한 애라니까. 그렇게 생각하며 스마트폰의 전원을 껐다.

다음 날 아침 아오이는 정말로 날 찾아왔다.

경적을 빵빵 울려 대서 마지못해 나가니 노란 경차에 몸을 기대고 있는 아오이가 보였다.

"힌덴부르크호예요."

이름의 유래는 둘째 치고 아오이는 이 노린재 같은 투

도어 차를 우라베에게 물려받았다고 했다. 차에는 죄가 없다는 아오이의 지론에는 불만이 없지만 오늘 이렇게 불쑥 찾아온 것에는 불만이 있다.

난 "거절한 것 같은데"라고 했고 아오이는 "거절을 받아들인 기억은 없어요"라고 했다. 악덕 강매업자도 두 손 들고 도망칠 생떼를 받아 주기에 오늘 나는 너무 피곤하다.

이따금 수상한 엔진 소리를 울리는 것을 제외하면 힌덴부르크호는 쾌적했다. 물론 아오이의 운전 실력은 쾌적함과 거리가 멀지만 별로 신경 쓰이지 않았다. 버스를 타고 다니기도 버거운 삶이었으니 차선 변경 상식이나 무분별한 유턴의 치사율 따위에 무지한 덕분이다.

"실은 뭘 어디서부터 접근해야 할지 눈앞이 캄캄해요. 르포라는 건 대체 어떻게 써야 해요? 젠장! 낫 놓고 기역 자도 모르는 게 정확히 이런 상황일 거예요."

아오이가 시끄럽게 떠드는 소리를 들으며 난 아오이가 이런 일에 정말 무지하다는 것을 새삼 깨달았다. 모르는 사람끼리 통하는 공감이다.

"아무튼 그쪽은 모토이 자식한테 맡기기로 하고 우린 우리가 할 수 있는 일을 하기로 해요."

아오이는 모토이 씨에게 받았다는 주소록을 펼치며 피해자들을 찾아가 이야기를 들을 거라고 당당히 말했다. 난 "미리 약속은 했어?"라고 물었다.

아오이는 "물론 안 했죠"라고 딱 잘라 대답했다. 지금 한창 민사소송 중인데 어떻게 약속을 하겠어요.

"그냥 돌진하고 보는 거예요."

계획이 없는 것도 정도가 있다.

괜찮을까 걱정했지만 아니나 다를까 괜찮지 않았다.

처음 찾아간 이지마 씨의 집은 주택가에 있는 큰 단독주택이었다. 마흔이 넘은 아들이 옆구리에 총을 맞아 지금도 의식불명 상태라고 들었다.

─누구세요?

"아 예, 전 우라베 아오이라고 함다!"

아오이의 명예를 위해 미리 말해 두는데 아오이는 절대 악의가 있어서 이렇게 행동하는 것은 아니다. 아닐 터다. 아오이 나름대로 최대한 예의 바르게 인사한 거라고 믿고 싶다.

인터폰 너머에서 말문이 막힌 여자 대신 걸걸한 남자 목소리가 들렸다.

─뭐 하러 왔어?

"아, 전화로도 말씀드렸는데 기왕 온 김에 영정 앞에 향을 하나 올려 드리고 이야기도 좀…….

—지금 나랑 장난쳐!

뚝.

나조차 속으로 '아오이, 이건 아니지'라고 생각했다.

그러나 아오이는 기죽지 않고 계속 인터폰 버튼을 눌렀고 그때마다 짜증 섞인 이지마 씨의 목소리가 들렸다. "작작 좀 해!", "진짜 끈질기네!", "당신이랑 할 얘기 없다니까!", "그만 돌아가", "아니, 당신 지금 우리랑 재판 중 아니야?", "아, 부탁이니 이제 그만 가 달라고."

이지마 씨가 딱해서 난 아오이의 어깨를 툭툭 두드리며 이만 가자고 했다.

"아니, 정중하게 영정 앞에 향도 올리겠다고 하는데 이럴 수 있어요? 이 나라에서는 가해자의 가족이 고인에게 고개를 숙이는 게 예의 아니에요? 이렇게 문전박대를 할 일인가요?"

정말로 뭐가 문제인지 모르는 듯하다. 아오이의 상식 수준은 나보다 못하다. '기왕 온 김에'부터 너무한데 그걸 떠나 이지마 씨의 아들은 아직 죽지도 않았다.

다음으로 찾아갈 곳은 가도무라 씨의 집. 현관홀에

인터폰이 달린 현대식 아파트다. 다행인지 불행인지 그는 부재중이었다.

"가도무라 씨는 우라베와 같은 대학에 다녔대. 그래서 함께 일한 적도 있다던데."

운전석에 앉은 아오이가 "오" 하고 놀라워했다.

"쾌활한 분이었어. 주변에 보면 평소에도 지나치게 들뜬 사람 있지? 그래서 그런지 그 사건 때도 갑자기 '그만해!' 하고 버럭 소리쳐서."

그 즉시 가슴에 총을 맞아 사망했다.

"아내와 초등학생 아들이 둘 있었다던데."

"마음이 무겁네요."

당연히 무거울 것이다. 아마 우리가 상상하는 것보다 몇백 배는 더.

"다음은?"

"후루타 씨 집이에요."

내 옆에서 머리에 총을 맞은 남자다.

"아오이, 넌 가도무라 씨에 대해 몰랐어?"

"제가 어떻게 알겠어요. 오빠라는 인간은 대학을 졸업하고 집을 나간 뒤로 얼굴 한 번 본 적 없어요. 소식이 아예 끊겼거든요. 부모님도 뉴스에서 야단법석이 난 뒤에야 알게 됐고요."

아오이가 어깨를 움츠렸다.

"가족이란 게 원래 그래요. 뭐 주변에서 워낙 이러쿵 저러쿵 말이 많고 저도 미안한 마음이 없는 건 아니지만 제가 여기서 뭘 어떻게 하겠어요. 백번 양보해 부모님은 그 멍청이를 직접 키웠으니 어쩔 수 없다고 쳐요. 그런데 전 그 멍청이보다 세상에 늦게 태어났어요. 그런 사람한테 책임을 지라고 해 봐야 뭘 어떻게 져야 하는지 모르겠다는 말이에요."

아오이가 커다란 선글라스를 들어 천천히 꼈다. 고장 난 녹음기처럼 한창 떠들어 대더니 다시 입 다물고 힌덴부르크호를 운전하고 있다. 난 아오이의 옆얼굴을 훔쳐보며 속으로 '이 아이는 말만 안 하면 괜찮을 것 같은데'라고 생각했다.

"뭔가 데이트하는 기분이네요."

그런가. 이런 게 데이트였나.

"날씨도 좋은데 바다라도 보러 갈래요?"

후루타 씨 집으로 향하던 힌덴부르크호가 급히 방향을 틀었다. 주변에서 경적 소리가 **빵빵** 울려 퍼진다. 입으로 휙, 휙 소리를 내며 신나게 핸들을 돌리는 아오이를 보며 혹시 이 아이는 미군이 누출한 신경가스라도 마신 적이 있는 게 아닐까* 의심하다가 문득 기분이 유쾌해졌다.

도심지를 벗어나니 주변에 건물이 하나둘 자취를 감췄다. 아오이가 차창을 열자 부드러운 노란 머리카락이 선글라스에 닿았다.

"제 사고뭉치 오빠는 말이죠. 도가 지나칠 만큼 고지식한 인간이었어요. 19세 미만 관람 불가 영화를 정말 19살이 되기 전까지 거들떠도 안 본 벽창호였죠. 취미가 사랑의 열매 배지 모으기 같은 사람, 어떤지 아시겠어요?"

아오이는 "심지어 고등학교에서도 동아리가 궁도부였다니까요" 하고 말을 이었다.

평소에 무도는 정신 수양에 좋다고 설교하는 게 얼마나 짜증 났는데요. 화살을 한 발 쏠 때마다 인격적으로 성장한다느니, 너처럼 시시껄렁한 애들이야말로 궁도를 해야 한다느니. 얼마나 재수 없었을지 대략 감이 오시죠?

* 실제로 1969년 일본 오키나와현 미군 기지에서 유독가스가 누출되는 사건이 일어난 바 있다.

시에서 주최한 대회에 나가 상을 받았을 때는 인간이 올바르게 살아가는 법을 가르쳐 주겠다며 거들먹거렸고, 언젠가 자기는 세상에 진리를 설파하는 사람이 될 거라고 큰소리치기도 했어요. 심지어 가족이 모여 카레라이스를 먹는 저녁 식사 자리에서요. 전 그전에 때와 장소를 가릴 줄 아는 사람이나 되라고 속으로 비난했죠.

대학에서는 클레이 사격 동아리에 들어갔다고 하는데, 전 잘 모르겠지만 그것도 무도 카테고리에 들어가나요? 아무튼 그래서 엽총 면허도 땄으니 결과적으로 거기서부터 모든 게 시작됐다고 할 수 있을 거예요.

장담하건대 사귀는 사람은 없었을 거예요. 만약 있었다고 해도 결혼 전까지는 순결을 지켰겠죠.

"콤플렉스로 똘똘 뭉친 것 같은 사람이었어요. 어릴 때부터 여자 같다며 괴롭힘을 당했다고 하는데 그게 다 부모님 때문이라고 원망을 많이 했거든요. 그 이후로 쓸데없이 남자다운 것들에 집착을 하더라고요. 그런 주제에 취미는 또 요리랑 바느질이니 웃길 노릇이죠."

아오이는 "아아, 하지만" 하고 덧붙였다.

"뭐 그래도 아예 나쁜 녀석은 아니었어요."

난 입을 다물고 바람에 나풀거리는 아오이의 노란 머

리카락을 바라봤다.

"언니. 바다예요!"

운전석 창문 너머로 반짝이는 파란 세계가 펼쳐졌다. 몸을 앞으로 뻗어 아오이가 운전에 방해된다며 불평하기 전까지 그 모습을 홀린 듯이 구경했다.

실제 바다를 보는 건 이번이 처음이었다.

해안가 근처에 있는 정식집에서 먹은 볶음국수 세트도 맛이 아주 훌륭했다.

그날 이후 자연스럽게 힌덴부르크호 조수석에 앉는 것이 내 일상이 되었다. 물론 눈에 띄는 성과는 올리지 못했고 그전에 우리는 이런 일에 익숙하지 않은 아마추어였다.

첫날의 '돌격! 자택 방문 작전'은 단순히 실패에 그치지 않고 아오이에게 자못 치명적인 현실을 일깨워 주었다. 인터폰 너머에서 이지마 씨의 열화와 같은 분노를 온몸에 맞았고 변호사에게는 거의 인간쓰레기 취급을 당했다.

그렇게 모든 피해자들을 찾아가 이야기를 듣겠다는 유일한 계획이 무산되자 우리가 할 수 있는 일이라고는 패밀리 레스토랑인 데니즈에 가서 런치 세트를 먹으며 연예인 이야기를 하거나 지구 온난화 문제를 토론하는 것뿐이었다.

오후의 데이트가 계속 이어질 수 있었던 것은 사건 이후 아르바이트를 그만둔 아오이가 명실상부한 니트족[*]이었기 때문이다. 아오이는 "시급 천 엔으로 헤쳐 갈 상황이 아니에요"라고 변명했지만 법정 다툼 중인 상대에게 돌격해 분노에 기름을 붓는 것보다는 얌전히 알바를 하는 편이 낫지 않을까.

그러나 나 역시 니트족인 것은 마찬가지였고 아오이가 사 주는 데니즈 런치 세트를 얻어먹으며 생활비를 몇 푼 아낄 수도 있다. 그러니 이런 관계를 상부상조라고 불러야 좋을지 모르겠지만 어쨌든 아오이가 부르면 거절하지 않았다.

그러던 4월 둘째 주 일요일, 난 데니즈 창가 테이블 석에서 오컬트 연구회 출신이자 현재 출판사에서 일한다는 소문의 그 남자를 처음 만나게 되었다.

---

[*] 의무 교육을 마친 후 진학이나 취직을 하지 않고 지내는 사람들을 뜻하는 말.

"안녕하세요. 모토이라고 합니다."

모토이 씨는 생긴 건 궁상맞지만 성격은 밝은 사람이었다. 그는 날 보자마자 어째서인지 면목 없는 것처럼 고개를 숙였다. 정수리 부분에 숱이 부족해 쓸쓸해 보인다.

"힘드시죠? 아오이랑 같이 다니시는 게."

그런 뜻이라면 미안해하는 것도 이해가 된다.

모토이 씨가 말하길 그가 현재 근무하는 '소기 출판사'는 규모가 업계 중견급에 해당할 듯 말 듯한 출판사라고 했다.

"규모가 작은 만큼 기획이 자유로운 편이죠. 다만 그렇게 올린 기획이 화제가 되지 않으면 사내에서 불꽃처럼 사그라지는 운명이 되지만."

모토이 씨는 "하하하" 하고 소리 내어 웃으며 손바닥으로 훤한 이마를 툭 때렸다.

"그나저나 취재는 어떻게 돼 가고 있나요? 절 이곳에 부를 정도이니 별 성과는 없겠지만."

그의 폭언을 듣고 아오이는 갑자기 주먹에 분노를 실어 테이블을 내려치더니 "닥쳐! 다 쓰러져 가는 업계 끄트머리에 서서 언제 쫓겨날까 봐 아등바등한 당신이 걱정할 만큼 우리가 몰락하진 않았어! 이런 말을 듣는 게 억울하면 취재를 잘하는 법이라도 가르쳐 주든가, 이 자식아!" 하고 넌지시 도움을 청하고는, 허세를 가득 섞어 우리가 지금 처한 상황을 은근히 상세하게 전달했다.

"정말 어리석네요."

모토이 씨는 족집게처럼 정확히 우리의 행동을 분석했다.

"전에도 말씀드렸지만 요즘은 이런 유의 르포르타주가 쌔고 쌨습니다. 명작도 많고요. '가해자 가족의 수기'라는 형식은 흥미롭지만 출간될 시에는 그만한 비판도 각오해야 하죠. 즉, 그런 비판을 꺾어 버릴 정도로 내용이 알차야 한다는 뜻입니다. 사고를 친 아오이 씨 오빠는 물론이거니와 아오이 씨 자신과 가족분들의 삶을 있는 그대로 과감히 공개할 각오가 돼 있어야 해요."

모토이 씨는 갸름한 얼굴을 앞으로 내밀며 말했다.

"어중간한 마음가짐으로는 시작도 안 하는 게 좋을 겁니다. 전 그렇게 생각합니다."

그러자 아오이가 이번에는 정말로 분노의 철권을 데니즈 테이블 위에 내리꽂았다.

"이봐! 당신이 뭘 알아? 난 그 자식의 가족이야! 그 등

신에게 무슨 일이 있었고 대체 왜 그런 짓을 저질렀는지 여동생으로서 확실히 알고 싶을 뿐이라고!"

난 아오이가 지금 전력을 다해 아무렇게나 지껄이고 있다는 것을 깨달았다.

총 다섯 사람이 엽총에 맞았고 그중 세 사람이 죽은 이유. 그리고 우라베 본인도 사망한 이유. 그런 건 앞으로도 영원히 밝혀질 리 없고, 밝힌다 해도 사람들은 '끔찍하네' 정도로 생각하고 넘어가는 게 고작일 것이다. 한마디로 아오이는 그저 자신의 미래를 위해 한몫을 챙기고 싶을 뿐이고, 그것은 내 입장에서 봐도 지극히 타당한 동기였다.

모토이 씨가 깊숙이 한숨을 내쉬었다. 왠지 몰라도 눈시울이 붉어져 있다. 아오이는 종업원이 가져온 만두를 하나 집어 입에 넣었다.

"알겠습니다. 그 정도 각오라면 저도 힘닿는 대로 도와드리겠습니다."

쩝쩝거리며 음식을 먹는 우리 앞에서 모토이 씨가 차분히 입을 열었다.

"우선 방향성부터 정하죠. 사실을 있는 그대로 차근차근 파헤쳐 갈 것인가. 아니면 아오이 씨의 생각과 감정을 전면에 내세울 것인가."

"어느 쪽이 먹혀?"

"이번에는 후자가 좋을 것 같습니다. 아무래도 아오이 씨가 딱딱한 형식의 르포를 쓰기는 어려울 것이고, 그리고……."

시선이 나를 향한다. 만두를 입안 가득 넣어 우물거리는 내게로.

"요리코 씨의 협력이 아주 중요합니다. 가해자의 여동생과 피해자가 될 뻔한 여성이 서로를 미워하면서도 함께 진실을 찾아 나서고, 마지막에는 모든 것을 용서하고 각자 새로운 삶의 여로를 밟아 나간다……. 흐음, 나쁘지 않아요. 팔릴지 안 팔릴지와는 별개로."

"서로 안 미워하는데?"

"오늘부터 전력을 다해 서로를 미워해 주십시오."

난 말없이 옆에서 두 사람의 대화를 들으며 '이게 바로 자본주의구나' 하고 내심 감탄했다.

아오이는 취재 계획을 짜는 일은 모토이 씨에게 떠넘기고 우리는 집에서 여자들만의 술자리를 가져야 한다고 강력히 주장했다. '이대로 있다가 우리가 서로를 미워할 일은 달이 자전을 멈춰도 없다'라는 것이 그 이유였는데, 달이 정말로 자전하는지는 모르겠지만 지구에 혜성이 충돌해도 아오이의 생떼가 끝나지 않으리란 것은 최근 보름 사이에 충분히 알게 됐다.

아오이는 우리 집 벽에 걸린 가죽점퍼의 날카롭게 파인 왼쪽 어깨를 손으로 쓸며 "멋지네요" 하고 감탄했다.

"할아버지는 버리라고 했어."

난 넌지시, 그러나 강경히 그것을 거부했다.

근처 슈퍼에서 사 온 식재료로 전에 보고 배운 회과육 비슷한 것을 만들어 반찬, 감자 칩과 함께 밥상 위에 올렸을 때는 아오이의 하얀 얼굴이 붉게 달아올라 있었다. 이미 캔맥주 세 개를 비웠다.

우리는 TV 쇼 프로그램을 보며 이 개그맨은 웃기다느니 이 아이돌은 얼굴에 손을 댔다느니 같은 무난한 수다를 떨었다. 거의 아오이 혼자 말했고 난 듣는 사람으로서의 재능을 유감없이 발휘했다. 방송 등에서 얼핏 보고 들은 여자들만의 술자리와는 이미지가 조금 달랐다.

아오이가 마지막 맥주 캔에 손을 뻗을 때는 이미 밥상 위를 치웠고 난 줄곧 물만 마시고 있었는데도 약간 취기가 도는 것 같아 설거지는 내일 하기로 마음먹었다.

"그런데 언니."

아오이가 책상다리를 하고 앉아 날 힐끗거렸다.

"혹시 남자 친구 있어요?"

"아니, 없어."

"왜요? 언니 정도면 발정 난 수캐들이 엄청 몰려들 것 같은데."

"안 몰려들어. 남자라고는 친구는커녕 아는 사람도 없어."

흐음, 진짜예요? 뭔가 수상한데. 아오이는 맥주를 벌 컥벌컥 마셨다.

"넌?"

"헤어졌어요. 얼마 전에."

아오이는 미련 없이 선뜻 말했다.

"아르바이트하던 곳 단골이었는데 뭐 이것저것 걸리 는 게 있었겠죠. '이제는 못 만나겠다' 같은 썰렁한 말을 남기고 사라졌어요."

더는 못 만날 이유가 우라베 사건 때문이었을까, 아니 면 아오이의 성격 때문이었을까. 알 수 없다.

"어차피 그렇게 쉽게 포기하고 떠나는 자식은 저도 사 절이에요."

아오이는 한숨을 휴우 내쉬고 날카롭게 날 쳐다봤다.

"전 남친은요?"

"없었다니까."

"에이. 에이에이에이! 그러지 말고 솔직하게 털어놔 봐요."

아아, 이게 바로 TV에서 본 그 여자들만의 토크인가. 그렇구나. 역시 성미에 맞지 않는다.

"안타깝지만 사실이야. 난 평생 연애니 사랑 같은 것과는 연이 없었어."

"하지만 그 멍청이와는 그래도 뭔가 있지 않았어요?"

"우라베?"

아오이는 마치 앞으로 고꾸라지기 직전 예비 동작을 취하듯 고개를 위아래로 세차게 끄덕였다.

"말한다고 닳는 것도 아니고 속 시원하게 털어놔 봐요."

"……혹시 뭐 들은 거라도 있니?"

"아뇨, 전혀요. 그 자식과는 연락이 끊겼다고 했잖아요. 그건 거짓말이 아니에요. 전화 한 통 없었어요."

그런데도 나를 찾았다. 내 이름과 얼굴을 알고 있었다. 취재 실력도 없는 주제에.

그리고.

"우라베가 노리던 사람이 왜 나였을 거라고 추측한
거야?"

아오이는 그 이유를 모토이 씨에게도 알려 주지 않았
다고 했다. 그게 날 위한 배려인지 아니면 처음부터 그
저 넘겨짚은 것에 불과한지 난 아직 모르고 있다.

아오이는 캔맥주를 밥상 위에 내려놓고 청바지 주머
니를 뒤졌다.

"여기요."

아오이가 앞으로 내민 스마트폰 화면에 LINE 메신저
의 사진 첨부 메시지가 표시돼 있다. 보낸 사람 이름은
'URBeMAN'. 몇 줄 안 되는 내용은 '아오이에게'로 시
작해 '오빠가'로 맺어져 있었다.

—내가 아는 사람 중에 히나구치 요리코라는 여자가 지
금 아주 곤란한 상황이야. 네가 잠깐만 돌봐 줄 수 있어?

첨부된 사진에 여자가 찍혀 있다. 배경이 어두워서
잘 보이지 않지만 헝클어진 단발머리가 주황색이다. 흠
칫 놀란 표정을 짓고 있는, 예전의 나다.

"답장은 안 보냈어요. 귀찮아서 메시지 창을 열지도
않고 그대로 뒀죠."

아오이는 그렇게 말하며 다리를 쭉 뻗었다.

"아마 봤어도 무시했을 거예요. 누가 봐도 귀찮아질 게 뻔하잖아요. 다른 사람을 돌봐 줄 만큼 제가 한가했던 것도 아니고."

그로부터 사흘 후 사건이 일어나자 아오이는 그 메시지를 떠올렸다.

"그때는 역시 신경 쓰이더라고요. 인터넷에서 검색해서 그 현장에 언니도 있었다는 걸 알게 됐어요."

뉴스에서 보도된 '부상자 두 명' 중에 내가 있었다.

"둘 중 하나라고 직감했어요. 그 멍청이가 언니를 구하려고 엽총을 난사했거나 아니면 언니에게 차여서 엽총을 난사했거나."

난 우라베가 보냈다는 무뚝뚝한 메시지를 보며 물었다.

"경찰에는?"

"당연히 알리지 않았죠. 자칫하면 오빠가 변태 스토커였다는 증거가 될 수도 있으니까요. 저희 부모님은 두 분 다 체면에 목숨을 건 분들이에요. 아들이 그냥 묻지 마 살인마도 아니고 변태 묻지 마 살인마라는 게 밝혀지는 날에는 인터넷에서 그 즉시 투구꽃*을 찾아서 주

---

* 독성이 있는 미나리아재비과의 다년생 풀.

문했을걸요."

정체성의 위기이니 하는 허술한 해석 덕분에 목숨을
건진 사람도 있다는 뜻이에요. 아오이는 빈정 섞어 말
하며 웃었다.

아오이가 신고하지 않는 이상 경찰도 메시지의 존재
를 모를 것이다. 실제 누가 나를 찾아오지도 않았다. 우
라베의 핸드폰이나 컴퓨터를 압수했다는 이야기도 못
들었다.

"언니는 그때 정말 곤란한 상황이었어요?"

"뭐 그럭저럭."

"그럼 그 자식은 언니를 어떻게 한번 해 보려고 왕자
님처럼 나선 거고요?"

"그런 것 같지는 않은데."

"하지만 이 사진 속 언니, 분위기로 보건대 알몸 같은
데요?"

사진에는 쇄골 부근까지 찍혔지만 맨살이 그대로 드
러나 있다.

"아니야. 네가 생각하는 그런 건 전혀 없었어."

난 부인했다.

"결국 아무 일 없었다는 뜻이에요?"

"선물을 받은 적은 있는데."

"선물요? 명품백 같은 거?"

"아니, 스포츠 브라."

아오이가 눈을 휘둥그레 떴다.

"아, 진짜 징그럽다."

"선물이니 안 받기도 뭐해서."

"입어 봤어요?"

"스포츠 브라에 죄가 있는 건 아니잖아."

"언니……."

아오이는 어처구니없다는 듯 말했다.

"역시 제 추측이 맞는 것 같아요."

'뭐 그럴 수도 있겠지' 하고 지금은 인정할 수 있다. 아오이가 날 아무것도 모르는 바보로 생각하는 건 조금 그렇지만.

"그때는 설마 했거든."

아오이는 대답하지 않았다.

머릿속에 우라베의 얼굴이 떠올랐다. 이로카와 백부님 집에서 지낸 시간, 그 밖의 몇몇 사람들.

"그 사건은 왜 일어난 거예요?"

난 조금 고민하고 "나도 모르겠어"라고 대답했다.

아오이는 날 째려봤지만 잠시 후 체념한 것처럼 "아무래도" 하고 입가를 풀며 말했다.

"우리 둘이 서로 미워하는 건 문제가 없을 것 같네요."

허벅지 위에 올라온 아오이의 다리를 치울 힘도 없이 캄캄한 천장을 보고 있었다. 우리는 안방에 이불을 깔고 불을 끄고 누웠다. 아오이의 잠버릇이 나쁘다는 것과 의외로 코는 골지 않는 사실을 발견하고 줄곧 생각에 잠겨 있다.

'그 사건'. 그건 정말 나 때문이었을까.

알 수 없다.

2년간 살았던 2층 집. 직각에 가까운 가파른 계단, 오빠가 벽에 뚫은 여러 개의 구멍. 산산이 부서진 거실 유리문. 가족 넷이 모여 불고기 전골을 먹었던 그 집을 떠난 이유는 정말 아빠의 빚 때문이었을까.

나로서는 알 수 없다.

백부님과의 재회, 덜컹거리던 SUV 차량. 무작정 따라간 새집. 각진 집.

그 일을 대체 누구 때문이라고 해야 할까.

단 한 가지 확실한 건 있다. 당시 '그 사건'과 관련된 모든 이들 중에 난 누구보다 여리고 약했다.

· 4년 전 – 2013년

그 집 앞에 서자 현기증이 일었다. 오래전 신세를 졌던 삼각 지붕의 일본식 가옥은 온데간데없이 현대풍의 각진 건물로 바뀌어 있었기 때문이다.

넋이 나가 있을 때 누가 내 등을 툭툭 두드렸다.

"이사했다고 내가 말하지 않았나?"

이로카와 백부님은 나와 눈높이가 같다. 백부님은 대단한 분이지만 유독 키가 작아서 백부님 앞에서 키 이야기를 꺼내는 건 금기시된다.

"조용해서 좋은 곳이야."

백부님 말대로 주변에는 아무것도 없고 집 뒤에는 삼나무 숲이 펼쳐져 있다. 외딴곳에 덩그러니 세워진 분위기가 삼각 지붕 집과 비슷했고 해까지 져서 난 여기가 그곳과 다른 장소임을 깨닫지 못하고 있었다.

"집에서 좀 시끄럽게 굴어도 뭐라고 할 사람이 없지."

백부님이 기쁜 것처럼 히죽 웃었을 때 현관문이 벌컥

열렸다.

"요리코!"

집 안에서 나온 남자가 쏜살같이 내게 달려왔다.

"왔구나! 요리코!"

도키로는 날 부둥켜안고 연신 "요리코, 요리코" 하고
외치며 내 얼굴에 뺨을 비볐다.

"뭐라도 좀 먹었냐?"

도키로의 품에 안긴 채로 난 "초밥이요"라고 대답했다.

"싸구려 회전 초밥?"

"아뇨, 배달해서."

"오, 맛있겠네. 나도 먹고 싶어."

"시끄럽다."

아버지에게 꿀밤을 맞고 부루퉁해진 도키로카 문득
내 뒤쪽을 봤다. 어머, 도키로도 다 컸구나. 이제 어엿
한 청년이 됐네. 도키로는 엄마의 칭찬을 무시하고 눈
을 부라렸다.

우두커니 서 있던 오빠가 당황하며 "안녕하세요. 처
음 뵙겠습니다" 하고 인사했다.

"도키로, 아라타는 예전 기억이 다 사라졌다는구나.
그러니 너도 쓸데없는 짓은 하지 마라."

도키로는 흐음 하고 내 손을 꼭 쥐었다.

"마사에는 어디서 뭐 하지?"

백부님이 물은 것과 동시에 현관에서 갈색 앞치마를 두른 사람이 나타났다.

"어서 오세요!"

황급히 뛰어나와 백부님에게 고개를 숙인다.

"정말 죄송합니다. 빨래하느라 못 들었어요."

넌 왜 매일 그 모양이야? 죄송합니다. 정신 좀 차려라. 네, 죄송합니다.

"너희가 올 시간에 미리 바깥문을 열어 놓지 않아서 혼나는 거야."

도키로가 내 귓가에 대고 속삭였다. 조금 전 바깥에 있는 철문을 백부님이 쇳소리를 울리며 직접 열었다.

도키로는 차 시동 소리가 들리면 문을 열려고 뛰어나가는 게 마사에의 임무라고 하면서 심술궂은 얼굴로 "쟤는 좀 멍청한 것 같아" 하고 비난했다.

아무래도 예전 집과 가정부도 바뀐 듯했다. 삼각 지붕 집에서 일하던 사람은 철사처럼 빼빼 마른 여자였다.

"자, 그럼 축하주 삼아 한잔 더 할까. 아라타 엄마도 술을 좀 하지?"

네, 당연하죠. 좋아요. 애교 섞인 목소리로 대답하는 엄마 뒤에 바짝 달라붙어서 나와 오빠는 징검돌을 밟으며 각진 집으로 향했다.

거실은 천장이 뚫린 구조였다. 1층에서 2층과 3층의 L자 모양 복도가 보인다.

백부님은 기분이 좋은지 고급술이라고 하는 술을 연거푸 들이켰다. 희귀하고 오래된 술이라고 하는데 난 그게 썩은 물과 뭐가 다른지 잘 몰라도 물론 묻지는 않았다.

백부님 옆에 앉은 엄마는 썩은 물을 마시고 이따금 백부님에게도 술을 따라 주며 백부님이 무슨 말을 할 때마다 옆에서 호들갑스럽게 "대단하네요!", "역시!", "어머, 정말 감탄스러워요" 같은 맞장구를 잊지 않았다.

난 보조 소파에 앉아 마사에 씨가 가져온 살라미와 견과류를 집어 먹었다. 내 옆에 찰싹 달라붙어서 떨어지지 않는 도키로가 가끔 입을 앙 벌릴 때마다 과자를 아낌없이 넣어 주는 역할은 내 몫이었다. 말없이 맞은편에 앉아 있는 오빠는 집 안을 연신 두리번거리며 하아, 후우 한숨을 쉬어 대는 것을 보니 따분해 보였다.

"음악 좀 들을까."

그러자 마사에 씨가 "네!" 하고 구석에 있는 오디오 플레이어 전원을 눌렀고 집 안 네 귀퉁이에 있는 스피커에서 박력 넘치는 기타 소리가 울려 퍼졌다.

백부님은 엄마 손을 붙잡고 일어서더니 소파 뒤에 있는 넓은 공간에서 춤을 추기 시작했다. 아니, 춤이라고 불러도 될까. 노래를 부르며 신나게 스텝을 밟는 백부님은 그렇다 해도 옆에서 두 팔을 허우적거리는 엄마는 영락없이 늪에 빠진 사람처럼 보였다.

오빠는 심각한 얼굴로 천장을 보고 있었다.

"왜 그래?"

"아니, 그게⋯⋯."

"요리코, 나랑 가서 씻자."

도키로가 아양을 떨며 말하더니 "아빠. 괜찮지?" 하고 몸을 일으켰다.

"아직도 목욕 하나 혼자 못하고 어리광이나 부리다니. 뭐 어쩔 수 없지. 요리코, 잘 부탁한다."

나는 "네" 하고 그와 함께 일어섰다. 예전 집에 살 때도 도키로의 목욕 담당은 나였다.

도키로와 손을 맞잡고 거실을 나가 욕실로 향한다. 도키로는 욕실이 1층 모퉁이 왼쪽에 있다고 알려 주었다.

"창문을 열면 울창한 숲이 보이는 곳이야."

멋지겠네. 근데 요즘 같은 계절에 창문을 열면 얼어 죽을지도. 응, 그건 좀 곤란하네. 여름에는 벌레 떼가 들어와. 에이, 그건 좀 싫다. 가을에는 말이지, 단풍이 지지 않아서 좀 썰렁해. 그때는 그러니……

우리는 그런 대화를 주고받으며 탈의실에서 옷을 벗고 욕실에 들어갔다.

"넓네."

"그렇지? 수영도 할 수 있어."

도키로는 물론 나도 노력만 하면 얼추 기분은 낼 수 있을 것이다.

"요리코. 이번에는 여기 오래 있을 거야?"

"난 그러고 싶은데 어차피 백부님이 정하실 일이라."

도키로는 흐음 하더니 손바닥으로 물을 찰싹찰싹 때렸다.

"이제 학교도 졸업해서 심심해. 네가 와 줘서 정말 기뻐."

커다란 창문에 뜨거운 물을 끼얹던 도키로가 욕조 가장자리에 걸터앉았다.

"요리코. 우리 빨리 결혼하자."

나는 "그럼 좋겠네" 하고 호응해 줬다.

"하지만 그것도 백부님께서 정할 일이라."

그러자 도키로가 토라진 것처럼 입술을 쭉 내밀었다.

"넌 왜 그렇게 아빠한테 일일이 허락을 받으려고 해? 우리끼리 정해도 되잖아."

"그럼 안 되지. 앞으로도 계속 신세를 져야 하는데."

"결혼하면 한 가족인데?"

순간 '그럴지도' 하고 떠올렸지만 정말 그럴까.

"얼마 전에 아빠한테 부탁했어. 이번 생일 때는 요리코를 선물로 받고 싶다고."

"생일이 언제였지?"

"며칠 안 남았어. 29일."

"물병자리구나."

그래. 물병자리들은 말이지. 하나같이 재능이 엄청나대. 머리도 무지 좋고. 나랑 딱 맞지 않아? 너도 그렇게 생각하지?

"그러니까 요리코, 앞으로 조금만 기다려."

난 "응, 기대할게" 하고 적당히 맞춰 주고 도키로와 함께 몸을 씻었다.

"결혼하면 여기보다 번화가에 가서 살고 싶어. 여기

는 아무것도 없거든. 맥도널드랑 쓰타야*에 갈 때도 역까지 나가야 하는데 걸어서 30분이나 걸려. 완전 촌구석이지?"

맥도널드도 쓰타야도 가 본 적이 없어서 잘 모른다.

"그런데 아빠는 자전거도 안 사 준다니까. 그만한 구두쇠가 없어. 앗, 요리코. 샴푸가 눈에 들어간 것 같아."

난 "아, 응" 하고 샤워기를 들어 도키로의 얼굴에 따뜻한 물을 뿌려 줬다.

"내일은 나랑 놀러 가자. 아빠한테 말해 놓을게."

"어디?"

"그게 문제긴 해. 여긴 숲밖에 없고 조금 나가 봐야 있는 거라곤 집들뿐이니. 하지만 요리코와 함께라면 어딜 가든 즐거울 것 같아."

자, 이번엔 내가 씻겨 줄게. 역할을 바꿔서 이번에는 도키로가 내 머리에 샴푸를 뿌리고 마사지를 해 줬다. 난 도키로에게 물었다.

"마사에 씨 말고 여기 사는 사람이 또 있어?"

* 음반, DVD, 책 등을 대여하고 판매도 하는 대형 체인점.

"미쓰히데 씨 가족도 살아. 미쓰히데 씨랑 그 부인, 그리고 리쓰카."

"리쓰카? 여자애야?"

"응. 이제 곧 중학생이 될걸."

아, 안심해. 나한테는 요리코밖에 없으니까. 리쓰카 같은 애는 거들떠보지도 않아. 아, 응, 그건 나도 알아. 도키로를 달래고 다시 물었다.

"후루타 씨는 어떻게 됐어?"

삼각 지붕 집에서 일하던 철사처럼 빼빼 마른 가정부다.

"아, 그 사람?"

도키로가 내 머리에서 손을 떼고 샤워기 물을 뿌렸다.

"그 사람은 못쓰게 돼서 이제 없어."

그렇구나. 못쓰게 됐구나.

샴푸 거품이 흘러내려서 눈을 질끈 감았다.

욕실에서 나가 거실을 보니 음악 소리는 들리지 않았다. 불도 거의 꺼졌다. 소파에 앉아 있는 백부님의 뒷모습을 향해 "안녕히 주무세요"라고 인사했다. 술을 마셔도 얼굴이 멀쩡한 백부님이 "그래. 너도 편히 쉬어라" 하고 말해 주었다. 엄마와 오빠가 보이지 않지만 묻지는 않았다.

"네 방은 위에 있어."

도키로가 내 손을 잡아끌고 계단을 올랐다. 2층은 백 부님과 도키로의 침실과 서재가 있어 평소에는 출입 금 지다.

우리 가족의 방은 3층에 있었다.

"있지, 도키로."

난 줄곧 신경 쓰이던 것을 묻기로 했다.

"가건물은 어딨어?"

집에 들어올 때 정원을 확인했지만 보이지 않았다.

"아, 그거. 여긴 없어."

"없다고?"

"응."

"그럼 하나코는?"

도키로가 앞을 바라보며 고개를 흔들어서 난 "그렇구 나"라고 대답했다.

"여기가 네 방."

3층 안쪽의 짧은 복도 한가운데에 있는 방이었다. 오 른쪽 옆방이 엄마, 왼쪽 끝에 있는 방이 오빠 방이다.

"바로 아래에 내 방이 있어. 혹시 무슨 일이라도 생기면 바로 뛰어와."

"응. 그때는 잘 부탁할게."

그러자 도키로가 느닷없이 얼굴을 들이대며 목소리를 낮췄다.

"그런데 정말 괜찮아? 아라타 녀석."

나직이 묻지만 목소리에 가시가 돋아 있다.

난 최대한 밝게 미소 지었다.

"괜찮아. 지금은 전혀 다른 사람이야. 나도 정말 놀랐어."

"하지만 또 예전처럼 돌아가면……."

"아니, 이젠 나도 커서 당하고만 있지는 않을 거야."

그래, 괜찮겠지.

도키로는 의심을 거두지 못하는 듯하면서 불현듯 내게 입을 맞췄다.

"잘 자."

복도를 뛰어가는 모습을 끝까지 보고 방에 들어갔다. 침대와 옷장, 화장대만 있는 단출한 공간이지만 불만은 없다.

침대에 누워 잠시 눈을 붙이고 있을 때였다.

"요리코."

갑자기 누가 불러서 깜짝 놀라 일어나니 문밖으로 오빠의 까까머리가 보였다.

문 앞에 서 있는 오빠가 속을 떠보듯 내게 물었다.

"괜찮아?"

"뭐가?"

"아니, 그러니까……."

"저기, 오빠."

난 문 앞으로 가서 날카롭게 말했다.

"이렇게 멋대로 오면 안 돼. 다른 사람 방에는 들어가지 않는 게 백부님 집의 규칙이야."

오빠가 얼굴을 찌푸렸다.

"남매끼리도 안 돼?"

"당연하지. 엄마 방도 마찬가지야."

"왜?"

"전에 살던 삼각 지붕 집도 그랬잖아. 들키면 혼나."

"왜 혼나는데?"

"그러니까 규칙이라니까."

"……왜 그런 규칙이 있는데?"

"자꾸 어린애처럼 굴지 마."

난 목소리를 죽이고 "뭐가 그렇게 궁금한 게 많아!" 하고 오빠를 타박했다.

"빨리 방에 돌아가."

두 팔로 몸을 밀어도 오빠는 꿈쩍하지 않고 묘하게 떨떠름한 얼굴로 "요리코……" 하고 입을 열었다.

"난 왠지 마음에 안 들어. 이 집."

그거야말로 왜냐고 묻고 싶은 말이다.

"그러지 마. 백부님은 뭐든 다 아는 분이고 특히 화가 나면 엄청 무서우서. 오빠 때문에 나까지 혼나면 어떡해? 못쓰게 되면 어쩌려고 그래?"

"못쓰게……."

얼른 나가라니까. 빨리! 사라져! 악령 퇴치! 문을 쾅 닫고 몸을 기댄 채 한숨을 내쉬었다. 좋지 않은 기억이 되살아난다. 삼각 지붕 집에서 미친 듯이 날뛰던 오빠의 모습. 가차 없는 주먹, 깔끔한 궤적을 그리던 발차기. 그 결과 우리는 그 집에서 쫓겨났다.

도키로 앞에서는 괜찮을 거라고 했지만 어떻게 될지 모른다. 오빠는 또다시 못쓰게 될 수도 있다.

다시 침대 안에 들어가 기도했다. 이불 속 온기가 앞으로도 영원히 이어지기를.

그리 오래 이어지지 않았다. 7시가 되기도 전에 노크 소리가 들렸다. 앞치마를 두른 마사에 씨가 조심스레 "아침 식사 시간이에요"라고 알려 주었다. 실컷 자다가 내킬 때 일어나는 삶에 대한 미련을 떨쳐 내고 침대에서 내려갔다.

거실 앞에 있는 부엌을 힐끔거리자 오빠가 이미 와 있었다. 오빠 바로 앞에 처음 보는 중년 남자가 앉아 있다. 아마 미쓰히데 씨일 것이다. 난 가볍게 고개를 숙이고 입을 열지는 않았다. 백부님은 쓸데없는 질문을 하는 것을 좋아하지 않는다.

엄마는 싱크대 앞에서 콧노래를 흥얼거리며 채소를 썰고 있었다. 그저께까지 내가 맡아서 하던 식탁 위 식기 세팅은 마사에 씨가 하고 있다.

"좋은 아침."

백부님과 도키로가 내려와서 다 함께 "좋은 아침입니다" 하고 인사를 나눴다. "자, 먹어 볼까" 하는 백부님의 지령에 맞춰 아침 식사가 시작됐다.

연어구이와 돼지고기 찌개, 달걀 프라이 같은 음식이 놓인 곳에서 도키로 혼자 데미그라스 소스를 끼얹은 햄버그 정식을 먹고 있다. 살짝 부러웠다.

"아라타."

백부님이 조용히 입을 열었다.

"넌 기억 못 하겠지만 우리 집에는 이런저런 규칙이 있다. 모두 함께 더 나은 삶을 살기 위해 내가 정한 규칙들이지. 이렇게 이 집에 온 이상 너희는 내 가족이야. 내게는 가족들을 행복하게 할 의무가 있고, 마찬가지로 너희도 이 집의 규칙을 따라야 할 의무가 있어. 이해하겠냐?"

"……네."

오빠는 젓가락을 내려놓고 백부님을 봤다. 난 속으로 '역시나' 하고 생각했다. 어젯밤 오빠의 행동을 백부님은 이미 알고 있다.

"귀찮을 수 있겠지만 내가 오랜 시간 고민해 가며 만든 규칙들이다. 그러니 여기서 사는 이상 너희는 그걸 받아들이고 따라야 해. 알겠냐?"

오빠는 "네" 하고 거듭 말했다.

"우선 오늘은 그 규칙들부터 외워라. 미쓰히데, 잘 부탁하네."

그러자 중년 남자가 허리를 꼿꼿이 세우고 입을 움직였다. '알겠습니다'라고 말한 것 같지만 발음이 좋지 않아서 잘 들리지 않는다. 꼭 잠든 상태로 깨어 있는 듯한 얼굴이고 입고 있는 와이셔츠도 구깃구깃하다.

"그리고 아라타, 너도 앞으로 할 일이 생길 거다. 거기에 관해서도 미쓰히데 씨에게 배우면 될 거야."

"네."

"좋아. 다음으로 요리코."

이번에는 내가 허리를 세울 차례였다.

"넌 일단 마사에 씨를 도와라."

"안 돼!"

도키로가 갑자기 버럭 소리쳤다.

"요리코는 내 아내야. 요리코가 할 일은 내 옆에 있는 거라고. 오늘도 나랑 놀러 가기로 했어."

"뭐라고 하는 거냐. 건방지긴. 그런 건 네가 한 사람 몫을 하게 된 후에나 얘기해라."

"싫어. 싫다고! 난 요리코랑 놀 거야!"

"또 억지를 부리는군."

도키로가 입술을 내밀고 고개를 숙였다. 백부님이 깊숙이 한숨을 내쉰다.

"어쩔 수 없군. 요리코, 그럼 오늘은 이 버릇없는 도련님과 함께 있어 줘라."

"그럴게요."

그러고서 난 곧장 "아니" 하고 덧붙였다.

"네, 당연히 그래야죠."

"그리고 아라타 엄마는 내 서재로. 자네에게도 이것저것 알려 줄 게 있으니."

"당연히 그래야죠."

엄마가 재빨리 대답했다. 미소도 완벽하다.

"마사에, 오늘 2층은 오지 않아도 된다. 점심도 알아서 해결할 테니."

"알겠습니다."

"어르신."

미쓰히데 씨가 끼어들었다.

"슬슬 집사람과 리쓰카에게……."

"미쓰히데."

백부님이 근엄하게 부르자 미쓰히데 씨가 몸을 움찔했다.

"내가 언제 말해도 된다고 했나?"

"……죄송합니다."

백부님의 무서운 얼굴이 금세 다시 풀어졌다.

"갖다 주게."

죄송합니다, 감사합니다. 음식이 담긴 접시를 들고 부엌을 나가는 미쓰히데 씨의 초라한 뒷모습을 보며 난 내심 실망했다.

백부님이 손뼉을 짝 쳤다.

"자, 그럼 다들 오늘 하루도 열심히 살아 보자."

도키로의 손을 붙잡고 함께 각진 집 밖으로 나갔다. 도키로가 어제 얘기한 대로 집 주변에는 편의점은 고사하고 구멍가게 하나도 없어 폭우나 폭설로 길이 막히기라도 하면 잔인한 서바이벌이 보장된 환경이었다.

"아무리 조용한 곳이라고 해도 너무 불편해."

도키로는 관자놀이를 꾹 누르며 말했다.

"우리 아빠는 여기가 좀 이상한 것 같다니까. 너무 예민하잖아. 그것도 모자라 구두쇠고."

난 그 말을 흘려듣고 화제를 바꿨다.

"미쓰히데 씨는 어떤 분이셔?"

"그냥 별 볼 일 없는 아저씨."

"겉보기에는 그래도 절권도 유단자일 수 있지 않을까?"

"그럴 리 없어. 벌레도 못 죽이는 얼간이야."

아아, 그렇구나. 그런 아저씨가 한 트럭으로 있어 봐야 날뛰는 오빠를 당해 낼 수 없을 것이다.

"그분 아내와 리쓰카는 어디 있어?"

"그 여자는 몸이 안 좋대. 리쓰카는 계속 그 옆에 붙어 있고."

"학교는…… 아직 겨울방학인가?"

"아마 안 다닐걸. 학교 다닌다는 이야기를 들어본 적 없으니."

"중학교까지는 보내지 않으면 나라에서 뭐라고 한다던데."

"난 잘 몰라. 근데 너도 그랬잖아."

그렇다. 난 중학교에 다니지 않았다. 입학은 했지만 하루 만에 발길을 끊었다. 건강상의 이유를 댔지만 그 안에는 오빠의 폭력이 포함돼 있었다.

"학교라는 곳은 재밌어?"

"무슨 소리야. 거긴 콘크리트로 만든 지옥이야."

잘 들어, 요리코. 인생에서 제일 먼저 마주하는 부조리가 바로 가족이고 그다음이 학교야. 둘 다 누구와 함께 있을지 스스로 고를 수 없잖아. 진학률이나 평판 같은 건 신경 쓸 필요도 없어. 그냥 같은 반 안에 멍청이가 한 명 있으면 모든 게 끝이야. 멍청한 건 전염병처럼 퍼지거든. '멍데믹'은 그야말로 아주 강력해. 그러니 그 학교란 곳에도 순 멍청이들만 득실거리는 거고. 그런데 멍청한 주제에 주제를 모르고 거들먹거리는 녀석들이 많지. 선생이란 작자들도 멍청한 건 마찬가지야. 그러니까 한마디로 모두 멍청이라는 뜻. 멍청하니 진짜 세상에 대해서는 하나도 몰라. 그러니 그런 하찮은 괴롭힘이나 따돌림, 교내 계급 같은 게 생기는 거고. 물론 평소에 필사적으로 아는 척들을 하긴 하지. 멍청한 걸 들키는 게 두려우니까. 뭐가 '진짜'인지도 모르고 그냥 개미굴처럼 우글우글 모여 있을 뿐이야.

"감옥보다 못한 축사라고 해야겠네. 그런 곳은 절대 사절이야. 난 '진짜'가 뭔지 알거든. 안 그래?"

"응, 맞아. 넌 백부님께 다 배웠을 테니까."

"아니, 아빠랑은 상관없어. 나 스스로 깨달은 거야."

그렇구나. 응, 그 말이 맞아. 대단하네. 내 대답을 듣고 도키로가 의기양양하게 가슴을 폈다.

솔직히 학교를 제대로 다녀 본 적 없어서 잘 모르겠지만 이로카와 백부님은 '진짜'가 뭔지 알 것이다. 백부님은 사람들을 이끄는 분이다.

도키로는 그 뒤로도 학교란 곳이 얼마나 쓸데없고 보잘것없는지 열심히 설명했고 난 줄곧 "그렇구나"라는 말만 반복했다. 1월치고 햇볕이 따뜻해서 조금 걷다 보니 몸에 열이 올랐다.

요리코, 옷 사 줄게. 응? 아냐, 괜찮아. 아니, 거절하지 마. 아빠도 너한테 뭐 좀 사 주라고 했고. 그리고 그런 가죽점퍼는 이제 버려. 그럴까? 하지만 내가 좋아하는 옷인데…….

"안 돼. 그런 걸 계속 입다가 못쓰게 돼 버릴 수도 있어."

못쓰게 되면 큰일이라는 결론을 내리고 우리는 이 일대에서 유일한 역 앞 쇼핑몰에 들어갔다. 도키로는 여기저기 돌아다니면서 가격표를 보지도 않고 내게 이 옷 저 옷을 입혔고 결국 털 달린 푹신한 다운재킷을 카드로 사 주었다. 난 화장실에서 옷을 갈아입고 가죽점퍼는 봉투에 넣었다.

점심은 푸드코트에서 처음 먹어 보는 맥도널드. 기분은 들떴지만 먹어 본 감상은 굳이 언급하지 않아도 될 것이다.

"요리코. 너 영화 같은 것도 봐?"

"TV에서 하는 건 가끔 봐."

"뭘 좋아해?"

"글쎄. 기관총을 난사하는 영화?"

"오, 나도 그런 영화 좋아해."

뭐 재밌는 영화 없으려나? 이 위에 멀티플렉스 영화관이 있는데.

기관총이 나오는 화려한 영화는 없었지만, 도키로는 영화를 보고 싶어 하는 날 배려해 호랑이와 소년이 바다를 표류하는 내용의, 도대체 뭐가 재밌을지 상상도 안 되는 영화의 티켓을 사고는 영화 시작 전까지 쇼핑몰 안을 더 돌아다녔다. 슈퍼마켓에 가는 것조차 일상의 이벤트였던 내게는 모든 게 흥미진진했고 마치 TV 속에 들어와 있는 것 같았다.

살면서 처음 접한 거대 스크린. TV에서는 볼 수 없었던 자막. 돌비 디지털 사운드. 난 내가 그런 곳에서도 숙면을 취할 수 있다는 사실을 알게 되었다.

해가 지자 바람도 서늘해졌다. 다운재킷의 위력을 몸소 느꼈다.

"마음 같아서는 택시를 타고 가고 싶은데 아빠가 뭐라

고 해서."

그래도 도키로의 재력에는 감탄했다. 한 달 용돈이 고작 천 엔이었던 나로서는 감탄할 수밖에 없다.

"내일은 어떡할까? 전철을 타고 번화가까지 가 볼까?"

"재미있을 것 같긴 한데, 글쎄. 나도 내일은 일을 해야 할 것 같아서."

"됐어, 신경 쓰지 마. 넌 특별하잖아. 예전처럼 그런 건……."

주택가를 벗어나 집으로 향하는 길을 걷는 중이었다. 주변을 둘러싼 삼나무 외에는 아무것도 없는 터널 같은 곳이다.

도키로가 손을 세게 쥐었는지 손이 욱신거렸다. 그는 갑자기 입을 닫고 앞을 노려보고 있다.

그곳에는 꾀죄죄해 보이는 남자가 서 있었다. 뭐가 어떻게 꾀죄죄한지 구체적으로 설명할 수 없지만 니트 모자에 점퍼, 손에 든 낡은 지팡이, 주름이 자글자글한 얼굴과 대충 기른 수염 등 모든 것에서 꾀죄죄한 아우라가 흘러넘치는 느낌의 남자였다.

"걔는 누구지?"

남자의 쉰 목소리에 분노가 느껴져서 난 영문을 모르

고 당황했다.

"그 아이를 어떡하려고!"

남자의 눈이 나를 향해 있다.

"그 애를 풀어 줘!"

남자가 지팡이를 치켜든 순간 도키로가 달음박질쳐서 나도 황급히 달렸다. 등 뒤에서 "기다려! 이 자식!" 하는 노성이 들렸다.

"정신 나간 영감이야."

도키로는 달리면서 말했다.

"영감탱이 주제에 힘은 어지간히 세고 말도 안 통해. 도망치는 게 상책이야."

돌아보니 지팡이를 든 할아버지는 우리를 보며 그 자리에 우두커니 서 있었다. "미친 영감탱이! 뒈져 버려!" 하고 도키로가 외쳤다.

그대로 뛰어가 집 앞에 도착해서 무릎에 손을 얹고 어깨를 들썩였다. 나보다 잘 뛰는 도키로를 보며 운동 부족을 절실히 느꼈다.

"조심해, 요리코. 그 영감탱이, 할 일 없으면 이 주변을 뻔질나게 돌아다니거든. 그런 인간과 엮이면 안 돼. 못쓰는 인간이야."

도키로는 "그러니 앞으로 혼자 나가면 안 돼"라고 덧붙였고 애초에 그럴 마음이 없었던 난 "알겠어" 하고 고개를 끄덕였다.

저녁 식사 자리에서 백부님이 들려주는 외국의 쿠데타 이야기나 가상 화폐가 이러니저러니 하는 이야기를 난 거의 이해하지 못했지만 그렇다고 지루하거나 듣기 싫지는 않았고 오히려 푹 빠져서 이야기를 들었다. 삼각지붕 집에서도 그랬다. 백부님의 목소리와 말투에는 가만히 듣고 있어도 사람을 기분 좋게 하는 힘이 있었다.

도키로도 지지 않았다. 도키로가 설명하는 영화 줄거리는 몹시 흥미롭고 감동적이어서 '자지 말고 볼걸' 하고 후회할 정도였다.

"영화 같은 건 멍청이들이나 보는 거다. 그런 건 누군가가 우리를 길들이려고 만드는 거야."

난 '그렇구나' 하고 백부님의 의견에 수긍했다.

"한마디로 세뇌지."

"하지만 아빠. 그런 걸 안 보면 사람들이 어떤 식으로 세뇌되는지도 알 수 없잖아."

난 '그러네' 하고 이번에도 동의했다.

"알고 있어도 손해 볼 건 없지? 그래서 디즈니랜드에

도가 보려고 해. 도쿄 돔과 마쿠하리 멧세*도."

"멍청아. 작작 해라."

오붓한 시간이 끝나 설거지를 하려고 접시를 들고 부엌에 가서 앞치마를 입은 마사에 씨에게 "도와드릴게요"라고 했지만.

"안 돼요!"

마사에 씨가 느닷없이 소리쳤다. 그것도 모자라 머리까지 굽실거린다.

"이건 제가 할 일이니까요. 괜찮습니다."

요리코, 목욕하자.

"도련님이 부르시네요. 부탁이니 그쪽으로……."

아, 네, 그럼 잘 부탁드릴게요. 난 결국 접시를 내려놓고 등을 돌렸다.

"요리코 님."

다시 불러서 돌아보니 마사에 씨가 허리를 숙인 채로 날 올려다보고 있었다.

"모쪼록 절 버리지 말아 주세요."

* 일본 지바현에 있는 대형 전시 시설.

난 아무 대답도 할 수 없었다.

'정말 심약한 사람들만 모였네'라고 생각하며 부엌을 나가자 어두운 복도에 사람 그림자가 보였다. 오빠가 몰래 숨어서 날 기다리고 있었다.

"요리코."

끈질기다. 입을 꾹 다물고 뭔가 할 말이 있어 보이는 얼굴로 다가와서 난 소리 죽여 '잡담 금지!'라고 외쳤다.

그러나 오빠는 물러서지 않고 갑자기 내 팔을 붙잡고 물었다.

"**아래**에 갔어?"

속삭이는 목소리에서 당혹감이 묻어난다. 오빠와 비슷할 만큼 나도 당황했다.

"미쓰히데 씨가 안내해 줬어. 난……."

요리코오.

오빠가 경련하듯 고개를 세차게 흔들었다.

"난 이 집에 적응을 못 할 수도 있을 것 같아."

"뭐? 그러지 마. 여긴 나랑 엄마도 있잖아."

대번에 초조해졌다.

"하지만……."

"어느 집이든 그 집안만의 사정이라는 게 있어. 추리

드라마에서도 봤잖아."

"그건 그럴지도 모르지만……."

"정신 차려. 마음이 꺾이면 안 돼!"

내 말을 이해했는지 못했는지 오빠는 말없이 고개를
숙인 채 인상을 썼다.

위험을 감지했다. 꺾일 수도 있겠다는 생각이 머리를
스쳤다.

"요리코오오."

"지금 갈게!"

오빠를 돌아봤다.

"오빠. 적응해야 해. 날 위해. 부탁이야."

"널 위해……."

어깨를 떨군 오빠를 남겨 두고 도키로가 기다리는 욕
실로 뛰어갔다.

지극히 자연스럽게 도키로를 상대해 주는 것이 내 일
이 되었다. 주로 집 근처를 어슬렁거렸지만 그래도 집
밖에 나가니 기분은 좋았다.

지팡이 할아버지도 몇 번 마주쳤다. 도키로가 전에
말한 대로 지팡이 할아버지는 우리 집 주변을 자주 돌

아다녔고 우리는 그를 맞닥뜨릴 때마다 도망쳤다. 도키로가 욕지거리를 쏟아내면 할아버지가 "거기 서! 이 자식!"이라고 소리치는 것이 평소 패턴이었다.

집안일은 엄마가 맡게 되었다. 어느 날 엄마에게 몰래 "봉사 활동은?" 하고 물으니 "이 집에서 하는 일보다 더 중요한 게 어딨겠니?"라고 했다. 엄마가 집안의 중심에 서서 그런지 마사에 씨는 늘 안절부절못했다. 엄마가 일부러 마사에 씨를 괴롭히는 것 같기도 했다.

오빠는 아침 식사를 마치면 미쓰히데 씨가 운전하는 경트럭 조수석에 올라타서 밤늦은 시간에 돌아왔고 심지어 집에 오지 않는 날도 있었다. 그날 이후로는 내게 말을 걸지도 않아서 난 오빠가 매일 어디 가서 뭘 하는지 알 도리가 없었다.

미쓰히데 씨의 부인과 그 딸이라는 리쓰카는 아직 만나지 못했다. 전에 살던 삼각 지붕 집에도 가정부인 후루타 씨 외에 신도 씨라는 사람이 살았는데 그 역시 아내가 지병으로 앓아누워 있었다. 딸이 옆에서 병간호를 한 것도 똑같다. 백부님이 그들에게 가까이 가지 말라고 해서 난 결국 그 집을 떠날 때까지 그들을 보지 못했다.

이로카와 백부님은 힘들어하는 사람들을 그냥 내버

려 두지 못하는 성격이라 여러 문제를 떠안은 사람들을 집에 들이고 밥을 먹이고 그들에게 할 일을 선사했다. 아빠 엄마도 틈만 나면 백부님이 훌륭한 분이고 그 덕에 우리가 도움받는다며 입을 모아 칭송했다. 엄격해서 조금 피곤할 때도 있지만 나도 백부님에게 감사했다. 삼각 지붕 집에서 지낸 시간도 대체로 행복했다.

오빠가 엉망이 돼 버리기 전까지는.

우리가 이사한 지 2주쯤 지난 그날, 저녁 식사 자리 분위기가 평소와 약간 달랐다.

평소에는 기운 넘치는 백부님이 말없이 젓가락만 움직였고 도키로도 뭔가 낌새를 챘는지 조용했다. 이 집에서는 밥 먹을 때 TV를 켜지 않아서 이러고 있으면 장례식장이나 다를 바 없다. 난 별로 신경 쓰지 않았지만 백부님의 재밌는 이야기를 듣지 못하는 건 아쉬웠다.

"아라타."

백부님이 부르자 오빠가 젓가락을 내려놨다.

"넌 여기 남아라."

미쓰히데 씨와 아라타 엄마도. 백부님의 그 말을 끝으로 식사가 끝났다.

난 방에 돌아가 도키로가 부를 때까지 기다렸다. 거실에서 TV를 보려면 백부님이나 도키로가 일단 날 불러야 한다.

똑똑. 노크 소리가 들려서 곧장 문을 열었다. 오늘은 형사가 교활한 범죄자를 붙잡는 드라마가 특별 편성된 것을 어젯밤 확인했다.

"TV 보게?"

그렇게 물었을 때 도키로가 고개를 흔들어서 눈을 의심했다.

"목욕 준비해."

도키로의 지시에 군말 없이 따랐다. 'TV 보고 나서 해도 되잖아'라는 말이 목구멍까지 올라왔지만 필사적으로 집어삼켰다.

"이리 와."

도키로가 종종걸음으로 복도를 걸었다. 계단을 지나 1층에 내려가 안쪽으로 거침없이 걸어간다. 난 불 꺼진 거실을 원망스럽게 흘겨보고 도키로를 따라갔다.

도키로가 모퉁이에 있는 세면대 앞에서 욕실과 반대 방향으로 향해서 "응?" 하고 고개를 갸웃했다. 뒷문 쪽으로 가고 있다. 그곳을 지나 밖에 나가도 삼나무 숲만 있다고 해서 지금껏 그 문을 드나든 적이 없다. 도키로는 뒷문 옆에 있는 창고 문을 조용히 열더니 내게 들어오라고 손짓했다.

먼지투성이에 눅눅하고 너저분하고 춥기까지 한 창고였다. 이런 곳에 1초도 있고 싶지 않았지만 도키로는 안을 향해 쭉쭉 걸어갔다. 뭐가 담겼을지 모를 종이 박스와 잔디깎이 기계 옆을 지나 계속 뒤따라갔다.

도키로가 창고 구석에서 무릎을 꿇었다. 바닥에 깔린 마룻장 하나를 쓱 떼어 낸다. 드라마에 나오는 비밀 문처럼 보인다.

도키로는 불현듯 목소리를 낮춰 내게 숙덕거렸다.

"이리 와 봐. 아라타가 혼나고 있어."

그 옆으로 가서 똑같이 무릎을 꿇었다. 마룻장이 분리된 곳에는 콘크리트 바닥이 있는데 그사이에 약간의 틈이 있었다. 눈을 갖다 대도 아무것도 보이지 않지만 희미한 목소리가 귓가에 닿았다.

아래다.

"눈치 없는 건 어쩔 수 없지."

백부님의 목소리였다.

"그런데 말이다, 아라타. 적어도 방해는 하면 안 되지,

방해는. 미쓰히데."

미쓰히데 씨가 주뼛거리는 목소리로 "네" 하고 대답했다.

"미쓰히데가 일해 주는 덕에 우리도 따뜻한 밥을 먹을 수 있는 거다. 너만 하는 게 아니야. 네 엄마와 요리코, 그리고 마사에가 집안일을 하고 내가 너희에게 이것저것 알려 주는 것도 다 일이지. 모두 자신이 해야 할 일을 소화하며 보다 나은 삶을 추구하는 거다."

백부님이 몸을 움직이는 소리가 들렸다.

"넌 기억 못 할지 모르지만 예전 그 집에서 네가 얼마나 못된 아이였는 줄 아느냐? 함께 사는 모든 이들에게 민폐를 끼쳤지. 그중에는 심지어 못쓰게 된 사람도 있어. 모처럼 올바른 길을 걸어갈 찬스가 생겼는데 또 같은 짓을 반복하겠다고? 넌 괜찮겠지만 내게 고개를 숙인 네 엄마 생각은 하지도 않냐? 엉?"

오빠 목소리는 들리지 않는다. 말을 하는지 안 하는지도 알 수 없다. 바로 옆에 있는 도키로의 볼에서 열기가 전해졌다.

"설마 혼자서도 살아갈 수 있다고 생각하는 거냐? 너 혼자 이기적으로 굴다가 모두가 불행해진다!"

백부님이 화내는 소리가 나를 혼란스럽게 했다. 쇠사슬에 묶인 것처럼 몸을 움직일 수 없다.

"아라타 엄마."

"네!"

엄마의 우렁찬 대답이 울렸다.

"아라타. 백부님이 하시는 말씀 들었지? 잘 새겨들어야 해. 안 그럼 너도 못쓰게 돼."

철썩, 하는 소리가 들렸다.

"못쓰게 되면 되겠니!"

철썩.

"못쓰게 되면 안 돼!"

철썩.

"못쓰게 되면 안 된다고! 알겠니?"

철썩.

"아빠는 너무 심해."

귓가에 도키로의 목소리가 닿았다.

"요리코, 넌 괜찮으니 안심해."

눈을 마주친다.

"넌 내 거니까. 내가 지켜 줄 거야."

그렇게 속삭이면서 도키로는 내 머리를 끌어안았다.

욕조에 몸을 담근 채 오빠가 왜 혼나는지 도키로에게 물었다.

"나도 잘 모르겠지만 일이 서툴러서 아닐까?"

"오빠가 하는 일이 뭔데?"

"아빠가 이것저것 지시했겠지. 그런데 걔는 전부터 반항이 심했어. 그래서 혼나는 걸 거야."

"하지만 오빠는 예전 기억을 전부 잊어버렸는데."

"그걸 믿어? 연기일 게 뻔하지. 난 못 믿어. 아라타는 여전히 아라타야. 걔는 언젠가 우리를 또 힘들게 할 거라고."

그런가. 그렇게 연기까지 해 가며 계획할 만큼 똑똑한 사람은 아닌 것 같은데. 근데 뭐 가능성이 아예 없다고 할 수는 없겠네.

난 생각을 멈추고 눈을 감았다.

"요리코, 그 창고에 대해서는 아무한테도 말하면 안돼. 우리 둘만의 비밀이야."

나는 "응, 알겠어"라고 했다. 도키로가 기뻐하며 내게 따뜻한 물을 뿌려서 똑같이 해 줬다.

"오빠도 이곳에 적응하면 좋을 텐데."

"기대하지 않는 게 좋을걸. 뭐 그 녀석이 성실하게 일을 해 주면 우리도 편하겠지만."

도키로는 그러더니 "아, 참" 하고 몸을 벌떡 일으켰다.

"다음번에 그 녀석에게 퇴치해 달라고 할까? 그 영감 탱이."

"지팡이 할아버지?"

"그래. 그 영감이 아무리 힘이 세도 아라타한테는 못 당하겠지."

"예전 오빠라면 그렇겠지만……."

"아니. 그 영감을 퇴치 못하면 난 아라타를 인정할 수 없어. 지금도 잊지 않았거든. 예전에 그 자식이 저지른 짓들을."

아라타는 예전에 오빠에게 잔뜩 두들겨 맞았던 볼에 손을 갖다 대고 날카롭게 날 내려다봤다.

"너 때문에 나도 어쩔 수 없이 걔까지 오는 걸 허락했어. 너만 없었으면 두 번 다시 이 집에 들이지 않았을 거야."

속으로 '소심하긴' 하고 비난하면서도 "고마워" 하고 감사를 표했다.

"그런데 어차피 결정은 백부님이 하시잖아."

"아빠도 이제 늙었어. 슬슬 기운이 달릴 때가 됐지. 이 제 곧 내 시대가 열릴 거야."

기운이 달리는 백부님의 모습이 잘 상상되지 않지만

어쨌든 도키로는 의욕 넘치는 얼굴로 가슴을 쭉 폈다.

"생일만 지나면 내가 이 집의 왕이 될 거야. 그러니 마사에도 네 눈치를 살피는 거고."

난 흐음 하고 다시 물었다.

"근데 네가 올해 몇 살이더라?"

"까먹었어?"

도키로는 어이가 없다는 듯이 알려 주었다.

"스물이잖아."

욕조 가장자리에 앉은 도키로는 키는 나보다 작지만 몸에 군살이 없고 턱에는 수염 자국이 눈에 띈다. 작년에 고등학교를 졸업해서 지금은 백부님 뒤를 잇기 위해 공부 중이라고 했다. 이제 소년이 아닌 남자인 것이다.

"내가 그동안 얼마나 참고 살았는지 알아? 대단하지?"

도키로가 내게 입을 맞췄지만 그는 그전부터 이미 보디 샴푸를 바른 손으로 내 가슴을 집요하게 주무르고 있었다.

도키로가 한껏 부푼 자신의 성기를 손으로 쓸면서 말했다.

"아무튼 요리코, 넌 내 거야."

이런 분위기면 난 도키로의 생일에 그와 섹스를 하게

될 것이다. 싫지는 않지만 귀찮았다.

· 작년 - 2016년

여자 둘만의 모임 이후 아오이는 우리 집에 아예 눌
어붙었다. 아오이의 티셔츠와 속옷이 당연한 것처럼 내
세탁물에 섞였고 며칠 뒤에는 아오이 전용 밥그릇과 젓
가락도 생겼다. 아오이는 가슴을 툭툭 치며 "화장실과
욕실 청소는 맡겨 주세요"라고 했지만 별로 미덥지는
않았다.

난 아오이의 횡포를 지적하거나 아오이를 내쫓지 않
았다. 아오이는 생활비를 보태 주었고 자기만의 이상한
규칙을 강요하지 않을뿐더러 수다를 대충 흘려들어도
화내지 않았다. 무엇보다 이제 밤에 혼자 초조해하지
않아도 된다. 우리는 이렇게 자연스럽게 둘만의 공동생
활을 시작했다.

"어차피 할아버지가 집에 올 때까지만이야."

난 침대에 누워 있는 할아버지에게 말을 붙였다. 할
아버지는 눈을 가늘게 뜨고 입가를 우물거린다. 입을

움직이고 싶지만 생각대로 되지 않는 듯하다. 할아버지의 상태가 좋지 않은 것은 누가 봐도 알 수 있다. 그러지 않았다면 코에 튜브 같은 걸 넣을 리도 없다.

"얼마 전에는 바다를 보고 왔어. 아오이가 데려가 줬거든. 바다는 정말 새파랗더라. 이상한 냄새도 났고. 짠내라고 하던데."

할아버지는 내 말에 후우, 후우 하고 희미한 숨결로 대답했다. 하고 싶은 말이 단 1밀리도 전해지지 않는다.

"패밀리 레스토랑에도 갔어. 술집도. 난 마시지 않았지만 아오이는 술을 잘 마시더라고. 할아버지한테도 지지 않을 거야."

후우, 후우.

할아버지는 창가 옆 침대에 누워서 따스한 햇살을 맞고 있다. 같은 방에 있는 환자들이 떠드는 소리가 들린다. 할아버지는 졸린 것처럼 눈을 끔뻑거렸다.

"왜 이렇게 돼 버린 걸까?"

할아버지의 입이 움직였다. '늙었으니 어쩔 수 없지'라고 말하는 듯하다.

새해가 되고부터 할아버지의 상태가 급격히 안 좋아졌다. 최대한 못 본 척 고개를 돌리며 지냈지만 할아버지는 지난달 초 육교 계단을 오르다 발을 헛디뎌 떨어졌다. 의사는 생명에 지장이 없으니 행운이라고 했지만 정말 그럴까. 그 말이 지금도 가끔 의아했다.

"난 이제 회과육도 되게 맛있게 잘 만들어. 아오이도 내가 만든 회과육을 먹더니 고급 중식 레스토랑에서 팔아도 될 것 같다고 했어."

후우, 후우.

"할아버지한테도 만들어 주고 싶으니까 얼른 나아서 돌아와 줘."

난 할아버지의 손을 붙잡았다. 할아버지는 내 손을 잡아 주지 않았다.

병원 주차장에 세워진 노란 힌덴부르크호에서 로큰롤 노랫소리가 요란하게 흘러나오고 있다. 운전석에 있는 아오이는 창문을 활짝 열고 창틀에 팔을 걸친 채 콧노래를 흥얼거렸다. 힌덴부르크호에 달린 에어컨은 이미 오래전에 고장 났다고 했다.

난 카 스테레오의 볼륨을 낮췄다.

"꼭 건달들 차 같잖아."

"이 차 카 스테레오로는 볼륨을 그렇게 크게 틀 수도

없어요."

뭐 투도어 경차라는 점에서 이미 건달 차로는 실격 같지만.

"여행에는 음악이 빠질 수 없죠. 우라베 아오이 스페셜 컬렉션이에요."

"지금 나오는 노래는 뭐야?"

"패티 스미스요. 그리고 소닉 유스 같은 밴드 음악도 있어요."

둘 다 모르는 이름이다.

아오이가 차를 출발하고 내게 물었다.

"언니는 어떤 음악을 좋아해요?"

"딱히 없어. 굳이 꼽자면 나인 인치 네일즈를 조금."

아오이가 '정말요?' 하는 표정을 지었다. 실제로는 제대로 들어본 적 없으니 의심해도 할 말이 없다.

"오빠가 자주 들었거든."

"아, 오빠가 있었군요."

"응."

"사이가 좋았어요?"

"글쎄. 힘들었던 기억만 있는데."

"역시 언니는 저랑 동족이었어요."

고개를 끄덕일 만하다.

병원 앞 대로가 혼잡해서 저속 운전에 약한 힌덴부르크호가 끊임없이 수상한 소리를 울려 댔다.

"부모님은 뭐 하세요?"

"아빠는 어디론가 사라졌고 엄마도 몰라."

아오이는 흐음 하고 자세히 묻지 않았다. 이래 봬도 아오이는 의외로 남을 배려할 줄 안다.

"할아버지는 좀 괜찮아요?"

"살아는 계셔."

하지만.

"근데 괜찮다는 건 구체적으로 어떤 상태를 뜻하는 걸까?"

"맛있는 걸 먹고 맛있다고 하면 괜찮은 상태 아닐까요?"

일리 있다. 할아버지는 지금 데니즈의 런치 세트는 물론이고 비프스테이크나 참치회, 심지어 바다거북 수프를 먹어도 맛있다고 할 수 없을 것이다. 그렇게 좋아하던 전통식 소주도.

좀처럼 뚫릴 기색이 없는 도로를 보며 아오이는 핸들에서 손을 내리고 "살면서 먹어 본 맛있는 음식 랭킹이라도 대 볼래요?" 하고 두 손을 머리 뒤로 포갰다.

"전 초등학교 때 말이죠. 곰고기를 먹어 본 적이 있는데 그 맛이 아직도 뇌리에 남아 있어요."

가족끼리 캠핑을 갔는데요. 산속에서 우연히 사냥꾼 아저씨를 만났거든요. 그런데 그 아저씨가 그저께 우연히 곰 한 마리를 잡았다며 저희더러 먹어 보겠냐는 거예요. 아아, 네. 곰이 저희 가족을 습격했다는 식의 스릴 넘치는 이야기를 기대하셨다면 아쉽지만 아니에요.

아오이가 말하길 신선한 곰고기는 맛이 절묘해서 그날을 계기로 진정한 고기 맛에 눈을 떴다고 한다.

"그리고 코가 삐뚤어지게 술을 마시고 나서 먹는 김치요. 거기에 초된장까지 발라 먹으면 완전 끝내줘요."

아오이의 미각에 대한 내 신뢰는 그렇게 무너졌다.

"언니는 뭐가 있어요?"

"불고기 전골 정도?"

뭐예요, 그게. 너무 뻔하잖아요. 아오이는 불만스러운 것처럼 입술을 내밀었다. "그럼 가장 싫어하는 음식은요?"라고 묻는다.

"카푸리코. 특히 딸기 맛."

네? 딸기맛 카푸리코를 싫어하는 사람도 있어요? 과

자 역사상 희대의 걸작으로 평가받는 과잔데.

그런 이야기를 들어 본 적 없는 난 화제를 돌리려고
"그러고 보니" 하고 입을 뗐다.

"선물 같은 거 안 사 가도 돼?"

지금 우리는 전에 우라베와 가도무라 씨의 직장 상사
였다는 구사토리라는 남자를 만나러 가고 있다. 모임을
주선한 모토이 씨도 함께 가고 싶어 했지만 아오이가
딱 잘라 거절했다. 당사자들만 있어야 속 깊은 이야기
를 할 수 있다는 주장이 의외로 설득력 있었지만 아오
이를 향한 불안감은 아직 뿌리 깊다. 상식이 결여된 면
에서도.

"선물? 여행 갔다 온 것도 아닌데 웬 선물이요?"

그건 그래.

그제야 차가 움직이기 시작했다.

"그런데⋯⋯."

핸들을 쥔 아오이가 문득 떠올린 것처럼 물었다.

"그 오빠분은 지금 어디서 뭐 해요?"

"그 사람은⋯⋯ 분명 어딘가에 살아 있을 거야."

패티 스미스가 목청껏 샤우팅을 내지르고 있다.

—Outside of society, Outside of society.

할아버지가 입원한 시민 병원에서 한 시간이면 갈 거리를 무려 두 시간이나 들여 간신히 약속한 찻집에 도착했다. 도착한 것까지는 좋았지만 만나기로 한 사람은 거기 없었다.

　뭐야! 왜 없는 거야! 화를 내는 아오이의 외침은 누가 봐도 지각한 우리에게 허락된 외침일까.

　"전화번호 같은 건 안 받았어?"

　"당연하죠."

　그거야말로 '뭐야!'다.

　"하지만 이름으로 사진을 검색해서 얼굴은 알아요."

　빈틈없는 건지 얼빠진 건지 잘 모르겠지만 어쨌든 아오이는 "에헴" 하고 가슴을 펴고 말했다.

　"혹시 구사토리 씨 일행?"

　찻집 카운터에서 아주머니인지 할머니인지 모를 거구의 여자가 나와서 우리에게 물었다.

　"조금 전까지 거기 있었는데."

　"우레탄처럼 생긴 구사토리 씨 맞아요?"

　응, 맞아, 그 구사토리 씨가 맞아. 아주머니가 고개를 끄덕였지만 난 우레탄처럼 생긴 얼굴이 도대체 어떤 얼굴인지 감도 잡히지 않았다.

"아마 이 근처 영화관에 갔을 텐데……."

아주머니는 그러더니 우리를 보며 딱하다는 듯이 미소 지었다.

"두 사람에게는 못 권하겠네."

그 정도 충고에 순순히 물러날 아오이라면 이렇게 고생하지도 않았다. 우리는 찻집을 나가 즉시 구사토리 씨가 향했다는 영화관으로 발걸음을 서둘렀다.

예상한 대로 그곳은 멀티플렉스 영화관이나 명화 전용관도 아닌 엄연한 에로 영화 전용 상영관이었다.

아오이는 1초도 망설이지 않았다. 대단하다고 속으로 감탄하며 나도 뒤를 따랐다.

접수대에 있는 아주머니는 카페 아주머니보다 나이 들어 보이는데 몸집은 작았다.

"들어가도 되는데 조심하는 게 좋을 거야."

2층에는 가지 말고 1층에서 보라는 조언까지 듣고 우리는 상영 중인 극장 안으로 들어갔다. 〈노팬티 공중변소〉라는 영화 제목을 힐끗 보고 부잣집 사모님이든 냉철한 여자 CEO든 화장실 안에서는 모두 노팬티 아닐까 하는 의문이 들었지만 깊이 생각하지 않기로 했다.

우엑. 상영관 내부는 강렬한 냄새로 가득 차 있었다.

아오이는 들어가자마자 "무슨 시체 안치소예요?"라고 투덜거리더니 관객들의 얼굴을 한 명 한 명 들여다보는 비상식적인 행동에 나섰다. 개중에는 자세히 설명하기 부담되는 행위에 골몰하는 사람도 있다. 얼굴을 확인하고 나서 "아, 미안해요" 하고 태연하게 다른 곳으로 가는 아오이를 말없이 뒤따른다. 뚱뚱한 중년 남자가 훤칠한 젊은 청년에게 말을 걸더니 둘이 함께 자리를 떠나는 모습을 목격했다. 함께 좋은 곳에 가서 오붓한 시간을 보내겠지만, 왜 부잣집 사모님의 알몸이 비치는 스크린 앞에서 이런 만남을 갖는지 도통 이해할 수 없었다. 세상은 역시 넓다. 난 바다를 처음 봤을 때와 비슷한 감동을 느꼈다.

"구사토리 자식. 내뺀 게 분명해요."

아오이가 발을 동동 구르며 화내고 있을 때 "거기 젊은 아가씨" 하고 체격이 우람한 대머리 아저씨가 우리에게 말을 걸었다.

"구사토리라면 벌써 일 마치고 나갔어."

"정말요? 어디 갔는지 알려 주세요."

그때 다른 객석에서 "거참 시끄럽네" 하고 누가 투덜거렸다. 좋아. 조금 더, 라는 소리도 들린다.

"아저씨를 한 대 걷어차 주면 알려 줄게."

대머리 아저씨는 하반신이 알몸이었다. 아오이는 후훗 하고 웃더니 아저씨의 음낭을 인정사정없이 걷어찼다. 객석에서 나직한 환호성이 터졌다.

"으윽……."

아저씨는 무릎을 꿇고 눈에 벌겋게 핏발이 섰다.

"아니, 차는 것도 정도가 있지……."

"됐고 그 구사토리라는 변태 아재 지금 어딨어요?"

"파친코에 갔을 거야. 다음으로 소프란도*에 들렀다가 마지막에는 바에 가는 게 그 녀석의 평소 코스니까."

극장 문을 나가기 직전 노팬티로 공중변소에 드러누운 여자의 대사가 귓가에 닿았다.

—우리, 이 어둠에 더 깊이 빠져 보기로 해요.

파친코는 하나같이 담배 연기로 가득 찬 데다 소음이 귀를 찔렀고 가는 곳마다 사람이 우글거려서 우리는 금세 피곤해졌다. 소프란도는 역시 안에 들여보내 주지

---

* 목욕탕 설비가 있는 윤락 업소.

않았다. 하마터면 그곳에서 스카우트될 뻔한 아오이를 끌고 가서 일단 그 대머리 아저씨가 가르쳐 준 단골 바에서 구사토리 씨를 기다리기로 했다.

바는 이런 낮 시간에 열지 않는다. 우리는 비행 청소년처럼 지하로 내려가는 계단에 나란히 앉아 때가 오기를 기다렸다.

"저기, 아오이."

"네?"

"그 구사토리라는 사람. 이렇게까지 할 만큼 중요한 사람이야?"

아오이는 "글쎄요" 하고 어깨를 움츠렸다. 별로 신경 쓰지 않는 편이 좋아 보인다. 아오이와 함께 움직이는 건 원래 이렇다.

무엇보다 난 얼굴이 우레탄 같다는 구사토리 씨를 얼른 만나 보고 싶었다. 아마 아오이보다 더.

시간도 때울 겸 새삼스러운 질문을 던졌다.

"근데 여기가 어디야?"

"이케부쿠로요."

"너희 집에서 가까워?"

아오이의 집은 가쓰시카구에 있다고 하는데 난 오래

전부터 지리에 약하다.

"가깝다면 가깝고 멀다면 멀겠죠. 언니가 사는 게미가와보다는 가까워요."

아오이는 작은 숄더백에서 립스틱을 꺼내 아스팔트에 도쿄 동부권 지도를 그리기 시작했다.

"빠삭하네."

"사찰 순회에 빠져 있던 시절이 있었거든요."

이케부쿠로가 있는 도시마구와 가쓰시카구 사이에 기타구와 아라카와구가 있다는 걸 처음 알게 됐다.

"게미가와는 여기예요."

가쓰시카구 아래가 에도가와구, 그리고 그곳을 지나면 지바현이라고 했다.

"에도가와구."

난 무심코 중얼거렸다.

"우리 오빠가 여기서 죽었어."

"네?"

"그리고 다시 살아났지."

아오이가 선글라스 안에서 눈을 휘둥그레 떴다.

"언니, 아무리 힘들어도 정신줄은 놓으면 안 돼요."

"아니, 정말이야. 어느 날 갑자기 그렇게 됐어."

난 오빠가 부활한 과정을 간략히 요약해서 아오이에게 들려줬다.

"와, 어떻게 그런 일이. 세상에 별일이 다 있네요."

"응. 나도 정말 놀랐어. 덕분에 아주 힘들기도 했고."

아오이는 왜냐고 묻지 않았다. 역시 날 배려하고 있다.

그제야 바 점원이 와서 우리는 바에 첫 손님으로 들어 갔다. 안쪽 카운터를 등지고 넓은 간격으로 놓인 둥근 테이블 석에 앉는다. 아오이는 맥주를 주문했다. 갈 때 운전이 걱정됐지만 어차피 잔소리해 봐야 듣지도 않을 것이다. 벌컥벌컥. 난 무알코올 카시스 소다를 주문했다. 아오이의 사찰 순회 이야기를 듣는 동안 어느새 바 안에 손님이 가득 찼다.

"이건 무슨 곡이야?"

천장을 가리키며 묻자 아오이는 "곡명은 까먹었는데 카사비안이네요"라고 대답했다. 역시나 모르는 가수다.

"아오이는 정말 뭐든 다 아네."

상식만 빼고.

"언니가 이상한 거예요. 지금껏 대체 어떤 삶을 살아 온 거예요?"

"글쎄……."

173

"뭐 무리하게 대답하실 건 없어요."

말은 그렇게 하지만 아오이가 그 사건의 전모를 파헤치려고 하는 이상 내 삶을 언급하지 않고 지나칠 수는 없을 것이다. 아오이가 파고들기 시작하면 난 어떻게 대처해야 할까.

"아오이. 네가 알아낸 것들은 전부 책에 쓸 거지?"

"그야 당연하죠. 분하기는 해도 모토이의 지적이 아예 틀린 건 아니에요. 조심스러워하며 이것저것 신경 써 봐야 어차피 사람들 입에 오르내리지 않으면 끝이에요."

나는 흐음 하고 반응했다.

"혹시 뭐 문제라도?"

없을 리 없잖아.

"우라베에 대해서는 네 마음대로 써도 되는데…… 나에 대한 이야기는 역시 좀 걸려."

"뭐가요?"

"앞으로 어쩌면 평범하게 살지 못하게 될 수도 있거든."

아오이가 이맛살을 찌푸렸다. 파란 조명 아래에서 당황하는 얼굴이 묘하게 귀엽다.

"할아버지와도 떨어지게 될지 모르고."

"전 언니를 곤란하게 만들고 싶지 않아요."

"응. 하지만 네가 그러고 싶지 않아도 그렇게 될 거야. 네 의도와는 상관없이. 운명 같은 거라고 할 수도 있겠네. 네가 우연히 우라베의 여동생으로 태어난 것처럼 우리 힘으로 어쩔 도리가 없는 운명이라는 게 있고, 나도 그런 것과 무관하지 않으니까."

"언니……."

"이 세상에는 어쩔 수 없는 것들이 아주 많아. 그리고 난 그런 어쩔 수 없는 것들로 이뤄진 백화점 같은 사람이야."

어렴풋이 떠올랐다. 아빠를 마지막으로 본 크리스마스 날 밤, 가족이 모여 불고기 전골을 먹고 있을 때 아빠가 한 말이다. 난 그로부터 4년이 지나고서야 그 말의 의미를 깨닫기 시작했다.

"그러니 중간부터는 널 돕지 못할 수도 있어."

"중간요?"

"잘 모르겠지만 아마 조만간."

"그럼 곤란해요."

"응, 곤란하겠지."

아오이가 무슨 말을 하려다가 말고 갑자기 몸을 벌떡 일으켰다. 시선이 바 입구 쪽을 향해 있다.

"우레탄!"

아오이가 검지를 뻗어 가리킨 곳에 구사토리 씨로 보이는 남자가 당황한 얼굴로 서 있었다.

"야, 너! 이리 와!"

아오이가 구겨진 와이셔츠를 질질 잡아끌며 그를 우리 테이블로 데려왔다. 구사토리 씨는 자리에 앉자마자 화를 벌컥 냈다. 넙데데한 얼굴이 벌겋게 달아올랐고 두툼한 입술을 꾹 다물고 있다. 나이는 30대 중반쯤 될까. 난 유심히 그를 살폈지만 도대체 뭐가 우레탄 같은지 좀처럼 가늠할 수 없었다.

"화를 낼 사람은 나야! 늦게 온 너희가 잘못이지!"

그야말로 흠잡을 데라고는 없는 주장이다.

"건방진 녀석이네. 10, 20분 정도 여자를 기다리는 건 남자의 의무야."

엉망진창 논리다. 그걸 떠나 우리는 한 시간이나 지각했다.

"잘 들어. 내가 바로 우라베 아오이야. 그리고 이분은 히나구치 언니."

"윗사람처럼 말하지 마!"

"됐고, 일단 한잔해. 내가 살 테니."

난 '정말 윗사람 같네'라고 생각하며 구사토리 씨가 마실 맥주를 대신 주문했다.

"자, 건배!"

이런 어색하고 불편한 건배는 처음이었다.

잔을 단숨에 비운 아오이가 "왜 도망쳤어?" 하고 포문을 열었다.

"도망치다니! 그렇게 연락 한 통 없이 안 오면 누구든 가게 돼 있다고!"

"그건 미안!"

뭐야, 사과는 하네.

"자, 이제 그 일은 깨끗이 잊고 슬슬 본론에 들어가 볼까?"

구사토리 씨는 '된통 잘못 걸렸네'라는 표정을 짓고 있다.

"본론? 우라베 이야기 말인가?"

"그래. 그 벼락 맞아 죽을 인간에 대해 아는 걸 모두 털어놔 봐."

"······대가는?"

"대가?"

"당연하지. 나도 그 사건 때문에 힘들다고. 공짜로 도와줄 처지가 아니야."

"돈은 없어!"

아오이는 딱 잘라 말했다.

"그럼⋯⋯."

구사토리 씨가 우레탄 같은 얼굴로 헤벌쭉 웃었다.

"한 번 해 주면 협력할게."

"좋아!"

순간 아오이의 주먹이 구사토리 씨의 코에 꽂혔다. 구사토리 씨는 우당탕 소리를 울리며 의자와 함께 뒤로 넘어졌다. 콩트 극에서도 보기 힘들 완벽한 넘어짐이다.

"어때? 해 줬지? 자, 이제 약속 지켜."

"이, 이게 정말. 너 신고할 거야!"

"오오."

아오이가 쪼그려 앉아 구사토리 씨에게 얼굴을 들이밀었다.

"기세가 아주 등등하네. 신고하겠다고? 응, 할 테면 해 봐. 난 신고라면 아주 이골이 난 사람이거든. 그동안 온갖 신고를 다 받아 봤어. 이제 와서 하나 더 늘어난다고 간에 기별도 안 간다는 뜻이야. 그래, 그렇게 나올 거면 나도 끝까지 가 줄게."

그러자 구사토리 씨는 단숨에 기가 죽었다. 아오이가

의자에 앉으라고 하자 비틀비틀 일어서서 앉는다. 다른 손님들을 향해 고개를 숙이는 것은 내 역할이었다.

구사토리 씨는 물수건으로 코를 누르며 말했다.

"그, 그러니까, 털어놓으라고 해도 난 우라베에 대해 잘 몰라."

"같이 일했다며?"

"뭐, 그건 그렇지만……."

구사토리 씨는 우라베와 같은 대학 출신이라고 들었다.

"가도무라 씨도 같은 대학 아니었어?"

아오이가 물었다.

"그래, 맞아. 나랑 우라베, 가도무라는 다 같은 클레이 사격 동아리에 있었어."

그 이야기는 언론에도 일부 보도됐다.

"아무튼 그런 인연으로 같이 일하게 됐다고 해야 할지, 자연스럽게 모였다고 해야 할지……."

"흐음. 어떤 회산데?"

오만상을 짓고 있는 구사토리 씨의 표정에서 '거기를 파고들다니' 하는 본심이 읽혔다.

"뭐 복지 사업이라고 해야 할지, 민간 소셜 워커라고 해야 할지……."

구사토리 씨는 "아무튼 일반적인 회사랑은 조금 달라" 하고 전제하고 다음과 같이 설명했다.

단체의 이름은 '연결 캐러밴'. 빈곤 가정이나 장애가 있는 이들에게 상담을 통해 적절한 행정 서비스를 제안하고 수속을 돕는 비영리 단체라고 한다. 사업장은 히가시이케부쿠로에 있고 구사토리 씨는 창업자이자 현직 대표다.

"가난한 이들을 착취하는 비즈니스 같은 건 절대 아니야. 어려운 사람들을 성실히 돕는 게 우리 활동의 원점이자 모토야."

거의 영업사원 같은 말투다.

아오이가 날카롭게 물었다.

"짭짤했어?"

"뭐? 아, 우리는 그보다 사회 공헌이 우선이고 돈은 그다지 중요하지 않아서……."

"그럼 왜 그런 귀찮은 짓을 하는데?"

"왜냐고 물어도……."

구사토리 씨는 어찌할 바를 모르며 머뭇거렸다.

"뭐 그 멍청했던 오빠한테 잘 어울리기는 하네."

"우라베는 정말 열심히 일했어. 옆에서 보기에 지나

치다 싶을 만큼."

"하지만 사회 공언 운운하면서 에로 영화관과 파친코, 소프란도를 활보하고 다니는 건 너무 팔자 좋은 거 아냐?"

난 속으로 '그건 개인의 자유 아닐까'라고 생각했고 구사토리 씨도 억울한 것처럼 호소했다.

"그게 다 그 사건 때문이라고! 그 사건 때문에 우리 회사 신뢰도가 땅에 떨어졌어. 직원들은 전부 관뒀고 보조금도 끊겨서 사무실이 폐업 직전이야."

구사토리 씨는 울상을 지으며 자포자기한 것처럼 맥주를 마셨다.

"대체 내가 뭘 어쨌다고 이래? 난 사람들을 조금이라도 행복하게 해 주고 싶어서 노력했을 뿐이야! 난 우라베의 부모나 가족도 아니고 그냥 고용주였어. 녀석이 그런 짓을 저지른 책임까지 나한테 묻는 건 너무한 거 아냐? 이러니 스트레스를 받아서 그런 곳에 다닐 수밖에 없지!"

"뭐 가족 입장에서 봐도 일정 부분 공감은 되네."

구사토리 씨는 그제야 눈앞에서 팔짱을 낀 여자가 우라베의 여동생인 것을 떠올렸는지 약간 위축됐다.

"그런데 그렇다고 해서 사장이 직원에 대해 하나도 모

르는 건 말이 안 돼. 애초에 그 사건이 일어난 곳은 지바현 인자이시잖아. 이케부쿠로에 사무실이 있는 회사가 왜 그런 곳에 직원을 보낸 건데?"

"가도무라가 그렇게 해 달라고 했어!"

나는 가도무라 씨의 햇볕에 그을린 얼굴을 떠올렸다. 건들거리는 서퍼와 자의식 강한 정치인의 웃음이 뒤섞인 듯한 그 미소.

"가도무라가 꼭 힘이 돼 주고 싶은 사람이 있다고 했어. 심지어 월급도 안 받겠다고 하더라고. 뭐 걔는 부모가 돈이 많으니 상관없었겠지만."

가도무라 씨는 돈도 되지 않는 일을 하면서 고급 아파트에 살았고 아이도 둘이나 낳을 만큼 여유로웠다.

"사건이 일어나기 반년 전쯤에 사무실을 열었어. 직원이 둘이나 사라졌으니 이제 직원 수가 부족한 게 들통날 거라고. 일도 못 하는 상황에 상담자들에게서 계속 클레임이 들어오고 구청에서는 단속까지 나오고. 나보고 뭘 어쩌라는 건지 원."

구사토리 씨는 맥주를 한 잔 더 주문했다. 이제는 정말 자포자기한 것처럼 보인다.

"결국 가도무라에게는 그냥 여가생활이었던 거야. 정

말 힘든 사람들의 마음을 걔가 이해했을 리도 없고."

"가도무라 씨가 말했다는 '꼭 힘이 돼 주고 싶은 사람'은 누군데?"

"나도 몰라. 정말이야! 그냥 사적으로 관심이 있는 사람이라고 했어."

그는 점원이 가져온 맥주를 한 모금 마시고 말을 이었다.

"가도무라는 평소에도 문제가 좀 있었어. 평범하게 가난한 사람이나 장애인을 돕는 것보다 아동 학대나 가정 폭력처럼 형사 사건에 얽힌 사람들에게만 유독 적극적이었거든. 자기가 시사 프로그램 PD라도 된다고 생각한 걸까?"

노골적인 적개심이 읽혔다. 약간의 질투도 섞였을 것이다. 가도무라 씨는 돈이 많고 외모도 그럴싸했으니까.

"그런데 우라베도 문제가 있는 건 마찬가지긴 했지."

"무슨 뜻이야?"

"그 녀석은 어느 순간부터 약간 사이비 종교에 빠진 사람처럼 굴었거든. 진정한 올바름은 돈과 법률 밖에 있다고 하질 않나, 이 사회에는 한계가 있다고 하질 않나. 인간이 행복을 바라는 것 자체가 교만이라고 하는 사람이 어떻게 이런 일을 하겠어? 그러니 어느 순간부터는 거의 유령 직원처럼 돼 버렸어."

"하지만 당신 회사에 속해 있었던 건 맞잖아."

"아니, 그러니까 그건 나한테도 이런저런, 뭐랄까. 어쩔 수 없는 사정 같은 게 있어서……."

뒤로 갈수록 목소리가 작아진다.

"어쨌든 난 걔에 대해 잘 몰라."

"그럼 가도무라 씨에 대해 자세히 들어 보기로 할까?"

"모른다니까! 직장에서 내 밑에 있기는 했어도 딱히 사이가 좋았던 것도 아니야. 물어볼 거면 가족들을 직접 찾아가서 물어봐."

"그럴 수는 없어! 법정 다툼 중이니."

그렇게 당당히 소리칠 일은 아닌 것 같은데.

"협력해 주지 않으면 당신의 관리 감독 소홀을 문제 삼을 수도 있어."

그러자 구사토리 씨는 으으 하고 신음하더니 원망스러운 눈빛으로 주머니에서 열쇠 하나를 꺼냈다.

"사무실 열쇠야. 가도무라의 컴퓨터가 아직 남아 있으니 마음대로 뒤져 봐."

열쇠를 휙 던지고 테이블에 납죽 엎드린다.

"나도 피해자나 마찬가지야. 부탁이니 이젠 제발 그만해."

우리는 '연결 캐러밴'이 직원 수를 허위 과장 신고했다는 이야기와 상담자의 생활 보호 자금을 횡령했다는 의혹 등을 모토이 씨에게 전해 들었지만 선심 써서 언급하지 않는 대신 그에게 계산을 맡기고 바를 나갔다.

지하에 있는 바에서 '연결 캐러밴' 사무실까지는 걸어서 10분 거리였다. 메모 한 줄 하지 않는 아오이의 취재 방식이 걱정돼서 가는 길에 "괜찮겠어?"라고 물으니 아오이는 아무렇지 않은 것처럼 "괜찮아요. 제 기억력은 천문학적이에요"라고 했다.

사무실은 낡은 주상 복합 빌딩 4층에 있었다. 안에는 물론 사람이 없고 실내가 무참할 정도로 어지럽혀져 있다. 철제 책상 네 개가 맞붙어 있고 먼지 쌓인 캐비닛에 파일이 꽂혀 있다. 손님용 소파가 있는 곳에 남아 있는 건 칸막이뿐. 창가 가장 안쪽에 있는 책상이 구사토리 씨의 책상인 듯했다.

"저걸까요?"

네 개의 책상 중 입구 옆 자리에만 컴퓨터가 없었다.

컴퓨터뿐 아니라 서류나 펜 꽂이 따위도 보이지 않는다. 경찰이 압수해 갔다면 그곳이 우라베의 자리일 것이다.

"옆이 수상한데요."

아오이는 책상 서랍을 열어 안을 뒤지기 시작했다. 이것도 경범죄에 해당하지 않을까.

"언니, 빙고예요."

책상 안에서 목에 거는 이름표가 나왔다. 가도무라의 이름이 인쇄돼 있다.

아오이는 책상 앞 의자에 앉아 컴퓨터 전원을 켰다. 구사토리 씨가 알려 준 암호를 입력하자 모니터에 바탕 화면이 표시됐다.

작은 문서 폴더 아이콘이 세로로 세 줄 있다. 폴더 이름은 가타카나로 '이즈미', '사노', '후지타' 등이 적혀 있는데 아마 가도무라 씨가 담당했던 상담자들의 성으로 보인다.

맨 끝에 있는 폴더에서 눈길이 멈췄다.

아오이가 웹 브라우저를 켰다. 홈 화면은 'Yahoo!'다. 즐겨찾기에는 행정 관련 홈페이지와 병원, 변호사 사무실 홈페이지 등이 등록돼 있다.

"으응?"

아오이가 몸을 앞으로 뻗었다.

"최근 검색 기록 중 하나예요."

화면을 보고 나도 무심코 얼굴을 앞으로 내밀었다.

검은 배경 화면에 붉은 글씨로 커다랗게 '실종자 닷컴'이라고 적혀 있다.

"뭔가 수상한 사이트 같은데요."

사이트 게시판에는 글이 여러 개 등록돼 있었다. 제목에는 사람 이름이 있는데 아무래도 실종자의 이름인 듯했다.

"지바현으로 검색해 볼까요?"

그러자 열 명 정도가 나왔다. 글쓴이는 실종자의 성별과 나이, 특징, 실종 당시 상황 등을 설명하며 정보 제공자를 구하고 있었다. 개중에는 사진이 첨부된 게시물도 있다. 댓글은 비아냥과 별 도움되지 않을 동정 댓글이 80퍼센트 정도, 진위를 알 수 없는 목격담이 20퍼센트 정도.

"이렇게 수상한 사이트에서 사람을 찾고 싶을까요?"

아오이는 "엉터리로 적은 글도 있는 것 같고요" 하고 중얼거리며 지바현 실종자 목록을 꼼꼼히 읽었다. 등록

날짜가 너무 오래됐거나 내용이 부실한 글을 제외하니 세 건 정도만 남았다.

"여기에만 전화번호가 있네요."

090으로 시작하는 휴대 전화 번호였다. 아오이는 스마트폰을 꺼내 주저 없이 그 번호로 전화를 걸었다.

그 틈을 타 나는 글쓴이의 이름을 확인했다.

에노키도 다스케.

"……없는 번호래요."

스마트폰을 다시 주머니에 넣는 아오이를 곁눈질하며 게시물에 첨부된 사진을 봤다. 교복을 입은 여자아이가 수줍게 미소를 짓고 있다. 졸업 앨범 같은 것에 실린 사진으로 보인다. 사진이 찍힌 날짜는 2005년. 10년도 더 됐다.

"내용은?"

아오이가 글 내용을 요약해서 들려주었다.

게시물 등록일은 2012년 1월. 사진 속 여자의 이름은 사유미이고 어머니 없이 자란 편부 가정의 외동딸이다. 고등학생 때 부녀 사이에 금이 가서 사유미는 졸업과 함께 집을 나갔고 이후 연락도 거의 하지 않았다. 2011년 3월 대지진이 일어나는 바람에 아버지가 딸의 안부를 확인하려고 오랜만에 전화를 걸었지만 다른 사람이 받았다. 그는 사유미 씨와 관련 없는 인물이라는 것이 이후 경찰 수사로 밝혀졌다. 친구, 같은 반 아이, 먼 친척까지 닥치는 대로 찾아가 물었지만 사유미 씨의 행방에 대해 아는 사람은 없었다.

"가장 최근에 올라온 댓글이 이거예요."

'안녕하세요. 처음 인사드립니다. 전 도쿄에서 민간 사회 복지사로 일하는 사람입니다. 제가 도움이 돼 드릴 수 있을 것 같습니다. 괜찮으시다면 이 메일 주소로 연락을.'

날짜로 보건대 가도무라 씨가 올린 댓글이 확실해 보였다.

"이 사유미 씨가 바로 가도무라 씨가 말한 '꼭 도움이 돼 주고 싶은 사람'이었나 보네요."

반신반의하는 투지만 목소리에는 약간의 긴장감이 섞였다.

다시 바탕화면으로 돌아갔다. 에노키도라는 이름의 폴더는 없다. 폴더를 하나씩 열어 본다. 엑셀 파일에 개인 정보가 잔뜩 기재돼 있었다. 이런 걸 외부인이 보게 하다니. 구사토리 씨는 이제 개인 정보 관리도 아예 포기한 듯했다.

하나하나 확인했지만 전부 도쿄에 거주하는 사람들
이었다. 실종자로 보이는 사람도 없다.

아오이는 한숨을 휴 내쉬었다. 이제는 지친 것처럼
보인다.

"저기, 아오이. 이 끝에 있는 폴더도 한번 열어 볼래?"

아오이는 내 말을 듣고 왠지 미심쩍어했지만 순순히
따랐다.

폴더 안을 본 난 속으로 '빙고!' 하고 외쳤다.

"이 사람이 왜요?"

"주소를 봐."

베리라이프 에도가와 1005호.

"오빠가 추락한 아파트야."

아오이가 "네?" 하고 날 돌아봤다.

일단 설명을 미루고 거기 적힌 정보를 읽었다. 결혼
과 이혼, 생활 보호 대상자 이력 등을 넘기고 가장 마지
막 줄을 확인한다.

'2012년 6월 이사'.

오빠가 베리라이프 에도가와에서 추락한 직후다.

"언니……."

아오이가 참지 못하고 입을 열었다.

"이 야마다라는 사람, 아는 사람이에요?"

나는 "글쎄"라고 대답했다.

거짓말이 아니었다. 이 야마다 씨가 정말 그 야마다 씨라고 해도 난 그녀가 엄마의 봉사 활동 동료라는 것밖에 모른다. 지금껏 얼굴 한 번 보지 못했다.

열쇠를 우편함에 넣고 우리는 건물에서 나갔다. 보아하니 아오이는 이미 취기가 가셔서 운전하는 데 문제없어 보였다. 도로교통법 기준에 맞는지를 떠나서.

곰곰이 생각에 잠겨서 걷는 아오이와 함께 힌덴부르크호가 세워진 코인 주차장으로 향했다. 이케부쿠로는 이미 어둠에 물들었고 골목길에서는 휘황찬란한 네온 사인이 눈에 띄었다.

"그러니까……."

아오이가 입을 열었다.

"정확히 뭐가 어떻게 된 거예요?"

심각한 얼굴로 말을 잇는다.

"가도무라 씨가 에노키도 씨를 돕기로 했고, 가도무라가 작성한 것으로 보이는 파일에 언니 어머니와 친구

사이였던 야마다 씨가 있다……."

게다가 그녀가 살았던 곳은 내 오빠가 추락한 아파트다.

"……야마다 씨는 성이고, 이름은 사유미."

가도무라 씨의 파일에는 정확히 그렇게 적혀 있었다.

"다시 말해 가도무라 씨가 야마다 씨의 행방을 쫓아 인자이시에 갔다는 말인가요?"

그것 역시 맞다. 틀림없다.

"한편 멍청한 우리 오빠는 언니를 만나고 '히나구치 요리코라는 여자가 지금 아주 곤란한 상황이야. 네가 잠깐만 돌봐 줄 수 있어?'라는 문자를 나한테 보냈다……."

그러고 나서.

"돌이킬 수 없는 엽총 난사 사건을 일으켰다."

아오이는 힌덴부르크호 앞에 멈춰 서서 날 돌아봤다.

"언니. 조금 더 자세히 설명해 주실 수 없어요?"

아오이의 눈을 본다.

"그 멍청한 오빠가 언니를 만난 것까진 알겠어요. 가도무라 씨가 중간에 있었다는 것도요. 하지만 그 계기가 된 야마다 씨와 언니네 가족이 아는 사이였다는 게 도통 이해가 안 돼요."

아오이는 "무슨 로또 당첨도 아니고" 하고 중얼거렸다.

"그리고 그 에노키도라는 성은……."

아오이가 날카로운 눈빛으로 나를 찌르는 것처럼 바라봤다. 표정이 진지하다. 그럴 만하다. 오늘 밤, 바로 조금 전부터 내 거짓말이 조금씩 무너지기 시작했으니까.

"언니는 대체 뭘 어디까지 알고 있는 거예요?"

별이 뜨지 않은 밤하늘을 올려다본다.

난 뭘 어디까지 알고 있을까. 많은 것을 아는 것도 같지만 아무것도 모를 수 있다. 실제로 난 야마다 씨가 베리라이프 에도가와에 살았다는 사실을 오늘 밤 처음 알게 됐다.

"아오이."

아오이를 바라본다.

"데니즈에 가서 이야기하자."

난 아마 데니즈의 창가 테이블 자리에 앉아 15층 아파트에서 추락한 오빠가 되살아났을 때 가족들의 반응이 묘했다는 것부터 이야기를 시작할 것이다.

• 4년 전 - 2013년

도키로의 생일을 하루 앞둔 날 밤, 난 결혼 전 증후군을 느낄 새도 없이 노크 소리를 듣고 잠에서 깼다.

또 오빠가 왔다고 생각해서 화를 내며 문을 열자 문 앞에는 마사에 씨가 있었다.

"어르신이 부르세요."

마사에 씨는 늦은 시간인데도 앞치마를 두르고 있었다.

"옷을 갈아입고 가는 게 좋을까요?"

잠옷 차림으로 묻자 마사에 씨가 조심스럽게 대답했다.

"아마 괜찮지 않을까 합니다만……."

그렇게 슬리퍼를 신고 방에서 나갔다.

L자형 복도는 어둡고 쥐 죽은 듯이 고요했다. 아래로 보이는 거실에도 아무도 없다. 마사에 씨를 따라 엄마 방 앞을 지나쳐 모퉁이를 돌아 계단으로 향했다. 마사에 씨는 발소리를 죽이고 걸었다. 시대극에 나오는 시종 또는 닌자, 아니면 유령 같다.

마사에 씨는 백부님과 도키로의 방이 있는 2층을 지나 계단을 내려갔다. 나는 막연하게 **조금 더 아래로** 내려갈 거라고 느꼈다.

1층에 도착한 마사에 씨는 거실과 부엌에는 눈길을 주지 않고 욕실이 있는 모퉁이로 향했다. 왼쪽으로 꺾으면 화장실과 욕실, 오른쪽으로 꺾으면 뒷문과 창고가 있는 곳이다.

마사에 씨는 오른쪽으로 몸을 틀더니 얼마 안 돼 멈춰 섰다. 눈앞에 문이 두 개 있다. 오른쪽 문은 노랗고, 왼쪽 문은 보라색으로 칠해져 있다.

둘 다 평소에는 출입이 금지된 곳이다.

마사에 씨가 자물쇠에 달린 숫자 키 자물쇠를 툭툭 눌렀다.

"이쪽으로."

마사에 씨의 지시에 따라 보라색 문의 손잡이를 돌렸다. 부드럽게 열린 문 너머로 돌계단이 아래까지 이어져 있다.

"요리코 님."

이름을 불러서 돌아보자 마사에 씨는 내 눈길을 피했다. 고개를 숙이고 날 보려고도 하지 않는다. 여기까지 데려온 주제에 입을 꾹 다물고 있어서 순간 화가 났지만 나도 입을 열지 않았다. 백부님이 기다리고 계신다. 얼른 가야 한다.

벽에 달린 보조등 불빛에 의지해 계단을 내려갔다. 벽
도 계단처럼 돌이다. 손을 갖다 대니 냉기가 느껴진다.

계단은 중간에 꺾이지 않고 지하를 향해 일직선으로
이어져 있다. 잠시 후 주황색 불빛이 눈앞을 가득 채
웠다.

"자다 깼나?"

이로카와 백부님이 커다란 소파에 앉아 갈색 액체가
든 잔을 기울이고 있었다.

"아뇨, 괜찮아요."

"그렇군. 자, 이리 오너라."

백부님의 지시에 따라 발걸음을 뗐다. 돌바닥 위에
두툼한 양탄자가 깔려 있다. 양탄자에 올라가기 전에
슬리퍼를 벗고 백부님 앞에 다가가 섰다.

"원래 와인 저장고로 쓰던 곳인데 치워 버렸지."

백부님은 그런 건 사치라며 빈정거리듯 웃었다. 난
텅 빈 곳을 둘러보며 와인 저장고가 뭔지 나중에 스마
트폰으로 검색해 봐야겠다고 생각했다.

"어디 보자."

백부님이 몸을 앞으로 뻗었다. 내 머리부터 발끝까지
를 꼼꼼히 관찰하더니 혀로 수염을 한 번 쓱 핥는다.

"건강해 보이는군."

"감사합니다."

"걱정 많이 했다. 예전 집에서 그런 식으로 헤어졌으니. 혹시라도 네가 못쓰게 될까 봐 얼마나 초조하던지."

나는 "감사합니다" 하고 거듭 말했다.

"그렇게 딱딱하게 굴지 않아도 된다. 오랜만에 내가 널 봐 줄 테니."

"감사합니다."

그럼 실례하겠습니다. 난 그렇게 운을 떼고 천천히 잠옷을 벗었다. 속옷도 벗어서 발밑에 내려놓고 허리를 세우고 백부님을 마주 본다. 돌로 지어진 지하실은 겉보기와 달리 따뜻해서 몸에 소름은 돋지 않았다.

"흐음."

백부님이 다시 한번 찬찬히 나를 관찰했다. 조금 긴장됐다.

몸을 일으킨 백부님이 내 몸에 손을 갖다 댔다. 혈관 상태를 확인하듯 구석구석을 쓰다듬는다. 도키로의 거친 손길과 비교할 수 없을 만큼 숙련된 손놀림이다.

"……괜찮은 것 같군."

그 말을 듣고 가슴을 쓸어내렸다. 백부님은 신비한

능력의 소유자라 이 '촉진'을 통해 몸속에 있는 탁하고 뒤틀린 것들을 찾을 수 있다. 그리고 그것들이 발견되면 '치료'를 해야 한다.

"앉아라."

나는 그 자리에 무릎을 꿇고 앉았다. 백부님이 앉은 소파 옆에서 연기가 세 가닥 정도 피어오른다. 그리운 향이다. 맡으면 온몸에서 힘이 스르르 빠져나간다.

"아라타에게 또 시달리지 않을까 걱정했다."

"조금 힘들긴 했어요."

"그래도 무사해서 다행이지."

백부님이 담배를 입에 물고 연기를 후우우 내뿜었다. 향내와 비슷한 달착지근한 냄새가 나를 감쌌다.

"요리코, 너는 잘못 없다. 넌 아무 잘못도 없어."

백부님을 바라보며 백부님의 목소리에 귀를 기울었다.

"이제는 기억이 흐릿하겠지만 네가 어릴 때 어떤 고약한 남자 때문에 하마터면 넌 목숨을 잃을 뻔했다. 그 남자도 못쓰는 남자였어."

어렴풋한 기억. 둥근 얼굴, 둥근 배. 부드러워 보이는 옷.

"그 남자 때문에 결국 네 친구가 죽었지."

둥근 얼굴. 둥근 피부. 내 몸을 침대 삼아 드러누운 여자아이.

"요리코, 너는 잘못이 없다. 하지만 그런 일은 일어나고 말았지."

백부님이 날 내려다보고 있다. 자상한 것 같으면서도 무서운 눈빛이다. 목소리가 내 몸속에까지 울려 퍼지는 것 같다.

"인간은 태어날 때부터 지니고 태어나는 독이 있다. 혈액과 세포가 아닌 영혼에 들러붙은 독이지. 숙명이라고 해야 할까. 누구도 그 독을 피할 수는 없다. 나도 젊었을 땐 그 독에서 자유롭지 못했고. 아니, 다른 사람들보다 더 독 범벅이었지."

백부님이 담배를 피운다.

"쓸데없는 갈등도 겪었다. 다른 사람들을 업신여기기도 했는데, 그 무렵 난 그런 것들을 당연하게 생각했어. 똑똑하고 강한 인간이 약하고 어리석은 인간의 것을 빼앗는 게 자연의 섭리라고 큰소리쳤다. 인간이 약하고 어리석은 건 다 자기 탓이고, 노력과 대비를 하지 않고 이 세상의 진정한 구조를 알려고 하지도 않으면서 행복하게 살아갈 수는 없다고 생각했다. 그러니 세상 사람들은 대체 왜 이렇게 무사태평한지 속으로 늘 의아했지."

백부님의 입가에 미소가 떠오른다.

"행복해지고 싶으면 힘을 가져야 한다는 생각. 힘을 가지려면 강한 의지가 있어야 한다는 생각. 요리코, 그게 바로 인간의 독이다."

말없이 백부님의 눈을 응시했다.

"내 의지로 어떻게든 할 수 있다. 그렇게 믿는 오만이야말로 인간의 영혼에 들러붙은 독이다. 아무것도 할 수 없다. 할 수 있을 리 없지. 인간은 그렇게 뛰어나지 않으니. 오히려 볼썽사나울 정도로 보잘것없는 게 인간이다."

백부님은 배 앞에서 두 손을 포개고 천장을 올려다봤다.

"자유 의지 같은 것을 믿으니 더 할 수 있다고 믿게 되지. 자유 의지를 구실로 내세우며 다른 사람과 경쟁하려 하고, 자유 의지라는 미명하에 다른 사람의 것을 빼앗고 자기 것을 지키는 거다."

백부님은 그러더니 "소유"라고 중얼거렸다.

"이것은 내 것, 저것은 네 것. 소유의 개념은 인류의 역사가 시작된 이래 단 한 번도 뒤바뀐 적이 없다. 그것이 돈이든, 땅이든, 먹을 것이든. 살 집과 입을 옷, 가족, 친구, 연인, 그리고 명예까지. 인간의 욕망이 끝없는 것은 우리의 머릿속에 바로 소유의 개념이 박혀 있기 때문이다."

백부님은 허공을 보며 설명을 이어 갔다. 하늘에서 내려오는 언어를 받아 문장으로 만드는 것 같다.

"그중에서도 가장 무의미하고 쓸데없는 것이 바로 의지다. 의지의 소유. 이 세상은 그것을 무턱대고 좋은 것처럼 추켜세우지만 내가 보기에 그만큼 어리석은 것도 없다. 의지의 소유야말로 우리를 욕망에 눈멀게 하는 원흉이지. 끝없는 갈등의 연속을 부르기도 하고."

몸을 앞으로 뻗어서 귀 기울이고 싶어진다.

"비애는 왜 생겨나는가. 증오는 왜 탄생하는가. 모든 게 어떻게든 될 거라고 생각하는 인간의 오만한 희망 때문이다. 모든 게 마땅히 그렇게 될 만하니 된다. 될 만해서 됐다. 그렇게 생각하면 비애도 증오도 생겨날 수 없지. 오직 될 만하니 되는 것을 향한 희열만이 인간을 행복하게 만드는 거다."

백부님은 힘주어 "요리코, 인간은 말이다" 하고 말을 이었다.

"운명 앞에서 놀라울 만큼 무력한 존재다. 제아무리 거대한 권력과 뛰어난 재능이 있어도 갑작스럽게 들이닥치는 사고에는 이겨 낼 재간이 없지. 예상치 못한 질병을 거스를 수도 없다. 왜 하필 난 그때 그런 곳에 있었나. 조금만 더 시간이 흐르면 치료약이 나올 텐데 왜 하필 내가, 왜, 왜, 왜⋯⋯. 해답 따윈 없다. 세상이 그저 그렇게 돼 있을 뿐. 모두가 처한 상황이나 사정 따위는 영향을 미치지 못한다. 인간이 자기 의지로 할 수 있는 건 모래알보다 작은 법."

목소리에 더 무게감이 실린다.

"운명의 법칙이란 바로 순종하여 화합을 이루는 것이다."

속을 떠보는 것처럼 나를 본다. 나는 침을 꼴깍 삼키고 대답했다.

"⋯⋯〈오의의 서〉⋯⋯ 39장 말씀이에요."

백부님이 눈을 가늘게 뜨고 싱긋 웃는다. 가슴을 쓸어내렸다. 삼각 지붕 집에서 책장에 구멍이 뚫릴 정도로 반복해서 읽은 니르바나 기쿠이케 선생님의 책. 지금도 전부 외우고 있는 나 자신을 칭찬해 주고 싶다.

"나는 선생 밑에서 여러 해를 수행하며 운명에 관한

학문을 배웠다. 물론 수행 과정이 결코 만만하지는 않았지. 인적 없는 산골짜기에서 매일매일 오의를 체득하기 위해 살았으니. 그건 머리로 할 수 있는 일이 아닐뿐더러 작디작은 현상 하나에서 거대하고도 거대한 흐름을 읽어 내는 일이다. 학교 공부 같은 건 비할 수도 없지. 물리 법칙 따위는 운명의 법칙의 극히 일부에 불과하니. 물론 재능도 있어야 한다. 신의 아이라고 칭송받을 정도의 재능이. 결국 모든 이들이 도중에 무릎을 꿇고 좌절하는 곳에서 난 해내고 말았다. 선생이 면허 전수를 허락한 사람은 나 말고 오직 한 명밖에 없다."

선더 후쿠스케다.

"하지만 그 녀석 역시 실력은 내 발끝에도 미치지 못하지. 그런 녀석이 써 갈기는 운세 따위를 믿는 인간만큼 어리석은 자들이 또 있을까."

나는 애써 평정심을 가장했다.

"운명을 다스리는 극의에 도달한 인간은 세상에 단 한 줌뿐. 오직 선택받은 인간뿐이다. 그리고 선택받은 인간은 선인이 되어 다른 사람들을 이끌 수 있지. 사리사욕을 버리고, 오직 모든 인간의 평온을 기원하며."

"정말 훌륭하세요."

백부님이 만족스럽게 미소 지었다.

"이 세상의 본질은 영원한 안정을 추구하는 것이다. 안정을 낳는 것은 순종. 순종을 낳는 것은 멸사. 즉 소유를 포기하는 거다. 소유를 향한 욕망이 갈등을 낳고 안정을 멀어지게 하지. 인간은 이 세상 그 무엇도 진정한 의미로는 소유하지 못한다. 영원히."

그리고 그것을 인정하지 않는 인간은.

"아라타처럼 되는 거지."

어지럽히는 자.

"나는 추한 갈등으로부터 너희를 지켜 주고자 한다. 이 집에 있는 이상 너희가 안심하고 살 수 있도록."

네, 감사합니다. 나는 그렇게 대답했다.

백부님이 굵은 손가락을 들어 내게 일어서라고 해서 그대로 따랐다.

"도키로는 아직 알지 못한다. 그 녀석은 내일 널 신부로 맞는다고 들떠 있겠지. 그 자체는 상관이 없다. 그런 경험도 꼭 나쁘다고 할 수는 없으니."

손가락 신호에 맞춰 백부님을 향해 두 걸음 더 다가갔다.

"하지만 그 아이는 그로써 널 손에 넣을 수 있다고 착각하는 것 같더구나. 얄팍한 소유욕을 고스란히 드러내고 있지. 그런 정신 상태로는 절대 내 뒤를 이을 수 없다."

굵은 손가락의 신호에 맞춰 무릎을 꿇는다. 백부님이 혀로 수염을 한 번 쓱 핥았다.

"뭐 그런 것도 다 공부겠지. 언젠가 도키로도 깨닫게 될 거다."

손바닥으로 내 머리를 쓰다듬는다.

"요리코, 넌 그 누구의 것도 아니다. **너 자신의 것도 아니다.**"

그렇지 않느냐? 요리코.

물론이에요, 백부님.

"그래. 역시 그 엄마에 그 딸이군. 소질이 있어."

감사합니다. 나는 진심으로 감사하게 느꼈다. 이 집에 오고 나서 줄곧 내 일을 하지 못해 불안했다. 너무 오랜만에 하는 일이라 혹시 못쓰게 되지는 않았을까 걱정도 했다. 그러니 백부님의 칭찬에 안도했다.

내 일만 하면 앞으로도 이 집에 계속 살 수 있다.

백부님이 알몸으로 노래를 부르기 시작했다. 경쾌한 멜로디의 외국어 가사 곡이다. 나는 머릿속으로 오늘은 길어지리라 예상하고 턱의 욱신거림을 참아 가며 3년 전에 비해 탄력을 잃은 백부님의 그것을 천천히, 시간을 들여 애무했다.

다음 날 아침 난 찌푸린 얼굴로 어색하게 이를 닦았다. 백부님은 대단한 분이지만 역시 일해 드리는 건 쉽지 않다.

삼각 지붕 집 때보다 힘든 건 공백기가 길었던 탓일까. 일도 전보다 서툴러진 느낌이다. 백부님을 만족시켜 드릴 자신이 없는 게 근육통보다 더 나를 초조하게 했다.

거울에 비친 날 바라본다. 수면 부족으로 생기를 잃은 눈. 피부도 거칠다. 오랫동안 손질하지 않은 머리는 푸석푸석하고 검은 머리카락이 주황색 부분을 침식했다. 이렇게 초라하니 백부님의 반응도 둔했던 걸까.

―요리코는 밝은색이 어울릴 것 같다. 머리는 단발이 좋으려나?

그때 엄마가 다가왔다. 옆에서 양치질을 시작한 엄마는 두 볼이 반질반질하고 주름 하나 없다. 머리카락에서도 윤기가 나서 나와 비교된다.

입에 머금은 물을 뱉고 "있지, 엄마" 하고 조용히 말을 걸었다. 엄마가 이를 닦으며 "응?" 하고 대답했다.

"가위랑 염색약이 필요할 것 같아."

"왜?"

"실은 어제 일을 했거든."

엄마가 움직임을 멈추고 나를 빤히 쳐다봤다.

"뭔가 전보다 잘 안 되는 것 같아서."

눈빛이 날카로워서 부랴부랴 말을 이었다.

"걱정 안 해도 돼. 확실히 끝내긴 했어."

그러고선 "하지만……" 하고 덧붙인다.

"백부님이 만족하실 때까지 한 시간이나 걸렸어."

"어어, 그러후나."

거울로 다시 고개를 돌린 엄마가 칫솔을 입에 넣고 대답했다. '어머, 그렇구나'라고 한 것 같다.

"넌 워래 그래자니. 배부님도 기대는 안 하셔을걸."

원래 그렇다니. 기대도 안 했을 거라니. 말이 너무 심하다. 엄마를 쩌려봤다.

"엄마는 어때? 근육통 같은 건 없었어?"

"어마는 괘아나. 그르르르. 퉷. 난 괜찮아. 단련을 열심히 했으니. 스쿼트, 팔 굽혀 펴기, 안면 체조도."

속으로 '그 나이에?' 하고 의심했지만 말을 삼갔다.

"여전히 공부도 하고 있고. 요리코, 넌 아직 엄마를 못 당해."

당당하게 단언하는 엄마에게 되받아칠 수 없었다. 그럴 수밖에 없는 것이 엄마는 내 스승이다.

백부님이 만족할 다양한 테크닉을 엄마에게 배웠다. 쥐는 법, 속도, 완급, 최적의 온도와 급소 위치, 숨을 들이마시고 내뱉는 법까지. 인터넷에 떠도는 가짜 정보와 비교할 수 없을 만큼 엄마의 지식은 남달랐다. 엄격한 수행을 거쳐 나도 일에 투입됐지만 다른 사람에게 노하우를 전수하려면 아직 멀었다. 엄마는 백부님의 굳건한 넘버원이다.

"엄마한테는 못 당해도 나도 꾸며야 하지 않을까? 가위만 있으면 앞으로 나 혼자 손질할 수 있어."

2층 집에 살 때는 내 손으로 직접 머리를 잘랐다. 부모님은 나를 미용실에 보내 주지 않았고 두 사람 모두 가위질에 소질도 없었다. 오빠는 논외. 그러니 백부님의 가르침을 지키기 위해 혼자 힘으로 단발머리를 유지해 왔다.

"염색도."

중간부터는 거의 취미가 돼 버렸지만.

"쓸데없는 소리 하지 말렴."

엄마는 코털을 확인하며 말했다.

"가위 같은 게 허락될 리 없잖니."

"하지만……."

"요리코."

엄마가 불현듯 목소리를 깔고 말했다.

"백부님께 거역할 생각이야?"

나도 모르게 몸을 움찔했다. 손끝으로 코털을 쥔 엄마가 진지한 얼굴로 날 노려보고 있다.

헝클어진 것이 분명하다.

내 감각이.

그렇다. 가위는 안 된다. 불가능하다. 멋대로 손대서는 안 될 물건. 날붙이나 끝이 뾰족한 것. 휘두르면 위험한 것. 커터칼, 망치, 5번 아이언. 그중에는 당연히 가위도 있다. 이 집에는 심지어 주방 칼도 없다. 음식을 만들 때 쓰는 건 슬라이스 커터다. 백부님이 정한 규칙이다.

백부님과 떨어져 지낸 2년 동안 속세에 찌들었다는 것을 새삼 통감했다.

"요리코, 잘 들으렴. 우리는 백부님 덕에 목숨을 건졌다는 사실을 잊으면 안 돼. 은혜를 갚아야 한다는 것도. 은혜를 갚는 건 정말 중요하단다. 은혜라는 건 반드시 갚아야만 하는 거야. 알겠지?"

그리고 쐐기를 박듯이 덧붙였다.

"그러지 않으면 너도 아빠처럼 돼 버릴 거다."

고개를 끄덕였다. 그렇다. 그러면 모든 게 끝이다.

"넌 그저 앞으로 도키로와 사이좋게 지내면 돼. 거기에만 집중하렴. 성심성의껏. 응, 그러면 되는 거야. 잘될 거야."

엄마는 황홀해하고 있었다. 자연스러운 행복감이 엄마 안에서 흘러넘치고 있는 듯하다.

"아아, 참. 도키로를 위해서 멋진 생일 케이크를 사 와야지."

"사람들이 줄 서는 가게에서?"

엄마는 "당연하지" 하고 기쁜 듯이 말했다.

"어쨌든 요리코. 넌 무슨 일이 있어도 못쓰게 되면 안 돼. 절대로."

내 머릿속에 도키로와 창고에서 훔쳐 들었던 철썩 하는 소리가 들렸다.

"저……."

엄마와 동시에 고개를 돌렸다. 엄마와 떠드는 걸 들켰다고 생각해 곧장 입술을 깨물었다.

"식사 준비 다 됐습니다."

마사에 씨는 무뚝뚝한 얼굴로 그렇게 알리고 소리 없이 세면대 쪽으로 사라졌다.

"촌스럽기는."

엄마는 13일의 금요일 같은 목소리로 내뱉었다.

마사에 씨는 세포 단계에서부터 앞치마를 두르고 태어난 것 같은 사람이라 후줄근한 느낌을 지울 수 없다. 그러나 자세히 보면 의외로 얼굴이 괜찮은 편이다. 나이도 오빠와 비슷할 것이다.

문득 후루타 씨가 떠올랐다. 삼각 지붕 집에 살았던 그 가정부는 가위 대신 안전면도기로 능숙하게 내 머리를 잘라 주었다. 철사 같던 그녀 역시 마사에 씨와 비슷한 나이였을 것이다.

"가자, 요리코. 백부님이 기다리시겠다."

엄마가 미소 지으며 말했다. 이 완벽한 미소와 절정의 테크닉으로 엄마는 후루타 씨에게서 넘버원 자리를 빼앗았다.

아침 식사 자리에서 도키로가 이것저것 투정을 부렸다. 못마땅한 얼굴로 구운 햄과 달걀 프라이를 먹는 백부님에게 도키로는 "그래도 되지? 되지?" 하고 연신 물었고, 백부님은 "할 일이 있는데 억지 부리지 마라. 세 살 먹은 어린애도 아니고"라고 거부했다. 그래도 도키로는 물러서지 않고 "어린애라니. 난 벌써 스무 살이야. 면허를 따고 파친코에 가고 담배도 피울 수 있는 성인이라고" 하고 끈질기게 달라붙었다. 난 옆에서 말없이 소시지를 한입 베어 먹었다.

결국 "오늘은 특별한 날이잖아. 특별한 날이잖아"라며 생일 특권을 요구하는 도키로에게 꺾여 백부님은 "오늘만이다" 하고 특별히 허락해 줬다. 도키로는 "얏호!" 하고 괴성을 지르더니 밥그릇을 깨끗이 비웠다.

"야, 아라타. 너도 남기지 말고 먹어."

도키로가 지시하자 오빠는 "알겠습니다"라고 했다. 오빠를 힐끗 본다. 그날 밤 지하에서 그 일을 겪은 이후부터 오빠가 풀이 죽은 듯해서 약간 마음에 걸렸다.

오늘 오빠를 마음대로 부릴 권리를 얻은 도키로는 전에 내게 선언한 대로 오빠와 지팡이 할아버지를 싸움 붙일 것이다.

삼나무로 둘러싸인 터널 길 옆에 몸을 숨긴 채 지팡이 할아버지를 기다리기를 30분. 도키로는 슬슬 짜증을 부리기 시작했다.

"야, 아라타. 지팡이 영감이 오면 '어이, 영감탱이!' 하고 소리치고 덤비는 거야. 지면 그때는 알아서 해."

요리코, 가자. 도키로가 내 손을 잡아끌고 삼나무 숲으로 들어갔다. 낙엽을 퍼석퍼석 밟으며 길답지 않은 길을 걷는다. 경사가 가파르지는 않지만 발 디딜 곳이 마땅치 않다. 어젯밤 계속 무릎을 꿇고 있던 탓에 다리도 무거워서 즐거운 산책이라고 하기 어려웠다.

"망할 놈의 영감탱이. 평소에는 뻔질나게 돌아다니는 주제에 정작 만나고 싶을 때는 이렇게 안 온다니까. 싸구려 크리스마스 캐럴 같은 인간 같으니라고."

도키로가 낙엽을 걷어찼다.

"어디 사는지는 몰라?"

"아빠가 안 가르쳐 줘. 전에는 아빠도 영감을 손봐 주려고 미쓰히데 씨를 보낸 적이 있는데 오히려 흠씬 두들겨 맞고 돌아왔대."

지팡이 할아버지가 대단하다기보다 미쓰히데 씨가 허약해서일 것이다.

"정 신경 쓰이면 경찰에 신고하면 되지 않아?"

"그런 격 떨어지는 짓을 어떻게 해. 그런 정신 나간 영감은 직접 본때를 보여 줘야 말을 들어 먹는 법이야."

나는 "그렇구나" 하고 납득했다.

"그러니 내가 직접 해결해야 해."

정확히 말하면 네가 아니라 오빠지만.

"요리코, 난 너와 부부 사이야. 그럼 아라타는 내 밑이지? 이번 일만 잘 해결하면 아라타를 내 측근으로 승격시킬 생각이야. 아라타에게는 미쓰히데 같은 아저씨도 한주먹 거리일 테고. 그리고 아빠도."

거기서 말을 끊고 도키로는 입가를 벌려 히죽 웃었다. 난 그의 교활한 미소를 못 본 척했다.

그 뒤로 아무리 기다려도 '어이, 영감탱이!'라는 신호는 들리지 않았다.

"날이 추우니 어디서 얼어 죽었나?"

나는 도키로가 사 준 다운재킷을 입어서 괜찮지만 흰색 트레이닝복만 입은 오빠야말로 머잖아 동사할 염려가 있어 보였다.

"요리코, 그거 알아? 겨울이 오면 노인네들은 픽픽 쓰러져 죽는대. 꼭 체력 때문은 아니야. 몸속에 있는 유전자가 더는 못 버티는 거겠지."

"건강한 노인도 많지 않아?"

"역시 뭘 모르네."

잘 들어, 요리코. 요즘은 과학 기술이 발전해서 인간
도 오래 살 수 있다고 믿는 녀석들이 많다고 하는데, 다
순 거짓말이야. 노인네들이 죽으면 그 이후 태어난 세
대들은 더 일찍 죽어. 왜냐고? 생각해 봐. 지금 살아 있
는 노인네들은 전쟁터에서 살아남은 악바리들이야. 지
금 나이가 8, 90살 정도 되는 노인네들은 모두 '오래 살
기' 분야의 엘리트 같은 족속들이라고. 그러니 그렇게
고집도 센 거지. 뭣도 모르고 편하게 산 그 이후 세대들
이 그들보다 오래 살 리 있겠어?

"그렇구나."

"그렇다니까. 입으로 아무리 장수, 장수, 건강, 건강
외쳐도 세포나 유전자 같은 것들이 '이제 그만'이라고
생각하기 시작하면 그때부터는 멈출 수 없어. 죽어 가
는 일만 남은 거야."

나는 흐음 하고 내심 감탄했다.

"역시 백부님의 아들이라 다르구나, 도키로."

도키로가 멈춰 서서 나를 돌아봤다.

"어제 백부님도 그런 이야기를 들려주셨거든. 어려워서 다 이해한 건 아니지만 아무튼 비슷한 이야기였던 것 같아."

"아빠가 왜 너랑 그런 이야기를 해?"

도키로의 눈빛이 험악해져서 난 순간 위기를 직감했다.

"아, 그게 아니라…… 실은 일을 좀."

"일이라니 무슨 일!"

도키로는 내 손을 뿌리치더니 옆에 있는 삼나무를 퍽 걷어찼다.

"넌 내 거잖아! 내 거잖아!"

"응, 맞아."

"그럼 왜 그런 짓을 해! 정신 나갔어?"

주눅 든 척을 했지만 솔직히 도키로를 이해할 수 없었다. 난 마땅히 내 할 일을 했을 뿐이다. 엄마가 말했듯 인간은 은혜를 갚고 대가를 치르는 게 도리다. 슈퍼에서 감자 칩 하나를 살 때도 그러지 않는가. 식당에서 밥을 먹고 돈을 지불했는데 도리어 욕을 먹는 상황은 이상하다.

도키로가 분을 삭이지 못하고 어깨를 들썩이면서 날 노려봤다.

"이제 아빠한테 일은 안 해도 돼. 너한테 계속 그런 짓을 시킬 수 없어. 잘 들어, 요리코. 앞으로 아빠가 일하라고 하면 거절해. 약속이야."

난 어떻게 대답해야 좋을지 망설였다.

"만약 약속을 어기면 너랑 연을 끊을 거야."

"잠깐만, 도키로."

"됐어!"

도키로는 느닷없이 두 손으로 내 볼을 붙잡고 입을 맞췄다. 혀를 집어넣는다. 그가 하는 대로 내버려 두었다.

"……요리코는 내가 지킬 거야."

역시 이해할 수 없다. 도키로가 말하는 '지킨다'의 의미. 대체 뭘 지킨다는 걸까. 결국 백부님에게서 자기로 돌아서라는 뜻일까. 포카칩에서 포테토칩으로 바꾸는 것처럼.

갑자기 이것저것 귀찮아지기 시작했다. 난 그저 먹을 것과 입을 옷, 덮고 잘 이불이 필요할 뿐인데. 가끔 TV를 보고 스마트폰으로 유튜브만 봐도 만족하는데.

그때 태어나서 처음으로 왜 나는 내 힘으로 먹을 것과 입을 옷, 이불과 TV, 스마트폰을 가질 수 없는지 아주 조금 의아하게 느꼈다. 의아했지만 그것은 역시 찰나의 순간에 불과했고, 난 막연하게 그것들을 내 힘으로 가질 방법 따위는 없다고 믿었으니 그 이후로도 줄곧 눈을 감고 살았다.

그때 "어이, 영감탱이!" 하는 우렁찬 외침이 들렸다.

우리는 서로 눈빛을 교환하고 곧장 오빠가 있는 곳으로 뛰어갔다.

삼나무 터널 길에서 오빠와 지팡이 할아버지가 대치하고 있었다. 나와 도키로는 나무 뒤에 숨어서 두 사람을 지켜봤다.

지팡이 할아버지는 영문을 모르는 느낌이었다. 그럴 만도 하다. 느닷없이 위아래 모두 흰색 트레이닝복을 입은 남자가 소리치며 덤벼드는 상황을 이해할 사람은 없다.

한편 오빠도 '이제 어쩌지?' 하고 고민하는 분위기였다. 예전의 오빠라면 모를까 지금은 상대를 때리라고 해도 즉시 알겠다고 할 사람이 아니다.

어색하게 시간만 흘렀다. 오빠는 일단 지팡이 할아버지가 도망치지 못하게 두 팔을 펼치고 오른쪽으로 슬금, 왼쪽으로 슬금 움직이고 있다. 지팡이 할아버지는 경계하며 오빠의 반응을 살피고 있다.

그리고 예상대로 도키로는 이런 상황을 참지 못했다.

"아라타! 얼른 본때를 보여 줘! 안 그럼 너도 못쓰게 된다!"

순간 오빠가 허리를 쭉 폈다. 그 모습을 보며 두더지 잡기 게임의 두더지가 떠올랐다.

오빠가 지팡이 할아버지를 향해 주먹을 휘둘렀다. 기세가 예전 오빠를 방불케 해서 난 지팡이 할아버지의 죽음을 확신했다. 곧 영정 앞에 향을 피울 일이 생기리라 예상했다.

그러고 나서 눈을 의심했다. 오빠의 돌진을 지팡이 할아버지가 휙 하고 가볍게 피했기 때문이다. 오빠는 앞으로 고꾸라질 뻔하다가 간신히 버티고 서서 지팡이 할아버지에게 또다시 일격을 날렸다. 지팡이 할아버지가 아슬아슬하게 주먹을 피한다. 그 뒤로도 오빠의 돌격은 멈추지 않았고 속도로는 오빠가 틀림없이 우세한데 지팡이 할아버지는 최소한의 움직임으로 오빠의 공격을 모조리 피했다.

"뭐 저런 얼간이가 다 있어?"

도키로의 불만에 답하는 것처럼 마침내 오빠가 지팡이 할아버지의 점퍼를 움켜쥐었다. 이렇게 된 이상 힘

싸움이다. 오빠가 질 리 없다.

그러나 천만에. 난 또다시 눈을 의심하고 말았다. 오빠의 몸이 허공에서 한 바퀴 회전한 것이다. 그리고 쿵 하고 아스팔트 위에 처박혔다.

머릿속에 예전 어느 TV 만화에서 본 시부카와 고키*라는 합기도의 달인 캐릭터가 떠올랐다. 쓰러진 상대 목덜미에 발날을 꽂아 넣으면 완벽한데 그때는 오빠를 위해서 향을 피워야 할 것이다.

도키로도 아연실색했다. 내 팔을 붙잡고 몸을 부르르 떨고 있다.

할아버지가 쓰러진 오빠에게 다가가 뭔가 말을 걸었다. 오빠는 고통스러워하며 대답하지 못하는 듯했다.

그러다 지팡이 할아버지가 문득 주변을 둘러보며 소리쳤다.

"어디냐!"

도키로에게 소리치는 게 확실해서 우리는 어깨를 맞댄 채 몸을 움츠렸다.

* 일본의 격투기 만화 <그래플러 바키>에 나오는 캐릭터.

"나와라!"

이런 상황에 '여깄습니다!' 하고 튀어 나갈 바보는 없다. 오빠는 괜찮겠지만 허약한 나와 도키로가 아스팔트에 내리꽂히면 금붕어처럼 입을 뻐끔거리다가 임종을 맞이할 게 뻔하다.

지팡이 할아버지는 그 뒤로도 허공을 향해 몇 번 더 호통치다가 잠시 후 포기하고 왔던 길을 되돌아가기 시작했다.

땅바닥에 대자로 쓰러진 오빠에게 달려가려고 하자 도키로가 내 팔을 붙잡아 세웠다. 놀라서 다리라도 풀렸나 생각했는데 창백한 얼굴에서 두 눈이 묘한 열기를 머금고 있다.

"따라가 봐야겠어."

"뭐?"

"괜찮아. 조용히 미행하면 돼."

도키로는 허리를 낮추고 지팡이 할아버지가 향한 삼나무 숲으로 들어갔다. 나도 어쩔 수 없이 뒤따랐다.

그러다 문득 뒤통수가 근질거려서 돌아봤다. 오빠가 날 보고 있다. 멀어서 잘 보이지 않지만 눈이 마주친 듯하다. 가서 위로의 한마디라도 해 줘야 하나 생각했지만 그럴 여유는 없었고 오빠는 몸이 튼튼하니 괜찮을 거라고 합리화하며 도키로를 따라가기 위해 발걸음을 서둘렀다.

지팡이 할아버지를 뒤쫓아 숲속을 걸어가면서 속으로 '그래도……' 하고 생각했다. 오빠가 그렇게 쉽게 당할 줄이야. 역시 공백기가 길어서일까. 내가 일이 서툴러진 것처럼. 오빠는 반년이나 침대에 누워 있었고 기억도 잃었으니 어쩔 수 없을지 모른다. 요새는 특히 더 힘이 없어 보였다.

아니면 도키로가 말한 것처럼 세포가 힘을 잃었을 수도 있다. '이제 그만해'라고 하면서.

그래도 뭔가 납득되지 않는 기분을 씻을 수 없었다.

삼나무 숲에서 나간 우리는 신중하게 지팡이 할아버지와 거리를 유지하며 주택가를 걷는 할아버지를 쫓았다.

도키로에게 조용히 속삭였다.

"대체 뭘 하려고 그래?"

"이대로 돌아갈 수는 없잖아."

이해하기 어려웠다. 그렇다고 도키로를 말리면 미움을 살 것이다.

지팡이 할아버지는 갈색 지팡이를 짚으며 터벅터벅 주택가를 걸어갔다. 불안한 걸음걸이가 오빠를 허공에 날려 버린 사람으로는 도무지 보이지 않는다. 꼭 마술사 같았다.

우리는 전봇대의 힘을 빌려 언제든 도망칠 거리를 유지했다. 잠시 후 지팡이 할아버지의 모습이 시야에서 사라졌다. 집 바깥문을 지나서 들어간 것이다.

도키로와 함께 자판기 옆에 서서 집 쪽을 살폈다. 지팡이 할아버지는 집 안으로 들어간 듯하다.

"집도 허름하네."

도키로의 말마따나 지팡이 할아버지의 집은 낡고 허름한 단층집이었다. 바깥문이 있지만 정원 같은 건 없고 차나 자전거도 보이지 않는다. 내진 설계가 된 집도 아닐 것이다. 양옆의 집은 비어 있는 듯하니 만약 지진이 덮쳐서 옆집이 허물어져도 큰 피해는 없지 않을까.

"어떡할 거야?"

도키로는 지팡이 할아버지의 집을 지그시 바라보며 혀로 윗입술을 핥았다. 백부님처럼.

그러더니 느닷없이 자판기 옆 쓰레기통을 뒤지기 시작했다.

"도키로?"

잠시 후 쓰레기통에서 고개를 든 도키로는 내 말에 대답하지 않고 지팡이 할아버지의 집 앞에 가서 섰다. 손에 피로 회복제 병이 들려 있다.

말릴 새도 없이 도키로가 할아버지의 집을 향해 병을 집어 던졌다. 쨍그랑하는 소리가 울렸다.

도키로는 후다닥 다시 뛰어와 날 자판기 옆에 있는 집으로 데려갔다. 무단 침입이라는 단어가 머리를 스쳤다.

문밖으로 뛰어나온 지팡이 할아버지가 주변을 연신 두리번거렸다. 기둥 뒤에서 고개를 반쯤 내민 도키로가 숨죽인 채 그 모습을 지켜보고 있다.

지팡이 할아버지는 발걸음을 떼서 걷기 시작했다. 거칠게 지팡이를 짚으며 범인을 찾는 것처럼 우리를 향해 다가온다. 우리는 고개를 숙인 채 할아버지가 옆을 지나 사라질 때까지 기다렸다.

"가자."

도키로가 할아버지의 집을 향해 달리기 시작했다. 서둘러 따라간다. 도키로는 망설임 없이 미닫이문을 열고 지팡이 할아버지의 집 안에 들어갔다. 이제는 의심의 여지 없는 무단 침입이다. 심지어 신발도 벗지 않았다.

이러다가 큰일 나지 않을까 걱정했지만 그렇다고 도키로를 두고 혼자 도망칠 수도 없다. 도키로에게 미움을 사기 싫었다.

"더러워서 못 봐주겠네."

도키로의 감상이 정확했다. 쓰레기로 가득 찬 집은 아니지만 집 안 구석구석까지 뭔가 불결한 느낌이 드는 집이었다.

도키로가 안으로 성큼성큼 걸어갔다. 난 언제 할아버지가 돌아올지 몰라 초조했다. 우리는 할아버지를 당해낼 수 없거니와 혹시라도 일이 커지면 백부님에게도 꾸지람을 들을 것이다.

그런 내 걱정 같은 건 아랑곳하지 않고 도키로는 모든 방을 샅샅이 둘러봤다. 현관 왼쪽이 부엌, 오른쪽이 화장실, 화장실 옆에는 욕실. 도키로가 던진 피로 회복제 병은 욕실 창문을 깨뜨렸다.

현관을 지나 가장 끝에는 유리문이 있고 그 너머는 다다미가 깔린 안방이었다.

"전형적인 하층민 집이네."

도키로는 그렇게 비웃고 고타쓰* 위에 있는 귤을 하나 집어 벽에 던졌다. 골동품처럼 오래된 TV 위에서 귤이 퍽 소리를 내고 주르르 떨어졌다.

도키로는 다음으로 안방 오른쪽에 있는 장지문으로 향했다. 어스름한 공간 안에 이불이 깔려 있다.

"이런 데서 혼자 야한 책이나 보겠지. 찾아내 주겠어."

고작 그러려고 온 거야? 속으로 한탄하는 날 내버려 두고 도키로는 침실 옷장을 뒤지기 시작했다. 난 마지못해 안방에서 감시 역할을 맡았다. 얼른 집에 가고 싶었다.

안방에는 고타쓰와 TV 말고도 내 가슴 높이 정도 오는 장롱이 하나 있었다. 도키로에게 들리도록 요란하게 덜컥거리며 서랍을 여는 척했지만 허름한 옷과 트렁크 팬티, 통장과 인감이 있을 뿐이고 흥미를 잡아 끄는 물건은 없었다. 의욕이 바닥을 쳤다.

그때 문득 장롱 옆으로 시선이 향했다. 그것은 창문이 달린 벽과 장롱 사이에 난잡하게 쌓여 있었다. 산더

---

* 전기난로가 달린 밥상에 이불이나 담요 등을 덮은 일본식 난방 기구.

미처럼 쌓인 그것들을 향해 손을 뻗으려는 순간.

"없네."

도키로의 목소리가 들려서 난 화들짝 놀라 저도 모르게 차렷 자세를 취했다.

"기왕 이렇게 된 거 오늘 여기서 첫날밤을 보내고 갈까?"

그 제안은 역시 거절했다.

도키로는 불만스러운 것처럼 고개를 두리번거리다가 갑자기 "오" 하고 TV 쪽을 쳐다봤다. 허리를 숙여서 TV 장식장 위에 있는 액자 세 개를 들여다본다. 도키로는 그중 지팡이 할아버지보다 훨씬 어린 여자가 수영복 차림으로 미소 짓고 있는 사진을 집어 들었다.

"그라비아 아이돌 사진*을 오려 넣었네. 역시 변태 영감이라니까. 이 위에 한 발 갈겨 줄까?"

도키로가 바지를 내리려고 해서 부랴부랴 말렸다. 정말 피곤한 녀석이다.

그때 현관에서 덜컥거리는 소리가 들려서 우리는 깜

---

* 젊은 여성의 사진, 특히 비키니나 란제리 차림을 찍은 화보집을 뜻한다.

짝 놀라 얼굴을 마주 봤다.

"······씨?"

웬 남자 목소리가 들렸다. 누가 지팡이 할아버지를 찾아온 것이다. 택배 기사일까. 구청 공무원일까. 아니면 빚쟁이?

도키로는 잽싸게 창문을 열어 밖으로 폴짝 뛰어 나갔다. 손짓해서 나도 똑같이 한다. 한 사람이 몸을 배배 꼬아야 간신히 통과할 벽과 담장 사이를 지나 우리는 숨과 발소리를 죽인 채 바깥문 쪽으로 조심스럽게 다가갔다.

현관 미닫이문은 그대로 열려 있었다. 방문자는 집 안에 들어갔는지 밖에는 아무도 없다.

"삼십육계 줄행랑이야. 알겠지?"

도키로는 앞장서서 바깥문을 지나 밖으로 뛰어갔다. 번쩍거리는 차가 한 대 세워져 있었지만 눈길도 주지 않고 그대로 주택가를 달린다. 얼마 안 돼 숨이 가빠졌다. 꼭 1년 치 달리기를 오늘 다 달린 기분이다.

집으로 가는 도중에 지팡이 할아버지를 맞닥뜨렸다.

"이 녀석들!"

그렇게 외치며 지팡이를 붕붕 휘두르는 할아버지에

게 도키로는 "오늘은 이 정도로 끝나서 다행인 줄 알아!" 하고 지팡이를 피하더니 옆을 지나쳐 가면서 할아버지를 향해 침을 퉤 뱉고 혀를 날름 내밀었다.

할아버지는 길길이 날뛰었지만 우리가 도망치는 게 더 빨랐다.

세상 즐거워 보이는 도키로를 보며 넌더리가 났지만 내 머릿속은 할아버지의 안방 구석에서 본 그것으로 가득 차 있었다. 장롱과 벽 틈새에 산더미처럼 쌓여 있던 그것은 내가 예전에 즐겨 읽던 성인 주간지였다.

욕조에서 혼자 몸을 담그고 있자 욕망이 불끈불끈 샘솟았다. 한낮의 미행을 마치고 집에 돌아온 나는 아스팔트에 내리꽂혀서 허리를 다친 듯한 오빠와 값비싼 술을 마시며 기분 좋아 보이는 백부님, 들떠 있는 엄마, 평소처럼 주눅 들어 있는 마사에 씨와 존재감 없는 미쓰히데 씨 사이에 섞여서 도키로의 생일 파티를 하는 와중에도, 그리고 엄마가 무려 두 시간 동안 줄을 서서 사 왔다는 초콜릿 케이크를 먹을 때도 줄곧 딴생각을 했다.

지팡이 할아버지 집에서 목격한 잡지의 잔상이 지워지지 않았다.

이 집에 이사 온 지 보름 정도 지났다. 워낙 정신이 없어서 잊고 지냈지만 그사이 잡지가 세 권 정도 더 나왔다. 그리고 다른 사실도 깨달았다. 앞으로 난 그 잡지를 전처럼 읽지 못하리란 사실을.

백부님 집에 살면서 유일한 불만은 용돈을 받지 못하는 점이었다. 애초에 오빠의 병실에서 잡지를 처음 접했고 따로 사서 읽는 습관이 있었던 것도 아니다. 늘 병원에서 공짜로 읽었다.

잡지를 사 달라고 하면 사 줄까. 그러나 백부님은 선 더 후쿠스케를 싫어하는 듯하니 기대하지 않는 게 좋아 보인다. 화를 내실 수도 있다.

서점에 가서 읽으려고 해도 혼자 나갈 수는 없다. 내 게는 외출이 허락되지 않는다.

오빠가 다시 병원에 입원하면 좋을 텐데. 지팡이 할아버지가 그때 오빠를 제대로 손봐 줬으면 좋을 텐데.

뜨거운 물을 얼굴에 끼얹었다.

오빠가 멀쩡히 살아 있는 이상 도키로에게 부탁하는 방법밖에 없어 보인다. 사 주지는 않아도 함께 쇼핑몰에 갈 때 잠깐 훑어보게 해 주지 않을까.

욕실에 달린 커다란 창문으로 얼굴을 향한다. 어젯밤

백부님에게 일하기 위해 갔던 보라색 문 지하실에서 도키로가 날 기다리고 있다. 이번에도 일을 잘 마쳐서 주간지를 사 달라고 부탁하기로 마음을 굳혔다.

그때 불현듯 창밖에서 사람 그림자가 비쳤다.

일어서서 창문을 열었다.

삼나무 숲에서 미처 몸을 숨기지 못한 사람이 깜짝 놀라 몸을 움찔했다.

멀리서 눈이 마주친다.

그림자의 정체는, 지팡이 할아버지였다.

무슨 말이라도 해야 할 것 같았다. '아까는 죄송했어요'나 '꺄아! 치한이야!'는 아니다. '오늘 밤은 좀 춥네요'도 물론 아니다. 좀 더 다른 말을.

지팡이 할아버지도 나와 비슷한 심정일 것이다. 그는 허둥지둥하면서 뒷걸음질 쳤지만 도망칠 마음은 없어 보였다.

그러나 서로 말을 주고받기에는 거리가 너무 멀다. 할아버지가 서 있는 곳까지 들리게 소리치면 집 안에도 내 목소리가 울릴 것이다. 그러면 몹시 성가신 사태가 벌어질 것은 불 보듯 뻔하다.

지팡이 할아버지는 결국 참지 못하고 종종걸음으로

어둠 속으로 사라졌다. 난 그 모습을 멍하니 바라보다가 창문을 닫았다.

보라색 문 앞에서 마사에 씨가 기다리고 있었다. 이번에도 날 보지 않고 우두커니 서 있다. 목욕 가운만 입은 난 망설임 없이 계단을 내려갔다.

주황색 불빛. 훈훈한 공기. 푹신한 양탄자.

어젯밤 백부님이 앉아 있던 큰 소파에 오늘은 도키로가 앉아 있었다. 백부님처럼 알몸으로.

"이리 와."

얼굴이 상기된 도키로가 나를 향해 손짓해서 양탄자 위에 올라가 그 옆에 앉았다. 잔뜩 부풀어 오른 그것이 터질 것처럼 팽팽하다.

"아빠는 잘 안 서지?"

대답하지 않는 게 좋아 보였다. 분명 백부님의 그것은 삼각 지붕 집 때보다 물컹했지만 남자들, 특히 도키로 같은 젊은 남자들은 다른 남자와의 은밀한 이야기를 듣고 싶어 하지 않는다고 잡지에 적혀 있었다.

"그렇지? 요리코. 내 게 더 멋지지 않아?"

"응. 도키로 건 아주 멋져."

도키로가 만족한 것처럼 히죽 웃는다.

도키로가 내게 입을 맞췄다. 가슴을 주물렀다. 유두를 손가락으로 굴린다. 입술은 뺨과 목덜미, 쇄골, 가슴으로 내려갔고 온몸을 두 손으로 가볍게 쓰다듬는다. 손놀림이 백부님에 비해 조금 거칠다. 물론 그 말도 꺼낼 수 없었다.

"저기, 도키로."

난 그의 것을 살며시 쥐고 속삭였다.

"오늘부터 우리는 부부지?"

"응."

그는 대답인지 신음인지 모를 소리를 냈다.

"가족이라는 뜻이야?"

"그래. 넌 내 거야."

"……실은 갖고 싶은 게 좀 있어서."

"좋아. 뭐든 말만 해. 뭐가 필요한데?"

"그게 말이지……. 성인 주간지를 읽고 싶어."

"뭐?"

도키로가 애무를 멈추고 날 올려다봤다. 그렇게 놀랄 일일까. 약간의 초조함을 감추며 말을 이었다.

"전에 살던 집에서 읽던 잡진데, 그 안에 연재되는 소설이 있어서. 뒷이야기가 궁금해."

도키로는 여전히 어이가 없다는 듯이 나를 보고 있다.

"아, 곤란하면 안 사 줘도 돼. 그냥 다음에 서점에 가서 읽어도⋯⋯."

"성인 주간지를 왜?"

"왜냐고 물으면⋯⋯."

"만화 같은 걸 읽으면 되잖아. 아니면 소설이라도."

애초에 소설을 읽으려는 목적이다.

"아니, 실은 책으로 나오기는 힘든 작품이라서. 그게, 그러니까 순수하게 그걸 목적으로 쓴 작품이라⋯⋯."

"그거라니?"

다시 말해 외설스럽고 천박하다는 뜻이지만 그 이야기를 해도 좋을지 망설였다.

"아무튼 읽고 싶어. 괜찮을까?"

난처한 부탁을 하면서 손으로 도키로의 것을 어루만진다. 일단 일부터 확실히 끝마쳐야겠다고 생각했다.

도키로의 머릿속에서 대번에 잡지의 존재가 사라질 거라고 확신했다. 그는 "우으으" 하고 우렁찬 신음을 내뱉으며 몸을 들썩였다. 그러면서도 내 가슴을 움켜쥔 손은 놓지 않는다. 근성이 대단하지만 솔직히 백부님을 상대해 온 내게 도키로는 어린아이나 마찬가지다. 이따금 손에 힘을 꽉 주고 가끔은 살살 쓰다듬으며 도키로를 공략해 갔다.

"아, 아아, 못 참겠어!"

이얏!

"아훗!"

도키로가 사정한 것을 보고 일단 가슴을 쓸어내렸다. 그러나 설마 몇 초 지나지 않아 그것이 다시 부활할 줄은 꿈에도 몰랐다. 난 도키로의 그것에 '불사조'라는 애칭을 붙여 줬다.

"요리코. 더는 못 참겠어."

도키로의 손이 내 허벅지로 다가온다. 순간 위험을 느꼈다.

예상대로 그는 "웅?" 하고 손을 멈췄다.

"요리코……."

"긴장해서 그래."

"하지만."

"늘 똑같아."

"늘?"

이런, 쓸데없는 말을.

"아빠 앞에서는 아니었잖아!"

순식간에 표정이 도깨비처럼 변한다. 위험하다.

도키로가 거칠게 손가락을 집어넣었다. 격렬하게 손을 움직인다. 그러나 변화는 없다. 난 알고 있다.

"제기랄!"

도키로는 나를 쓰러뜨리고 손가락에 침을 한 번 묻혀서 다시 가랑이 사이로 집어넣었다.

속으로 '그래 봐야 안 돼'라고 생각하면서 "아, 아" 하고 소리를 낸다. 내 귀에도 너무 부자연스러워서 안쓰러울 지경이었다.

"대체 이유가 뭐야!"

그러게. 나도 '뭘까' 하고 생각했다. 언제부터였을까. 백부님을 상대로 일을 처음 시작했을 때가 열네 살, 열다섯 살 무렵이었다. 삼각 지붕 집을 떠날 때까지 5년 동안 일주일에 세 번꼴로 열심히 일했다. 백부님은 내게 친절하고 정중히 일하는 법을 가르쳐 주었고 스승인 어머니의 지도도 받으며 나는 날이 갈수록 성장했다. 그러나 그것과 반대로 내 몸은 메말라 갔다. 삽입에 고통을 느끼기 시작했고 이런저런 약과 미끈거리는 젤도 써 봤지만 결국 백부님을 만족시키지 못했다.

나는 못쓰게 된 것이다.

도키로가 그의 불사조를 내 안에 집어넣기 위해 발버둥 치고 있다. 얼굴이 잔뜩 일그러져 있다. 나는 꼼짝 않고 그의 분투가 끝나기를 기다렸다. 쓸데없는 말을 꺼내 봐야 역효과만 난다는 것을 백부님에게 배웠다.

"이 빌어먹을!"

도키로가 버럭 소리쳤다. 난 그를 올려다보며 '아아, 시작되겠구나' 하고 직감했다.

도키로가 주먹을 위로 치켜든다. 내 얼굴을 향해 그것이 내려온다. 얼굴에 닿기 직전 나는 눈을 꽉 감았다.

하나.

볼이 움푹 파이는 느낌이 전해진다.

주먹이 다시 위로 올라간다.

둘.

코가 휘어질 것 같다.

셋. 넷. 다섯.

도키로가 씩씩거리는 소리가 들린다.

여섯. 일곱. 여덟. 아홉. 열. 열하나. 열둘. 열셋. 열넷. 열다섯. 열여섯. 열일곱. 열여덟. 열아홉. 스물. 스물하나. 스물둘. 스물셋.

잠시 후 배 위에 뜨거운 뭔가가 쏟아지는 느낌이 들어서 그제야 눈을 떴다.

도키로는 엎드린 채 위에서 날 덮치는 자세로 하아, 하아 하고 거친 숨을 내쉬고 있다. 난 그대로 대자로 뻗어서 속으로 '잡지는 결국 못 읽겠네'라고 생각했다.

"미안, 요리코."

도키로의 목소리가 잘 들리지 않는 것은 그가 아니라 내 고막 때문일 것이다. 도키로의 얼굴이 번져 보이는 것은 부어오른 내 눈두덩이 때문일 것이다.

"요리코, 괜찮아?"

"응. 괜찮은 것 같아."

혀가 잘 굴러가지 않지만 말하지 못할 수준은 아니다.

"하지만……."

"괜찮아. 오빠 때문에 이미 익숙하거든. 얼마나 익숙해졌는지 이제는 별로 아프지도 않아."

이것도 언제부터였을까. 잘 기억나지 않는다. 아주 오래전일 수 있고 삼각 지붕 집에서 살 때부터 이렇게 된 것 같기도 하다. 상황이 닥치기 전에 미리 마음의 준비만 하면 감각이 사라진다. 살과 살이 부딪히는 느낌은 들어도 통증은 거의 느껴지지 않는다. 아마 칼로 배를 갈라도 마찬가지일 것이다.

"뭘 잘못 먹으면 배가 아프긴 해. 근육통도."

"뭐야, 그게."

도키로가 웃음을 터뜨렸다.

통증을 없앨 수 있는 내게 얻어맞는 것은 그리 대단한 일이 아니었다. 물론 달가운 건 아니지만 그렇다고 울거나 소리칠 정도는 아니다. 섹스도 마찬가지다. 백부님은 지금껏 내 안에 여러 번 사정을 했지만 임신한 적은 없다. 백부님은 신기해했다. 타고난 체질일지 모른다며 기쁜 것처럼 말했다. 백부님이 기뻐하니 나도 나쁜 일은 아니라고 생각했다.

"도키로."

"어?"

"앞으로 잘 부탁해."

새삼 다시 말했다. 이것은 내 삶의 방식이다. 난 다른 방식을 알지 못했고 가치관을 지니지도 못했다. 초등학교에 들어가기 전 아파트 단지에서 이사한 뒤부터 오빠의 폭력이 시작됐고 엄마에게도 틈만 나면 손찌검을 당했다. 엄마는 "너 때문에!"라고 소리치며 날 때렸다.

백부님 덕에 삼각 지붕 집에서 살게 돼서 행복했다. 밥을 먹을 수 있었기 때문이다. 이불을 덮고 잘 수 있었기 때문이다. 너 때문이라는 말을 듣지 않았기 때문이다.

누군가 날 만지고, 때리고, 자기 것을 집어넣고, 혀로 핥는 건 내게 극히 자연스러운 일상이었다. 이런 행위가 '불쾌한 것'임을 그 누구도 내게 알려 주지 않았고 내 신체 감각도 그것을 불쾌하다고 인식하지 않았다. 조금 귀찮고 피곤하기는 해도 그러니 일이라고 생각했다. 순종하여 화합을 이루는 것이다. 못쓰게 되는 상황만 피하면 된다.

그리고 난 이 모든 것을 하지 않고 오로지 내 힘으로만 살아갈 가능성을, 구체적인 방법을 단 1밀리도 상상하지 못한 채 도키로의 신부가 되었다.

늦은 밤.

침대에 누운 내 옆에 누가 다가왔다. 난 눈과 귀가 모두 부서진 고장 난 인형 같아서 그 사람이 누군지 알 도리가 없었다.

"요리코."

오빠 목소리 같다. 확신은 없었다.

"괜찮아?"

내 모습을 괜찮다고 할 수 있는 건 아마 사람이 줄줄이 죽어 나가는 전쟁터에서 활동하는 국경 없는 의사회 소속 사람 정도겠지만 입은 움직이지 않았다. 아스팔트에 내리꽂힌 오빠야말로 괜찮을지 걱정했지만 그 말 역시 입 밖에 낼 수 없다.

"저기, 요리코."

귓가에 목소리가 다가온다.

"이게 네가 바라던 삶이야?"

오빠의 속삭임에는 생기가 없었다. 희미한 시야 속에 비치는 검은 그림자 역시 생기가 없다. 머릿속에서 말의 의미가 조금씩 확산해 갔다.

"대답해 줘. 이게 네가 바라던 삶이었는지."

나는 필사적으로 목을 움직여 고개를 끄덕였다.

"정말?"

고개를 끄덕인다.

"정말로?"

끄덕이는 것 외에 다른 선택지는 없다.

지금 난 따뜻한 이불 속에 있으니까.

"그렇구나……."

오빠는 다시 한번 그렇구나, 하고 반복했다.

인기척이 멀어진다. "아, 허리야……"라는 말을 중얼 거리며 조용히 사라진다.

유령 또는 저승사자처럼.

꿈인지 생시인지 모르고 나는 다시 눈을 감았다.

· 작년 - 2016년

데니즈 창가 테이블 석은 무거운 침묵에 휩싸여 있었 다. 설명하느라 지친 내가 드링크 바에서 가져온 멜론 소다로 목을 축이는 모습을 아오이는 눈 한 번 깜빡이 지 않고 지켜보고 있다.

"말도 안 돼요."

그것이 아오이의 첫 소감이었다.

"뭐 그렇겠지."

난 순순히 인정했다.

"하지만 나로서는 그게 당연하다고 할까, 괴롭거나 힘 들다고 느낄 여지가 없었어. 그럴 수밖에 없는 게, 심지 어 엄마도 극히 당연한 것처럼 백부님을 상대했으니까."

"삼각 지붕 집에서도요?"

"응."

"남편이 한 지붕 아래에 사는데도?"

"응."

아오이가 눈을 부릅떴다.

"아빠는 어차피 출장이 잦아서 집에 거의 없었어. 그리고 다른 사람들, 그러니까 가정부인 후루타 씨와 신도 씨의 아내도 다들 비슷비슷한 상황이었으니까."

"모두 그 개변태 아재한테 당한 거예요?"

아오이의 말을 듣고 무심코 웃음이 나왔다.

적어도 내가 아는 여자는 모두 그 일을 강요당했다. 예외는 한 명밖에 없다.

"섹스라는 행위를 어떻게 받아들이냐에 따라 다를 수 있어. 처음에는 나쁜 거라고 생각 못 하다가 불쾌한 상황이 차곡차곡 쌓이고 지식이나 전제 같은 것들을 이해하고 나서야 비로소 싫다고 느끼는 거지."

아오이는 내 말을 하나부터 열까지 이해 못 하는 표정이었다.

"한마디로 언니네 가족이 그 개변태 아재에게 지배당했다는 말이죠?"

"지배라고 할 수 있을 테고 포위라고 할 수도 있겠지.

아무튼 뭐 비슷해."

"대체 원인이 뭐예요?"

"처음에는 아마 돈."

아오이가 뒷이야기를 재촉하듯 몸을 앞으로 뻗었다.

"아오이, 니르바나 기쿠이케를 알아?"

"한때 인기 있었던 그 점술사요? 기모노를 입고 다니던 수상한 뚱땡이 아저씨 맞죠? TV에서 본 기억이 있어요. 붙잡혔다는 뉴스도 들은 것 같은데."

"그래. 그 사람이 가짜 영능력자 행세를 하면서 돈을 엄청 벌었대."

나는 '그 사건' 이후 함께 살게 된 할아버지에게 전해 들은 이야기를 아오이에게도 들려줬다. 이로카와 백부님이 니르바나 기쿠이케의 제자였다는 건 사실이지만 실은 제자라기보다 그의 사업상 오른팔이었다는 게 더 정확하다. 니르바나 기쿠이케와 백부님은 사업으로 큰 돈을 벌었고 니르바나가 체포되기 직전 백부님은 그를 버리고 오사카에서 간토로 거점을 옮겼다. 이주할 때 챙겨 간 거액의 돈으로 새 호적을 사서 경찰의 추적을 피할 수도 있었다고 한다.

"그리고 백부님은 그때 훔친 돈으로 사채업을 시작

했대."

아직 법률이 정비되기 전이라 빚에 허덕이다 자살하는 사람이 많았던 시절이다.

"백부님은 돈을 꾼 사람 중에 괜찮아 보이는 가족을 물색해서 접근했을 거야."

"그걸 하려고요?"

"그뿐만이 아니라 자기 일을 돕게 할 목적으로."

"그럼 언니네 오빠가 하던 일도……."

"빚 독촉이었겠지. 미쓰히데 씨와 우리 아빠도."

그들이 구체적으로 무슨 일을 어떻게 했는지는 알지 못한다. 다만 백부님은 무서운 사람들을 많이 알고 있었으니 결코 만만한 일은 아니었을 것이다.

"결국 직원을 확보하려고 가족들을 집에 들여서 먹이고 재운 거예요?"

"집에 들인 건 할아버지는 아마 배신이 두려워서였을 거라고 했어. 본인도 니르바나 기쿠이케를 배신한 경험이 있으니."

아오이가 흐음 하고 신음했다. 팔짱을 끼고 심각한 표정을 짓는다.

"그럼 언니네 가족도 그 변태 아재에게 돈을 빌린 거

죠? 그럼 그 사람과 딱히 핏줄로 이어진 것도 아니에요?"

고개를 끄덕였다. 오늘부터 우리는 가족이다. 날 가까운 친척 정도로 생각해라. 처음 그 말을 들은 이후 내게 그는 '백부님'이었지만 실제로는 엄연한 타인이었다.

"애초에 언니네 가족이 사채에 손을 뻗은 이유가 뭐예요?"

"그건 뭐…… 이런저런 사정이 있어."

난 대충 얼버무리면서 기억 속에 어렴풋이 남은 아파트 단지 풍경을 떠올렸다.

그날, 이미 20년 가까이 지난 그날 하늘을 날던 쓰루의 둥근 몸. 옥상에서 몸을 부들부들 떨던 도라 아저씨의 둥근 몸. 둥근 태양.

쓰루가 사는 곳은 내가 사는 아파트 단지가 아닌 좀 더 큰 단독주택이었다. 뼈대 있는 집안의 손녀였던 쓰루의 죽음은 큰 파장을 몰고 왔다. 경찰과 소방서, 시민 단체 사람 등이 매일같이 몰려와 범인인 도라 아저씨를 찾아다녔지만 끝내 찾지 못했다. 그는 아파트 단지 옥상에서 홀연히 자취를 감췄다. 그야말로 마술처럼.

그러자 분노의 화살은 내게 향했다. 거짓말에 서툰 나는 도라 아저씨에게 쓰루 이야기를 했다고 형사 앞에서 털어놓았고 그 이야기는 순식간에 동네에 퍼져 컵라면 면발이 익는 것보다 더 빨리 쓰루 부모님 귀에도 들어갔다. 젓가락으로 면을 휘저을 무렵에는 쓰루의 어머니 입에서 "이 살인자!"라는 말이 튀어나왔다.

우리 가족은 순식간에 아파트 단지에서 공공의 적이 되었고 아빠까지 직장을 그만두는 바람에 야반도주하듯 그곳을 떠났지만 이사 이후에도 우리 가족의 삶은 나아지지 않았다. 부모님은 시도 때도 없이 말다툼을 했고 얼마 뒤부터는 오빠까지 이상해졌다. 학교에서 폭력 사건을 일으켰고, 이웃집에서 폭력 사건을 일으켰고, 동네에서도 폭력 사건을 일으킨 것으로 모자라 집 안에서도 걸핏하면 폭력 사건을 일으키게 되었다.

난 매일매일 고개를 들지 못했다. 다 너 때문이다. 너 때문이다. 너 때문이다. 늘 비난받고 얻어맞았고 밥을 먹지 못한 날도 있었다. 오빠 때문에 학교도 거의 다니지 못했다. 집 안에 틀어박혀 가족이 없는 낮 시간에만 몰래 TV를 보며 하루를 보냈다.

그러니 백부님이 우리 가족을 삼각 지붕 집에 초대했을 때, 그리고 "요리코에게는 잘못이 없지. 모든 것은 운명이야"라고 하며 부모님을 나무랐을 때 진심으로 기뺐다. 삼각 지붕 집에서도 집 안에만 틀어박혀 있었지만 차고 넘칠 만큼 행복했다. 그러니 일 같은 것도 아무렇지 않았다.

"잠깐 확인 좀 할게요."

내 회상을 아오이가 차단했다.

"언니가 삼각 지붕 집에 들어간 게 언제쯤이에요?"

"열세 살 무렵이었던 것 같아. 초등학교는 졸업한 뒤였어."

"그 뒤로 열여덟 살 때까지 거기 산 거예요?"

"응."

"그리고 다시 2층 집으로 이사?"

오빠가 벽에 수많은 구멍을 뚫었던 집이다.

아오이가 고개를 갸웃했다.

"어떻게 그렇게 쉽게 변태 아재에게서 떨어질 수 있었어요?"

"쉽지 않았어. 절대. 쉬웠을 리 없지. 얼마나 고생했는데."

"그 변태 아재 때문에요?"

"아니. 오빠 때문에."

오빠는 삼각 지붕 집에서 비교적 순조롭게 적응했다.

가끔 백부님의 규칙에 반항하고 거부할 때는 있었지만 그 정도는 애교 수준이었다.

그러다 마지막 몇 달 만에 사람이 백팔십도 바뀌었다.

"이유가 뭐예요?"

이유는 명확하다. 신도 씨가 못쓰게 됐기 때문이다.

삼각 지붕 집에서 함께 살던 신도 씨는 프로레슬러 같은 체격에 평소에는 말수가 적고 조용한 곰 같은 사람이었지만 백부님의 지령이 한번 떨어지면 사람이 확 달라져서 상대에게 엄청난 격투술을 아낌없이 구사했다. 오빠도 전직 자위대원이라는 신도 씨 앞에서는 맥을 못 추고 순순히 약육강식의 법칙에 따를 수밖에 없었다.

그런 신도 씨가 못쓰게 되자 오빠를 옭아매고 있던 사슬도 끊어졌다.

그 뒤로 어떤 일이 벌어질지는 불 보듯 뻔했다.

"언니?"

"아, 미안. 잠깐 딴생각하느라."

난 시치미를 떼며 미소 지었다.

"어쨌든 오빠 때문에 거기서 쫓겨났어."

아오이는 여전히 이해를 못 하는 듯하다. 역시 난 거짓말이 서툴다.

"2층 집에 이사하고 2년이 지나 그 오빠는 야마다 씨가 살던 에도가와구 아파트에 가서 추락한 거예요? 그리고 언니네 가족은 다시 그 변태 아재의 집으로 가서……."

그해 가을 '그 사건'이 일어나기 전까지 살았다.

"언니네 어머니가 야마다 씨와 친해진 건 오빠가 아파트에서 추락한 이후예요?"

"응, 아마 그 무렵이었을 거야."

"흐음……."

골똘히 뭔가를 떠올리는 아오이를 보며 마음이 어수선했다.

"저기, 아오이. 내가 왜 내 이야기를 책에 쓰고 싶지 않은지 이제 이해되지? 지금까지의 내 삶이 세상에 공개되면 앞으로 평범하게 살기 어렵지 않겠어?"

"괜찮아요. 언니는 이미 평범하지 않아요."

다른 사람도 아닌 너한테 그런 말 듣고 싶지 않거든.

"하지만 아무리 생각해도 잘 납득이 안 가요. 언니 이야기에는 아직 가도무라 씨가 등장하지 않았고 사건도 일어나지 않았으니까요. 책으로 쓸지 안 쓸지를 떠나 꼭 하나 짚고 넘어가고 싶은 게 있어요."

아오이가 눈을 날카롭게 번득였다.

"언니는 대체 뭘 하고 싶은 거예요?"

순간 말문이 막혔다.

"지금까지 저와 계속 취재를 같이 하고 다녔잖아요. 책에 쓰지 말라고 할 거면 처음부터 거절하면 됐던 거 아니에요?"

네가 억지로 데려간 거잖아! 그러나 그 말을 굳이 꺼내지는 않았다.

"혹시 언니는……."

아오이는 확신에 찬 목소리로 말했다.

"책에 쓰기는 곤란하지만 언니도 뭔가 알고 싶은 게 있는 거 아니에요?"

"아니, 너무 넘겨짚었어."

난 쓴웃음을 지었다.

"그냥 줏대가 없을 뿐이야. 거절을 잘 못 하는 성격이라 그래. 내 이야기를 들었으니 알잖아. 난 지금껏 이런 식으로 살아왔어. 다른 사람이 시키는 대로 순순히 따르고 받아들이면서."

"그럼 언니에게는 저도 그 변태 아재와 별반 다르지 않은 존재예요?"

"……뭐 그럴 수도 있겠네."

아오이의 얼굴에서 대번에 표정이 사라졌다. 허리를 뒤로 빼서 등받이에 기댄다. 눈을 천천히 깜빡이고 요란하게 한숨을 내쉬었다.

"슬픈 말을 하시네요."

대답할 수 없었다. 알고 지낸 지 한 달 된 여자아이의 슬픔을 이해할 만큼 난 인간을 잘 알지 못한다.

아오이의 시선을 피해 창밖을 봤다. 자동차 전조등 불빛이 어둠을 가로지른다. 수가 많이 줄었다. 이제는 심야라고 불러도 될 시간이다.

"뒷이야기도 들려주세요."

아오이는 거절을 용납하지 않을 듯이 말했고 아쉽게도 우리가 지금 앉아 있는 데니즈는 24시간 영업 레스토랑이었다.

• 4년 전 - 2013년

도키로의 스무 살 생일에 그의 아내가 된 나는 첫날밤 벌어진 폭력 때문에 일주일 정도 침대 신세를 졌다. 이런 허니문은 어디서도 들어 보지 못했다.

통증을 느끼지 않는 체질과 겉에 보이는 상처는 비례하지 않고 아예 아프지 않은 것도 아니다. 위기를 느낀 순간에 통증 스위치를 끄는 것에 불과하며 평소에는 침대 모서리에 새끼발가락만 찧어도 고통을 느껴 끙끙거렸다. 그래서 둘째 날 아침에는 다른 사람들처럼 얼굴이 불타는 듯한 통증을 느끼며 눈을 떴다.

도키로는 어젯밤 일로 백부님께 잔소리를 들었다고 했다. 꿀밤을 맞아 혹이 생겼다며 투덜거렸다. 고소하지는 않았다. 난 이번 일로 도키로가 날 싫어하지 않기만을 바랐다.

"미안해. 요리코, 정말 미안."

도키로는 찬 물수건을 가져와 내 이마에 대고 땀을 닦아 줬다. 그때마다 한 번씩 가슴을 주무르는 것도 잊지 않았지만 저항은 고사하고 그럴 힘도 없었다.

"엄마, 는, 지금 뭐, 하고 있어?"

내가 힘겹게 묻자 도키로는 엄지를 치켜세웠다.

"안심해. 아빠랑 오붓한 시간을 보내는 중이니."

속으로 다행이라고 안심했다.

"오빠, 는?"

"아."

도키로가 다시 한번 엄지를 척 세웠다.

"출장. 당분간 안 올 거야."

나는 흐음 하고 반응했다.

"사과하는 의미에서 소원 들어줄게. 뭐든 말만 해."

도키로가 평소 보기 힘든 온순한 얼굴로 물었다.

"뭐 먹고 싶은 거라도 있어?"

세 배 정도 부어오른 입술에 음식이 들어갈 틈은 없다.

"하고 싶은 건?"

"……TV."

"그건 안 돼. 우리 집에는 TV가 한 대밖에 없으니까."

전혀 '뭐든'이 아니다.

"섹스할래?"

아니, 그건 아니야.

"그럼…….."

난 필사적으로 목소리를 쥐어짰다.

"그때 말했던 주간지를 읽고 싶어."

도키로는 떨떠름한 표정으로 "흐음" 하고 고민했다.

이게 그렇게 고민할 일일까.

"어쩔 수 없네. 그럼 나중에 몰래 가서 사 올게."

썩기 직전 시신 같은 몸으로도 난 신나서 상상 속에서 몸을 들썩였다.

저녁에 약속대로 도키로가 쇼핑몰에서 주간지를 사 왔다. 난 힘겹게 몸을 일으켜 네 배 정도 부어오른 눈꺼풀을 간신히 떴다.

"재밌어?"

도키로가 잡지를 엿보며 물었다. 도키로에게 내가 읽는 연재소설을 읽혀서는 안 된다. 〈악질 엄마 VS 정병 딸〉에 나오는 주인공들은 끝없이 쾌락을 추구하는 욕망의 화신들이고, 소설에는 SM이나 노출 플레이 같은 변태적 행위도 충실히 묘사되기 때문이다. 도키로 같은 성욕의 노예에게 주어서는 안 될 자극이다.

그래서 난 정치와 경제 기사를 꼼꼼히 읽는 척했다. 2초 만에 잠이 쏟아졌지만 도키로도 마찬가지인지 얼마 안 돼 "난 TV 보러 갈래" 하고 날 혼자 남겨 두고 방을 나갔다.

드디어 고대하던 순간이 왔다. 난 절로 지어지는 미소를 참지 못했고 그때마다 아야 하고 얼굴을 찌푸렸으며 찌푸린 얼굴이 또다시 통증을 부르는 무한의 악순환에 빠졌다.

잡지를 펼친다. 책장을 넘긴다, 또 넘긴다.

마침내 도착한 지면을 보며 난 소스라치게 놀랐다. "으윽" 하고 신음이 터져 나왔다.

〈악질 엄마 VS 정병 딸〉은 어느새 '신세기 모녀 전쟁 촉발 편'이 끝나 '세계 일주 묵시록 편'에 돌입해 있었다. 게다가 2회다.

식은땀이 흘렀다. 첫 줄부터 처음 보는 등장인물이 자못 당연하게 정신병 딸과 야외에서 성행위를 하는 장면이 나왔다. 심지어 장소는 대만 타이베이다.

귓가에 대고 "전 남친은 어떻게 됐어?"라고 속삭이는 뉴질랜드인 마이클을 향해 정신병 딸이 "그 사람은……" 하고 대답하는 장면 이후로는 읽지 않았다. 잡지를 탁 닫았다. 이른바 '스포일러 회피'라는 것이다.

이런 게 어딨어! 전개가 너무 빠르잖아!

길거리 헌팅 학원 카리스마 강사의 고환을 터뜨린 후 딸과 엄마가 멍청한 은행원 남자를 노리며 완전 범죄를 계획하는 부분까지 읽었다. 그 공들인 계획의 결말은 어떻게 됐을까. 모녀의 다섯 번째 표적이었던 은행원의 운명은? 그런데 이 딸은 느닷없이 왜 타이베이에 있는 거야? 세 번째 표적이던 어부 남자를 자살로 몰아넣은 사건 때문에 집행 유예 중일 텐데.

쓸데없는 걸 알면서도 난 추리를 멈추지 못했다. 새로운 장이 시작되면서 시간이 얼마나 흐른 걸까. 엄마는 딸의 '깜짝 상자 작전' 때문에 죽었나? 아니, 그럼 제목도 바꾸어야 할 텐데.

번민이 멎지 않았다. 기분이 영 찜찜해서 도무지 읽을 의욕이 나지 않는다. 실제로도 다섯 줄밖에 안 읽었다. 이대로 이야기를 계속 읽는 건 세상의 일부를 빠뜨린 채로 살아가는 거나 마찬가지다. 그건 말도 안 된다.

절망이 조금씩 나를 감쌌다. 아무리 봐도 이 소설이 책으로 출간될 리는 없어 보인다. 출간돼도 사나흘 만에 판매 금지 처분이 떨어질 것이다. 그럼 난 평생 빼먹은 부분을 채울 수 없게 된다.

처음 느껴 보는 감정이었다. 이대로 침대에 파묻힌 채 가라앉고 싶은 한편으로, 기운만 있다면 구멍이 뚫릴 만큼 벽을 세게 후려치고 싶은 감정.

아니, 잠깐.

그래도.

난 고민을 떨쳐 내고 별자리 운세 페이지를 펼쳤다. 그리고 한숨을 내쉬었다. 선더 후쿠스케는 이미 다른 사람으로 바뀌어 있었다.

며칠 후 간신히 부기가 가라앉아서 침대에서 내려갔다. 오랜만에 얼굴을 마주하는 마사에 씨는 평소와 같은 마사에 씨였고 여전히 앞치마와 합체돼 살아가고 있다. 변함없이 행색이 초라한 미쓰히데 씨도 한풀 꺾인 중년 남자의 아우라를 아낌없이 발산했다.

"어머, 요리코. 드디어 일어났구나."

엄마는 기운이 넘쳤다. 어느새 부엌은 엄마의 공간이 되었다. 엄마는 채소를 탁탁 썰면서 마사에 씨에게 잡일을 맡기고 마사에 씨가 조금만 실수하면 눈을 부라리며 들으란 듯이 한숨을 내쉬고 "마사에 씨는 정말 못쓰겠네요" 하고 오싹하게 미소 지었다.

이로카와 백부님에게는 "요리코, 네가 참고 견뎌라"라는 조언을 들었다. 화가 나신 것 같지는 않아서 가슴을 쓸어내렸다.

"요리코, 내 이야기 좀 들어 봐."

도키로가 부엌 테이블에 주먹을 올리고 불평을 늘어놓았다.

"아빠가 오늘부터 나도 일하래. 수행이 필요하다고

하면서. 내가 왜 그래야 해?"

"시끄럽다. 너도 이제 결혼했으니 네 몫을 해야지."

도키로는 백부님 말에 얼굴을 찌푸리면서도 아예 싫은 것 같지는 않았다. 난 도키로가 백부님의 자리를 호시탐탐 노리는 것을 알지만 물론 모르는 척하고 있다.

"그럼 오늘도 열심히 살아 보자."

그날부터는 나도 집안일을 돕게 됐다. 채소 썰기만큼은 엄마가 양보하지 않아서 내가 할 일은 청소와 세탁으로 정해졌다. 빨랫감을 모아 세탁기에 넣는 사람은 마사에 씨, 세탁기 스위치를 누르는 사람은 나. 정원에 빨래를 너는 사람은 마사에 씨, 그걸 뒤에서 감시하는 사람은 나. 마사에 씨가 청소기를 돌리면 쫓아다니면서 바닥 위에 먼지를 발견하면 가차 없이 한마디 하렴. 엄마는 내게 그렇게 단단히 일렀다.

솔직히 하나도 즐겁지 않았다. 그리고 쓸데없었다. 둘이 함께하면 청소와 세탁을 일찍 끝마칠 수 있고 그렇다고 TV를 볼 수는 없으니 스마트폰으로 유튜브를 보는 시간만 늘었다. 낮잠도 잤다. 물론 백부님이 정한 규칙이니 내가 이러쿵저러쿵할 수는 없다.

도키로와의 관계는 변하지 않았다. 외출 횟수가 준

대신 일에 대한 불만과 미쓰히데 씨가 얼마나 멍청하고 도움이 안 되는지를 지적하는 횟수가 늘었다. 저녁 식사를 마치면 함께 욕실에 들어가 시간을 보냈고 목욕을 마치면 도키로의 방에 불려 갔다. 내 방보다 두 배는 크고 값비싼 가구와 푹신한 침대가 있는 방. 도키로는 매일 밤 어떻게든 나와 몸을 합치려고 고군분투했지만 역시나 뜻대로 되지 않았다. 난 손과 입을 능숙하게 써서 그를 만족시키는 일상을 보냈다.

"오늘은 거의 다 된 것 같았는데! 내일은 반드시 해낼 거야!"

도키로는 의욕이 넘쳤다. 난공불락의 게임에 도전하는 듯한 열정이 최대한 오래 이어지기를 바랐다.

이런 날이 한 달, 두 달 반복되자 봄이 왔다. 일상은 평화롭고 안정적이었다. 난 그 평화와 안정 속에서 가끔 고개를 치켜드는 번민과 타협해야 했다. 잡지는 그날 이후 읽지 못했다. 내가 모르는 곳에서 진행되던 이야기를 포기하는 것은 내게 주어진 평화와 안정을 지키기 위한 작은 희생이었다.

이따금 지팡이 할아버지도 떠올랐다. 도키로가 일을 시작한 이후 집을 거의 나가지 못해서 할아버지를 만나지 못했다. 욕실에는 늘 도키로와 함께 들어가니 전처럼 밖에 누가 있는지 확인할 수도 없었다.

덧붙이자면 오빠는 어느 날부터 거의 집에 돌아오지 않았다.

4월의 따뜻한 햇볕 아래에서 마사에 씨가 빨랫줄에 빨래를 널고 있고 난 뒤에서 그 모습을 지켜보고 있다. 최면에 빠지기에 이보다 좋은 조합은 없을 것이다.

정원 벤치에 앉아 마사에 씨를 감시하던 나는 쏟아지는 잠을 쫓으려고 일부러 마사에 씨에게 말을 걸었다.

"같이 훌라라도 치실래요?"

일사불란하게 이불 커버를 널던 마사에 씨가 팔을 멈추고 진심으로 놀란 것처럼 나를 봤다. 평소에 내가 먼저 마사에 씨에게 말을 거는 일이 거의 없고, 건다고 해도 "거기 먼지 있어요"라거나 "옷에 주름이 너무 많아요" 같은 것에 국한됐으니 마사에 씨가 놀랄 만도 했다.

"너무 따분해서요."

난 솔직히 고백했다.

"스마트폰도 지겹고."

유튜브 영상에 슬슬 질려 가던 시기였다.

"백부님도 집에 안 계시고."

백부님은 엄마와 드라이브를 갔다. 저녁 무렵에야 돌아올 것이다. 세 시간이면 적어도 스무 번은 거사를 치를 수 있다.

마사에 씨는 대답하지 않고 고개를 돌려 내 말을 듣지 못한 것처럼 다시 티셔츠를 널기 시작했다.

"TV라도 볼 수 있으면 좋을 텐데."

실은 그게 가장 하고 싶지만 백부님에게 들킬 수도 있으니 포기했다.

"가끔은 머리를 식히는 것도 필요하고."

물론 머리를 식히는 사람은 나고, 마사에 씨를 끌어들이는 건 단순히 고자질을 막을 목적이다. 그리고 혼자서는 트럼프를 치기도 어렵다.

"……전 수행 중인 몸입니다."

마사에 씨가 나직한 목소리로 대답하자 난 '아아, 그렇구나' 하고 이해했다. 안전면도기로 수염을 깎아 주던 후루타 씨도 그랬다. 자신은 지금 백부님 밑에서 수행을 하고 있다고 했다.

"어르신의 지침을 거스를 수는 없습니다."

"하지만 얼마 전에 저와 엄마 일은 비밀로 해 주셨잖

아요."

도키로의 생일날 아침 세면대에서 둘이 나누던 수다.

마사에 씨는 말없이 백부님의 속옷을 널기 시작했다. 난 하품을 참으며 다시 말을 걸었다.

"수행은 잘 되고 있어요?"

마사에 씨가 팬티를 손에 들고 멈칫했다.

"얼른 백부님처럼 될 수 있으면 좋을 텐데요."

"어르신처럼 말인가요?"

목소리에 날이 서 있다.

"네. 그럴 수만 있다면 좋지 않겠어요?"

뒤돌아본 마사에 씨는 평소의 숫기 없는 모습은 온데간데없이 몸을 부르르 떨고 있었다. 마사에 씨가 어떤 수행을 하고 무엇을 위해 수행하는지도 모르지만 그게 나쁜 것일 리는 없다. 난 오히려 마사에 씨의 기분을 맞춰 주려고 한 말이어서 마사에 씨가 화내는 이유를 도통 이해할 수 없었다.

"정말로 그렇게 생각하시나요?"

분화 직전의 베수비오 화산처럼 어떤 기운이 솟구치는 게 느껴졌다.

"그런 인간처럼 되다니!"

마사에 씨가 대뜸 손에 들고 있던 빨래를 바닥에 집어 던졌다. 내 스포츠 브라다.

순간 "앗" 하고 마사에 씨가 다시 정신을 차렸다.

"……죄송합니다. 죄송합니다. 죄송합니다!"

그렇게 부르짖으며 브라를 집어 손으로 툭툭 턴다. 흙이 묻어서 턴다기보나 마치 후려치는 것 같았다.

"죄송합니다! 죄송합니다! 요리코 님! 부디 이 일은……."

"저……."

난 몸을 일으켰다.

"괜찮아요. 그거, 이미 낡아서 거의 못쓰게 된 거라."

"못쓰게 되다뇨!"

마사에 씨는 또다시 발작을 일으킨 사람처럼 허둥지둥하다가 핏발 선 눈으로 침을 튀기며 외쳤다.

"못쓰게 되지 않았습니다! 전 아직 못쓰게 되지……!"

의사소통이 불가능한 상태인 것을 직감했다.

"어르신은 훌륭한 분입니다! 대단한 분이세요! 성인이죠! 위대하고 대단한……."

마사에 씨가 그 자리에 털썩 주저앉았다. 땅에 손을 대고 힘없이 중얼거린다.

"이럴 리는……."

흐느끼는 마사에 씨를 보며 혹시 엄마에게 모진 괴롭힘을 당해 머리가 이상해진 게 아닐까 추측했다.

"괜찮아요. 순종해서 화합을 이루면 되죠."

마사에 씨가 흠칫 놀라 날 봤다.

"요리코 씨는……."

목소리가 떨리고 있다.

"아무것도 모르시는군요. 이 집의 정체에 대해."

그러더니 후후후 하고 오싹하게 웃는다.

"정말 순진한 분이시네요. 정신을 차렸을 때는 이미 늦을 텐데."

고개를 갸웃거리는 날 보며 마사에 씨는 의기양양하게 미소 지었다.

"……4765."

"4765?"

"숫자 키 자물쇠 암호예요. 어르신이 정기적으로 바꾸는데 지금은 이 번호랍니다."

"보라색 문 말인가요?"

"아뇨, 노란색."

꼭 나더러 직접 가 보라는 듯한 눈빛이다.

"알겠어요."

그제야 따분함을 달랠 소일거리를 찾아서 들뜬 마음으로 집 안에 들어가 1층 복도를 걸었다.

모퉁이에서 오른쪽으로 꺾어 노란 문 앞에 선다. 전에는 와인 저장고였다는 보라 문 지하실과 달리 노란 문 지하실에는 홈시어터 설비가 갖춰져 있다고 도키로에게 들었지만 아직 들어가 본 적은 없다.

4765를 눌러 자물쇠를 풀었다. 보라 문 지하실과 똑같이 문 앞에 돌계단이 이어져 있다. 계단을 내려갔다. 주황색 전등은 없다. 뿌연 형광등이 돌바닥과 벽을 어렴풋이 비추고 있다.

아래에 도착했을 때 가장 먼저 눈에 들어온 것은 삼각 목마였다. 나는 오 하고 탄성을 질렀다. 〈악질 엄마 VS 정병 딸〉에 나오는 것과 똑같았기 때문이다.

그리고 튼튼해 보이는 나무 의자가 있었다. 허리와 손잡이에 벨트가 달려 있다. 역시 비슷한 물건이 소설에서 정신병 딸의 고문 신에 등장했다. 몸에 촛농을 맞으며 딸 인생에서 가장 위기의 순간이었던 장면이다.

그 밖에 채찍과 나무망치, 바늘, 십자가 기둥 등이 있다. 가운데에 있는 저건 화로일까. 천장에 달린 목매다는 밧줄 아래에는 더러운 세면기가 있다.

그리고 가장 안쪽에 있는 철창문.

"……밥?"

어둠 속에서 실낱같은 목소리가 들렸다.

"밥이에요?"

난 철창문 앞으로 다가갔다.

두 평 남짓 되는 공간 구석에 알몸의 여성이 천장을 바라보고 누워 있다. 헝클어진 머리를 바닥에 붙인 채 죽은 사람처럼 꿈쩍도 하지 않는다.

"밥이에요?"

거듭 묻는 목소리의 주인공은 그 여자 옆에 앉아 있는 여자아이였다.

"네가…….”

난 어림짐작해서 물었다.

"리쓰카?"

"네."

아이가 대답했다.

"……언니는?"

"난 요리코라고 해. 잘 부탁해."

놀란 것처럼 고개를 끄덕이는 아이 역시 머리카락이 잔뜩 헝클어져 있고 알몸이었다.

"엄마야?"

내가 바닥에 누워 있는 여자를 가리키며 묻자 아이는 "네" 하고 대답했다.

"설마 못쓰게 된 건 아니지?"

"아니에요. 괜찮아요."

단호히 부인해서 나는 "그래, 그렇구나"라고 말해 줬다.

"하지만 여긴 못쓰게 된 사람들이 있는 곳이야. 못쓰게 돼 버린 사람은 없는 게 나으니 여기 이렇게 분리해 두는 거야."

리쓰카는 입을 꾹 다물고 울상을 지었다.

"……네. 저도 알아요."

"그런데 아주 가끔 다시 좋아지는 사례도 있어."

그러자 리쓰카는 "네?" 하고 날 올려다봤다.

"정말로 보기 드문 경우지만, 이를테면 나처럼."

믿을 수 없다는 듯이 눈을 부릅뜬다.

"……여기서 나갈 수 있는 거예요?"

"네 노력에 달렸지."

"어떤 노력이요?"

"〈오의의 서〉를 암기한다거나."

눈살을 찌푸리는 리쓰카에게 물었다.

"웅? 설마 없는 거야? 〈오의의 서〉가?"

리쓰카가 고개를 끄덕였고 나는 "어머, 그렇구나" 하고 탄식했다.

"그럼 남은 건 운뿐이네. 어쨌든 백부님의 말씀을 잘 따르는 게 우선이야."

리쓰카는 힘없이 "네……" 하고 다시 고개를 들었다.

"우리 엄마도 나갈 수 있나요? 좋아질 수 있는 거예요?"

속으로 아마 어려울 거라고 생각했다. 백부님은 다 큰 성인은 일단 한번 못쓰게 되면 가망이 없다고 했다. 그러나 내가 굳이 알려 줄 필요는 없다.

"미쓰히데 씨가 열심히 일하면 조만간 괜찮아질 거야, 분명."

"아빠가……."

리쓰카가 마침내 울음을 터뜨렸다.

난 아이의 감정을 이해할 수 없었다.

"여기 온 걸 들키면 혼나니 이만 가 볼게."

"아. 밥은……."

"안녕."

난 등을 돌리고 계단으로 돌아갔다.

뭐야. 맥 빠지게. 마사에 씨가 뭐 대단한 거라도 있는 것처럼 으름장을 놓아서 굉장한 뭔가가 있지 않을까 기대했는데 그냥 '축사'였다. 삼각 지붕 집에도 있던 가건물 시설을 지하로 옮겼을 뿐이다. 하나도 놀랄 게 없다.

그래도 계단을 서둘러 올랐다. 심장 뛰는 속도도 조금 빨라졌다.

불쾌한 곳이다. 그것만은 틀림없다.

노란 문을 지나자 마사에 씨가 날 맞아 주었다. 배에 손을 얹고 정중하게 선 모습이 베테랑 집사를 연상케 한다. 조금 우쭐하는 것처럼 보이기도 했다.

'어때?'라는 듯이 허리를 뒤로 젖힌 모습이 늠름해 보였다.

"마사에 씨."

나는 입을 열었다.

"내일부터 저 두 사람은 제가 맡을게요."

"네?"

"백부님도 허락하실 거예요. 전 이미 익숙하니."

날 내려다보는 마사에 씨가 불현듯 힘이 빠진 것처럼 허리를 숙였다. "저…… 요리코 님" 하고 조심스럽게 입을 뗀다.

"저는……."

"앞으로는 세탁과 청소를 혼자 하세요."

알겠습니다…….

도망치듯 사라지는 마사에 씨를 보며 속으로 저 사람도 조만간 못쓰게 될 거라고 생각했다.

백부님은 처음에는 탐탁지 않아 했다. 평소라면 거기서 이야기가 끝나지만 난 조금 더 과감히 나섰다.

"전 〈오의의 서〉를 암기하고 있으니 리쓰카에게 가르쳐 줄 수 있어요. 리쓰카는 아직 열세 살이니 어쩌면 가망이 있을지도 몰라요."

"흐음."

백부님은 거실 소파에 앉아 생각에 잠겼다. 엄마가 골라 준 것으로 보이는 화려한 알로하셔츠가 우스꽝스러울 만큼 어울리지 않아서 최대한 백부님의 얼굴 쪽만 봤다.

"이것저것 힘들 거다. 밥도 직접 갖다 줘야 하고."

"알아요. 삼각 지붕 집에서 이미 겪어 봤으니."

가장 신경 써야 할 것은 배변 처리다. 대부분 그 일을 하기 꺼리지만 난 아무렇지 않다. 코를 쥐고 잠시 숨을 참으면 그만이다. 난 의외로 오래 숨을 참을 수 있다.

"저도 더 많은 일을 배워 보고 싶어요."

그 말은 진심이었다. 마사에 씨를 감시하는 일은 편하지만 언제 필요 없다는 낙인이 찍힐지 모른다. 내심 불안해하고 있던 차라 리쓰카 모녀의 존재가 심지어 행운처럼 느껴지기도 했다.

"부탁드려요. 백부님께 도움이 돼 드리고 싶어요."

"……그 말을 믿어도 되겠냐? 요리코."

"물론이죠. 무엇보다 전 도키로의 아내니까요."

백부님은 "그건 그렇지" 하고 고개를 끄덕이고 "그럼 내일부터 네가 맡아라" 하고 허락해 주었다.

"마사에가 괜히 주제넘은 짓을 했군."

그렇게 중얼거리는 백부님의 말은 못 들은 척했다. 고개를 숙이고 거실을 나가자 곧장 엄마가 날 불렀다. 속이 훤히 비치는 캐미솔을 살 때는 직원의 추천보다 나이를 고려해야 하지 않을까.

"요리코 너, 대체 무슨 꿍꿍이니?"

"마사에 씨를 감시하는 게 지겨워서 그래."

"바보 같긴."

엄마는 어이가 없다는 듯 말했다.

"아무튼 열심히 해 보렴."

엄마와 헤어지고 방으로 돌아갔다. 침대에 누워 그 눅눅한 축사를 떠올린다.

난 삼각 지붕 집에서 한 번 못쓰게 된 적이 있다. 몸이 바싹 메말라서 백부님에게 일을 제대로 못 하게 되자 '치료'에 들어갔다.

리쓰카처럼 나도 수없이 "밥은?"이라는 말을 입에 담았다. 배고픔을 견디기 힘들었다. 또 그곳은 덥고, 춥고, 어두웠다. 이곳 지하실에는 전기가 들어오고 에어컨도 있으니 그나마 낫다.

내가 리쓰카보다 나은 점을 꼽자면 그 당시 내 손에는 〈오의의 서〉가 있었다는 것이다. 벽 틈새로 들어오는 빛에 의지해 난 그 책을 읽고 또 읽었다. 그 밖에는 다른 할 일이 없었다.

그리고 내게는 엄마가 있었다. 일을 완벽히 해내는 위대한 마스터가. 엄마가 테크닉을 가르쳐 준 덕에 그 가건물에서 무사히 나갈 수 있었다. 정확히 1년 반 만에 난 상태가 다시 괜찮아졌다.

지금도 기억하고 있다. 백부님 앞에서 〈오의의 서〉를 처음부터 끝까지 암송하고 바닥에 이마를 갖다 붙이며 간청했다. "부디, 부디 저를 이끌어 주세요"라고. 그리고 온 정성과 마음을 담아 내가 배운 극한의 기술을 백부님에게 선보였다. 내 손과 입은 백부님을 단 3분 만에 만족시켰다.

다음 날 가건물에서 안방으로 거처가 바뀌었다. 그때 느낀 안도감은 이루 말할 수 없다. 따뜻한 밥을 입에 넣었을 때. 새하얀 이불 속에 들어갔을 때.

그리고 나와 리쓰카의 또 하나의 차이. 바로 하나코의 존재다.

신도 씨의 딸이었던 하나코는 리쓰카처럼 못쓰게 돼버린 엄마와 내가 지내던 가건물 바로 옆 축사에 있었다. 우리는 밤과 자기 전에 벽에 난 구멍을 통해 짧은 대화를 나눴다. 거의 그날 저녁 메뉴에 대한 이야기였다.

천장을 보며 하나코의 모습을 그리려 했지만 직접 만난 적이 없으니 어렴풋한 이미지가 고작이다. 하나코는 나보다 어렸고 이제 막 입을 뗀 아이처럼 간단한 어휘만 구사했다. 요리코 언니, 자? 내가 기억하는 건 그 가녀린 목소리뿐이다.

하나코는 우리가 삼각 지붕 집을 떠나고 얼마 되지 않아 못쓰게 됐다고 도키로가 알려 주었다.

나와 하나코의 차이는 뭐였을까.

난 일을 잘 못해서 못쓰게 됐지만 하나코는 일할 수 있는 나이도 아니었다. 그 아이는 그저 엄마를 따라왔다는 이유만으로 못쓰게 되었다. 그렇다면 하나코보다 내가 더 질이 나쁘다. 그런데 난 지금 따뜻한 밥을 먹고 침대에서 잠을 자고 도키로의 아내가 되었다.

도통 이해가 되지 않았다.

그러나 세상은 원래 그런 것이다.

난 도움이 되고 싶었다. 도움이 된다는 것은 내게 따뜻한 밥과 푹신한 이불을 의미했다. 추위와 더위, 배고픔이 싫었고 난 그보다 더 중요한 것을 알지 못했다.

깜짝 상자 작전.

문득 그 단어가 떠올라 고개를 흔들었다. 심호흡을 한다. 〈악질 엄마 VS 정병 딸〉을 머릿속에서 떨쳐 내고 〈오의의 서〉를 첫 문장부터 암송했다.

도키로는 "네 몸에서도 구린내가 나니까 그만둬"라며 날 비난했지만 어차피 이 집의 권력자는 아직 백부님이다. 난 별문제 없이 리쓰카와 리쓰카의 엄마를 돌볼 수 있었다. 미쓰히데 씨는 조용히 내게 "잘 부탁드립니다"라고 했다. 생각해 보면 그 초라한 행색의 아저씨가 말을 건 것은 그때가 처음이었다.

아침과 저녁은 미쓰히데 씨가 갖다주었고 난 점심과 청소를 맡았다. 점심은 식빵 테두리와 우유 한잔이었는데 내가 축사에서 지낼 때와 비슷했다.

식사를 담은 쟁반을 철창문 아래 구멍에 넣으면 리쓰카가 잽싸게 달려들어 일단 누워 있는 엄마에게 먼저 음식을 먹였다. 난 불 없는 화로 위에 앉아 두 사람을 지켜봤다. 백부님의 '치료'에서 가장 경계시되는 건 '반항'이고 그다음이 '죽음'이다.

"괜찮아?"

내가 묻자 리쓰카는 "괜찮아요"라고 했다.

"엄마도 괜찮아요. 우리 엄마는 못쓰게 되지 않았어요."

"내가 그걸 판단할 만큼 대단한 사람은 아니라."

"잘 먹었습니다. 감사해요."

리쓰카는 빈 쟁반을 다시 구멍에 돌려놓고 꾸벅 고개를 숙였다.

"청소 시작할게."

"잘 부탁드려요."

리쓰카가 일어서서 구석에 있는 요강을 가져왔다. 철창문 구멍을 아슬아슬하게 통과할 크기이고 안에 있는 오물이 훤히 보인다. 숨을 참았다.

요강을 들고 가서 지하실 구석에 있는 배수구에 버리고 수돗물로 요강과 배수구를 헹군다. 다음으로 수도꼭지에 호스를 연결해 철창문 쪽으로 향해서 두 팔을 활짝 펼친 리쓰카에게 물을 뿌린다. 굳이 지시하지 않아도 리쓰카는 알아서 몸을 한 바퀴 돌았다.

"어머니는 어떡할까?"

"호스를 잠깐 빌려주시겠어요? 가능하면 물줄기를 조금 약하게 해 주시면 감사하겠어요."

난 리쓰카의 말대로 해서 호스를 넘겼다. 리쓰카는 엄마에게 직접 물을 뿌리지 않고 일단 손에 물을 적셔서 엄마의 몸을 닦아 줬다.

그 모습을 곁눈질하며 난 화로를 철창문 앞까지 끌고 갔다. 청소가 끝나 리쓰카를 마주 본다. 리쓰카는 알몸으로 얌전히 앉아 있다.

"언제부터 여기 있었어?"

"……아마 2년쯤 전부터."

우리가 삼각 지붕 집을 떠났을 무렵이다. 백부님은 우리가 집을 나가고 얼마 안 돼 이곳으로 이사한 듯했다.

"니르바나 기쿠이케 선생님을 아니?"

"조금요. 엄마가 대단한 분이라고 했어요."

"음, 그럼 〈오의의 서〉는?"

리쓰카가 고개를 흔들었다.

"엄마는 읽었다고 했는데 전 아직 한 번도……."

"그럼 안 되지. 그러니 너도 '치료'받는 거야."

"하지만……."

리쓰카는 고개를 갸웃했다.

"엄마는 책을 다 읽었는데도 여기 들어왔는걸요."

"물론 그럴 때도 있긴 해. 백부님은 대단한 분이라 전
부 아시니까."

"전부라는 게 어느 정도예요?"

"어느 정도냐니……. 나도 잘 모르겠지만 어쨌든 전
부야."

리쓰카는 이맛살을 찌푸리고 또다시 고개를 갸웃했다.

"니르바나 기쿠이케 선생님이 말씀하시기를 이 세상
은 수많은 물질로 가득 차 있다고 했어. 콘크리트나 중
성 지방 같은 것뿐만 아니라 원자나 뉴트리노, 전자파
처럼 눈에 보이지 않는 것들이 아주 많대. 인간이 아는
건 그중 극히 일부이고 그러니 과학 같은 것도 그리 대
단하지 않다고 했어."

"하지만 전자레인지 같은 물건은 되게 편리하잖아요."

"응, 그렇기는 하지만 그런 건 별로 중요하지 않아."

나도 전자레인지를 쓸 때는 편하고 TV와 스마트폰이 위대한 발명품인 것은 믿어 의심치 않지만 하나하나 파고들다가 왠지 위험할 것 같았다.

"아무튼, 그러니까 한마디로 이 세상에는 우리가 알지 못하는 수많은 요인이 있고 그것들이 엄청 복잡하게 서로 얽히고 얽혀서 현실이라는 걸 만들고 있어. 그건 너무 복잡해서 평범한 사람은 절대 이해할 수 없지만, 그래도 그 안에는 어떤 법칙이 있고 그 모든 법칙을 이해하면 앞으로 어떤 일이 일어날지도 미리 예측할 수 있어."

"일기예보 같은 것처럼요?"

고개를 끄덕이면 안 될 것 같은데 어떡할까.

"세상에는 고객이 원하는 것들을 예측하는 빅데이터라는 기술도 있다고 들었어요."

대체 누구한테 그런 이야기를 들은 거야.

"뭐 아무튼 그런 것들은 일단 제쳐 두고."

전혀 납득을 못하는 리쓰카 앞에서 나는 말을 이었다.

"니르바나 선생님과 백부님은 그 모든 것을 이해한 분들이야. 그러니 위대하고 대단해서 우리를 이끌어 주시는 거야."

선더 후쿠스케의 이름은 언급하지 않았다.

"어디로 이끌어 주시나요?"

"행복."

리쓰카가 또다시 미간을 찌푸렸다.

"그 행복이라는 건 말이지. 사람들이 흔히 말하는 돈이나 인기, 대통령이 되는 것 따위가 아니야. 우리에게는 우리 눈에 보이지 않는 운명이라는 게 있고, 그건 태어날 때부터 거의 정해져 있어서 바뀌지 않아. 하지만 인간들은 오만해서 그걸 바꿀 수 있다고 믿지. 자신에게 자유 의지가 있다고 착각하는 거야. 그건 옳지 않아. 인간의 자유 의지 같은 건 운명과 비교하면 티끌에 불과하고 그 실상은 자유도 뭣도 아니야. 우리가 할 수 있는 일이라고는 오직 받아들이고 익숙해지는 것뿐. 순종해서 화합을 이루는 정신이야말로 가장 중요해."

"하지만……."

리쓰카가 학자 같은 투로 말했다.

"방금 언니의 그 말은 모순되지 않아요? 우리 인간에게는 자유 의지가 없다. 그러나 순종해서 화합을 이루는 정신은 가져야 한다. 여기서 말하는 정신의 정의가 뭔가요? 의지와는 다른 거예요?"

이런 열세 살 아이를 난 지금껏 만나 본 적 없다.

"그게, 그러니까 그런 건 한마디로…… 우리는 알지 못하고 백부님처럼 위대한 분들만 알 수 있어. 백부님은 우리가 마땅히 있어야 할 곳에 마땅한 정신 상태로 있을 수 있도록 이끌어 주시는 분이야."

"저와 엄마가 여기서 이렇게 사는 것도 마땅한가요?"

입을 다물었다. 팔짱을 끼고 흐음 하고 고민하는 척한다.

"뭐 그 과정 중 하나겠지."

"하지만!"

리쓰카는 물러서지 않았다.

"이대로 있다가는 엄마가 죽어 버릴 거예요. 죽으면 과정이라고 할 수 없잖아요."

리쓰카가 당장에라도 울음을 터뜨릴 것 같아서 초조해졌다.

"괜찮아, 괜찮아. 죽지 않아. 너와 너희 엄마가 여기 이렇게 있는 것도 다 백부님이 심사숙고해서 결정하신 일이니까."

"정말인가요? 요리코 선생님은 이 집에서 누가 죽는

걸 지금껏 보신 적이 없는 거죠?"

'선생님'이라는 단어에 왠지 모를 뿌듯함을 느끼면서
도 난 당황하고 있었다.

"없어. 한 번도 없어."

눈빛에서 의심이 사라지지 않는다.

"정말이라니까. 맹세해."

"그런가요……."

철창문 너머에서 어깨를 떨군 리쓰카를 보며 떠올렸다.

정말로 죽은 사람은 보지 못했다. 적어도 이 집에서는.

"음, 그럼……."

나는 〈오의의 서〉 서문을 암송하려다가 잠시 망설였
다. 리쓰카가 또 하나하나 따지기 시작하면 곤란하다.

"……오늘은 공부를 하루 쉬는 걸로 하고 대신 재미있
는 이야기를 들려줄게."

나는 선생님답게 위엄을 지키는 길을 선택했다. 그리
고 리쓰카에게 〈악질 엄마 VS 정병 딸〉 신세기 모녀
전쟁 촉발 편 1화를 들려주기 시작했다.

리쓰카와 함께하는 공부 시간은 도키로가 일하러 가
는 날의 점심 두 시간 남짓을 목표로 했다. 오후 4시부

터 저녁 식사 전까지 엄마와 거실 TV를 봐도 된다는 허가가 떨어져서 그 이상 시간을 낼 수는 없다. 엄마가 "요리코도 이제 도키로와 결혼했으니 세상에 대해 좀 더 알아야 하지 않겠어요?"라고 하며 백부님을 직접 설득했다고 한다. 그전까지 우리가 볼 수 있는 방송은 〈돈의 제왕〉* 시리즈뿐이었으니(이건 오히려 집중해서 보고 백부님께 감상을 전하는 것이 규칙이었다. 백부님은 특히 주인공 만다 긴지로 이야기를 아주 좋아했다) 엄마도 지겨웠을 것이다. 엄마에게 교묘하게 이용당하는 느낌이 없지 않았지만 결과적으로 상부상조다. 물론 〈돈의 제왕〉 시청이 가장 우선되는 상황은 바뀌지 않았다.

리쓰카는 여전히 내게 마음을 열지 않았다. 물론 점심을 다 먹으면 그 자리에 앉아 내 이야기를 들을 준비를 하지만 〈오의의 서〉를 설명하기 시작하면 곧장 의심의 눈길을 보냈다. 그리고 채 2분도 되기 전에 "선생님. 잠깐만요" 하고 손을 번쩍 들었다.

"왜?"

---

* 인기 만화 원작의 드라마 시리즈로 '미나미의 악마'라고 불리는 사채업자의 일대기를 그렸다.

"질문이 있어요. 방금 나온 '눈먼 사람들'이라는 말이 우리처럼 세상을 꿰뚫어 보는 능력이 없는 사람들을 뜻한다는 건 이해했어요. 그리고 그런 사람들을 안정으로 이끌 수 있는 사람은 이 세상의 법칙을 터득한 '선인' 니르바나 기쿠이케 선생님과 이로카와 선생님이라는 것도요."

목소리가 또랑또랑해서 귀가 따가울 지경이다.

"그런데 선생님들이 대가를 바라지도 않고 눈먼 사람들을 올바른 길로 이끄는 건 오직 숭고한 사명감 때문이고 그 안에 일반적인 의미의 교환 원칙은 존재하지 않아요. 하지만 조금 전 선생님이 암송하신 부분에는 '건전한 이치를 설파해 합당한 행복을 선사한다'라는 말이 나왔어요."

"흐음."

"그렇다면 그건 일종의 변형된 증여론 아닌가요?"

"오."

"물론 증여가 이뤄지는 곳은 교환 원칙이 작동하는 시장 경제 밖에 있다고 보는 게 일반적인 시선이에요. 하지만 이 '선사한다'라는 동사를 그 뜻과 대조해 생각하면……."

"아니, 리쓰카, 잠깐만."

나는 부랴부랴 리쓰카의 말을 가로막았다.

"저기, 그러니까 이 세상의 본질은 그런 까다로운 이치를 뛰어넘는 곳에 있어. 오래전 어느 위대한 사람도 말했잖아. '생각하지 말라! 느껴라!'라고."

리쓰카는 여전히 얼굴을 찌푸리며 고개를 연신 갸웃거렸다.

"뭐, 아무튼 오늘 공부는 여기까지 하자."

"네……? 또 그 이야기를 들려주시려고요?"

"그래. 딸이 마침내 엄마에게 날카로운 엄니를 드러내는 장면이야."

"하지만……."

리쓰카는 엉덩이가 근질거리는 것처럼 몸을 들썩였다.

"<오의의 서>를 얼른 외워야 여기서 나갈 수 있는 거 아니에요?"

"그건 그렇지."

"전 엄마한테 제대로 된 음식을 먹이고 싶어요. 한가하게 놀 때가 아닌 것 같아요."

단호히 말한다.

"공부를 더 할래요!"

"아니, 잠깐."

난 리쓰카의 기세에 쩔쩔매면서도 열심히 아이를 설득했다.

"지금 네 이해력으로는 하루에 한 페이지 이상 힘들어. 그리고 문장만 달달 외워 봐야 소용없어. 백부님은 그런 것도 단번에 꿰뚫어 보시니까."

어깨를 움츠려서 격려해 줬다.

"리쓰카, 넌 아직 어려. 아무리 지식을 쌓아도 기본적인 것들을 이해 못하면 무슨 소용이겠니. 그러니 난 〈악질 엄마 VS 정병 딸〉 이야기를 활용해 네게 그것들을 가르쳐 주려는 거야. 이건 절대 노는 게 아니야."

리쓰카는 "하지만……" 하고 좀처럼 물러서지 않았다.

"배가 고파서 그런지 머리가 안 돌아가요."

"알겠어, 알겠어. 그럼 내일부터는 과자랑 음료수를 가져올게. 좋지? 그 대신 이야기를 계속할 수 있게 해 줘."

"네. 알겠어요!"

얼굴 가득 미소 짓는 리쓰카를 보며 왠지 속은 것 같은 기분이 들었지만 깊이 생각하지 않았다.

그날 이후 날이 갈수록 리쓰카의 부탁이 늘었다. 기억력 향상에는 단백질 섭취가 필요하다고 날 설득했고 이해력을 높이려면 요구르트를 먹어야 한다고 열변을 토하기도 했다.

"알겠어, 알겠어."

난 그 말이 입버릇이 되었다. 백부님과 마사에 씨 몰래 과자와 음료수를 지하실에 가져가면 리쓰카는 공손히 감사 인사를 하고 먼저 엄마에게 음식을 먹인 후 자기 몫은 공부를 마치고 나서 먹었다.

리쓰카는 타고나기를 성실한 성격인지 아니면 요구르트 덕분인지 몰라도 〈오의의 서〉를 술술 암기했다. 물론 내가 잘 가르친 영향이 가장 클 것이다. 그러나 불만도 있었다. 리쓰카는 〈악질 엄마 VS 정병 딸〉 이야기에 도통 흥미를 보이지 않았다. 꼭 무관심으로 똘똘 뭉친 요새처럼 내 이야기를 듣는 족족 다른 귀로 흘려버리는 듯했다.

결국 스승으로서 중대한 사태에 직면한 나는 진지하게 해결책을 고민했다. 그날 밤 도키로와 침대에 들어가서도 계속 리쓰카의 장벽을 뛰어넘을 방법을 모색했다.

"아아, 젠장. 또 이런다."

도키로는 여전히 내 안에 들어오지 못했고 나는 손과 입만으로 모든 것을 해결했다.

"대체 뭐가 문제지? 넌 날 사랑하잖아."

"응. 정말 뭐가 문젤까."

도키로의 체액이 묻은 배를 티슈로 닦으며 '그냥 체질 문제 아닐까?'라고 하고 싶었지만 함부로 결론 내려서 는 안 된다. 도키로에게 버림받을 수도 있다. 어떻게든 희망을 줘야 했다.

"내일은 잘 되지 않을까?"

"말은 늘 그렇게 하는데 똑같잖아. 뭐 됐어."

도키로는 내 가슴을 주무르면서 날 끌어안았다.

"섹스할 때 쾌감은 몸뿐만 아니라 머릿속에 있는 도파 민과도 관련이 있대. 그러니 코스프레 플레이 같은 것 에 흥분하는 거야."

"흐음."

"야외 노출 플레이도 비슷하지 않을까? 수유 플레이 같은 것도."

"그렇구나."

"우리에게도 그런 상황극 같은 게 필요하겠다는 생각 이 들어. 우린 처음 만났을 때부터 사랑에 빠졌고 장애 물 같은 것도 없었으니 자극이 부족한 걸지도 몰라."

"그런가?"

"중요한 건 스토리야. 기승전결. 단순한 섹스가 아니라 각기 입장이 다른 남녀가 서로 이런저런 감정을 몰래 가슴에 품고 있었다는 설정이 있는 게 기분도 더 달아오르지 않겠어?"

"앗, 바로 그거야!"

"어?"

난 몸을 벌떡 일으켜서 도키로를 향해 소리쳤다.

"그거야! 도키로! 역시 대단해!"

도키로는 영문을 모르고 입을 떡 벌렸지만 일단 그의 그곳이 다시 기운을 차려서 나는 감사와 정성을 담아 1분 만에 일을 끝마쳐 버렸다.

다음 날, 난 〈오의의 서〉 공부를 대충 마치고 리쓰카를 마주 봤다. 얌전히 앉아 있는 아이를 내려다보며 헛기침을 에헴 하고 "리쓰카, 너 말이지……" 하고 운을 뗐다.

"애초에 정병이라는 게 뭔지 제대로 이해하고는 있니?"

그러자 리쓰카는 장난을 들킨 아이처럼 몸을 움찔했다.

"실은…… 잘."

"악질 엄마는?"

"……그것도 어떤 이미지인지 잘 모르겠어요."

"말도 안 돼! 그러면서 지금껏 세상을 다 아는 것처럼 군 거야? 가소롭게!"

리쓰카는 어깨를 움츠리고 킷캣 과자를 한입 먹었다.

"잘 들어. 선생님은 오늘부터 네게 아주 기본적인 것들을 가르칠 거야. 우선 정신병 딸과 악질 엄마가 어떤 이미지인지부터 머릿속에 제대로 심어야 해. 이건 위키피디아라는 아주 좋은 사이트에 실린 정보인데."

그로부터 약 일주일 동안 〈악질 엄마 VS 정병 딸〉을 제대로 즐기기 위한 기초 지식을 리쓰카에게 전수하며 나 자신도 다시 공부했다. 위키피디아는 역시 편리한 도구다.

리쓰카는 성실한 성격 덕분에 금세 성장했다. "BL*이 뭐야?"라는 질문에도 즉각 대답할 수 있게 됐다.

그러자 내 의욕도 불붙었다.

"저, 선생님. 〈오의의 서〉 2장 31절에 잘 이해가 안 되는 문장이 있는데……."

"응? 아, 괜찮아, 괜찮아. 일단 외워 두기만 해. 나도

---

* 남성 캐릭터 간의 연애를 소재로 다루는 창작물.

무슨 뜻인지 이해 안 됐는데 하나도 문제없었어."

의욕이 샘솟자 평소보다 성격도 과감해졌다.

"그보다 〈악질 엄마 VS 정병 딸〉 7화가 정말 대단해. 들어봐. 진짜 엄청나다니까."

리쓰카가 눈빛을 반짝였다. 나도 마찬가지였을 것이다.

그때만 해도 우리는 조만간 우리가 직면하게 될 비극을 조금도 예상하지 못했다.

"리쓰카는 말이죠. 그렇게 똑똑한 아이 같지 않아요."

그날 밤 거실에서 휴식 중인 백부님 앞에 다소곳이 앉아 말했다.

"하루 두 시간 공부로는 역시 부족할 것 같아요."

백부님은 흐음 하고 별 관심 없다는 듯 반응했다.

"그래서 부탁드리고 싶은데, 혹시 공책과 펜을 구할 수 있을까요?"

그러자 백부님은 대번에 이맛살을 찌푸렸다.

"아, 곤란하시면 그냥 넘기셔도 돼요. 그냥 제가 암송하는 걸 옮겨 적는 게 효율적이고 나중에 다시 읽으며 외우기도 좋을 것 같아서."

"공책과 펜이라."

"그럼 그 이해력 달리는 리쓰카도 니르바나 기쿠이케 선생님의 가르침을 금세 익힐 거고 선생님…… 아니, 백부님을 향한 존경심도 더 깊어질 거예요."

백부님은 떨떠름한 얼굴로 흐음 하고 미적거렸다.

"차라리 책을 주면 되지 않나? 집에 아직 몇 권 남아 있기도 하고."

"아뇨, 그러기는 아까워요."

백부님이 정한 규칙상 끝이 뾰족한 펜을 집 안에 들이는 건 금지인 것을 알면서도 난 필사적으로 호소했다.

"역시 자기 손으로 직접 쓰면서 외우는 게 머리에 더 잘 들어와서……."

백부님은 "뭐 그렇기는 하지" 하고 이번에도 별 관심 없이 대답했다. TV에서 노래하고 춤추는 미소녀 아이돌 그룹에서 눈을 떼지 못하고 있다.

"그리고 리쓰카도 보기 좋게 몸이 자라고 있어서 곧 여자로서 제 몫을 할 수 있을 것 같아요."

백부님의 시선이 그제야 날 향했다. 혀로 수염을 한 번 쓱 핥는다.

"저도 늘 확실히 가르치고 있고요."

"그렇군. 요리코가 그렇게까지 말한다면야 어쩔 수 없지."

내가 이렇게까지 하는 것은 내 교육이 막다른 골목에 몰렸기 때문이었다.

난 지하실에 내려가서 리쓰카에게 공책과 펜을 건네고 "자, 지금까지 배운 것들을 여기 적어 보렴" 하고 지시했다.

리쓰카는 "네!" 하고 내가 가져온 자가리코 감자 스틱을 한입 깨물었다.

"일단 백부님께 감사드린다는 말부터 적어야 해."

"네에!"

감자 스틱을 아작거리면서 바쁘게 펜을 움직인다.

"선생님."

"응?"

"〈악질 엄마 VS 정병 딸〉 내용을 적어도 돼요?"

"그래. 적당히 눈에 띄지 않는 정도로만."

언제 불시에 백부님이 확인하러 올지 모른다.

"어쨌든 지금까지 배운 내용들을 확실히 복습하는 거야."

"그럼 그전까지 〈악질 엄마 VS 정병 딸〉 이야기를

듣지 못하는 거예요?"

"그래. 네가 배운 것들을 전부 이해했다고 확인하기 전까지는."

"그런가요…….."

리쓰카는 진심으로 실망한 것처럼 힘없이 말했다.

"가장 재미있는 부분을 앞두고 있었는데……."

"이것도 수행이니 참아야 해."

"저도 알지만, 그래도 궁금해요. '깜짝 상자 작전'이 어떻게 될지."

백 퍼센트 그 의견에 동의했다. 나도 궁금한 건 마찬가지다.

그렇다. 그때 내가 직면한 위기는 바로 〈악질 엄마 VS 정병 딸〉에서 내가 아는 내용은 다 들려줬다는 것이었다.

그 뒤로 어떤 이야기가 이어지는지 나도 알지 못한다. 그러니 가르칠 수도 없다. 리쓰카가 간신히 관심을 갖게 됐는데도.

모르는 것을 들키면 교사로서 실격이다. 리쓰카에게 공책과 펜을 건네며 복습 시간을 준 것은 단순한 시간 벌기에 지나지 않았다.

그로부터 며칠 동안 내가 〈오의의 서〉를 천천히 암송하면 리쓰카가 내 암송을 묵묵히 옮겨 적는 재미도 감동도 없는 날이 이어졌다.

기회는 갑자기 찾아왔다.

"아, 귀찮아."

침대 안에서 도키로가 짜증을 부렸다.

"내일 출장 가야 해."

"출장?"

"어. 아빠가 아라타를 데려오래."

요즘 리쓰카에게 정신이 팔려 있느라 오빠를 거의 잊고 있었다.

"진짜 짜증 나네. 그냥 알아서 오면 될 걸 내가 왜 굳이 데리러 가야 해?"

그러게, 힘들겠네. 난 그렇게 맞장구를 치면서 속으로 남몰래 흥분했다.

"모처럼 쉬는 날이라 내일 너랑 숲에 가서 뜨거운 시간을 보내려고 했는데 말이야."

그런 계획이 있다고는 듣지 못했다.

"언제 와?"

"모레. 나한테 그런 일을 떠맡겨 놓고 아빠는 정작 온천에 갈 거래. 하나뿐인 아들한테 어떻게 이럴 수 있어?"

도키로는 자신이 이야기한 대로 그다음 날 아침 미쓰히데 씨가 운전하는 경트럭을 타고 집을 떠났다. 백부님과 엄마는 SUV 차량을 타고 외출했다.

나는 그들이 시야에서 사라질 때까지 끝까지 지켜보고 옆에 있는 마사에 씨에게 부탁했다.

"오늘 제 방에서 공부를 하려고 하니 지하실에 있는 두 사람을 대신 봐주시겠어요?"

마사에 씨는 약간 미심쩍어했지만 요즘 틈만 나면 내 앞에서 고개를 조아리니 거절하지 않으리란 자신이 있었다. 아니나 다를까 단번에 "알겠습니다"라는 대답이 돌아왔다.

나는 방에 들어가 잠옷을 벗고 외출복으로 갈아입었다. 하늘색 티셔츠와 파스텔 핑크색 면바지. 이 집의 규칙상 외출복은 한 벌밖에 허락되지 않는다. 속옷을 제외하고는 바지든 이너웨어든 코트든 새것을 사면 그 즉시 전에 입던 옷을 처분해야 한다. 아깝기는 해도 백부님이 정한 규칙이니 뭔가 큰 뜻이 있을 것이다. 도키로는 "그냥 너희가 최대한 밖에 못 나가게 하는 거야"라고 설명해 줬지만 무슨 뜻인지 잘 이해되지 않았다.

그러나 내게는 몰래 숨겨 둔 비장의 옷이 한 벌 더 있었다. 바로 오빠에게 물려받은 가죽점퍼다.

백부님은 탁월한 능력 덕분에 우리가 어디서 뭘 하는지 놀라울 만큼 금세 알아챘다. 복도와 거실, 침실, 욕실, 심지어 리쓰카가 있는 지하실까지 훤히 파악하고 있어서 어느 날 갑자기 "요리코. 배탈이라도 난 거냐?" 하고 날 걱정해 줄 때도 있었다.

수상한 행동을 하면 그 즉시 꾸지람을 듣는다. 자칫 잘못하다가 '치료'를 받아야 할 수도 있다. 리쓰카에게 과자와 음료를 가져갈 때도 세심한 주의를 기울였다.

백부님의 천리안만큼 또 주의해야 할 것이 집 안 이곳저곳에 설치된 방범 카메라다. 그러나 그것에 대해서도 도키로에게 비밀을 전해 들었다. 창고 주변은 카메라의 사각지대라고 했다.

그렇다면 창고 옆에 있는 뒷문도 괜찮다는 뜻이다. 열어 봐야 삼나무 숲이 있을 뿐이지만 오늘은 이 집에 뒷문이 있는 것에 감사했다.

뒷문 앞에서 가죽점퍼를 입고 삼나무가 우거진 숲을 헤치고 들어갔다. 나뭇가지에 옷이 긁히는 소리가 들렸지만 나 말고는 가죽점퍼가 있는지도 모르니 흠집이 생겨도 상관없다.

잠시 더 걷자 길다운 길이 나왔다. 나뭇잎을 헤치며 각진 집을 빙 돌아서 녹색 터널 길로 나간다. 헤매지 않고 거침없이 나아갔다. 주택가가 보여도 걸음을 멈추지 않는다. 의욕이 불끈불끈 샘솟았다.

자판기 앞을 지나자 단층집이 눈에 들어왔다. 주변을 넌지시 살피며 그 앞을 지나친다.

자, 이제 어떡할까.

도박이나 마찬가지지만 여기까지 왔으니 돌아갈 수도 없다. 난 만반의 준비를 하고 지팡이 할아버지의 집에 몰래 들어가기로 마음을 굳혔다.

집 앞에 가서 조심스럽게 미닫이문을 연다. 드르르륵. 문은 잠겨 있지 않았다. 집 안이 조용하다. TV 소리도 들리지 않는다. 안쪽을 지그시 관찰한다. 인기척은 없다.

안으로 쓱 들어갔다. 팔을 돌려 미닫이문을 닫고 자물쇠를 채운다. 이렇게 하면 혹여 지팡이 할아버지가 돌아오더라도 도망칠 시간을 벌 수 있다.

운동화를 손에 들고 살며시 복도 바닥을 밟았다. 안

쪽으로 걸어가서 안방으로. 내 앞을 가로막은 유리문을 1밀리미터씩 연다. 안을 확인한다. 아무도 없다.

안도의 한숨을 내쉬고 다시 신중히 문을 열어 안방에 들어갔다.

전에 도키로와 몰래 왔을 때와 달라지지 않은 너저분하고 삭막한 방 안에서 목표하는 곳으로 향한다. 장롱과 벽 사이에 있는 그것은 창문으로 들어오는 햇빛을 받아 보물처럼 반짝이고 있었다.

산더미처럼 쌓인 주간지다.

난 그 자리에 앉아서 엄숙히 잡지를 한 권씩 바닥에 늘어놨다. 필요한 것은 신춘 특별판 다음 호부터다. 약 열 권이 넘는 잡지 안에 과연 있을까. 지팡이 할아버지의 꼼꼼한 면모를 시험할 차례다.

있었다. 그것도 전부.

나는 그 자리에서 펄쩍 뛰고 싶을 만큼 감격하고 호흡이 가빠질 정도로 흥분했다.

고마워요, 할아버지. 죄송하지만 이것들은 제가 접수할게요. 전철 선반 위에 누구나 읽을 수 있게 놓여 있는 것처럼 이 잡지들은 모두의 공공재이니 이해해 주세요.

그런 억지 구실을 갖다 붙이며 필요한 호만을 골랐

다. 금세 초조해졌다. 너무 많다. 이렇게 많이 들고 가면 역시 눈에 띌 것이다.

그러나 비상사태에도 나는 당황하지 않았다. 그러기는커녕 냉정히 떠올렸다. 가져갈 수 없다면 지금 이 자리에서 몽땅 읽어 버리면 그만 아닌가. 그야말로 콜럼버스의 달걀 같은 발상이었다.

곧장 신춘 특별판 다음 호를 들어서 펼쳤다.

〈악질 엄마 VS 정병 딸〉 신세기 모녀 전쟁 촉발 편 제25화. 엄마와 딸이 저마다 가슴에 품은 비장의 계획이 격돌하는 클라이맥스 부분이다. 기대가 부풀어 올라 심장이 터질 것 같았다.

……오오! 이런 전개라니. 아니, 잠깐. 딸이 이러면 안 되잖아. 우와, 역시 악질 엄마! 다 알고 있었어! 위험해, 위험해!

"위험해!"

인간은 극도로 집중하면 오감이 마비된다고 한다. 그리고 자제심은 오직 오감이 정상일 때만 작동한다.

"어이."

그 목소리를 듣고 내 심장은 체감상 몇 초 동안 정지했다.

"여기서 뭐 하는 거지?"

몸은 심장보다 더 굳었다.

"누구냐, 넌?"

서서히 고개를 돌린다. 지팡이 할아버지가 지팡이도 없이 서 있다. 안방과 이어진 침실 장지문에 손을 얹고 벗겨진 이마 아래에서 얼굴을 잔뜩 찌푸리고 있다.

"넌……."

너무 놀란 나머지 아무 반응도 할 수 없었다.

"그 집 아이인가?"

불현듯 엄습하는 폭력의 예감. 뒤이어 지팡이 할아버지를 당해 낼 수 없을 거라는 확신이 나를 덮쳤다.

· 작년 – 2016년

창밖이 어슴푸레 밝아 올 무렵 나와 아오이는 데니즈에서 쫓겨났다. 정확히 말하면 강제로 쫓겨난 것은 아니지만 이제 그만 가 달라는 마음이 듬뿍 담긴 종업원의 눈총이 따가웠고 아오이도 졸려 죽겠다고 해서 어쩔 수 없이 자리에서 일어섰다.

아오이는 눈을 최대한 오랫동안 깜빡이며 힌덴부르
크호를 운전했다. 좌회전 우선이나 일방통행 같은 개념
이 사라져 버린 상태라 난 몇 번인가 죽음의 전조를 느
끼며 이 나라의 도로교통법을 몸소 깨닫게 되었다.

"저, 언니."

아오이가 잠꼬대하듯 입을 열었다.

"언니 이야기, 너무 길지 않아요?"

하품을 참으면서 내게 따지고 든다.

"하룻밤을 새웠는데 아직 사건이 일어날 낌새도 없잖
아요. 가도무라 씨는 내년 여름쯤에 등장한다고 생각하
면 돼요?"

그렇게 지적하면 나로서는 곤란할 따름이다. 난 아오
이가 원하는 대로 하나부터 열까지 모든 사실을 정확히
전달하려고 했을 뿐이다.

"무슨 아침 연속극도 아니고 자잘한 감정 묘사 같은
건 생략하고 팍팍 진행하면 안 될까요?"

"사건 이야기만으로 괜찮다면 그렇게 할게."

3분이면 끝날 테니 나도 편하다.

"하지만 그럼 분명 너도 재미없을걸. 이런 이야기는
등장인물이 어떤 사람이고 어떤 삶을 살았는지 알지 못

하면 감정 이입도 잘 안 되니까."

아오이는 불만인지 아니면 그저 졸릴 뿐인지 부루퉁해 보였다. 그 얼굴을 보며 무심코 쓴웃음이 나왔다.

딱히 재미를 추구할 이유는 없다. 아오이는 사건을 파악해서 책으로 내고 싶어 할 뿐이고 애초에 웃고 즐길 내용도 아니다. 그러나 오늘 밤 아오이 앞에서 내 반생을 이야기하는 동안 난 왠지 신비한 기분에 휩싸였다.

리쓰카와 함께 보낸 시간. 공부라는 구실로 〈악질 엄마 VS 정병 딸〉 이야기를 들려주던 그때 난 리쓰카를 즐겁게 해 주고 싶었다. 그것이 정말 리쓰카를 위해서였는지는 분명치 않다. 아니, 정말 리쓰카를 위한다면 백부님에게 직접 말하든지 해서 그 지하실에서 얼른 꺼내 주는 게 먼저 아니었을까. 물론 이제 와서 뒤늦게 느끼는 거고 당시만 해도 난 '치료' 중인 리쓰카가 거기서 먹고 자는 게 당연하다고 믿었지만 실은 어느 순간부터는 '치료'도 별로 신경 쓰지 않게 됐다.

오랫동안 잊고 있던 감각이었다.

누군가에게 어떤 이야기를 들려주는 것. 그 누군가가 즐거웠으면 하고 바라는 것.

내 주변에 그런 사람은 없었다. 한 명도 없었다. 즐겁게 해 주고 싶은 상대. 내가 좋아하는 이야기를 거리낌 없이 털어놓을 수 있는 상대. 그런 사람은 분명 리쓰카가 최초였다.

"아오이."

"네?"

아오이는 이제는 졸음의 절정에 도달해 있었다.

"나중에 또 들려줄게. 이번에도 최대한 자세하고, 길게."

이야, 너무 고마워서 하품도 참을 수 있을 것 같아요 하아아아암. 난 아오이를 힐끗하고 창밖으로 시선을 돌렸다. 슬슬 아침 해가 고개를 내밀고 있었다.

데니즈에서 돌아온 아오이는 그 뒤로 해가 떨어질 때까지 숙면을 취했다. 꾸벅꾸벅하면서도 아오이처럼 잠들지 못하는 건 기분이 들뜬 탓일 것이다. 각진 집에서의 기억을 되짚는 건 실로 오랜만이었다. 언론은 물론 경찰 앞에서도 말하지 않았다. 할아버지는 내게 "이제 됐다"라고 해 주었다. "그만 잊어라"라고도 했다.

난 할아버지가 시키는 대로 했다. 그걸 떠나 다른 할 일이 많았다. 우선 다양한 것을 배우고 익혀야 했다. 이 세상의 '일반 상식'이라는 것들을.

할아버지가 가르쳐 주었다. 내가 잘 이해할 수 있도록 친절하게 차근차근, 하나부터 열까지.

내가 모르는 지식은 아주 넓은 범위에 걸쳐 있었다. 내 지식은 TV와 스마트폰, 성인 주간지를 보며 익혔을 뿐이라 '언어'에 지나지 않았고 이 사회의 구조나 인간이라면 당연히 갖춰야 할 교양 같은 것은 통째로 빠져 있었다.

예를 들어 난 윤리나 도덕 같은 개념을 거의 이해하지 못했다. 삼각 지붕 집과 각진 집에서는 백부님이 바로 윤리였고 2층 집에서는 오빠, 그리고 오빠가 추락한 뒤에는 엄마가 그 역할을 대신했다.

그들은 강했기 때문이다.

아니야. 이 세상에서 중요한 건 그것만이 아니란다. 할아버지는 수없이 내게 강조했지만 와닿지 않았다. 힘센 인간 앞에서 힘 약한 인간은 당연히 고개를 조아려야 하는 것 아닌가. 세상에서 말하는 힘은 부와 규칙을 만드는 권한 등 종류가 다양하지만 깊숙이 파고들면 결국 그 끝에는 주먹과 발차기가 있다. 그 능력을 지니지 못했다면 마땅히 규칙을 따라야 한다.

백부님도 그 사실을 알고 있었으니 전직 자위대 출신인 신도 씨와 오빠를 자기 밑에 두었다. 정작 실제로 맞붙으면 오빠와 신도 씨에게 쉽게 제압당했을 텐데 백부님은 그들을 복종시켰다. 돈과 말, 그리고 규칙. 그것이 백부님이 가진 힘이었다.

그러나 가장 위에 있는 것은 역시 폭력이다. 돈은 빼앗으면 된다. 말은 무시하면 된다. 규칙은 어기면 된다.

그것을 가장 먼저 몸소 실천한 사람은 삼각 지붕 집의 신도 씨였다. 그는 어느 날 밤 축사에 갇혀 있는 아내와 딸 하나코를 몰래 꺼낸 후 백부님의 돈을 훔쳐서 그 집에서 도망치려고 했다. 백부님이 집을 비운 시간을 노린 계획이었다. 엄마는 항상 백부님과 함께 다녔고 아빠는 출장 중이었다.

축사에서 두 사람을 돌보던 후루타 씨가 안방으로 향하는 복도에서 얻어맞아 쓰러지는 모습을 욕실에서 나오다가 직접 목격했다. 철사 같은 후루타 씨가 농구공처럼 오른쪽에서 왼쪽으로 날아가 벽에 몸을 부딪쳤다.

신도 씨가 날 발견하고 곰처럼 씩씩거리며 노려봤다. 어깨를 연신 들썩거렸고 꽉 깨문 이 사이에서 침이 질질 흘렀다.

신도 씨가 내게 다가왔다. 주먹을 치켜들었다. 이제 죽었구나 생각했다.

—비밀로 해라.

신도 씨가 말했다.

—거기 그대로 서 있으면 돼. 알겠어?

난 목욕 타월을 두른 채로 고개를 끄덕였다.

—괜히 이상한 짓 했다가는 죽일 거야.

다시 한번 고개를 끄덕였다.

내 대답을 확인한 신도 씨는 주먹을 내리고 정신을 잃은 후루타 씨의 주머니에서 축사 열쇠를 꺼내 안방을 나갔다.

난 곧장 2층에 뛰어가서 잠들어 있는 오빠를 깨웠다.

상황을 설명하자 오빠는 몸을 벌떡 일으켰다. 방 안에서 기다리라고 해서 그렇게 했다.

잠시 후 정원에 있는 가건물에서 누가 소리치는 소리가 들렸다. 비명이 이어졌다. 하나코의 비명이었다.

—그만! 그만해요! 그러다 우리 아빠 죽겠어요!

……숨을 크게 내쉰다. 바로 옆에 아오이가 대자로 누워서 잠들어 있다.

그때 내가 신도 씨의 지시를 어긴 이유는 명백하다.

백부님은 내게 따뜻한 밥과 이불을 줬지만 신도 씨는 그러지 못하리란 것을 알았다. 단지 그뿐이다.

오빠의 기습을 받은 신도 씨는 몸이 축 늘어져 있었다.

……아오이가 옷이 걷혀서 드러난 배를 벅벅 긁고 있다.

그때 내가 잘못한 걸까. 오빠를 깨우면 안 되는 거였을까.

그러나 그러지 않았다면 난 또다시 그 축사에 갇히고 오빠도 그에 맞는 처벌을 받았을 것이다. 어쩌면 아빠와 엄마, 그리고 후루타 씨도.

알 수 없었다. 정답을 알 수 없었다. 그리고 지금도 역시 난 알지 못하고 있다.

할아버지는 말했다. 나 자신을 희생해서 다른 사람을 구하는 건 어렵지. 그건 정말 어려운 거야. 하지만 그럴 수 있는 게 바로 인간이란다.

응? 그럼 난 인간이 아니야?

아니, 우리 요리코도 인간이지. 다른 사람보다 나 자신을 먼저 지키는 것도 인간이다. 당연한 거야.

할아버지는 "하지만" 하고 말을 이었다.

그다음이란 게 있다. 응, 그건 분명 있단다.

난 역시 이해하지 못했다. 그다음이라는 것을 겪어 본 적이 없었으니까.

……결국 잠을 포기하고 벽에 걸린 가죽점퍼 앞에 섰다. 주머니를 뒤져서 직사각형 모양의 케이스를 꺼낸다. 아빠가 내게 남기고 간 트럼프 카드다.

밥상 옆에 무릎을 꿇고 앉아 몇 년 만에 손에 든 카드를 천천히 늘어놓았다.

나 때문에 직장을 잃고 아파트 단지에서 쫓겨난 아빠. 삶이 원하는 대로 굴러가지 않아서 틈만 나면 엄마와 말다툼을 벌였지만, 마지막에는 항상 먼저 꺾이고 싱글벙글 웃으면서 용서를 구하던 아빠. 오빠의 폭력 앞에서 손쓸 도리도 없이 무력하던 아빠. 가계가 기울고 늘어난 빚 때문에 결국 백부님에게 의지하게 된 아빠. 2층 집에 이사한 뒤로도 오빠에게 맞서지 못하고 빚만 계속 늘자 결국 오빠를 죽이고 보험금으로 빚을 충당하려고 한 아빠. 크리스마스 날 밤에 빚쟁이들에게 얻어맞아서 엉망진창이 된 얼굴로 미소 지으며 오늘 밤은 불고기 전골을 먹자고 하고 슈퍼마켓 비닐봉지를 흔들던 아빠.

카드를 한 장 한 장 밥상 위에 내려놓는다.

구제 불능인 사람이었다. 객관적으로 봐도 그렇다고 지금 난 이해하고 있다. 인간쓰레기였다는 것을 알고 있다.

그러나 쓰레기라고 하면 나도 별반 다르지 않다. 할아버지는 내 앞에서 확실히 말해 주지 않았지만 그것은 틀림없다.

"언니?"

아오이가 느닷없이 말을 걸어서 손을 멈칫했다. 아오이는 잠에 취한 눈으로 날 보며 "뭐 하는 거예요?" 하고 잠꼬대하듯 물었다.

"트럼프. 아빠를 마지막으로 본 날에 아빠가 주고 간 거야."

크리스마스 선물이라고 하면서.

"언니네 아버지는 지금 어디서 뭐 하고 있을까요?"

"글쎄. 근데 아마 살아 있을 것 같지는 않아."

잠에 취한 얼굴로 날 보던 아오이가 흐음 하고 별 관심 없다는 듯이 반응했다.

"심심하면 신경 쇠약 게임이라도 하랬어. 그런데 이것 봐. 이 트럼프, 카드 뒷면 무늬가 전부 미묘하게 달라. 이래서는 포커도 못 쳐."

아오이는 또다시 흐음 하고 날 향해 다가왔다.

"말이 나온 김에 한번 해 볼까요?"

"신경 쇠약?"

"네. 첫 번째 판은 무늬가 달라도 상관없으니까요."

그렇구나. 이해한 나는 책상다리를 하고 내 맞은편에 앉은 아오이 앞에 카드를 늘어놓는다. 어둑어둑한 집 안은 이제 곧 밤의 장막에 뒤덮일 것이다.

"정말 대충 만들었네요."

52장의 카드를 전부 늘어놓고 보니 새삼 허술한 만듦새가 눈에 도드라졌다.

아오이와 함께 순서대로 카드를 한 장 한 장 뒤집는다.

"미리 말씀드리는데 전 기억력이 보통이 아니에요. 물구나무를 서서 해도 언니한테 질 리 없어요."

"그럼 물구나무서서 해."

"지금 막 일어나서 안 돼요. 저혈압이라."

그런 것치고는 꽤 민첩하게 손을 움직이고 있다.

"그런데 언니."

네 번째 차례에 아오이가 카드의 짝을 맞춰서 페어를 따냈다.

"삼각 지붕 집에서 도망치게 된 경위를 알려 주실 수

있어요?"

또다시 페어를 따낸다. 눈곱 낀 눈으로 카드를 열심히 주시하고 있다.

"……알려 줄 수는 있는데, 듣기 힘들 수도 있어."

"이제 와서요?"

아오이가 서로 다른 카드를 뒤집는 미스를 저질러서 차례가 돌아왔다. 적당히 두 장을 고른다.

"신도 씨가 도주를 시도하고 몇 달 지나지 않았을 거야. 아마 여름이 끝날 무렵이었던 것 같아. 어느 날 밤 오빠가 갑자기 내 방에 들어와서 일어나라며 날 깨웠어."

내가 고른 두 장은 모양이 다른 카드였다.

"오빠는 엄마 아빠도 깨워서 뭔가 상의했고 이윽고 말다툼을 벌이다가 오빠가 갑자기 주먹을 휘두르기 시작했어."

아오이도 이번에는 미스를 범했다.

"결국 오빠가 시키는 대로 대충 짐을 꾸려서 셋이 함께 몰래 계단을 내려갔는데, 그 앞에 도키로가 서 있었어."

난 이번에도 적당히 두 장을 뒤집었고 짝을 맞추지 못했다.

"거기서 오빠는 도키로에게 달려들어서 도키로를 마

구 두들겨 팼어. 주먹을 멈추지 않았지. 도키로는 처음
에는 놀라서 말도 제대로 못 하다가 갑자기 악을 쓰며
울기 시작했어. 그래서 백부님이 잠에서 깨고 만 거야."

아오이가 페어를 따낸다.

"오빠는 백부님에게도 주먹을 휘둘렀어. 돈을 내놓으
라고 소리치면서."

자동차 키도.

"그렇게 그날 밤 삼각 지붕 집을 떠나게 된 거야."

"흐음."

아오이는 페어를 세 번 연속 따내고서야 미스를 저질
렀다.

"분명 그때 오빠는 자기가 직접 왕이 되고 싶었을 거
야. 백부님 밑에서 배운 노하우를 활용해 2층 집에서 우
리를 부려먹으면서."

"왕이 되고 싶었다면 그 변태 아재를 쓰러뜨리고 당당
히 그 자리에 오르면 되는 거 아니에요?"

"그건 쉽지 않다고 판단하지 않았을까? 백부님 곁에
는 무서운 지인들이 많았으니까."

오빠는 일하면서 그쪽 사정도 전부 파악했을 것이다.

나도 비로소 페어를 따냈다. 완전한 어림짐작이었

지만.

"그다음도 이상해요. 언니네 오빠는 2층 집에서 방 안에 틀어박혀 살았다면서요."

두 번째 카드를 집은 손이 멈칫했다. 굳이 뒤집지 않아도 미스임을 깨닫고 다시 내려놓는다.

"다른 사람도 아니고 가족들을 지배해 봐야 별 재미나 보람도 없었을 텐데. 게다가 집 벽에 화풀이를 하는 건 너무 치사하지 않아요? 그러면서 언니한테는 또 스마트폰을 사 줬다고 하고. 너무 뒤죽박죽이에요."

순서가 돌아온 아오이가 몸을 앞으로 뻗었다. 엄청난 속도로 카드에 뒤집어 연이어 페어를 따낸다.

"언니네 오빠는 왜 그렇게 화가 나 있었을까요?"

"글쎄. 나도 모르지. 워낙 이상한 사람이라."

"뭔가 석연치 않아요."

마지막 두 장을 뒤집고 게임이 끝났다.

"네가 궁금해하는 건 이해하지만 사건과는 관련 없지 않아?"

"정말 그럴까요."

아오이가 카드를 모아서 섞기 시작했다. 한 게임 더 하려는 듯하다. 어둠이 집 안을 잠식하고 있다.

"그런데 그 신도라는 분은 그 뒤로 어떻게 됐어요?"

"죽었어."

아오이는 고개를 들지 않고 카드를 늘어놨다.

"죽였어. 오빠가."

못쓰게 돼 버렸으니.

"놀랍지 않아?"

"이제 와서 새삼스럽게."

그렇다. 새삼스럽다.

오히려 죽지 않는 게 이상하다. 그 집에서.

"그분 아내랑 하나코는?"

"모르겠어. 적어도 내가 삼각 지붕 집에 있을 때는 아직 살아 있었는데."

아내는 아킬레스건을 잘려서 걷지 못하는 상태로 숨이 끊어지기 일보 직전이라고 들었지만.

"결국 둘 다 못쓰게 됐다고 도키로가 알려 줬어."

아오이는 "그런가요" 하고 이번에도 고개를 들지 않았다.

어둡다. 불을 켜지 않으면 이제 아오이도 카드를 못 외우지 않을까.

"언니."

"응?"

"철사 같았다는 그 후루타 씨. 사건 피해자 중에 그분과 성이 같은 사람이 있었죠? 머리가 날아간 남자요."

대답하지 않았다. 어두워서 아오이의 표정이 보이지 않는다.

"이상해요. 전 언니 이야기가 거짓말이 아닐 거라고 믿어요. 정말 끔찍한 이야기예요. 완전무결한 범죄죠. 그런데 웬일인지 그 부분은 문제시되지 않았어요. **그 사건과 각진 집이 관련 없는 것도 아닌데.**"

아오이가 밥상에 카드를 다 깔았다. 난 가만히 아오이의 손놀림을 지켜보고 있다.

"이건 제 직감인데······."

아오이는 거기까지 말하고 말을 잠시 끊었다.

아오이의 그림자가 밥상 위에 정연하게 늘어선 52장의 카드를 뒤덮는다.

"언니, 불을 좀."

아오이가 시키는 대로 몸을 일으켜서 전등 줄을 당겼다. 불빛이 비치는 아오이의 뒤통수를 내려다본다. 가마가 가지런하다.

"어라? 이건······."

아오이는 불현듯 흥분한 것처럼 카드를 만지작거렸다.

"응? 이건, 여기? 그럼 이건……."

혼자 중얼거리며 바쁘게 움직이는 아오이를 말없이 내려다본다.

"언니."

목소리가 약간 들떠 있다.

"이 카드는 트럼프가 아니라……."

아오이가 날 올려 보며 두 팔을 펼쳤다.

"퍼즐이에요."

아오이는 밥상 위에서 52장의 카드를 직사각형 모양으로 늘어놨다. 뒤집힌 카드들이 맞닿아서 수묵화 같은 흑백 문양을 그리고 있다.

"지도예요."

짙게 표시된 것은 등고선, 가늘게 그려진 건 도로일까.

"이것 보세요. 이거랑 이거, 그리고 저것도."

아오이가 가리킨 것은 총 세 군데에 얼룩처럼 그려진 둥근 점이었다.

"인쇄가 잘못된 건 아닐 거예요. 언니네 아버지가 의도적으로 남긴 표시겠죠."

아오이는 트럼프 뒷면에 그려진 지도를 잡아먹을 듯

이 바라보다가 문득 구석에 있는 카드를 검지로 툭툭 두드렸다.

"가는 선이 모여 있어요. 아마 주요 도로의 교차점 아닐까요?"

거기서부터 반대쪽으로 갈수록 선이 확산해서 알아보기 어려울 만큼 그림이 개성을 잃는다.

"제가 보기에 이 절반 이상은 산 같은데, 어딜까요?"

"오쿠타마."

아오이가 "네?" 하고 날 올려다봤다.

"아마도."

"그걸 어떻게?"

지리에 약한 내가 아느냐고 묻고 싶을 것이다.

"물었으니까."

"뭘요?"

"전직 자위대 출신인 신도 씨."

아오이가 눈을 부릅떴다.

"설마……."

"응. 나도 도왔어."

아오이는 날 뚫어지게 바라본다.

"그 사람 말고 다른 사람도 물었어요?"

"아니."

"각진 집에서는?"

고개를 양옆으로 흔든다. 쓸데없을 거라고 생각하면서.

"……목숨을 잃은 사람이 더 있죠? 그 사건 말고도."

역시 난 거짓말이 서툴다.

·4년 전 - 2013년

침실 쪽에서 불쑥 나타난 지팡이 할아버지를 보고 놀란 나는 앉은 자세 그대로 굳어 버렸다. 물론 이곳은 지팡이 할아버지의 집이니 내가 놀라는 건 번지수가 틀리다고 할 수 있지만 그런 사소한 상식 따위는 아무 영향을 미치지 못했다.

누렇게 때 탄 내복을 입은 할아버지가 얼굴을 잔뜩 찌푸리고 날 내려다보고 있다. 장지문에 기대고 선 자세가 위태로워 보이지만 몸 자체는 노인으로 보이지 않을 만큼 건장하다. 삼나무 터널에서 오빠를 내동댕이친 것은 절대 우연이나 행운이 아니다.

뱀 앞에 선 개구리처럼 가만히 궁지에서 벗어날 아이
디어를 모색했지만 좋은 수가 떠오르지 않았다. 소리쳐
서 도움을 요청해 봐야 이웃집은 비어 있다. 또 누가 봐
도 난 명백한 무단 침입자다. 내가 취할 방어책이라고
는 할아버지의 정강이를 걷어차는 것 정도밖에 떠오르
지 않았다.

할아버지의 시선이 내 손에 쏠려 있다.

"돌려드릴게요."

난 잡지를 바닥에 내려놨다. 빈틈을 노려서 던질 수
도 있겠지만 잡지에 죄가 있는 건 아니니 포기했다.

"가 볼게요. 정말 죄송해요."

"잠깐."

허리를 일으키는 나와 지팡이 할아버지 사이 거리는
세 발자국 정도. 만약 할아버지가 아닌 오빠라면 발차
기를 날려서 상대를 죽일 수도 있는 거리다.

"여긴 뭐 하러 왔지?"

할아버지는 그렇게 물으며 내게 한 걸음 다가와 장롱
에 몸을 기댔다. 몸을 약간 비틀거리지만 눈빛이 날카
롭다. 온몸으로 험악한 분위기를 발산하고 있다.

"⋯⋯잠깐 들렀어요. 호기심 때문에."

"거짓말 마라!"

흡사 따귀를 때리는 듯한 고함이었다.

"그런 거짓말에 내가 속을 성싶으냐? 난 오랫동안 사람의 거짓말을 알아차리는 일을 해 왔어. 그러니 내 앞에서 거짓말하지 마라. 난 다른 건 몰라도 거짓말 하는 사람은 용서하지 않아."

단순한 허세가 아닌 진짜 위협처럼 들렸다.

"전에도 여기 왔었지?"

"……네."

나는 포기하고 다시 자리에 앉았다.

"그 꼬맹이랑 같이."

그 꼬맹이는 도키로를 가리키겠지만 난 입을 다물고 고개를 숙였다.

"이름은?"

"……요리코예요."

"그 꼬맹이는?"

"그 사람은…… 마사에라고 해요."

즉흥적으로 떠올린 거짓말이지만 하필 선택이 좋지 않았다.

"여자 이름이잖아!"

"아뇨. 요새는 남자도 이런 중성적인 이름이 많아요. 그런 시대예요."

빤히 보이는 거짓말이지만 할아버지는 그 이상 따져 묻지 않았다. 노인에게 '시대가 바뀌었다'라는 말이 의외로 먹혀드는 듯하다.

"넌 그 각진 집에 살지? 나이는?"

"스물하나예요."

"거기서 산 지 몇 년이나 됐지?"

입을 열지 않았다.

"흥, 그 집 이야기만 나오면 입을 걸어 잠그는 건가."

지팡이 할아버지가 위압하듯 목소리를 높였다.

"그 집 주인을 직접 만나서 이야기해야겠어."

"아뇨, 그건 안 돼요. 그러지 마세요."

"네가 무슨 권리로? 그리고 경찰을 부르면 어차피……."

그 순간 난 잽싸게 몸을 움직였다. 할아버지의 몸에서 가장 약해 보이는 다리를 공격해서 쓰러뜨리려고 한 것이다. 할아버지는 그런 날 보며 다리에 힘을 팍 주고 버티고 섰다. 난 기죽지 않고 "이얏!" 하고 소처럼 돌진했다.

그러나 내 손은 멋지게 허공을 갈랐고 난 다다미 바닥

위에 고꾸라졌다. 다시 몸을 일으키려는 순간 할아버지가 위에서 나를 짓눌렀다. 난 팔다리를 쭉 뻗고 바닥에 납죽 엎드리고 말았다.

"그렇게 굼떠서야."

할아버지는 내 어깨를 붙잡고 얼굴이 천장을 향하게 몸을 뒤집었다. 위에 올라타서 무시무시한 얼굴을 바짝 갖다 붙인다.

몸을 비틀며 발버둥 쳤지만 소용없었다. 강제로 머리 위에서 두 손을 포개고 손목을 꽉 붙들렸다.

"소용없다."

할아버지 말이 맞았다. 난 할아버지에게 제압당한 채 도마 위에서 펄떡이는 한 마리 잉어가 되어 힘없이 한숨을 내쉬었다.

"어이."

성난 목소리가 들린다.

"눈을 왜 감지?"

"왜냐니……."

난 짜증스럽게 눈을 뜨고 대답했다.

"이제 뭘 해도 소용없잖아요."

지팡이 할아버지가 이해 못하는 것처럼 얼굴을 찌푸

려서 순간 화가 치밀었다. 본인 입으로 소용없다고 한
주제에.

난 저항에 실패했다. 맥없이 반격당하고 말았다. 앞
으로 두들겨 맞고 가슴을 내주고 섹스를 강요당할 것이
다. TV 드라마에서도 자주 본 전개다.

그러나 통증은 어차피 오프 모드로 꺼 버리면 그만이
고 섹스도 조금만 참으면 끝난다. 지팡이 할아버지의
것이 메마른 내 몸에 들어올 수 있을지도 의문이다. 살
해되지만 않으면 감지덕지다.

그래서 난 눈을 감았다.

저항은 언제나 패배의 숙명을 짊어지고 있다. 애초에
저항은 약자에게 주어진 특권이고 강자의 그것을 저항
이라 부르지는 않는다. 기껏해야 투쟁 또는 괴롭힘 아
니면 학대. 또 약자가 강자를 상대로 승리할 수는 없다.
승리한 시점에 강함과 약함이 역전되니 불가능하다. 따
라서 저항은 반드시 패배한다. 증명 종료.

악질 엄마가 정신병 딸에게 이 완벽한 '저항 패배론'을
설명한 게 몇 화였을까.

내 시야 속에 잡지가 들어왔다. 쳇. 결국 절반도 못 읽
었네.

"저걸 읽고 싶냐?"

지팡이 할아버지가 다다미 위에 있는 잡지를 턱으로 가리켰다.

"아…… 네, 읽고 싶어요."

"왜지?"

"왜냐뇨."

고개를 갸웃했다.

"선더 후쿠스케 때문인가?"

할아버지 입에서 생각지도 못한 이름이 튀어나왔다.

"나도 다 안다. 그 집 주인은 니르바나 기쿠이케의 동료 아닌가?"

나는 입을 꾹 다물었다.

"대답해라. 선더 후쿠스케의 별자리 운세를 보려고 그러는 거냐?"

"……처음에는 그러려고 잡지를 읽었지만 그…… 선더 후쿠스케는 대단한 사람이 아니란 걸 최근에 알게 돼서."

"그럼 저걸 왜 읽으려는 거지?"

"……연재소설이."

"연재소설?"

"뒷이야기가 궁금해서……."

지팡이 할아버지는 점점 더 뭐가 뭔지 모르겠다는 표정을 지었다.

"사 주지 않았거든요. 그래서 그동안 못 읽은 화가 있어서……."

"고작 그것 때문에 도둑처럼 이 집에 몰래 들어왔다고?"

"……재밌으니까요."

지팡이 할아버지가 입을 떡 벌리고 어처구니없다는 듯이 천장을 올려다봤다. 손목에서 느껴지는 압력이 약해진다. 지금이라면 상하 관계를 뒤집을 수 있겠지만 일단 기다려 보기로 했다.

창문에서 어렴풋이 들어오는 햇빛이 지팡이 할아버지의 흰 수염을 비추고 있다. 얼굴이 쭈글쭈글하고 검버섯도 많다. 목에 불거진 성대가 그림자를 만들고 있다.

순간 강한 사람인지 약한 사람인지 잘 구분이 안 되는 얼굴처럼 보였다.

"……거래다."

지팡이 할아버지가 입에 담은 말을 난 바로는 이해하지 못했다.

"저 잡지를 읽고 싶다며? 읽어도 된다. 그 대신……."

"일하면 되나요?"

"일?"

"아, 그러니까, 섹스 같은."

"그런 헛소리를!"

할아버지가 버럭 소리쳤다. 다시 꽉 붙든 손목에 통증이 스친다.

"부끄러운 줄도 모르고! 천박한지고!"

어안이 벙벙했다. 할아버지가 화내는 이유와 천박하다는 말의 의미를 도무지 이해할 수 없었다.

할아버지는 분을 삭이지 못했다. 꼭 삶은 문어처럼 얼굴이 새빨개졌다. 전에는 우리 집 목욕탕을 훔쳐본 주제에 이러는 건 앞뒤가 맞지 않는 것 같은데.

"그 집에 대해 알고 있는 모든 걸 말해라. 그럼 잡지를 읽게 해 주마."

말도 안 되는 부탁이었다. 백부님 집에 대해 다른 사람에게 이야기하는 것은 금지돼 있다. 백부님이 정한 규칙의 1항 1조 같은 것이다.

"안심해라. 내가 널 도와줄 테니."

"도와준다고요?"

"그곳에서 널 구해 주마. 네 가족들도 거기 살지 않나? 분명 동물만도 못한 취급을 당하고 있겠지."

"동물만도 못한 취급?"

그때 난 아마 정말로 이해가 안 돼서 어안이 벙벙했을 것이다. 지팡이 할아버지의 굵은 눈썹이 위로 올라갔다.

"설마 앞으로도 그곳에서 계속 살 작정이냐? 그 일이니 뭐니를 하면서?"

"사람은 누구든 일하지 않나요?"

주부는 집안일을 하고 자식은 부모를 돕는다. 당연하지 않은가.

그러나 지팡이 할아버지는 희한하게도 또다시 "어리석기는!" 하고 소리쳤다.

"그런 건 일이라고 하지 않는다! 너희는 세뇌당한 노예처럼 부려 먹히고 있을 뿐. 잡지 하나도 자유롭게 못 읽지 않느냐!"

"그건 분명 좀 그렇지만……."

그러나 TV는 볼 수 있고 스마트폰도 있다.

"됐다."

할아버지가 어깻숨을 내쉬며 혼잣말하듯 내뱉었다.

"거래에 응하면 오늘 일은 비밀로 해 주마. 싫으면 지금 당장 경찰을 부르고."

약점을 제대로 잡혔다. 심지어 할아버지는 내 손목도
붙들고 있다.

"잡지를 먼저 읽어도 된다. 어떡하겠느냐?"

난 조금 고민하는 척하고 "그럼 그렇게 할게요"라고
대답했다.

크으으윽. 몸부림이 절로 나오는 짜릿함을 느끼며 잡
지를 닫았다.

역시 그 딸에 그 엄마다. '깜짝 상자 작전'에 대항하기
위해 준비한 '티라노 계획'의 그 완성도란! 무시무시한
끈기와 지략의 맞대결이 점입가경에 이르는 찰나에 이
야기는 '다음 화에 계속'으로 끝났다.

내가 다음 잡지에 손을 뻗었을 때 "잠깐" 하는 목소리
가 들렸다. 담배를 피우며 휴식 중인 할아버지가 주먹
으로 개다리소반을 내려쳤다.

"다음 화는 질문에 먼저 대답하고 나서 읽어라."

"아, 하지만 이제 시간이⋯⋯."

"안 돼!"

치사하기는!

난 어쩔 수 없이 지팡이 할아버지를 마주 봤다.

"그 집에는 지금 총 몇 명이 살고 있지?"

"다섯 명 정도요."

"제대로 대답해라. 거짓말은 다 알아본다고 했거늘."

"음…… 절 포함해 아홉 명일 거예요."

"거예요?"

"빈방들도 있는데 그 안에 누가 있는지 몰라서."

할아버지는 눈을 흘기며 "됐다" 하고 담뱃재를 빈 깡통에 떨어뜨렸다.

"집 주인의 이름과 나이는?"

이로카와 백부님은 나이가 아마 쉰 정도일 것이다. 도키로는 스물. 오빠는 올해 스물일곱이 되고 마사에 씨도 비슷하지 않을까. 엄마는 40대. 미스히데 씨도 그 언저리다.

"리쓰카는 열세 살이에요."

"열세 살……. 아이 엄마는?"

"모르겠어요."

"모른다?"

"계속 누워만 있어서."

"병에 걸렸나?"

"뭐 그런 느낌이기는 한데……."

"그런가."

지팡이 할아버지는 잠시 생각하고 "이름은?" 하고 물었다.

"몰라요."

의심스럽게 날 보지만 리쓰카의 엄마 이름은 정말 모른다.

지팡이 할아버지가 포기한 것처럼 고개를 절레절레 흔들었다.

"사진이 필요하다. 아이 엄마의."

"카메라 같은 건 없어요."

"휴대폰이 있잖느냐."

"사진 찍는 게 금지라 렌즈를 부쉈어요."

그게 집 안에서 스마트폰을 소지하는 조건이었다.

"전화도 정지 상태예요. 그래서 스팸 문자도 안 오죠. 유튜브는 볼 수 있지만."

Wi-Fi라는 것 덕분이라고 했다.

지팡이 할아버지가 몸을 일으켰다. 비칠비칠 장롱 쪽으로 걸어가 서랍에서 작은 라이터를 꺼낸다.

"소형 카메라다. 이 스위치를 누르면 사진을 찍을 수

있지. 용량 때문에 30장까지."

스파이 영화라도 촬영할 생각일까.

"이걸 써서 그 병에 걸렸다는 아이 엄마를 찍어 와라."

"그건…… 좀 어려울 것 같아요. 백부님은 천리안이 있어서 들켜요."

"천리안 같은 게 있을 성싶으냐! 감시 카메라 따위를 달았겠지."

내가 "방범 카메라라면 있어요"라고 정정하자 할아버지는 "그게 그거다! 멍청한지고!" 하고 화를 냈다.

"사진을 가져오면 다음 호와 그다음 호도 읽게 해 주마."

"……한 권만 더."

지팡이 할아버지가 흐음 하고 못마땅한 듯이 반응했다.

"……세기말이니 뭐니 하는 그 편의 끝까지 읽게 해 주마."

신세기 모녀 전쟁 촉발 편이에요!

"그럼…… 최대한 노력해 볼게요."

난 엉거주춤 일어섰다. 이제 가지 않으면 정말 위험할 시간이다.

"저…… 잡지는 언제 읽을 수 있을까요?"

"사진을 찍으면 언제든 오거라. 낮에는 거의 집에 있으니."

"안 계시면?"

"멀리는 안 간다. 문을 항상 열어 두고 있으니 안에서 기다려라."

"산책은 안 하세요?"

"오전에 잠깐."

지팡이 할아버지가 얼굴을 찌푸렸다.

"요즘은 다리가 안 좋아서."

흐음. 그때 오빠와 싸워서일까.

뭐 어쨌든 내게는 좋은 일이다. 문은 항상 열려 있음. 오전에 산책.

현실적으로 사진 촬영은 낙타가 바늘구멍을 통과하기보다 어려울 것이다. 게다가 들키면 그 즉시 '치료'다. 자칫 잘못하면 '처분'당할 수도 있다. 난 그런 무모한 지시에 따를 생각이 1밀리도 없었다.

남은 길은 오직 하나. 지팡이 할아버지가 산책 나가는 시간에 몰래 이곳에 들어와 잡지를 읽는 것이다. 킥킥.

오전에 어떻게든 외출할 구실을 떠올리며 복도에 발걸음을 내디딘 순간.

"아, 깜빡하고 말 못 했는데."

등 뒤에서 지팡이 할아버지가 입을 열었다.

"잡지는 숨겨 놓을 거다."

"와! 대단해요!"

리쓰카가 흥분하자 나도 덩달아 흥분했다.

"그렇지? 그렇지? 정말 대단하지?"

지팡이 할아버지의 집을 찾은 다음 날, 난 곧장 리쓰카에게 가서 〈악질 엄마 VS 정병 딸〉 25화 이야기를 들려줬다.

그리고 이야기를 마치자마자 또 궁지에 몰렸다.

"……뒷얘기는 다음에 들려줄게."

"네?"

리쓰카가 쌀과자를 입에 넣은 채로 움직임을 멈췄다.

"내일은요?"

"내일은 복습."

어깨를 축 늘어뜨리고 울상을 짓는다.

"……뒷이야기는 언제 해 주실 건데요?"

"그건 네가 복습을 얼마나 열심히 하는지에 달렸어."

"〈오의의 서〉는 이미 다 외웠어요."

"거짓말하면 안 돼."

"정말이에요. 암송할 수 있어요."

그러더니 리쓰카는 정말 <오의의 서>를 줄줄 읊기 시작했다. 중간에 막히지도 않고 완벽하게.

"잠깐. <악질 엄마 VS 정병 딸> 이야기도 한 번 더 복습하자."

"그것도 이미 마쳤어요. 머릿속에 다 들어 있어요."

가난하면 사리 판단이 흐려진다는 말은 순 거짓말이다. 오히려 인간은 궁지에 몰릴수록 근면 성실해진다. 내 삶을 돌이켜봐도 나 역시 삼각 지붕 집에서 <오의의 서>를 통째로 암기했다.

"뒷이야기를!"

옛날 어느 나라, 아마 러시아 그 언저리의 나라에서 '빵을!' 하고 외쳤다는 민중의 열기가 리쓰카에게서 묻어났다.

나는 흐으음 하고 팔짱을 꼈다. 주머니 속에 지팡이 할아버지가 준 라이터 모양 카메라가 있지만 이걸로 리쓰카의 어머니를 직접 찍는 건 역시 너무 위험하다.

그러나 리쓰카의 열렬한 눈빛에는 그런 내 약한 마음을 규탄하는 힘이 깃들어 있었고 무엇보다 나 자신도

누구보다 〈악질 엄마 VS 정병 딸〉의 뒷이야기가 궁금
했다.

"그럼 내가 어떻게든 해 볼 테니 너도 도와줬으면 해."

"……선생님, 설마 뒷이야기를 모르시는 건 아니죠?"

"아냐, 아냐. 그런 건 원래 기업 비밀이라."

난 의심의 눈길을 떨쳐내듯 헛기침을 한 번 하고 리쓰
카에게 질문 하나를 던졌다.

"역시 사진은 무리예요. 미션 임파서블이에요."

난 다다미 위에 앉아 지팡이 할아버지에게 단호히 말
했다.

"어떻게 하든 부자연스러워서 들킬 수밖에 없어요.
백부님은 그런 걸 놓치는 분이 아니에요. 이렇게 집을
나오는 것 하나도 제게는 엄청난 모험이에요."

할아버지의 집을 찾은 지 2주가 흘렀다. 리쓰카의 불
만은 날이 갈수록 높아졌고 난 리쓰카를 달래기 위해
지하실에 챙겨 가는 과자 양을 늘려야 했다.

지팡이 할아버지는 못마땅한 것처럼 콧숨을 내쉬더
니 담배를 입에 물고 불을 붙였다.

"그럼 잡지도 안녕이다."

이런 옹이구멍보다 속 좁은 사람이 있을까.

그러나 풀 죽을 때가 아니다. 나도 온 힘을 다해서 간신히 기회를 만들어 여기까지 왔다. 성과도 올리지 못하고 물러날 수는 없다.

"대신 이름을 알아 왔어요."

그러자 지팡이 할아버지가 어깨를 움찔했다.

"리쓰카의 엄마 이름이요."

"뭐지?"

"우선 잡지부터."

단호한 결의를 담아서 선언한다.

"……어쩔 수 없군."

할아버지는 침실에 들어가 부스럭거리더니 잡지 두 권을 가져왔다.

"두 권뿐이요?"

"당연하지. 처음 약속과 다르니."

그렇게 말하고 기침을 콜록콜록한다.

어쩔 수 없다. 난 받아 든 잡지를 단숨에 펼쳤다.

"……대체 뭐가 그렇게 재밌지?"

지팡이 할아버지가 연기를 뿜으며 물었다.

"나도 조금 읽어 봤는데 아주 형편없는 소설이던데.

세상에는 그보다 유익한 소설이 쌓이고 쌓였다. 오락 소설도 그보다는 괜찮은 게 많을 테고."

"조용히 좀 해 주세요. 중요한 부분이라."

그러나 지팡이 할아버지는 내 말을 들은 척도 안 했다.

"쓸데없이 잔인하고 선정적인 내용이더군. 성욕과 물욕. 그런 것들에만 눈에 불을 켜고 달려드는 욕심 가득한 변태들만 나오는 이야기라니. 그런 이야기를 소설 나부랭이라고 쓴 작가나 그걸 재밌다고 읽는 인간들이나 다들 수치라곤 모르는 녀석들이겠지."

할아버지의 목소리가 점점 열기를 머금었다.

"삼류 주간지에 아주 잘 어울리는 너절하기 짝이 없는 이야기야. 여기도 봐라. 그라비아니 뭐니 난 잘 모르겠지만 온통 여자의 알몸으로 도배돼 있지 않느냐. 여자의 알몸에 골몰하는 사내자식들, 웃음과 교태를 파는 계집들, 그리고 그걸로 한탕 해 먹으려는 녀석들. 다 그런 놈들이 이 세상을 추잡하게 만드는 거다. 피어싱이니 타투니 드레드 헤어 같은 것도 전파하면서."

아무래도 어떤 랩퍼에게 원한이 있는 듯하다.

"인간에게 가장 중요한 건 바로 정이다. 서로를 믿고, 돕고, 존중하는 것. 부모는 자식을 사랑하고 자식은 부모를 존경하는 것. 그런 게 건전한 사회야."

상대해 줄 시간이 없다. 난 스릴 넘치는 전개에 속으로 환호성을 지르며 열심히 눈으로 글자를 좇았다.

"인간에게는 존엄이라는 게 있다. 인간을 인간답게 만드는 대단히 소중한 개념이지. 그걸 잃은 사람은 더는 인간이라 부를 수도 없어. 잘 들어라. 네가 읽는 그 새빨간 거짓말 속 세계에는 존엄이 없다. 모든 남녀가 자기 욕망만을 추구하며 다른 사람을 몰락시키고, 비난하고, 서로 죽고 죽이는 그런 세계가 정상이라 할 수 있겠느냐? 그런 것만 읽다가는 제대로 된 어른도 될 수 없다."

"저기요."

나는 참지 못하고 고개를 들었다.

"존엄이라는 게 대체 뭔데요?"

그러자 지팡이 할아버지가 입을 떡 벌리고 날 물끄러미 쳐다봤다.

"제가 잘 몰라서 그러는데, 그게 없으면 뭐가 어떻게 되기라도 해요?"

멍하니 있는 할아버지에게 거듭 물었다.

"제게는 그게 있나요? 없나요? 그리고 그게 있는지 없는지는 누가 어떻게 정해요?"

할아버지는 여전히 굳어 있다. 담뱃재가 개다리소반에 툭 떨어진다. 제멋에 취해 어려운 말을 늘어놓으며 잘난 척하다가 내가 정곡을 찌르니 당황한 거라고 생각했다.

"그리고 **제대로 된 어른**이라는 건 또 어떤 어른인가요?"

"시끄럽다!"

할아버지가 버럭 소리쳐서 어깨를 움츠렸다.

"······아무래도 넌 이미 손쓰기에 늦은 것 같다."

고개를 돌린 지팡이 할아버지는 나보다 더 힘이 빠진 것처럼 보였다.

"저."

"또 뭐냐?"

"다음 호도 주세요."

할아버지가 바닥에 집어 던진 잡지에 달려들었다. 마침내 엄마와 딸이 본격적으로 맞붙는 화다.

지팡이 할아버지는 담배를 뻑뻑 피웠고, 난 소설을 계속 읽었다. 할아버지는 더 이상 쓸데없는 말을 하지 않았다. 뭐가 마음에 안 드는지 괜히 성질만 부리고 있다.

"다 읽었나?"

"아뇨, 처음부터 한 번만 더 읽을게요."

흐음, 하고 거칠게 콧숨을 내쉰다.

"도무지 이해를 못 하겠군. 그런 걸 탐하는 너와 그 집에 계속 눌어붙어 사는 사람들도."

이제는 할아버지의 말에 일일이 반응하지 않고 눈에 들어오는 글자와 문장만 머릿속에 새겨 넣는다.

"……그 집에서는 대체 뭘 하는 거지?"

"청소나 세탁이요."

"그게 아니라 사내놈들이 뭘 하는지 묻는 거다."

"밥 먹는 것과 섹스를 제외하고요?"

지팡이 할아버지가 또다시 얼굴에 노기를 띠었다. 걸핏하면 화만 내는 사람이다.

나는 눈으로 글자를 읽으면서 대답했다.

"오빠는 요즘 매일 출장을 다녀요. 얼마 전 오랜만에 집에 돌아와서는 바로 또 어디론가 사라져 버렸죠. 엄청 열심히 일하는 것 같더라고요."

녹초가 돼서 돌아온 모습에서 피로가 엿보였다.

"이제야 좀 적응한 것 같아서 안심이에요."

"적응했다고?"

지팡이 할아버지가 주먹으로 개다리소반을 내려쳤다.

"적응 같은 단어는 그런 데 쓰는 게 아니다!"

나는 화들짝 놀라 지팡이 할아버지를 봤다. 정서 불

안정도 이 정도면 도가 지나치다.

"자고로 적응이라는 건 그보다 훨씬 제대로 된 사회에서 하는 거다. 너희가 놓인 환경은 전혀 그렇지 않아."

"……뭐가 어떻게 다른데요?"

지팡이 할아버지는 대답하지 않았다. 입술을 꾹 깨물고 고개를 절레절레 흔든다. 온몸을 바르르 떨고 있다. 그대로 정신을 잃고 발작을 일으키기를 바랐지만 내 뜻대로 되지는 않았다.

"됐다. 얼른 읽고 이름이나 가르쳐 주고 가라."

나는 할아버지가 시키는 대로 했다. 책 내용을 완전히 내 것으로 만들 때까지 총 세 번을 반복해 읽었다.

"만족했냐?"

"네."

대답하고 한숨을 내쉬었다.

"아아……"

마음의 소리가 절로 새어 나온다.

"정말 재밌었어요."

지팡이 할아버지가 날 쳐다봤다. 뭔가 기이한 것을 보는 듯한 이 눈빛은 상대에게 실례 아닐까.

할아버지는 다시 고개를 돌려 담배를 입에 물었다.

"자, 이제 가르쳐 주거라. 이름이 뭐지?"

"리쓰코 씨래요."

지팡이 할아버지의 움직임이 뚝 멈췄다. 몸 안에 도는 피까지 멈춰 버린 듯하다.

"……거짓말은 아니겠지?"

"글쎄요. 저도 리쓰카에게 전해 들어서."

"그래. 거짓말을 할 이유가 없겠지."

지팡이 할아버지는 라이터에 불을 붙이고 멍하니 있다. 입에 문 담배와 라이터 불 사이가 꽤 벌어져 있다.

"그 밖에 다른 여자는 없나? 성인 여자."

"제가 아는 한 없어요."

"……그렇구나."

"저."

난 조심스럽게 입을 열었다.

"다음에는 제가 뭘 하면 될까요? 가능하면 사진 촬영 말고 다른 걸 시켜 주셨으면 하는데."

지팡이 할아버지는 으음 하고 건성으로 반응했다. 치매라도 있는 걸까.

"됐다. 이제는 여기 오지 마라."

"네?"

"잡지는 다 버릴 거다."

"네에?"

"이제 그만 돌아가."

도대체 왜 이러는지 이해할 수 없었다.

"아니, 가기는 갈 건데⋯⋯ 버릴 거면 차라리 저한테 주세요."

"시끄럽다! 이제 두 번 다시 널 볼 일 없다!"

지팡이 할아버지는 "얼른 돌아가거라"라는 말만 반복했다. 매달릴 여지도 주지 않는다.

실망스러웠다. 이용만 하고 버리다니. 너무해! 앞으로 3화만 더 보면 신세기 모녀 전쟁 촉발 편도 끝인데!

지팡이 할아버지는 날 거들떠보지도 않았다.

아아, 지금 이 손에 기관총만 들려 있었어도! 그러나 현실 속 나는 이쑤시개 하나도 없다.

터덜터덜 힘없이 복도로 향했다. 이렇게 된 이상 나중에 몰래 와서 훔쳐 갈 수밖에 없다. 아니, 그건 어려울 것이다. 그전에 버리면 끝이니까.

상황의 심각함을 깨달은 나는 어깨를 축 늘어뜨린 채 복도에서 움직이지 않고 잠시 우두커니 서 있었다.

"정말 못 말리는 녀석이구나."

목소리가 들려서 힐끗 돌아본다.

"혹시라도 다른 정보를 얻으면 알려 주러 와도 된다."

지팡이 할아버지는 이번에도 내 쪽을 보지 않고 불붙지 않은 담배를 재떨이에 비볐다.

외출할 구실을 만드는 게 급선무였다. 지팡이 할아버지는 워낙 쩨쩨한 사람이라 한 번에 읽을 시간을 그리 많이 주지 않을 것이다. 머뭇거릴수록 연재가 계속돼서 읽지 못한 부분만 늘어난다. 어림잡아도 한 주에 한 번은 가야 간신히 따라잡을 수 있다.

"저, 마사에 씨."

내게 등을 돌리고 청소기를 돌리는 마사에 씨가 흠칫 놀라 허리를 세웠다. 마사에 씨는 심호흡을 한 번 하고 조심스레 날 돌아봤다.

최근 두 달 동안 질리지도 않고 혼자 묵묵히 집 안 먼지 퇴치에 힘쓰고 있는 마사에 씨에게 난 침대 위에서 혼신의 미소를 지어 보였다.

"늘 깨끗하게 청소해 주셔서 감사해요."

순간 마사에 씨가 꼭 무시무시한 살인 현장이라도 목격한 것 같은 표정을 지었다.

"죄, 죄송합니다."

덜덜 떨면서 기도하듯 두 손을 맞댄다.

"제가 부족하다는 건 알고 있습니다! 저 따위가 요리코 님의 방을 청소하는 건 주제넘은 짓이죠! 저 같은 병균이!"

마사에 씨는 심지어 눈물을 흘리기 시작했다.

"하지만 이것도 제 일이라 어쩔 수 없이!"

"아뇨. 전 감사를 전하고 싶을 뿐이에요."

"당치도 않습니다! 당치도 않습니다! 감사 같은 말은 부디 거둬 주십시오. 부탁드립니다."

전혀 말이 통하지 않는다.

"감사와 보답이 백부님의 가르침이니까요. 그런데 정말 힘드실 것 같아요. 이 집이 의외로 넓잖아요. 세탁물도 많고요. 게다가 장도 직접 봐 오셔야 하니."

마사에 씨가 고개를 갸웃했다.

"장은 부인께서 봐 오십니다만."

"네? 엄마가?"

"네. 전 수행 중인 몸이라 정원 밖으로 나가는 게 금지돼 있습니다."

"뭐야. 그럼 소용없네."

"네? 소용없다니요?"

"아, 아녜요. 그냥 혼잣말이었어요. 하시던 일 계속하세요."

마사에 씨가 다시 청소기 손잡이를 쥐었다. 난 침대에 누워 스마트폰을 만지작거리면서 쓸데없이 인터넷 뉴스를 뒤지며 시간을 낭비했다.

문득 마사에 씨의 오른손이 눈에 들어왔다.

"그거, 불편하지 않아요?"

마사에 씨가 몸을 움찔하고 허리를 세우더니 오른손에 감은 붕대에 손을 갖다 댔다. 붕대에는 피가 묻어 있다.

"괘, 괜찮습니다. 다 제가 부주의해서……."

"어머니한테 한마디 해야겠어요. 자꾸 이러면 마사에 씨 일에도 지장이 생긴다고."

"안 됩니다! 부탁이니 제발 그것만은!"

4월 어느 날, 내가 리쓰카의 교육을 맡게 된 후부터 마사에 씨의 몸에는 상처가 끊이지 않았다. 오른손뿐만 아니라 볼도 부었고 퍼렇게 멍든 오른쪽 눈꺼풀은 두 배 정도 부풀어 올랐다. 코에는 거즈를 붙였고 이도 몇 개 빠졌는지 보이지 않고 입술에서도 피가 흐른다. 조만간 못쓰게 될 징조가 여기저기 보였다.

마사에 씨가 어떤 실수를 저질렀는지 몰라도 지금 마사에 씨를 '지도'하는 사람은 엄마다. 도키로가 날 마구 때렸을 때와 다르게 백부님도 엄마의 이런 지도를 인정하고 있을 것이다. 그렇다면 정말 마사에 씨 본인에게 잘못이 있다는 뜻이니 그저 '치료'로 한 단계 더 올라가지 않기만을 바랄 뿐이었다.

마사에 씨는 피투성이 오른손으로 신중히 청소기를 돌리고 있다. 통증 때문에 움직임이 뻣뻣하고 움직임이 뻣뻣하니 실수가 생긴다. 그리고 실수가 생기면 또 매질이 이어진다. 인과응보라는 말은 이럴 때 써야 할 것이다.

실제로 지금 막 청소를 마친 바닥에 마사에 씨의 입술에서 난 피가 떨어졌지만 굳이 지적하기도 귀찮아서 일부러 모르는 척했다.

마사에 씨가 하는 일이라고 해 봐야 식사 준비와 청소, 세탁 정도일 텐데 이렇게 허술해서야 정말 괜찮을까.

"마사에 씨."

"네에!"

마음 편히 말을 걸기가 부담스럽다.

"마사에 씨는 왜 수행을 시작했나요?"

순간 마사에 씨의 멍투성이 얼굴에서 표정이 사라졌다. 청소기 손잡이를 꼭 쥐는 소리가 들리는 듯하다. 그러나 그 힘은 금세 다시 자취를 감추고 앞치마와 합체된 평소의 마사에 씨로 돌아갔다.

"……기억이 잘 안 나네요."

그럼 실례하겠습니다. 마사에 씨는 그 말을 남기고 내 방에서 나갔다.

부엌에 가서 엄마에게 부탁했다.

"앞으로 내가 장을 보면 안 될까?"

"왜?"

엄마가 회과육에 들어가는 양배추를 턱턱 썰며 물었다.

"음, 사회생활 공부라고 할까, 자선 사업이라고 할까. 나도 언젠가 엄마처럼 될 거 아니야. 그럼 장보기 하나쯤은 대수롭지 않게 할 훈련이 돼 있어야 할 것 같아서."

"그럼 같이 갈래?"

"아니, 첫 장보기는 아이에게 맡기라는 말도 있잖아."

엄마는 "그래" 하고 손을 멈췄다.

"그런데 적어도 일주일 치는 사야 할 텐데, 다 들고 올 수 있겠어?"

"엄마가 할 수 있으면 나도 할 수 있어."

"난 차로 가잖니."

"그럼 면허를 따는 것부터 시작할까?"

그러자 엄마가 미심쩍은 듯이 날 봤고 난 일부러 조미료를 찾는 척했다.

"백부님과 한번 상의해 볼게. 그래 봐야 넌 아직 이르다고 하시겠지만."

희망이 이루어지기는 어려워 보인다.

"그런데 요리코."

엄마가 갑자기 묘하게 상냥한 목소리로 말해서 바로 경계했다.

"요즘 사 둔 과자들이 부쩍 빨리 줄어드는데 혹시 뭐 짚이는 거 있니?"

"흐음. 요새 자기 전이나 아침에 일어나서 과자를 좀 많이 먹었던 것 같긴 한데."

"그런 것치고 살은 하나도 안 쪘네."

"체질 같아."

"엄마 아빠 모두 살이 잘 찌는 체질인데?"

"오빠를 닮아서 그런 거 아닐까?"

엄마가 날 째려봤고 난 실실 웃으며 시치미를 뗐다.

다음 날 아침, 식사를 마치고 백부님이 날 서재로 불렀다.

책장에 책이 빼곡히 꽂혀 있다.

"관심 있나?"

백부님은 팔걸이가 달린 소파에 편히 앉아 있었다.

"경제학이나 심리학 따위에 참고할 게 아예 없는 건 아니지만 그래도 만화랑 별다를 게 없지."

책장에는 만화도 잔뜩 꽂혀 있다.

"책 같은 건 대부분 자기만족을 위해 쓰기 때문이다. 정말 중요한 정보를 다른 사람에게 가르쳐 주는 멍청이는 없고, 멍청이가 책을 쓰면 책 내용도 형편없어지기 마련."

난 백부님 앞에 무릎을 꿇고 다소곳이 앉았다. 카펫 덕분에 다행히 무릎이 아프지는 않다.

백부님 뒤에는 크고 작은 모니터가 여러 개 있어서 꼭 TV에 나오는 과학 수사부 지령실 같다.

"결국 실제 경험을 이길 건 없다."

백부님이 눈을 가늘게 떴다.

"요리코. 밖에 나가고 싶으냐?"

"아, 꼭 그런 건 아닌데 다른 분들께 도움이 될 만한 것들을 배워 보고 싶어요."

"실제 경험을 통해?"

"네. 저희 남편 도키로를 위해서라도."

난 순진무구하게 마음에도 없는 말을 입에 담았다.

"리쓰카는 좀 어떻지?"

"그럭저럭 지내는 것 같아요. 어머니 상태가 어떤지
는 본인 입을 통해 들어본 적 없으니 모르겠지만."

"말을 못 하겠지. 성대가 잘렸으니."

그제야 리쓰카의 어머니가 말을 못 하는 이유를 알게
됐다.

"전에는 그 녀석도 날 잘 따랐다. 같이 노래방에 간 적
도 있고. 노래를 잘 불렀지. 그런데 어느 순간부터 내게
반항하더구나. 일도 거부하면서."

"바람직하지 않네요."

"그래. 바람직하지 않지. 바람직하지 않은 인간은 어
떻게 되지?"

"못쓰게 되죠."

백부님은 만족스럽게 고개를 끄덕였다.

"'지도'도 했지만 헛수고였지. 그래서 '치료'에 들어간
거다."

"그런데 리쓰카는 괜찮을 것 같아요."

그러자 백부님은 흐음 하고 날 지그시 응시했다. 등에서 식은땀이 흐른다.

"면허는 안 된다. 아직 일러."

"네."

"하지만 잠시 머리를 식히는 것 정도는 괜찮겠지. 요리코, 넌 영리한 아이다. 자신의 행동이 어떤 결과를 낳는지 모르는 아이가 아니야."

"감사합니다."

"일단 한 달에 한 번 미용실에 다녀오는 건 허락해 주마."

"미용실……."

"도키로가 요새 워낙 귀찮게 굴어서 말이다. 널 그런 곳에 보내지 않으니 날이 갈수록 볼품없어진다며 얼마나 투덜거리던지."

얼굴이 화끈 달아오른다. 손질이 안 된 머리카락에 무심코 손을 뻗을 뻔했다.

"그리고 마사에는 머리 하나도 제대로 못 자르니."

주황색으로 물들여도 될까요? 마음대로 해라. 가능하면 네일도. 그래, 괜찮겠지.

"어쨌든 하나만 잊지 않으면 된다. 내 행동이 어떤 결과를 낳을 것인가. 그것만 염두에 두어라."

나는 정중히 고개를 숙이고 입을 써서 일을 마친 다음 "도키로에게는 비밀이다"라는 주의를 듣고 서재를 나갔다.

내가 잡지를 읽는 동안 지팡이 할아버지는 늘 개다리소반 앞에 앉아서 담배를 뻑뻑 피웠다. 할아버지는 이제 내게 이것저것 요구하지 않았다. 사진 촬영은 물론 뭘 가르쳐 달라거나 가져오라고도 하지 않았다. 내가 잡지를 보는 대가로 할아버지에게 들려주는 각진 집에 대한 정보는 거의 어젯밤 식사 메뉴였다. 우리가 웃음참기 싸움을 했다면 할아버지가 먼저 못 참고 웃음을 터뜨린 꼴이다.

할아버지의 집에 가는 건 한 달에 두 번 미용실과 네일살롱에 가는 날이었다. 4시까지는 집에 돌아오는 규칙이라 한 번 갈 때 많이 읽는 건 포기하고 한 번에 두 권씩 꼼꼼히 읽는 쪽을 택했다. 그리고 그다음 날 리쓰카에게 바로 이야기를 들려주었다.

한여름이 되자 신세기 모녀 전쟁 촉발 편도 피날레를 맞았다. 난 더위도 잊고 전속력으로 집에 달려가 지금 당장 알려 줘야 하는 게 있다며 엄마를 설득하고 노란 문 지하실로 뛰어 내려가자마자 리쓰카와 함께 그 충격적인 대반전을 공유하며 입을 모아 극찬했다.

정신병 딸은 죽지 않았다. 위기일발의 상황에 내몰렸지만 악마의 재능으로 돌파했다. 그리고 엄마에게 속 시원하게 갚아 주고 말레이시아로 떠났다. 브라보!

그러나 엄마도 호락호락하지는 않았다. '깜짝 상자 작전 리턴즈'에서 뜯겨 나간 팔을 어루만지며 복수를 맹세하고 의미심장하게 미소 짓는다. 그렇게 첫 번째 시즌의 막이 내렸다.

더없이 만족스러웠지만 정신병 딸이 죽지 않는다는 것을 내가 미리 알고 있었다는 게 유일한 불만이었다. 스포일러가 얼마나 큰 타격을 주는지 몸소 체험했다는 점에서는 훌륭한 경험이라 할 수 있을 것이다.

지팡이 할아버지는 정작 자신은 거의 쓰레기 취급을 한 그 성인 주간지를 내게 계속 사다 주었다. 후쿠로토지*된 부분을 뜯지 않은 잡지를 볼 때마다 할아버지가

---

* 책장 가운데를 봉해 책에서 중요한 내용 등을 못 보게 하는 것. 봉한 부분을 뜯어야 읽을 수 있다.

제정신인지 의심했지만 어차피 저마다 취향은 다르다. 내게 중요한 건 세계 일주 묵시록 편이 얼마나 재밌는지이고, 내가 언급해야 할 것은 고령화 사회의 부작용이 아닌 소설 속에서 뉴질랜드인 마이클이 얼마나 예술적으로 죽는가다.

그러는 사이에 어느덧 가을이 찾아왔다.

그날은 미용실과 네일살롱에 가는 날이 아닌데도 지팡이 할아버지의 집에 가서 할아버지를 마주 보며 오늘은 네 권을 읽고 가게 해 달라고 고개를 숙였다. 할아버지는 무뚝뚝하게 "왜지?" 하고 물었다.

"리쓰카에게 이야기를 더 많이 들려주고 싶어서요."

"왜지?"

"그래야 할 것 같아서……."

지팡이 할아버지는 그 이상 묻지 않았다. 언짢은 얼굴로 잡지 다섯 권을 바닥에 툭 던졌다.

리쓰카의 어머니가 세상을 뜬 것을 처음 발견한 사람은 당연히 리쓰카였다. 새벽부터 내가 지하실에 내려간 오후까지 계속 소리치면서 도움을 요청했다고 한다. 그러나 지하실의 방음 설비는 NASA도 깜짝 놀랄 수준이라 그 누구도 리쓰카의 외침을 듣지 못했다.

공부 모임도 중단됐다. 백부님이 방 안에 있으라고 지시해서 아래에서 무슨 일이 벌어지는지 알 수 없었다. 다만 저녁 식사 때 백부님은 "미쓰히데가 출장 중이라 다행이군" 하고 중얼거렸다. "거기 며칠 더 있으라고 해야겠어"라고도 했다.

지팡이 할아버지 집에서 연재소설 5회치를 읽은 다음 날, 닷새 만에 리쓰카를 만났다. 지하실은 전과 똑같았다. 삼각 목마와 십자가 기둥, 목매다는 밧줄과 세면기, 화로도 모두 그대로다. 리쓰카는 여전히 철창문 안에 있고 호스를 향하면 스스로 한 바퀴 돌며 몸을 씻었다. 성대가 잘린 채 누워 있던 리쓰코 씨만 사라졌을 뿐이다. 요강 속 오물이 약간 줄었을 뿐이다.

난 〈오의의 서〉 공부를 당분간 중단한다고 알리고 총 5화 분량의 〈악질 엄마 VS 정병 딸〉 이야기를 리쓰카에게 들려줬다. 리쓰카는 무릎을 꿇고 얌전히 앉아서 내가 가져온 추파춥스 사탕을 빨아 먹으며 눈물을 흘렸다. 울면서 내 이야기를 들었다. 이야기에 슬픈 장면 같은 건 없어서 난 리쓰카가 왜 우는지 이해하지 못했지만 어쨌든 지금 리쓰카에게는 더 많은 이야기가 필요하다고 느꼈다.

"이 전개, 어때?", "대단하네요.", "게다가 이다음에는 이렇게 돼.", "선생님. 스포일러하시면 안 돼요." 리쓰카 는 끊임없이 내게 보챘다. "좀 더 들려주세요." 닭똥 같은 눈물을 뚝뚝 흘리며 "좀 더요, 좀 더요"라고 졸라 댔다.

결국 지하실에서 나온 시간이 4시를 훌쩍 넘어 엄마 에게 호된 꾸중을 들었다. 난 〈오의의 서〉 내용이 너 무 훌륭해서 처음부터 끝까지 다시 알려 주느라 늦었다 고 주장했고 엄마는 "그래. 그 말도 일리가 있네" 하고 이해해 주었다.

저녁 식사를 마치고 백부님에게 "리쓰카는 이제 괜찮 을 것 같아요"라고 알려 줬다.

천천히 생각해 보마. 백부님은 그렇게 대답했다. 문 득 백부님의 손등에 난 잇자국이 눈에 들어왔다. 리쓰 카의 짓이라면 앞으로도 당분간 리쓰카의 '치료'는 끝나 지 않을 것이다.

그날 밤 도키로와 미쓰히데 씨는 출장으로 자리를 비 웠고 식탁 앞에는 오빠만 앉았다. 오랜만에 보는 오빠 는 얼굴이 핼쑥해졌고 더러운 작업복에서 땀 냄새가 훅 풍겼다.

"폐기물은?"

"걱정 안 하셔도 됩니다. 확실히 처리하고 왔습니다."

"좋아. 아라타, 이제야 좀 믿음직스럽군."

"감사합니다."

오빠와 백부님이 나누는 대화를 듣고 난 오빠가 마침내 이곳에 적응했다고 확신했다.

"저기, 오빠."

어두운 3층 복도에서 방에 들어가려는 오빠를 불러 세웠다.

"리쓰코 씨를 어떻게 했어?"

오빠는 고개를 살짝 돌리고 눈을 가늘게 떴다.

"신도 씨처럼 했어?"

내 질문에 오빠는 대답하지 않았다.

불현듯 명치 부근이 두근거리기 시작했다.

난 시치미를 떼며 다시 물었다.

"내일은 뭐 해?"

"출장."

"언제까지?"

오빠는 대답하지 않았다. 다크서클 때문에 피로에 찌들어 보이고 흥분했는지 눈에 핏발이 선 것처럼 보인다. 캄캄한 구멍 같은 눈동자에서 불길이 조금씩 이글

거리는 느낌이었다.

"혹시……."

난 묻지 않고서 배길 수 없었다.

"기억이 돌아온 거야?"

"요리코."

순간 주먹이 내 뺨을 획 스쳤다.

"사적인 대화는 금지야."

오빠가 다시 주먹을 펼치자 그 안에 작은 벌레가 죽어 있었다. 오빠는 손을 작업복 바지에 쓱 닦고 자기 방으로 들어갔다.

문이 닫힌 뒤에도 잠시 굳어 있었다. 명치 부근의 두 근거림이 이제는 심장까지 전해지는 것 같다.

예전의 오빠다. 망설임이라고는 없는 주먹. 통증을 끌 수 있는 나조차 겁을 집어먹을 수밖에 없는 폭력의 기운.

그러나 지금 오빠는 내 기억 속 모습과 다르다.

예전에 폭군처럼 날뛰던 오빠는 늘 화가 나 있었고 가까이하기 어려운 짐승이나 마찬가지였다. 그 안에는 발산, 또는 해방을 원하며 외부로 향하는 에너지가 있어서 마치 안전핀이 빠진 수류탄처럼 위태로웠다.

그러나 조금 전 내 눈앞에 있던 사람은 불발탄이다.

땅속 깊숙한 곳에 묻혀서 고장 난 타이머가 영원히 째깍째깍 소리를 울리는 불발탄.

15층 아파트에서 추락하기 직전 오빠를 닮았다.

그날, 나는 벽에 구멍이 가득 뚫린 2층 집 복도를 비틀비틀 걷는 오빠를 보고 있었다. 흰색 티셔츠를 입은 오빠의 뒷모습을 향해 "어디 가?"라고 물었다. 오빠는 입을 다물고 조금 전처럼 고개를 살짝만 돌려 나를 봤다. 마치 동굴 같은 눈을 하고 있었다. 내가 "뭐 하러 가?" 하고 거듭 묻자 주문 같은 말이 돌아왔다. 되찾으러 간다, 라는.

오빠는 맨발에 컨버스를 신고 현관을 나갔다. 상황을 파악 못 한 나는 그로부터 딱 일주일 전 오빠 손에 2층 계단 위에서 내던져진 기억이 있어서 그대로 두 번 다시 오빠가 돌아오지 않기를 기원했다.

그러나 재회는 바로 다음 날 이뤄졌고 침대에 누워 있던 오빠는 반년 후 벌레 한 마리 죽이지 못하는 바른 청년으로 되살아났다.

그러나 조금 전에 본 오빠는 또다시 동굴 같은 눈을 하고 있었다.

기억을 되찾은 걸까. 아니면 다른 경로를 통해 맨발

에 컨버스를 신은 그때 그 사람으로 돌아간 걸까. 어느 쪽이든 가능성은 있을 테고 어느 쪽이든 별로 상관없기도 하다. 그러나 내 명치 부근은 계속 술렁거렸다.

만약 기억이 돌아온 것이 아니라면. 백부님의 믿음직한 수하가 되어 이 집에 적응했을 오빠가 왜 불발탄 같은 얼굴을 하고 있는 걸까. 둘이 함께 탄 전철에서 〈악질 엄마 VS 정병 딸〉에 나오는 세쌍둥이 에피소드 이야기를 나누던 오빠는 어디로 사라진 걸까.

난 어두운 복도에 홀로 서서 버림받은 기분으로 문득 이 집이 뭔가 잘못됐다는 것을 느끼기 시작했다.

그다음 주 목요일, 네일을 하고 돌아오는 길에 지팡이 할아버지 집에 들렀다. 네일살롱에서도 미용실처럼 "최대한 빨리 끝내 주세요"라는 이상한 주문을 해서 시간을 최대한 절약했다. 백부님과 엄마에게는 '원래 대충하는 게 수고가 더 든다'라는 주장을 밀어붙였다.

간신히 시간을 확보해 오늘은 〈악질 엄마 VS 정병 딸〉을 느긋하게 읽어야겠다고 생각하며 할아버지의 집으로 가다가 멈춰 섰다.

지팡이 할아버지 집 앞에 차가 한 대 세워져 있었다.

댄디한 느낌의 배우가 광고하면 어울릴 법한 번쩍거리는 차가 지팡이 할아버지의 집보다 비싸 보였다.

문득 좋지 않은 예감이 머리를 스쳤다. 그렇다고 2주에 한 번 있는 기회를 놓칠 수도 없다. 지하실에 있는 리쓰카는 늘 굶주린 용처럼 흥분해 있고 나도 엇비슷했다.

마음을 굳게 먹고 바깥문을 지났다. 차 번호판을 힐끗 확인한다. 네리마구 이름이 적힌 번호판이다.

미닫이문을 열고 천천히 신발을 벗었다. 낯선 가죽구두와 운동화가 놓여 있다.

부엌에는 아무도 없었다. 안쪽 안방 유리문 너머에서 대화를 나누는 소리가 들린다. TV 소리는 아니다.

유리문을 슬쩍 열자 대화 소리가 멎었다. TV를 등지고 앉은 지팡이 할아버지가 날 보며 '왔군' 하는 표정을 지었다.

"앉아라."

나는 개다리소반 앞에 무릎을 꿇고 앉았다.

"이 사람들에게 지금 네 상황을 솔직히 털어놔라. 그럼 잡지를 전부 네게 주마."

할아버지 앞에 남자 두 명이 앉아 있었다.

와이셔츠를 입은 남자가 날 보며 싱긋 미소 지었다.

성격이 쾌활해 보이는 사람이다.

그 옆에는 검은 티셔츠 차림의 남자가 있다. 아르마 딜로처럼 허리가 굽은 그는 눈을 치뜨고 나를 향해 고개를 숙였다.

와이셔츠 남자가 밝은 목소리로 "처음 뵙겠습니다"라고 했다.

"전 가도무라라고 합니다."

· 작년 – 2016년

어느 날 아침 아오이는 꿈에 나타난 석가모니의 계시를 받고 도쿄 타워와 도내 사찰의 위치 관계 속에 숨겨진 비밀을 찾아 나서겠다는 장대한 계획을 세웠다. 아오이가 말하길 '역사적 사명감을 느꼈다'라는 열정은 도쿄 스카이트리*의 탄생과 함께 흐지부지됐고, 아오이가 말하길 '역사란 바로 지금 눈앞에 있는 현재다'라는 깨

---

* 도쿄 타워에 이어 도쿄의 트레이드마크가 된 전파 송출용 탑.

달음에 이르렀다고 하지만 어차피 아무도 궁금해하지 않을 이야기다.

중요한 것은 아오이가 그때 썼다는 구글 지도 애플리케이션이었다.

아빠가 남긴 트럼프 뒷면에 그려진 지도를 구글 지도에서 검색하자 결론이 나오기까지 5분도 걸리지 않았다. 내가 말한 대로 52장의 트럼프 뒷면에 그려진 비밀의 장소는 오쿠타마였다.

아침부터 저녁까지 늘어지게 잔 아오이는 마치 온종일 경보음을 울리는 고장 난 화재경보기처럼 기운이 넘쳐서 수면 부족을 호소할 새도 없었다. 슈퍼에서 사 온 식재료로 뚝딱 만든 도시락을 싣고 힌덴부르크호는 밤 10시가 지나 게미가와를 출발했다.

중앙 자동차 고속도로를 타고 가면 두 시간 만에 갈 수 있다는 구글 지도의 정보는 "톨게이트비가 없어요"라는 아오이의 한마디로 쓰레기통에 처박혔다.

"그래서 일부러 이 시간에 나온 거예요."

아오이는 카 스테레오에서 흐르는 이기 팝 노래의 리듬에 맞춰 운전대를 두드렸고 난 아오이의 신난 모습을 보며 결국 한숨 자는 건 포기했다. 눈을 떴을 때 이미 사고사를 당했을 수도 있다.

일반 도로는 한산했지만 아무리 세게 밟아도 동틀 무렵에나 도착할 것 같았다. 지바현을 떠나 도쿄에 진입하자 한밤중인데도 주변이 환했고 어둠 속에 있는 고층 빌딩을 신기한 듯 구경하는 나 자신이 왠지 분했다.

"우선 어디를 먼저 갈지 정해야 하는데."

트럼프 지도에 그려진 동그라미 세 개는 모두 니시타마군 안에 있었다. 가장 가까운 곳은 미즈호마치, 남은 두 곳은 오다케산과 미토산 주변으로 보인다. 가장 먼 미토산을 지나면 야마나시현이다. 내 체감상 그곳은 외국에 가까웠다.

"보통은 안에서부터 바깥쪽으로 가죠?"

"가까운 곳에 먼저 들렀다 가는 게 낫지 않을까."

"그럼 일단 미즈호마치에 들렀다 갈까요?"

"근데 아무것도 건지지 못하고 갈 마음의 준비도 필요할 것 같아."

다른 사람도 아닌 아빠가 만든 지도다. 동그라미는 그저 아빠가 자주 가던 술집으로 밝혀질 가능성도 있다.

"어쨌든 중요한 건 두 개의 산이에요. 둘 중 하나가 묘지인 게 분명해요."

아무렇지 않게 험한 말을 하는 아오이의 옆얼굴을 봤다.

"생각해 보세요. 언니가 오쿠타마를 떠올린 것도 신도 씨를 묻은 기억 때문이잖아요."

"……명확히 기억하는 건 아니야. 오쿠타마라는 도로 표지판을 본 것 같기는 한데."

"지도도 완벽히 일치했어요. 우연이라고 하기에 너무 절묘해요."

"그럼 나머지 둘은?"

다른 산과 미즈호마치.

"문제가 바로 그거예요. 핵심은 이게 언니네 아버지가 남긴 암호라는 사실이에요. 즉 각진 집과는 상관이 없죠. 다시 말해 리쓰카의 어머니가 묻힌 곳일 가능성은 없다는 거예요."

신도 씨의 아내와 하나코, 철사 같던 후루타 씨. 그녀들이 못쓰게 된 시점은 우리가 삼각 지붕 집을 떠난 이후다.

"언니 이야기를 들어 보면 삼각 지붕 집에서 죽은 사람은 신도 씨 한 명이 맞죠?"

"그런데 내가 축사에서 '치료'를 받는 동안에 무슨 일이 일어났는지는 나도 몰라."

그러나 그 기간은 1년 반 남짓이다. 그동안 못쓰게 된 사람이 생겼을 가능성은 작다.

"변태 아재가 단순히 살인을 즐기는 사람이었다면 이 야기가 달라지긴 하는데."

만약 그랬다면 난 그곳에서 상당히 오랫동안 살아남 았다는 말이 된다.

"사채업 쪽에서 무슨 일이 일어났을 수도 있지만……."

사채업에서 갈등은 일상이다. 적어도 〈돈의 제왕〉에서는 그랬다. 아니면 백부님이 좀 더 험한 일에 손을 담그고 있었고 아빠도 '출장'을 통해 거기에 가담했을 수도 있다.

"그런데 뭐, 그건 아니겠죠."

아오이는 앞을 보고 말했다. 자신감의 근거가 뭔지는 알 수 없다.

어느새 카 스테레오에서 나오는 목소리가 바뀌어 있 었다.

"닐 영의 '하트 오브 골드'예요."

물론 모른다.

"아오이."

나도 앞을 봤다.

"무섭지 않아?"

가로등이 차창을 스쳐 간다.

"내가."

좁은 차 안에 차분한 노랫소리가 흐른다.

"언니가 왜요?"

아오이가 되물었다.

"내 부모와 오빠가 살인범이나 마찬가진데."

"그건 저도 같아요. 아니, 죽인 사람 수는 오히려 우리 오빠 쪽이 더 많죠."

"아니, 난 지금 그런 말을 하는 게 아니라."

"어차피 그 변태 아재가 다 시킨 거잖아요."

"나 말고 다른 사람들은 평범하게 살던 시절도 있었어. 하지만 어느 순간 모든 게 뒤틀려서……."

죽이고 말았다.

"그렇지만 난 달라. 난 열세 살 때부터 삼각 지붕 집에서 살기 시작했고 그전에도 거의 방 안에만 틀어박혀 살았어."

사회와의 접점은 오로지 TV뿐이었다.

"난 그 밖의 것들은 몰랐어."

백부님이 정한 규칙이 아닌 다른 것들.

백부님에게 조종당한다는 느낌조차 받지 못했다. 원래 그런 거라고 믿었다. 폭력과 섹스. 그 모든 것들이 원래 그런 거라고 믿었다.

아오이는 대답하지 않았다. 도로 끝만 지그시 응시하고 있다.

"패밀리 레스토랑에서 내가 했던 이야기 기억해? 세쌍둥이가 전기의자에 앉게 된 이야기."

각각 빨강, 파랑, 흰색 헬멧을 썼고 지시를 받으면 헬멧과 똑같이 세 가지 색으로 나뉜 버튼 하나를 반드시 눌러야 한다. 그리고 두 개 이상 눌린 버튼과 같은 색 헬멧을 쓴 사람이 감전돼 죽는다.

"소설 속 세쌍둥이는 모두 다른 형제들을 구하기 위해 자기 색을 눌렀어. 오빠는 그게 평범하다고 했어. 당연한 거라고 했어."

하지만.

"난 달라. 난 아마 아무 버튼이나 눌렀을 거야."

부조리한 상황을 순순히 받아들이고 생각 자체를 포기한 채 눈을 감을 것이다.

"내게는 '평범'이라는 개념 자체가 없는 거야."

법은 할아버지가 가르쳐 주었다. 상식도 가르쳐 주었다. 다른 사람을 때리는 건 옳지 못하다는 상식. 뒤에서 다른 사람을 악담하는 건 야비하다는 상식. 성희롱은 비겁한 범죄라는 상식. 모두가 란제리 속옷을 입는 건 아니라는 상식까지. 그러나 내가 익힌 것은 어디까지나 표면적인 것들에 불과하고 얄팍한 종이로 만든 가면과 마찬가지여서 한 꺼풀만 벗겨도 모든 게 드러난다. 각진 집에서 살던 때와 근본은 전혀 변하지 않았다.

"지금도 난 삼색 버튼이 눈앞에 있으면 눈을 감을 거야."

"언니."

아오이가 성가신 것처럼 말했다.

"부탁인데 짜증 나는 소리 좀 그만해요."

입을 다물었다. 귓가에 하모니카 소리가 들린다. 감미로운 곡이다. 그러나 닐 영이라는 가수가 부르는 영어 가사를 난 해석할 수 없다.

차창 밖에서 어느덧 고층 빌딩이 자취를 감췄다.

하늘이 밝아 올 무렵 힌덴부르크호는 한산한 도로 옆에 덩그러니 있는 대형 오락실 부지로 들어갔다. 배가 찢어질 것 같다며 두 손으로 배를 감싸고 화장실로 뛰어가는 아오이를 끝까지 지켜보고 게임기 의자에 앉았다.

벤치에 드러누워 있는 아저씨는 주차장에 있는 트럭을 몰고 온 사람일 것이다. 그 밖에 다른 사람은 없다. 카운터 안에는 까까머리 직원이 입을 벌린 채 코를 골고 있다. 꼭 모두가 쓸 수 있는 휴게소 같은 곳이다. 이곳 주인은 뭘 위해서 이런 곳에 오락실을 열어 자선 사업을 하는 걸까.

그렇게 멍하니 있다가 불현듯 할아버지가 떠올랐다.

각진 집을 떠나 게미가와에서 산 지 얼마 안 됐을 때 나는 할아버지와 사이가 좋지 않았다. 그전까지는 타인이었으니 당연하다.

대화가 없었다. 이따금 주고받는 말은 이로카와 백부님에 대한 이야기나 '그 사건' 이야기 정도였고, TV만 있으면 그럭저럭 살 수 있는 나와 달리 할아버지는 늘 어딘가 불편해 보였다.

그런 일상이 이어지던 어느 날 할아버지가 내게 갑자기 외출하자고 했다. 둘이 함께 말없이 버스 정류장까지 걸었다. 버스에 올라탄 뒤에도 말없이 있다가 내렸다.

큰 건물이 눈앞에 있었다. 왠지 아파트 단지 같은 분

위기였다. 할아버지에게 이끌려 건물 안에 들어갔다.

쿵. 구르르릉.

그 광경을 처음 보고 아연실색했다. 쭉 뻗은 말끔한 나무 레인 끝에 열 개의 하얀 핀이 세워져 있고 손님들이 화려한 색상의 공을 던질 때마다 핀이 쓰러지고 환호성이 터졌다.

난 그전까지 볼링장이라는 곳을 알지도 못했다.

―내가 젊을 때만 해도 다들 이렇게 즐기며 살았는데.

할아버지는 그렇게 말하고는 카운터에서 빌려 온 볼링화를 내게 건넸다.

―잘 들어라, 요리코. 정중앙을 노리면 안 돼. 스핀을 약간 줘서 맨 앞에 있는 핀과 그 옆 핀 사이를 노리는 거다. 포켓이라고 불리는 곳을.

내 실력은 형편없었다. 그전까지 해 본 운동이라곤 숨바꼭질 정도였고 근력이 없어서 공을 제대로 드는 데만 한세월이 걸렸다.

―수평과 수직. 그것만 익히면 안정적으로 공을 던질 수 있게 될 거다.

할아버지는 솜씨가 훌륭했다. 나이가 나이이니 약간 불안해 보이기는 해도 공이 정확히 포켓을 향했고 쓰러뜨린 핀이 일곱 개 이하인 적은 한 번도 없었다.

반면 나는 공을 두 손으로 들어서 그대로 두 손으로 던졌고 두 번 중 한 번은 공이 레인 옆 도랑에 떨어졌다.

—어렵냐? 그러니 재밌는 거다.

난 볼링에 푹 빠져서 공을 계속 던졌다. 이토록 밝고 넓은 공간에서 마음껏 공을 던지는 경험은 처음이었다.

—잘 들어라, 요리코. 공을 던지는 순간에 결과는 이미 정해진다. 손에서 공이 떨어지는 타이밍과 각도, 속도. 그것들이 바로 물리 법칙이지. 그래도 사람들은 기대한다. 이번에는 몇 개를 쓰러뜨릴 수 있을지를.

할아버지는 차분히 설명해 줬다.

—마찰은 습도와 관련이 있지. 레인의 미세한 뒤틀림도 영향을 미치는데 아마추어는 그것들을 알 수 없다. 프로도 다 아는 건 무리야. 인간 따위가 뭐든 다 알려고 하는 것부터 불가능하고 오만이라 할 수 있지.

제대로 이해한 것 같지는 않지만 할아버지의 말이 사실인 것은 몸소 체감했다. 아무리 정확히 노려서 던져도 스트라이크는 나오지 않았고, 스트라이크가 나오지 않으리란 것을 알아도 난 기대를 멈추지 못했다.

—무슨 말인지 알겠느냐? 요리코, 사람의 운명은 처

음부터 정해져 있을 수도 있다. 하지만 우리는 그걸 알수 없지. 알지 못하는 거야.

그날을 기점으로 볼링장에 가는 게 우리의 일상이 되었다. 할아버지와 함께 수없이 공을 던졌고 날이 갈수록 점수가 올라 마침내 첫 승리의 기쁨을 만끽할 무렵할아버지의 건강이 급격히 나빠졌다.

"아까 먹은 명란젓 유통기한이 지났던 것 같아요."

아오이는 후련한 얼굴로 내 옆에 앉았다.

"슈팅 게임 해 본 적 있어요?"

"거의 없어. 아니, 한 번도."

"해 보실래요?"

미처 대답할 새도 없이 아오이는 백 엔 동전을 넣었다.

"자, 해 보세요."

별로 하고 싶지 않다. 정체 모를 우주선을 조종해 정체 모를 적 군단과 싸우는 게임인데 적의 숫자가 압도적으로 많았다. 거의 300 대 1 수준이다. 지구 방위군이 전투기를 왜 한 대만 출격했는지 이해하지 못한 상태에서 내 첫 출전은 3분 만에 끝나고 말았다.

"심각하네요."

아오이는 한숨을 푹 내쉬고 "제가 본보기를 보여 드

릴게요" 하더니 레버를 잡았다. 나는 4분 동안 아오이의 분투를 지켜봤다.

이 전투 작전에는 심각한 결함이 있다. 그것이 우리가 내린 결론이었다.

"슬슬 갈까요."

"있지, 아오이. 트럼프 지도 속 동그라미가 정말로 '매장' 장소라고 해도 우리가 찾기는 어렵지 않을까?"

시신을 숨기려고 일부러 산에 묻었다. 찾기 쉬울 리 없다.

아오이는 잠시 고민하다가 "괜찮아요. 그럼 뭐 그냥 소풍 나왔다고 생각하고 즐기다 가면 되죠"라고 했다.

"모처럼 도시락까지 만들어 왔으니까요."

그 대부분은 아오이의 위장에 들어갔다가 바로 조금 전 물에 쓸려 내려갔다.

"가요. 언니는 가야 해요."

아오이가 발걸음을 뗐다. 난 아오이를 처음 만난 날 아오이가 열 개의 볼링 핀을 향해 공을 던지던 모습을 떠올렸다. 실력은 형편없는 주제에 망설임이라고는 없던 투구였다.

오락실에서 나가 힌덴부르크호를 타고 산길을 오르기 시작했다. 206호 국도에서 보이는 경치는 대부분 녹색 숲에 잠식돼 있고 길 끝에 있는 하얀 표지판이 아침 해를 반사해 눈부셨다. 이런 곳에도 드물게 민가와 점포가 있어서 속으로 여기서 살면 어떨지를 상상했지만 TV와 스마트폰 외에 다른 이미지는 떠오르지 않았다. 가는 길에 거대한 양조장을 지나쳤다. 신사 돌담 옆을 지나쳤다. 힌덴부르크호는 점점 고도를 높였고 그때마다 주변 녹음이 짙어졌다. 탁 트인 전망에 눈길을 빼앗기자마자 다시 산속에 갇히는 그런 길이었다.

내가 "아……" 하고 목소리를 높인 것은 온천 여관 간판이 보일 때였다.

"여기, 예전에 들렀던 것 같아."

아오이가 힌덴부르크호 속도를 늦추더니 길 한복판에 차를 세웠다.

"아마 묻고 돌아가는 길에."

아빠, 엄마, 백부님, 오빠가 있었다. 모두 땀에 흠뻑 젖었고 온몸이 흙투성이였다. 백부님이 온천물에 몸을 담갔다 가자고 했지만 여관 문은 닫혀 있었다. 밤이 캄캄했고 눈꺼풀도 천근만근이었으니 심야 중의 심야, 거의 서너 시 무렵 아니었을까.

백부님은 여관 앞에 서서 소변을 보았고 우리는 차에 돌아갔다. 그 뒤로 곤히 잠들었던 탓에 삼각 지붕 집에 몇 시에 도착했는지 기억하지 못한다.

힌덴부르크호가 다시 달리기 시작했다. 주변에 건물이 자취를 감췄다. 아스팔트 도로와 나무, 바위, 가드레일과 도로 표지판만이 우리의 드라이브를 채색하고 있다.

'어서 오십시오, 오쿠타마에.'

그 표지판이 눈에 들어온 순간에도 "아……" 하는 소리가 터져 나왔다. 전에 본 기억이 있다. 틀림없다.

굽이굽이 휘어지는 길을 따라 차가 좌회전과 우회전을 반복하자 이제는 여기가 어딘지도 알 수 없었다. 숲에서 불거져 나온 나뭇가지가 아치를 이루고 있어 각진 집 옆에 있던 녹색 터널을 연상시켰다.

길 끝에 검은 난간이 달린 짧은 다리가 나타났다. 다리를 건너기 직전 나는 "잠깐만 차 좀 세워 줘" 하고 아오이의 어깨에 손을 올렸다.

"저기, 저 표지판 앞."

도로 표지판 아래에 '주행 중인 운전자 여러분께'라고 적힌 사각 입간판이 있다. 그 옆에는 도로 옆으로 빠지는 숲길이 아래로 뻗어 있었다.

"아마 여기였을 거야."

거의 기억의 답안 맞추기다. 점차 현실감이 느껴진다. 심장 고동이 빨라졌다.

"차도 지날 수 있는 폭이에요. 가죠."

아오이가 힌덴부르크호를 출발시켰다. 차체가 덜컹거리며 흔들린다. 이제는 산길이 아니라 산 그 자체를 달리고 있다.

"다음으로 기억나는 표식은요?"

"글쎄. 없는 것 같은데."

정말 없었다. 어디서 차를 세웠는지는 모른다. 앞으로 뭐가 떠오를지도 알 수 없다.

"아오이. 만약 시체가 나오면…… 어떡할 거야?"

아오이는 앞을 보고 있다. 내리막길의 경사가 가팔라서 자칫 실수하면 산을 구를 수도 있다. 아오이의 운전 실력도 미덥지 못하다.

그래도 난 물었다.

"이 이야기도 책에 쓸 거야?"

아오이는 대답하지 않았다. 오직 앞만 보고 있다.

주변을 둘러봐도 건물 같은 건 없고 동네 주민이나 히

치하이커, 산적 떼도 보이지 않는다. 우리가 여기서 행방불명되면 아무도 우리를 찾지 못할 것이다. 이 세상에는 그런 시신이 지천으로 널려 있지 않을까.

"한 바퀴 돌아 볼까요?"

아오이가 차를 세워서 힌덴부르크호에서 내렸다. 바싹 마른 나뭇잎을 버석버석 밟으며 걷는다. 우리가 걷는 길은 급경사고 반대편은 완만한 숲이다. 사방이 자연에 뒤덮여 있다.

"고요하네요."

아오이의 말대로 차 소리나 인기척은 들리지 않았다. 심지어 바람도 불지 않는다. 마치 한밤중 홀로 방 안에 있는 기분이다.

그날 밤에는 시끌벅적했다. 날 포함한 다섯 명의 발소리와 숨소리, 체온. 백부님이 손에 든 손전등 불빛조차 요란한 느낌이 들었다. 땀이 흐르는 소리마저 거슬렸다.

"이 길 어딘가에서 숲에 들어가지 않았을까요?"

경사진 좁은 길을 걷다가 아오이가 날 돌아봤다.

"아마 이쪽."

난 우리가 걷는 방향의 왼편을 향해 눈짓했다. 완만한

숲에는 길다운 길이 없지만 걷지 못할 정도는 아니다.

그때도 모두 여러 번 발을 헛디뎠다. 오빠와 엄마, 아빠도 넘어질 뻔했다. 나 역시 세 사람의 위태로운 뒷모습을 쫓으며 비틀비틀 걸었고 가끔 백부님을 돌아봤다. 손전등 불빛은 땅을 향했지만 백부님의 입가가 또렷이 보였다. 어둠 속에 흰털 섞인 콧수염이 보일 때는 하마터면 오줌을 지릴 뻔했다.

"저기……."

홀린 사람처럼 난 그곳으로 뛰어갔다. 숲과 인접한 길 옆에 두꺼운 나무 두 그루가 나란히 있다. 서로를 피하듯 줄기가 휘어서 중간에 게이트 같은 공간이 만들어져 있다.

"여길 지났던 것 같아."

아마 일을 마치고 돌아가는 길이었다. 손전등 불빛이 비치는 이곳을 얼른 지나야겠다고 생각했다. 불길한 곳처럼 느껴졌다.

"가 보죠."

아오이가 가볍게 게이트를 지나 경사진 숲으로 들어갔다. 아오이의 노란 머리카락을 쫓아간다. 근방에는 나뭇가지와 낙엽이 깔려 있고 뿌리만 남은 나무 그루터기가 울퉁불퉁 튀어나와 있어서 나무줄기에 몸을 지탱하며 나아갔다.

"얼마나 걸었는지 기억해요?"

"……그리 멀리 가지는 않았던 것 같아."

"곰 같은 신도 씨의 시신을 들고 걸었으니 그랬겠죠. 언니도 있었고."

신도 씨의 몸은 뭔가에 둘둘 말려 있었다. 은색 비닐 침낭이라고 했던 것 같다. 오빠가 앞장을 섰고 엄마가 가운데, 제일 뒤에는 아빠가 있었다. 난 백부님이 비추는 불빛을 따라 그 뒤를 걸었다. 이 불빛만 따라가면 된다고 속으로 되뇌었다.

그리고 지금 난 아오이의 노란 머리카락을 따라가고 있다.

"이상한 건……."

아오이가 주변을 둘러보며 입을 열었다.

"언니네 아버지가 이런 트럼프 카드를 만든 이유예요. 굳이 말하면 자신의 죄를 고백하는 셈인데 그런 것 치고 뭔가 어정쩡하죠. 경찰서에 간 것도 아니고 제대로 된 설명 하나 없이 암호 같은 단서만 툭 남기다뇨. 장난이라면 너무 심해요."

아오이가 나무 그루터기를 폴짝 뛰어넘었다. 난 손을 짚고 영차 하고 넘었다. 나무 사이로 비치는 강렬한 햇빛. 땀이 멎지 않는다.

"아마 언니네 아버지는 소심하고, 주변머리가 없고, 의지가 부족하고 다른 사람 말에 쉽게 휩쓸리는 것으로 모자라 세상 물정에도 어두운 분이었던 것 같네요."

신랄한 평가지만 부인할 수는 없다. 애초에 아오이는 내 이야기를 근거로 이미지를 떠올렸다.

"하지만 추락한 아들이 되살아난 이후에 생각이 바뀌었어요. 그간 자신이 저지른 잘못을 바로잡고 싶어진 거예요."

"……어디까지나 아빠 주장이기는 해."

"그게 다 순 엉터리 거짓말이었다면 이 트럼프도 만들지 않았을걸요."

해답은 없다. 어차피 현실에서 아빠는 종적을 감췄다. 우리를 남기고 사라졌다.

"언니가 아버지를 마지막으로 본 게 크리스마스 날 밤. 그리고 아버지는 야마다 씨와 함께 어디론가 가 버렸을 가능성이 크다."

여보, 야마다 씨 오셨어, 라는 엄마의 외침.

응, 갈게, 라는 아빠의 대답.

"언니네 가족이 삼각 지붕 집을 떠난 후 그 변태 아재는 무슨 생각을 떠올렸을까요. 그 가족이 마음만 먹으면 내 악행을 폭로할 수도 있다. 검은돈이 엮인 사업은 둘째 치더라도 신도 씨의 시신을 묻은 곳이 밝혀지기라도 하면 완전 아웃이죠. 걱정돼서 아무것도 손에 잡히지 않았을 거예요. 그리고 틀림없이 다시 언니네 가족을 찾았겠죠."

"우리를?"

아오이는 돌아보지 않고 고개를 끄덕였다. 등에서 흐른 땀이 티셔츠에 지도 모양의 얼룩을 만들고 있다.

"야마다 씨는 혹시 그 변태 아재의 동료 아니었을까요?"

그래서 일부러 엄마에게 접근했다? 봉사 활동에 끌어들여 우리 가족의 상황을 살폈다?

그리고 오빠는 야마다 씨가 사는 아파트 옥상에서 추락했다……

문득 발걸음을 멈췄다.

"언니?"

우리는 지금 나무줄기와 뿌리에 뒤덮인 숲에서 그나

마 약간 트인 곳에 서 있다.

여기다. 이곳 어딘가의 흙바닥 밑에 신도 씨가 잠들어 있다.

내 모습을 보고 낌새를 챈 아오이가 손으로 머리카락을 쓸어 올렸다.

"그 변태 아재는 신도 씨가 설마 그런 일을 벌일 줄 몰랐겠죠. 그래서 신도 씨를 죽인 후 제대로 준비도 못 하고 일단 시신을 처리해야겠다고 판단해 여기까지 왔을 거예요. 시신을 옮길 때 언니네 아버지와 오빠의 힘은 꼭 필요했을 테고 어머니를 데려온 것도 그럭저럭 수긍이 돼요. 하지만 언니는 필요하지 않았을 거예요. 오히려 걸림돌만 될 텐데."

기껏해야 열여덟, 아홉의 소녀다. 무거운 걸 잘 들지 못할뿐더러 겁먹어서 울음을 터뜨릴 수도 있다.

"그래도 그 변태 아재는 언니를 이곳에 데려왔어요. 경계했겠죠. 신도 씨처럼 언니네 가족이 도망치는 상황을."

그래서 일부러 모두를 데리고 왔다.

지금도 기억한다. 내 눈앞에서 거행된 신도 씨의 '치료', 아니 '처분'을.

"언니도 때렸죠? 신도 씨를."

금속 야구 방망이로.

"그때 신도 씨는 아직 살아 있었나요?"

"……글쎄."

고개를 흔든다. 정말로 모른다. 살아 있었을 수도 있다. 머리는 원형을 잃었고 피투성이긴 했지만 쿨럭하는 소리를 들은 기억이 있다.

진실은 하나다. 아빠와 엄마, 나는 백부님의 지시를 받아 야구 방망이로 신도 씨의 머리를 후려갈겼고 오빠가 최후의 일격을 가했다. 그리고 백부님은 그 모습을 비디오카메라로 찍었다.

'처분'이 끝나고 다 함께 힘을 모아 신도 씨를 묻었다. 지문이 잔뜩 묻은 야구 방망이와 함께 그의 시신을 '매장'했다.

죄를 공유해 도망치지 못하게 한 거지. 할아버지는 그렇게 설명했다.

"어차피 별 의미는 없었어. 결국 그로부터 몇 달 뒤에 오빠가 폭발했으니까."

아오이.

"쓸 거니?"

신도 씨를 야구 방망이로 때린 이야기, 묻은 이야기.

우리 가족의 범죄. 나의 범죄.

이제는 다 잊어라. 머릿속에서 할아버지의 목소리가 들린다. 이제 와서 경찰에 가서 자백해 봐야 아무것도 바뀔 게 없다.

더 이상 얽히지 마라. 요리코, 넌 행복해질 권리가 있다.

아오이는 내 말에 답하지 않고 마치 보물찾기를 하는 사람처럼 흙바닥 이곳저곳을 둘러봤다.

지금 여기서 내가 빈틈을 노리면 쓰러뜨릴 수도 있을 것이다.

"언니. 여기."

아오이가 가리킨 곳으로 시선을 향한다.

"뭔가를 덮은 것처럼 보이지 않아요?"

유독 그 부분만 흙 색이 약간 부자연스러웠다.

"파 볼래?"

"아뇨."

아오이는 단칼에 거절했다.

"너무 더워요."

나도 그건 뼈저리게 공감했다.

"다음 장소로 가 보죠."

아오이는 그대로 내 옆을 지나갔다. 노란 머리카락이

코끝을 스쳤다.

우리는 방향을 크게 틀어 동그라미가 그려진 두 번째 산인 오다케산으로 향했다. 다행히 미토산에서는 성과가 있었지만 우연에 불과하다. 아버지가 남긴 세 개의 표식 중 나머지 두 개가 무엇을 의미하는지는 가늠되지 않았다.

아오이는 앞으로도 뭔가 더 얻어낼 수 있다고 예상하는 걸까. 콧노래를 흥얼거리며 핸들을 쥔 모습에서는 속내가 읽히지 않는다. 카 스테레오에서 넘버 걸이라는 록 밴드의 노래가 나온다. 쉴 새 없이 샤우팅을 해 대서 가사가 잘 들리지 않았다.

말없이 있다 보니 졸음이 쏟아졌다. 시트를 약간 뒤로 젖히고 눈을 감는다. 그날 밤 광경이 눈꺼풀 안쪽에 떠올랐다. 백부님의 손전등 불빛이 비치는 곳에 신도 씨가 누워 있다. 금속 야구 방망이를 든 아버지가 그를 내려친다. 뒤이어 엄마가 내려치고 다음으로 내 손에 방망이가 넘어왔다. 나는 그것을 머리 위로 높이 치켜든다. 눈을 감는다. 그렇다. 난 역시 눈을 감았다. 그리고 방망이를 아래로 휘두른다. 탁하고 뭔가에 부딪히는 소리. 그뿐이다. 오직 그뿐이다.

다음 순간 누가 나를 확 밀쳤다. 오빠가 눈을 부라리고 있다. 한심하다고 소리치면서 화를 내는 듯하다. 그러더니 오빠는 내가 놓친 방망이를 들고 신도 씨의 머리를 인정사정없이 내려쳤다. 또 한 번, 다시 또 한 번. 오빠는 손을 멈추지 않았고 난 그 모습을 바라봤다. 오빠를 지켜보고 있었다. 도깨비처럼 무시무시한 얼굴로 방망이를 휘두르는 오빠의 몸, 땀, 침, 숨소리. 부글부글 끓어오르는 분노 같은 것들을.

그리고 떠올렸다. 대체 왜 이렇게 화가 난 걸까 하고.

"언니."

세상 사람들이 잠들기 직전의 사람을 깨우는 행위를 뜻하는 불길한 사자성어를 만들거나, 이런 행위 자체를 불법으로 규정해 주기를 바라면서 눈을 떴다.

"모처럼 시간이 생겼으니 뒷이야기를 더 들려주실래요?"

눈을 비빈다. 숨을 내쉰다. 지팡이 할아버지 집에서 만난 가도무라 씨를 떠올린다.

내 과거는 착실하게 '그 사건'을 향해 가고 있었다.

• 4년 전 - 2013년

"지금은 '연결 캐러밴'이라는 시민 단체에서 일하고 있습니다. 사회 안전망과 복지 서비스 이용법 등을 안내하며 어려운 분들이 조금이라도 쾌적하게 사실 수 있도록 도와드리고 있죠. 간단히 말씀드리면 행정과 시민의 가교 역할을 맡는다고 해야겠네요."

가도무라 씨의 지나치게 큰 목소리가 할아버지 집 안방에 쩌렁쩌렁 울렸다.

"제도에 관한 상담만 하는 건 아닙니다. 특히 전 사적으로도 상담자분들과 친분을 쌓고 교류하며 일상에서 일어나는 문제도 해결해 드리고 있습니다."

난 흐음 하고 떨떠름하게 반응했다. 내 문제는 지금 당신 때문에 잡지를 읽을 시간이 줄어든 것이다.

"요리코."

차를 마시던 할아버지가 조용히 입을 열었다.

"이분들에게 지금 네가 겪고 있는 힘든 일들을 털어놓아라."

그러고는 "잡지를 못 읽는 건 빼고"라고 못을 박아서 말문이 막혔다.

힘든 일?

할아버지는 초조한 얼굴로 담배를 피웠다.

"이것저것 있지 않느냐. 집 안에 감시 카메라가 설치 돼 있는 거나."

"그건 있어야 안전한 거 아니에요?"

"화장실에도 있다고 했지?"

"창문으로 누가 들어오기라도 하면 큰일이니까요."

"욕실에도."

"방수가 되니 괜찮다고 들었어요."

그러자 할아버지는 혈압이 솟구친 것처럼 얼굴이 벌게졌다.

"그런 건 범죄다. 학대야."

나는 "네?" 하고 흠칫 놀랐다.

"학대라니. TV 드라마에 종종 나오는 그거요?"

할아버지가 고개를 끄덕였다.

글쎄. 잘 와닿지 않았다. 드라마에서 학대받는 사람들은 아무 대가도 없이 무작정 폭력의 대상이 되어 울거나 발버둥질 치며 저항한다. 집과 먹을 것, 이불을 제공받는 우리와는 사정이 다르지 않을까. 내가 울거나 발버둥질 친 건 축사에 들어갔을 때 정도이고 그 역시

391

내가 잘못을 저질렀기 때문에 일어난 일이다. 잘못을 저지르면 '치료'를 받는 것은 덧셈 뺄셈을 못 하는 어린 아이에게 산수를 가르치는 것만큼 당연한 일이다.

"뭐가 뭔지 잘 모르겠지만⋯⋯."

난 두 사람의 착각을 바로잡아야 할 것 같아 입을 열었다.

"정말로 범죄라면 경찰이 찾아오지 않았을까요? 그런 적은 한 번도 없었어요."

"아아, 그건 잘못된 생각입니다."

가도무라 씨가 끼어들었다.

"경찰은 믿을 수 없죠. 민사 불개입 원칙이라는 게 있거든요. 아니, 원칙이라기보다 그냥 겉으로 내세우는 명분에 불과하고 한마디로 성가신 일에 개입하고 싶어 하지 않는 겁니다. 성과가 나지 않을 수고는 되도록 삼간다. 경찰들의 기본자세는 대부분 그렇습니다."

"그래요?"

"그렇습니다."

생각해 보면 악질 엄마와 정신병 딸도 사람을 마구 죽이고 다니는데 전혀 체포될 기색이 없다.

"예컨대 요리코 씨의 방에 도둑이 들었다고 가정해 보

죠. 특별히 값나지는 않지만 소중한 추억이 담긴 물건을 도둑맞았다고 생각해 보세요. 혹시 실제로도 그런 물건이 있나요?"

대답해야만 하는 분위기라 난 필사적으로 머리를 굴렸다.

"음, 가죽점퍼?"

가도무라 씨는 약간 미묘한 표정을 짓더니 곧 다시 들뜬 목소리로 말했다.

"그럼 그 가죽점퍼를 도둑맞으면 어떡하시겠습니까? 경찰에 신고해 피해 신고서를 제출하겠죠. 그 뒤로는? 네, 그걸로 끝입니다. 수사가 어떻게 진행되고 있는지 물을 거라고요? 그럼 '현재 수사 중입니다'라는 대답만 돌아올 겁니다. 그러나 그 말대로 그들이 정말 수사를 할까요? 아뇨, 하지 않습니다. 정확히 말하면 하든 하지 않든 우리가 알 방법은 없지요. 형사 입장에서는 요리코 씨의 가죽점퍼를 찾아 봐야 큰 성과를 올릴 수 있는 것은 아닙니다. 그들에게 요리코 씨의 가죽점퍼는 '고작 가죽점퍼 따위'인 것입니다."

내 입장에서도 '고작'에 불과하지만 차마 말할 수 없었다.

"경찰이란 족속들이 원래 그렇습니다. 아니, 그걸 떠나 나라의 녹을 먹는 사람들은 대부분 그래요. 세금이든 연금이든 그들에게는 사람들의 삶에 도움이 될 제도나 절차를 가르쳐 줄 의무가 없습니다. 결국 아는 사람만 과실을 따 가는 구조인 겁니다. 제도를 이용하는 건 개인의 자유. 그러나 제도를 이용하지 않는 것도 개인의 자유라는 식의 말도 안 되는 비겁한 논리를 들먹이면서 말이죠!"

목소리가 더 커져서 마치 귀를 얻어맞는 듯한 느낌이다.

"아시겠나요? 결국 사람들이 '아는 것'에 드는 수고와 비용을 이 나라 공무원 집단은 일부러 무시하고 있는 겁니다. 어떤 법이 시행된다고 가정해 보죠. 우리가 그 사실을 어떻게 알 수 있을까요? TV, 신문, 인터넷. 소식을 접할 수 있는 경로는 대략 그 정도겠죠. 법무성에 직접 설명을 들으러 갈 사람은 거의 없을 테니까요. 그렇다면 TV나 신문, 인터넷이 없는 환경에서 사는 이들은 어떨까요? 그럴 여유가 없는 사람들은? 신문과 인터넷을 이용하려면 돈이 듭니다. TV 역시 NHK 수신료를 내야 하고 TV 자체도 공짜로 주어지는 게 아닙니다. 결국 '아는 것'에는 엄연한 비용이 드는 겁니다. 이건 의심의 여지가 없는 사실입니다. 그러나 이 나라의 입법부는 그런 비용은 검토하지도 않고 법률을 만들고, 시행하고, 우리에게 강요합니다. 법을 어기면 경고하고, 벌금을 뜯어 가고, 최악의 경우에는 체포돼 사형될 수도 있지요. 아시겠습니까? 중요하니 다시 한번 말씀드리겠습니다. 법 준수를 요구하기 전에 이 나라는 모든 국민에게 TV와 신문, 인터넷을 이용할 수 있는 환경을 제공해야 합니다! 그런 의무를 이행해야 비로소 법치 국가라 할 수 있는 겁니다!"

어떻게 반응해야 할까. 난 팔짱을 낀 채 "흐음, 흐음" 하고 고개만 끄덕였다. 말을 보탤 엄두가 나지 않는다.

"다시 한번 말씀드릴까요? 이건 사람들 개개인의 능력과 의지 문제가 아닙니다. 기회 문제인 것입니다. 글자를 읽거나 법조문의 뜻을 이해하는 것 이전의 단계죠. 관심을 갖지 않을 자유 앞에 존재하는 것입니다. 기회의 제공. 그것은 우리 모두에게 반드시 평등하게 이뤄져야 합니다. 바로 그것이 바람직한 사회의 초석이자 기반입니다!"

가도무라 씨는 두 팔을 활짝 펼치더니 천장을 올려다

봤다. 그대로 날아가 사라져 버리면 좋을 텐데.

'어떻습니까?'라고 묻는 듯한 그의 미소를 보며 난 "음, 그러니까……" 하고 최대한 똑똑해 보일 수 있는 말을 찾았다.

"……유튜브를 봐야 한다는 말인가요?"

날개를 펼친 채로 미묘한 표정을 짓는 가도무라 씨에게 지팡이 할아버지가 "이 아이가 좀 그래. 자네가 이해해 주게"라고 했다. 뭔가 이것저것 석연치 않다.

"그리고 미안하지만 그런 이야기는 다음에 해 주겠나?"

"아, 네. 실례했습니다. 제 신념을 알아주셨으면 하는 마음에 저도 모르게 그만."

가도무라 씨가 몸을 뒤로 돌려서 날 빤히 쳐다봤다.

"아무튼 경찰은 믿을 게 못 됩니다. 요리코 씨 같은 경우에는 더더욱. 적어도 지금 단계에서는 그렇습니다."

가도무라 씨의 눈빛이 반짝거리기 시작했다.

"이로카와 기자에몬은 아주 교활한 악당입니다. 저희가 고용한 탐정의 보고에 따르면 놈은 여러 개의 호적을 불법으로 입수해 다수의 여성과 결혼, 이혼을 반복하고 있습니다. 심지어 양자 결연까지 맺고 그 자신이 양자로 들어갈 때도 있습니다. 제가 아는 범위에서 말씀드리면 그와 혈연관계로 맺어지지 않은 가족이 무려열 명에 달합니다. 그중 병으로 사망한 고령의 의붓아버지가 한 명. 사고사로 죽은 사람이 한 명. 둘 다 유산과 보험금이 이로카와의 손에 들어간 것으로 추정합니다. 그리고 실종자가 세 명. 인원수만 보면 충분히 의심할 만하지만 이로카와는 여러 개의 호적을 악용하는 것으로 모자라 어려운 사람들을 가족으로 받아들인다는 구실로 교묘히 수사의 손길을 피하고 있다고 합니다. 호적을 어떻게 입수하고 어떤 식으로 나눠 쓰는지에 따라 공무원들의 눈을 속일 방법도 아주 다양합니다."

가도무라 씨는 "그래서" 하고 싱긋 웃고 말을 이었다.

"전 녀석의 유일한 친아들인 도키로를 조사해 보기로 했습니다. 구체적으로 말하면 도키로가 고등학교에 제출한 서류를 바탕으로 이로카와의 실체를 폭로하려는 작전이지요."

그러면서 "덧붙이자면 이건 제 아이디어입니다" 하고 그는 자랑스럽게 말했다.

"도키로의 친모는 이미 오래전 사망했습니다. 사고사라고 하지만 실상은 의심스럽죠. 현재 이로카와에게 배우자는 없지만 양자가 있습니다. 그 집에 사는 가족분들 중에 아버지인 사람입니다."

나는 "네?" 하고 목소리를 높였다.

"미쓰히데 씨요?"

가도무라 씨는 의기양양하게 대답했다.

"나이 차가 열 살도 나지 않는 부모 자식이지요. 물론 서류상으로요. 그리고 애초에 그 집의 소유권은 이로카와 기자에몬이 아니라 이지마 미쓰히데 씨에게 있습니다."

가도무라 씨가 설명하기를 그가 고용했다는 유능한 탐정이 조사한 바에 따르면 미쓰히데 씨가 처가의 유산을 물려받아 그 집을 지은 게 10년도 더 됐고 당시는 리쓰카가 막 태어났을 무렵이라고 한다. 미쓰히데 씨 가족은 경제적으로 어렵지 않아서 유유자적하게 살았다.

상황이 급변한 것은 3년 전. 그전에도 미쓰히데 씨 가족은 특별히 친하게 지내는 이웃이 없었지만 그때부터 이웃과의 교류가 완전히 끊겼다. 아내 리쓰코 씨가 마음의 병을 앓고 있다는 소문이 돌았다. 그리고 그로부터 1년이 되지 않아 리쓰카가 학교에 가지 않았고 언젠가부터는 백부님을 비롯한 몇몇 사람들이 그 집에 들어가 함께 살게 되었다고 한다.

"점령한 거죠."

가도무라 씨는 뭔가 기쁜 것처럼 단언했다.

"이건 어디까지나 제 상상입니다만, 리쓰코 씨는 실제로 마음의 병을 앓았을 겁니다. 그리고 이로카와는 그 이야기를 어디선가 접한 후 그들에게 교묘히 접근했습니다. 니르바나 기쿠이케 밑에서 배운 노하우를 모조리 활용해서요."

난 말없이 이야기를 들었다.

"법적으로는 아무 문제 없는 가족이라 저희도 쉽게 접근할 수는 없었습니다. 그들이 무단 침입이라고 신고할 수도 있죠. 그래서 저희는 신중하면서도 과감하게, 끈질기게, 포기하지 않고! 지금껏 그의 덜미를 붙잡을 기회만 노리고 있었던 것입니다!"

가도무라 씨가 승리 포즈를 취하는 것처럼 주먹을 들어 올렸다.

"그리고 바로 지금! 그 순간이 마침내 찾아왔습니다. 저희는 거악을 쓰러뜨릴 엑스칼리버를 손에 넣었습니다!"

그는 감개무량한 것처럼 내게 얼굴을 바짝 들이밀었다.

"요리코 씨, 바로 당신입니다."

나는 어처구니가 없어서 속으로 탄식했다.

"그 집에서 자행되는 모든 악행을 요리코 씨가 직접 고발하는 겁니다! 경찰이 움직일 수밖에 없는 확고한 증거와 증언! 요리코 씨가 그간 겪은 가혹한 일들을 모조리 폭로해 세상을 뒤흔드는 겁니다!"

가도무라 씨는 후우, 후우 하고 어깻숨을 내쉬고 핏발선 눈으로 날 보며 물었다.

"협력해 주시겠죠?"

난 일부러 입을 다물었다. 그가 쳇 하고 혀를 차는 소리가 들리는 듯했다.

"요리코 씨, 이건 요리코 씨만의 문제가 아닙니다. 이 사회의 정의 문제입니다. 잘 들으십시오. 요리코 씨가 피해를 호소하면 그 즉시 언론이 떠들기 시작할 겁니다. 언론이 떠들기 시작하면 경찰이 움직이고, 경찰이 움직이면 악당이 붙잡히게 됩니다. 그리고 악당이 붙잡히면 또다시 언론이 떠들기 시작합니다. 이 비열한 범죄가 어떤 식으로 만들어졌고 어떤 비극을 낳았는가. 그런 이야기가 세상에 널리 퍼지는 겁니다. 즉, 알 기회가 만들어지는 것입니다! 알리는 것으로 다음 피해를 막을 수 있습니다. 방지할 수 있습니다. 요리코 씨의 경험은 우리 모두가 공유해야 할 재산이고 진실을 폭로하는 것은 요리코 씨의 사명입니다. 범죄에 휘말린 사람의 의무인 것입니다!"

나는 가도무라 씨의 언변과 기세에 감탄했다.

그러나 가도무라 씨에게서는 '영 이해를 못하는 것 같군' 하는 초조감이 읽혔다.

"요리코 씨. 피해자는 요리코 씨뿐만이 아니죠? 니르바나 기쿠이케의 사기에 속아 집을 나가고 이혼하고 재산을 갖다 바친 사람이 한두 명이 아닙니다. 그중에는 니르바나에 이어 이로카와를 숭배하는 어리석은 이들이 있고 그런 이들의 가족과 지인 역시 피해자입니다. 그 점을 깊이 유념해 주셨으면 합니다."

내가 별로 유념하는 것 같지 않아서인지 그는 한숨을 푹 내쉬었다.

"제가 조금 전에 말씀드렸죠? 이로카와는 지금 결혼과 이혼을 반복하고 있다고."

그리고 그중에는.

"사유미 씨라는 여성분이 있습니다. 바로 여기 계신 에노키도 씨의 따님입니다."

나는 "네?" 하고 지팡이 할아버지를 봤다. 할아버지는 얼굴을 찌푸린 채 담배를 피우고 있었다.

"다다음 주에 다시 찾아뵙겠습니다. 그때 모쪼록 반
가운 대답을 들을 수 있기를 바랍니다."

질 나쁜 사채업자 같은 말을 내뱉고 일어서는 가도무
라 씨에게 한 가지 묻기로 했다.

"이 나라에서는 왜 알 기회를 주지 않는 건가요?"

그러자 가도무라 씨는 흠칫하더니 싱긋 미소 지었다.

"사람들이 그냥 멍청하게 살기를 바라기 때문이죠."

검은 티셔츠를 입은 남자가 가도무라 씨를 뒤따라갔
다. 지금까지 어디 있었는지 모를 만큼 존재감이 희박
한 사람이다. 그는 일어서서 걸을 때도 허리를 약간 구
부정하게 숙이고 걸었다.

방 안에 지팡이 할아버지와 나만 남았다. 시간은 오
후 3시 반을 지났다. 이제는 〈악질 엄마 VS 정병 딸〉
을 읽을 시간이 거의 없다.

"가져가도 된다."

할아버지가 잡지 세 권을 개다리소반 위에 올려놓았다.

내가 잡지에 달려들기 전에 할아버지의 목소리가 귀
에 닿았다.

"미안하다."

예상치 못한 말이었다.

"뭔가 수상한 사람이라는 건 나도 느꼈다. 하지만 내 이야기를 제대로 들어준 사람은 그뿐이었지. 오직 가도 무라만이 날 도와주겠다며 탐정을 고용하고 이 집을 마련해 줬어. 고맙게도."

할아버지는 "사유미와 이로카와의 결혼과 이혼 소식을 알려 준 사람도 가도무라였다"라고 말을 이었다.

"그 사람 지인 중에도 니르바나 기쿠이케에게 빠진 사람이 있어서 전부터 조사했다더구나. 그저 재미 삼아 그런 일을 벌일 사람은 아니야. 난 그렇게 믿는다."

재미 삼아 일을 벌이고 있을 가능성도 의심하는 듯한 말투였다.

"저거."

지팡이 할아버지가 턱으로 TV를 가리켰다. 액자가 총 세 개 있다. 유치원에 다닐 정도 나이의 여자아이 사진, 교복을 입은 여자아이 사진, 잡지에서 오린 그라비아 아이돌 사진. 환하게 웃고 있는 비키니 차림의 여자는 건강하고 피부도 매끄러워 보인다.

"사유미다."

난 그라비아 아이돌과 할아버지를 번갈아 봤다. 문득 유전자 재조합이라는 단어가 머리를 스쳤다. 아니면 알 츠하이머성 치매.

"고등학교를 졸업하고 집을 나간 뒤로 소식이 끊겼는데 어느 날 갑자기 집에 잡지가 도착했지. 파렴치한 사진이 인쇄된 잡지가. 얼마나 화가 나던지 그 즉시 전화를 걸어 가족의 연을 끊겠다고 엄포를 놨다. 부끄러운 줄 알라고 했지. 그게 마지막이었다. 벌써 10년도 더 됐구나."

할아버지는 담배를 한 대 꺼내 불을 붙였다.

"잡지는 받자마자 찢어서 버렸지만 그 안에는 사유미의 가장 최근 사진이 실려 있기도 했다. 그래서 결국 인터넷을 뒤져 잡지를 다시 손에 넣었지. ……그 뒤로 가능성이 없다는 걸 알면서도 어쩌면 그 애 사진이 다시 실리지 않을까 기대하며 잡지를 계속 모아 온 거다."

할아버지는 표정을 풀고 잡지를 손으로 툭툭 두드렸다. 그리고 자기 오른쪽 다리도 두드린다.

"사고로 이 모양이 됐지. 일할 때 여러 애로 사항이 있었지만 끈질기게 버틴 건 다 사유미 때문이었어. 저것도 사유미가 사 준 거다. 용돈을 모아서 어버이날 선물이라며."

할아버지의 눈이 현관 쪽을 향했다. 그곳에는 지팡이 할아버지가 늘 들고 다니는 낡은 지팡이가 세워져 있다.

"그 집에 있을 거라고 생각했다."

여러 번 그 집을 찾아갔다가 쫓겨나기를 반복했고 경찰 손에 끌려 나온 적도 있었다. 어떤 남자를 공격했다는 이유로. 다 내가 어떻게 행동할지 계산했겠지.

사유미가 그곳에 있다고 생각한 뒤부터는 죽어도 좋으니 딸을 구하고 싶었다. 구하지 못하더라도 꼭 한번 만나고 싶었다. 대화를 나누고 싶었다.

"하지만 네 이야기를 들어 보니 지금 그 집에는 사유미가 없는 것 같더구나. 그럼 어디로 갔을까. 어떻게 됐을까……. 이제 와서는 그걸 알기조차 두려운 게 현실이지."

담배를 재떨이에 비벼서 끄는 할아버지의 손이 떨리고 있다. 평소보다 훨씬 왜소한 느낌이다.

"넌 그 집에서 사는 게 좋으냐?"

좋지도 싫지도 않았다. 그러나 할아버지는 그런 대답을 원하지 않을 것이다. 그러니 나도 대답하지 않았다.

"이제 됐다. 그만 돌아가거라."

할아버지의 목소리가 평소보다 조금 자상했다.

"돌아가지 않으면 혼날 테니."

난 잡지를 들고 일어섰다. 다섯 권이라는 약속이 깨졌지만 신경 쓰지 않았다.

"욕실……."

방을 나가기 직전에 지팡이 할아버지가 입을 열었다.

"엿봐서 미안하다."

집에 가는 길이 어땠는지 잘 기억나지 않는다. 땅을 보며 힘없이 주택가를 지나 녹색 터널을 빠져나갔을 것이다. 〈악질 엄마 VS 정병 딸〉이 실린 잡지를 들고 있었지만 기쁘기는커녕 개운치 못한 감정이 머릿속에 가득했다.

가도무라 씨는 도무지 신뢰가 가지 않았다. 그런 허풍쟁이 캐릭터는 드라마나 영화에 흔하다. 자신만만하게 실수를 저지르는 사람. 혼란에 빠져서 주변을 더 위험하게 하고, 아무렇지 않게 동료를 배신하는 못된 사람. 그런 사람이 하는 말을 진지하게 들을 수 없을뿐더러 협력할 수는 더더욱 없다.

지금까지도 나와 내 가족 일에 참견하려는 사람이 몇

명 있었다. 특히 오빠가 날뛸 무렵에 선생님과 형사, 구청 복지 공무원 같은 사람들이 집을 찾아와 뭔가 그럴싸한 말을 주절주절 늘어놓고 갔다. 그렇다. 그 사람들은 그렇게 그냥 가 버렸다. 그 누구도 우리 가족의 삶을 바꿔 주지 않았고 TV나 스마트폰을 사 주지도 않았다. 실제로 우리 가족을 구해 준 사람은 백부님뿐이다.

그래서 난 믿지 않았다. 말을 술술 늘어놓는 사람과 내 앞에서 믿음직스러워 보이려고 애쓰는 사람. 그들의 말과 눈물은 나와 무관한 곳에서 만들어지는 이른바 TV 속 장면 같은 것이고, 방송이 끝나면 어김없이 어두운 방 안에는 나 혼자 남아 있었다. 엄마는 집에 와서 짜증을 부렸고, 아빠는 삶을 포기한 사람처럼 실없이 웃었고, 오빠는 아무 이유도 없이 날 때렸다. 다 너 때문이라고 소리쳤다. 화면에 손을 뻗으면 연봉이 몇억 엔에 달하는 야구 선수나 인기 많은 연예인, 화려한 조명을 받는 아이돌을 만질 수 있지만 액정 화면 속 세상과 난 엄연히 단절돼 있었다. 그림의 떡. 아무리 세상 물정을 몰라도 그 정도는 깨달았다.

그리고 지금도 알고 있다. 가도무라 씨는 그림의 떡 같은 이야기를 내게 늘어놓았다. 나와는 하등 상관이 없는.

그렇다면 지금 내가 느끼는 이 개운치 못한 감정의 정체는 뭘까.

왜 바라고 또 바라던 잡지를 들고 있는데 팔이 이리도 무거운 걸까. 다리에 힘이 들어가지 않는 걸까.

할아버지의 손이 떨리고 있었다. 노인이니 어쩔 수 없다. 할아버지의 몸이 위축돼 보였다. 나이가 많으니 그럴 만하다. 할아버지의 짜증. 나이 든 사람 특유의 뻣성이다. 할아버지의 약간 자상했던 목소리. 변덕일 것이다.

그러나 어쨌든 할아버지는 내게 이 잡지를 주었다.

"많이 늦었구나, 요리코."

정신을 차려 보니 이미 집에 도착해 있었다. 백부님이 눈앞에 서 있다. 철문 앞에서 마치 날 기다리고 있던 것처럼.

"그거, 누구한테 받은 거냐?"

백부님의 오싹한 미소를 보며 난 손에 들고 있던 잡지를 떨어뜨리고 말았다.

그로부터 사흘 밤낮으로 노란 문 지하실에서 '치료'를

받았다.

채찍이 화려한 포물선을 그렸고 삼각 목마가 거침없이 활약했으며 내가 의자로 쓰던 화로가 본모습을 되찾았다. 난 기다렸다는 듯이 통증을 오프 모드로 하고 "꺄앗!"이나 "아파요!", "아앗, 뜨, 뜨거워요!" 같은 일류 연기를 선보였다.

백부님은 철창문 안에서 웅크리고 있는 리쓰카에게 "똑똑히 보거라" 하고 내 '치료'를 지켜보게 했다.

"이렇게까지 하고 싶지는 않았다. 하지만 어쩔 수 없지. 이건 전부 너와 네 가족, 그리고 우리 모두를 위한 일이다. 더 나아가 이 세상을 위한 일이기도 하지. 세상은 단 한 명의 이기적인 행동으로 많은 이들이 불행에 빠지도록 돼 있으니까. 썩어 버린 씨앗은 싹을 틔우기 전에 모두 뽑아 버려야 한다. 그게 돌고 돌아 결국 너희의 행복과도 이어지게 돼 있어."

그런 연설 중에도 내 몸에는 끊임없이 '치료'가 이뤄졌다.

백부님의 세 번째 하품을 끝으로 오늘의 '치료'가 끝났고 백부님은 그대로 지하실을 나가려다가 갑자기 잡지 세 권을 들어 화롯불 속에 집어넣었다. 싸늘한 돌바닥 위에 알몸으로 버려진 나는 화로 위로 튀는 불똥을 넋을 잃고 바라봤다. 백부님은 "그럼 좋은 꿈 꾸거라"라는 말을 남기고 지하실을 나갔다. 리쓰카가 "선생님, 괜찮으세요?"라고 물어서 "응. 그럭저럭"이라고 대답했지만 속으로 진저리가 났다. 아무리 그 순간에 기능을 꺼도 시간이 지나면 통증이 슬금슬금 찾아온다. 이 세상에 만능은 없다.

이튿날 오후에는 엄마가 지하실에 내려왔다. 이번에도 채찍질을 당했다. 엄마는 "대체 못쓰게 되면 어쩌려고 그러니!"라고 소리치며 내 등을 때렸다. 왠지 반가웠다. 이렇게 엄마에게 맞았던 게 아마 삼각 지붕 집에 이사하기 전일 테니 몇 년 만일까.

엄마는 뭔가에 홀린 사람처럼 내 머리카락을 만졌다.

"이런 별 볼 일 없는 머리를 손질하는 데 한두 시간이 걸릴 리 없지."

날 의심해 백부님에게 고자질한 사람이 아무래도 엄마인 듯했다.

엄마는 내 등을 만신창이로 만들고 귓가에 대고 속삭였다.

"얼른 반성하렴. 다른 방법은 없어."

속으로 동의했다. 얼른 반성해서 '치료'를 끝내고 침대에서 눈을 붙이고 싶었다.

밤에는 백부님에게 '치료'를 받았다. 리쓰카가 "괜찮아요?"라고 물으며 날 걱정했다. 입에 댈 수 있는 것이라고는 호스에서 나오는 물밖에 없다. 수제 햄버그스테이크를 먹고 싶었다.

다음 날 점심에는 지하실에 방치된 채 리쓰카와 함께 〈악질 엄마 VS 정병 딸〉의 향후 전개를 예상하며 시간을 보냈지만, 입술이 마치 팽창하는 우주처럼 부어올라서 무슨 말을 하는지 내 귀로도 잘 알아들을 수 없었다.

마사에 씨가 먹을 것을 가져왔다. 마사에 씨는 리쓰카에게 "얼른 먹어라"라고 지시했다. 리쓰카가 내게 음식을 나눠 줄까 봐 염려하는 듯했다. 가만히 서서 날 내려다보는 마사에 씨의 얼굴에도 상처가 늘어 있었다. 바닥에 늘어져 있는 나와 다른 점이라고는 앞치마 정도로 보였다.

사흘째 되는 날 밤에는 출장을 마치고 돌아온 도키로가 지하실에 내려왔다. 그의 눈빛을 보자마자 좋지 않은 예감이 머리를 스쳤다. 또 실컷 두들겨 맞으리라 직감했다.

"요리코. 바람피웠다며?"

상상도 못 한 말에 하마터면 웃음이 터질 뻔했지만 그럴 기운도 없었다.

"용서 못 해."

이미 알고 있다. 얼른 때리고 끝내기를 바랐다. 지겨웠다.

"요리코, 너, 통증을 못 느낀다고 했지?"

그러고 보니 도키로에게는 내 특기를 알려 준 기억이 있다.

도키로는 내 몸을 십자가 기둥에 묶고 호스 물을 세차게 틀어서 뿌렸다. 위기감이 엄습했다. 내 능력은 어디까지나 외부 자극을 차단하는 것이고 숨 참기와는 무관하다. 아니, 그전에 인간은 원래 질식에 무력하다.

비닐봉지를 머리에 씌운 것도 괴로웠다. 정신이 혼미해져서 발버둥을 쳐 봤지만 일본산 밧줄은 튼튼해서 꿈쩍도 하지 않았다. 괴로워하는 내 배에 날아드는 도키로의 펀치. 펀치, 펀치. 아비규환이란 정확히 이런 상황을 뜻할 것이다.

"요리코. 이젠 너한테 미련을 버렸어. 아빠한테 들었는데 너 아이를 못 낳는 몸이라며? 그럼 곤란하지. 난 앞으로 왕이 돼야 하는데. 왕에게는 자손이 필요하지 않겠어? 없으면 이런저런 문제가 생길 거라고. 그러니 이제부터 넌 그냥 내 세컨드야. 정식 아내를 찾기 전까지만 내 옆에 있어 주면 돼."

도키로는 내 머리에서 비닐봉지를 벗기고 또 물고문을 시작했다.

"근데 세컨드 주제에 바람을 피우는 게 어딨어? 안 그래? 물론 정식 아내도 그러면 안 되지만 세컨드는 더 안되지. 당연히."

바람 같은 거 안 피웠다니까.

내 외침은 호스에서 뿜어져 나오는 물에 깨끗이 쓸려갔다.

"어느 놈이야?"

난 대답하지 않았다. 대답할 기운도 없을 만큼 녹초상태였다. 아니, 어젯밤에 백부님이 물었을 때도 대답하지 않았다. 지팡이 할아버지. 그 일곱 글자를 입에 담을 수 없었다. 본명은 에노키도라고 했다. 그 네 글자도 말할 수 없었다.

"누구냐고?"

도키로가 손끝으로 내 코를 붙잡는 바람에 입으로 간

신히 숨을 쉬었다.

"말 안 해?"

목을 졸랐다. 의식이 흐려진다. 기절할 수 있다면 얼마나 편할까. 이것도 통증 오프 모드의 부작용이다.

도키로가 난폭하게 코에서 손을 떼고 침을 퉤 뱉었다. 퍽. 내 심장을 향해 세찬 주먹을 날린다.

"그러고 보니 섹스도 제대로 못 하는 세컨드도 있나? 그런 걸 세컨드라 할 수 있겠어? 세컨드로는 못쓰지."

못쓴다. 그 말을 들은 순간 머리부터 발끝까지 소름이 쭉 돋았다. 못쓴다. 이제 난 곧 못쓰게 될 것이다.

"그만하세요!"

순간 도키로가 퍼뜩 놀라 목소리가 들린 쪽을 돌아봤다. 리쓰카가 철창문을 두 손으로 붙들고 있다.

"어? 여기 있었네."

도키로가 히죽 웃었다.

"내 아내 후보가."

리쓰카의 낯빛이 새파래졌다. 눈이 침침해서 잘 보이지 않지만 도키로는 즐거워 보인다.

도키로가 내게서 떨어져 철창문을 향해 간다. 리쓰카는 몸이 굳어 있다.

"내 아내가 돼 줄 거야? 리쓰카."

도키로가 "일어서 봐"라고 지시한다.

"일어서 보라고!"

리쓰카가 비실비실 몸을 일으켰다. 도키로가 철창문 틈새로 손을 집어넣어 리쓰카의 빈약한 가슴을 만졌다. 다른 쪽 손은 허벅지 사이를 맴돈다.

"흐음. 의외로 괜찮네."

도키로가 바지를 내렸다. 내가 불사조라고 이름 붙인 그것이 하늘을 향해 우뚝 솟은 모습이 십자가 기둥에 묶여 있는 내 위치에서도 잘 보였다.

"일해."

리쓰카는 당황하고 있다. 무슨 말인지 이해 못 하는 표정이다.

"무릎을 꿇고 입으로 하는 거야."

리쓰카는 입을 뻐끔거리며 뭔가를 호소하려고 한다.

"얼른."

리쓰카가 어쩔 수 없이 도키로의 말에 따랐다. 더듬 거리는 손으로 불사조를 잡고 힘없이 고개를 흔들고 입에 머금는다. 도키로는 오, 오 하고 소리를 질렀다. 난 줄줄 흐르는 코피와 침도 신경 못 쓸 만큼 정신이 혼미했다.

"좋아, 좋아."

이를 세우면 안 돼. 오, 그래. 최대한 침을 머금고. 오, 오, 손도 써서, 그래, 그래. 바로 그거야. 절대로 뱉으면 안 돼. 마지막 한 방울까지 몽땅 처리하는 거야.

도키로는 오옷 하는 괴성을 지르며 절정을 맞이했다. 그러나 그의 불사조는 이름처럼 쉽게 죽지 않았다.

"일어서."

리쓰카는 당장에라도 토할 것처럼 보였지만 도키로의 말에 따랐다.

"뒤로 돌아."

그대로 따른다.

"들어간다. 힘 빼."

따르려고 노력하지만 곧 다시 몸이 굳어 버린 듯하다.

"힘 빼라고 했지!"

"네, 죄송합니다."

"멍청하긴. 이럴 때는 고맙습니다, 라고 해야지."

"네, 죄송합니다. 아니, 고맙⋯⋯ 습니다."

오옷, 오옷, 퍽. 오옷, 오옷, 퍽퍽. 웃웃웃.

난 십자가에 묶인 채 그 광경을 봤다. 소리를 들었다.

'일'이다. 평소에도 흔히 접하는 광경이다. 엄마와 후루타 씨, 나까지 모두가 일상처럼 지켜 온 의무다. 내가 못 쓰게 됐으니 리쓰카에게 순서가 돌아갔을 뿐이다.

오오옷! 도키로의 움직임이 격렬해지자 리쓰카가 그대로 바닥에 엎드렸고 퍽퍽하고 살이 맞부딪히는 소리가 들리더니 잠시 후 "아으옷!" 하는 도키로의 포효가 모든 소리를 지워 없앴다.

"이야……."

땀투성이가 된 도키로가 바지를 주섬주섬 올리며 중얼거렸다.

"요리코보다 훨씬 낫네."

다음 순간 도키로의 주먹이 화려한 포물선을 그렸다. 온다. 후련할 만큼 온 힘을 실은 주먹이 내 뺨을 강타했다.

"그럼 좋은 꿈들 꿔."

도키로가 계단을 올라갔다. 난 십자가 기둥에 묶인 채로 고개를 떨궜다. 리쓰카는 바닥에 축 늘어져 있다.

기분이 묘했다. 요리코보다 훨씬 낫네. 도키로에게 그 말을 들었을 때 머릿속에서 뭔가가 펑 하고 터지는 소리가 들렸다. 그전에 리쓰카가 "고맙습니다"라고 할 때 가슴 언저리가 훅 뜨거워졌다. 내 안에 어떤 감정이 생겨나고 있다. 그러나 정체는 알 수 없다. 이 개운치 못한 감정을 뭐라고 불러야 할까. 알지 못했다.

"선생님……."

리쓰카가 날 돌아봤다. 눈에 눈물을 머금었고 귀는 새빨갛게 물들어 있다. 인위적인 미소다.

"그래도 목숨은 건졌네요."

아아…….

그런가.

바로 이것이다. **분하다**는 감정이.

도키로가 리쓰카를 택해서는 아니다. 그런 건 상관 없다. 그저 분했다. 백부님, 도키로, 마사에 씨, 미쓰히데 씨. 가도무라 씨, 지팡이 할아버지, 삼각 지붕 집, 각진 집, 보라 문 지하실, 노란 문 지하실, 잡지를 태우던 불길, 그 모든 것, 아빠, 엄마, 더 거슬러 올라가 그날 그 아파트 단지에 떠 있던 태양조차 분해서 견딜 수 없다.

"……빌어먹을."

입이 저절로 열렸다.

"……빌어먹을."

리쓰카가 내 말을 그대로 따라 했다.

"빌어먹을.", "빌어먹을", "빌어먹을", "빌어먹을"…….

우리는 계속해서 같은 말을 중얼거렸다.

다음 날 점심 무렵이 돼서야 십자가 기둥에서 풀려났다. 마사에 씨는 바닥에 쓰러진 내게 감정 없는 얼굴로 호스 물을 뿌렸고 리쓰카에게도 똑같이 했다.

"얼른 먹어라."

난 천장을 바라보고 누운 자세로 리쓰카가 점심 먹는 소리를 들었다.

"마사에 씨."

빈 식기를 들고 계단으로 향하는 발소리를 향해 말을 걸었다. 엉망진창이 된 입으로도 최대한 또박또박하게.

"여기서 나가지 않을래요?"

마사에 씨가 발걸음을 멈췄다.

"이 집에서. 서로 협력해서."

마사에 씨는 움직이지 않는다.

"나가요. 이런 곳."

마사에 씨는 돌아보지 않고 그대로 서서 답했다.

"나가서 어떡하시려고요?"

"모르겠어요. 그건 나가고 나서 생각하면 되죠."

"……왜 갑자기 그런 생각을."

"'빌어먹을'이라는 말이 머릿속에 떠올랐어요. 빌어먹을."

마사에 씨는 움직이지 않는다.

"이유는 그뿐이에요."

대답이 없다. 난 숨을 들이마시고 다시 내뱉는다. 피맛. 피 냄새.

잠시 후 마사에 씨가 발걸음을 떼고 다시 계단으로 향했다.

"도와드릴 수는 없습니다."

마사에 씨가 말했다.

"카메라가 있으니."

난 대자로 누워서 고개를 끄덕이지 않았다.

"뭘 하면 될까요?"

마사에 씨가 걸어가면서 묻는다.

"제가 해 드릴 수 있는 건 많지 않습니다."

이 지하실에서 나가게 해 주는 것은 물론이고 휴대 전화가 없으니 도움을 청하지도 못한다. 정원 밖으로 나갈 수도 없다. 들키면 마사에 씨 또한 '치료'를 받아야 한다.

"오늘 밤……."

난 통증 때문에 고통스러운 척을 하며 대답했다.

"이곳에 데려와 주세요. 오빠를. 어떻게든."

올바른 선택인지는 알 수 없었다. 구체적인 계획도 없다. 그러나 이제는 정말 모든 게 지긋지긋했다.

도박이었다. 하물며 승산이 한없이 제로에 가까운 도박. 단 2초 만에 실패 사례들이 떠올랐다. 하나, 마사에 씨가 날 배신한다. 둘, 마사에 씨가 오빠를 데려오는 데 실패한다. 셋, 마사에 씨가 내 부탁을 깜빡한다.

단 3초 만에 떠오르는 실패 사례도 있다. 하나, 오빠가 '출장'을 떠나 집에 없을 경우. 둘, 오빠가 내 부탁을 제대로 이해하지 못할 경우. 셋, 오빠가 날 도울 마음이 없는 경우.

굳이 4초를 세지 않아도 최악의 사례는 자명하다. 백부님이나 도키로에게 들키는 것이다.

엄마는 어떨까. 엄마가 계획을 알게 되면 내게 협력할까. 아니면 방해할까.

어렴풋이 그런 생각을 떠올리며 힘없이 호스 쪽으로 기어갔다. 호스를 입에 머금고 수도꼭지를 비튼다. 물이 물대포 같은 기세로 목을 직격해서 요란하게 헛기침을 했다.

"후훗."

리쓰카가 웃음을 터뜨렸다.

"리쓰카, 웃을 일이 아니야. 선생님은 살려고 필사적으로 안간힘을 쓰고 있는데, 후훗이라니."

"죄송해요. 그런데 이런 비슷한 상황이 왠지 〈악질 엄마 VS 정병 딸〉에도 나왔던 것 같아서."

"아아, 그래, 나왔지. 몇 화였더라."

"첫 시즌의 그……."

"잠깐! 말하지 마. 맞힐 테니까."

"즐거워 보이네."

기억을 되짚으려다가 순간 목소리가 들린 쪽을 돌아봤다. 계단에 누가 서 있다. 저녁밥을 가져온 오빠다.

"뭐야?"

"그게…… 분명 네 번째 피해자였던 무명 영화감독……."

"아니, 그게 아니라. 날 부른 이유."

오빠를 올려다봤다. 두 손에 쟁반을 들고 초연히 서 있다. 표정은 없다. 눈빛도 죽어 있다.

안 되겠다고 직감했다. 오빠는 도움이 안 될 것이다.

"허리가 아파. 허리가 아파서 그런지 머리도 아파. 열이 계속 내려가질 않아. 가슴이 두근거리고 눈도 침침하고."

거짓말이나 허세 같지는 않다.

오빠는 느릿느릿 내 앞으로 걸어와 잠꼬대하듯 다시 말을 이었다.

"얼른 '출장'을 가야 해. '출장'만 가면 기운 나는 약을 받을 수 있거든. 그것만 있으면 허리 통증을 없앨 수 있어. 머리도 가벼워지고. 그러니 앞으로도 난 일을 열심히 할 거야."

우주와 교신하는 듯한 목소리. 당장에라도 쟁반을 바닥에 떨어뜨릴 것 같은 넋 나간 얼굴. 난 서둘러 "일단 리쓰카한테 밥을 줘"라고 했다.

"요리코?"

"응?"

"너, 요리코야?"

"응."

"……얼굴이 이상해졌네. 전보다 더."

괜히 쓸데없는 한마디를 덧붙인다.

"근데 왜 알몸이야?"

"'치료' 중이라."

오빠는 흐음 하고 신음했다. 내 가슴속에 절망이 퍼져 간다.

"백부님은 역시 위대하고 대단한 분이셔. 내 기운을 북돋워 주고, 날 필요로 하고, 내게도 필요한 분이야. 위대하고 대단하고 필요한 분이란 말이야. 왜냐하면 내 기운을 북돋워 주고, 날 필요로 하고, 내게도 필요한 분이니까. 역시 백부님은 위대하고 대단한 분이야."

왜냐하면 내 기운을 북돋워 주고, 날 필요로 하고, 그러니 나도 그분이 필요하고, 위대하고 대단하니 역시 내 기운을 북돋워 주고…….

말문이 막혔다. 이제는 정말 못쓰게 됐다. 더는 방법이 없다.

지금 눈앞에 있는 사람은 예전에 폭력을 마구 휘두르던 오빠도, 기억을 잃은 착한 오빠도, 이 집에 적응하려고 노력한 오빠도 아니다. 아니, 오빠 자체가 아니다. 히나구치 아라타가 아니다.

"오빠."

"응? 요리코, 너 왜 알몸이야?"

"……음. 그건 말이지. 위대하고 대단하고 오빠에게

도 필요한 백부님이 오빠를 필요로 해서 일을 부탁했기 때문이야. 리쓰카에게 밥을 갖다주라고."

아아, 그렇군. 그렇구나. 그럼 일을 확실히 끝마쳐야지. 확실히 끝마치지 않으면 기운을 북돋워 주지 않고, 날 필요로 하지도 않을 테니까.

웅, 맞아. 그러니 얼른 그 접시를 리쓰카에게.

웅, 알겠어. 왜냐하면 난 백부님에게 필요한 존재니까. 위대하고 대단한 백부님이 날 필요로 하고, 내게도 백부님이 필요하고, 난 지금 허리가 아프고…….

비틀비틀 철창문으로 걸어가는 오빠를 보며 호흡이 가빠졌다. 숨이 잘 쉬어지지 않는다. 뒤늦게 찾아온 통증이 고통을 두세 배로 부풀린다.

그때 음식이 담긴 쟁반이 쨍그랑하고 돌바닥에 떨어졌다. 철창문 옆에서 빵과 수프가 허공을 가른다. 오빠는 그 모습을 멍한 얼굴로 내려다본다. 리쓰카가 조심스레 바닥에 떨어진 빵에 손을 뻗는다. 손으로 수프를 긁어모아서 홀짝인다. 그 모습을 바라보는 내 가슴은 에베레스트산보다 위태롭고 냉랭했다.

"저기."

몸을 일으켰다. 무릎이 덜덜 떨리지만 일어서지 않고

서는 배길 수 없다.

"저기, 오빠. 여길 좀 봐 줘."

오빠가 고개를 슬쩍 돌린다.

"날 때려 줘. 예전처럼."

넋이 나간 얼굴을 향해 말했다.

"예전처럼! 때려 달라고! 백부님은 신경 쓸 필요 없어! 그리고 도키로도 어차피 오빠한테는 한주먹 거리잖아! 자, 얼른! 때리라고, 이 멍청아!"

뭘까, 이 감정은. 단지 분한 게 아니었나. '빌어먹을'만으로는 풀리지 않는 걸까. 이제는 깊이 생각하기도 성가시다. 난 왜 이리 무력할까.

"때려! 바보야!"

주먹을 쥐고 오빠에게 돌진했다. 돌진이라고 해 봐야 여위고 수척한 내 몸으로는 비틀거리며 당장에라도 고꾸라질 것처럼 걷는 것에 불과하다.

툭.

혼신의 힘을 담아 오빠의 뺨을 때렸다. 눈을 떠. 넌 히나구치 아라타잖아. 내 주먹이 다음으로 오빠의 턱을 노린다.

퍼억.

426

깔끔한 카운터펀치를 맞고 난 벽까지 날아갔다. 때리라고 하긴 했지만 너무 심하다.

"미안."

누가 들어도 대충 상황을 수습하려는 사과다.

"아니, 카메라도 있으니 뭐 이 정도는 해야겠지."

뱅글뱅글 도는 시야에서 초점을 간신히 맞추고 오빠에게 물었다.

"이제 떠올렸어? 오빠가 어떤 사람인지."

"요리코."

"뭐?"

"너 왜 알몸이야?"

맞은 보람이 없다.

기운을 잃은 난 "그냥 취미야" 하고 적당히 둘러댔다.

"그렇구나."

"그럼 안녕. 잘 가."

"그래."

비칠비칠 계단으로 향하는 오빠의 뒷모습이 거무스름해 보이는 건 눈꺼풀을 덮은 멍 때문일까. 바로 몇 달 전역에서 날 이끌던 믿음직스러운 오빠는 환상이었을까.

도키로와 백부님을 두들겨 패고 우리를 삼각 지붕 집

에서 데리고 뛰쳐나간 오빠. 백부님에게서 훔친 볼보에 올라타 가속 페달을 밟으며 목적지도 없이 밤의 장막을 헤치며 힘차게 달리던 오빠. 고속도로 휴게소에서 우동을 먹던 오빠.

"대체 어쩌려고 이러니. 어쩌려고 이러니⋯⋯"라는 말만 반복하는 엄마에게 "닥쳐!" 하고 소리치고 "거참 상황이 곤란하게 됐네" 하고 실실거리는 아빠에게 "웃지 마!"라며 화를 내던 오빠. 백부님 집에서 훔친 돈으로 2층 셋집을 구하고 셋집 벽에 구멍을 마구 뚫은 오빠. 아빠에게 온 힘을 실어 백 브레이커를 구사하던 오빠.

했던 일이라고는 거의 범죄고 엉망진창이고 제멋대로인 것으로 모자라 사랑과 애정 같은 감정과도 연이 없어 비에 흠뻑 젖은 강아지조차 거들떠보지도 않던 오빠.

그러나 적어도 지금 저 사람보다는 낫다.

"⋯⋯오빠."

난 마지막 젖 먹던 힘을 쥐어짜 내서 입을 열었다.

"기억해? 날 계단 2층에서 던진 거."

오빠가 문득 발걸음을 멈추고 놀란 표정으로 돌아본다.

"그때 오빠 방에서는 계속 음악 소리가 들렸어. 거실에도 들릴 정도로 아주 큰 볼륨으로. 아마 나인 인치 네

일스의 곡이었겠지."

그때 난 추리 드라마를 보고 있었는데 트릭 풀이 장면이 나오기 직전 광고 시간에 오빠 방에 달려갔어. 트릭 풀이에 집중하고 싶었거든. 다른 사람의 그런 소소한 취미를 방해하는 건 정말로 나쁘다고 생각해서.

계단을 뛰어 올라가 오빠의 방 문을 열자마자 오디오를 발로 차서 쓰러뜨렸다. 바닥에 누워 있던 오빠는 어안이 벙벙해졌다. 난 내가 생각해도 어디 그런 힘이 숨어 있었는지 놀랄 만큼 큰 소리로 소리를 빽 질렀다.

트릭 풀이는 집중력이 생명이야! 단어 하나도 놓쳐선 안 된다고! 게다가 범인이 자백할 때 코를 살짝 훌쩍이는 소리나 숨을 집어삼키는 소리, 옷 스치는 소리 하나까지 전부 중요해! 희미한 바람 소리와 파도 소리도 꼭 필요한 요소일뿐더러 BGM이 흐르는 타이밍, 페이드인*의 전조까지 온몸으로 즐기지 못하는데 어떻게 추리 드라마를 본다고 하겠어!

그러니까 오빠는 그 모양 그 꼴인 거야!

* 영화나 방송에서 화면이 어둡다가 점차 밝아지는 것.

"물론 그 즉시 주먹이 날아왔지."

한 치의 망설임이라곤 없는 눈에도 보이지 않는 주먹이.

그리고 계단 위에서 날 던졌다.

"그때는 나도 죽는 줄 알았어. '살면서 죽을 뻔한 순간 랭킹'을 매기면 단연코 1위일걸."

아마 계단 중심부 쪽에 몸을 세게 부딪친 후 충격 때문에 튀어 올랐다가 다시 부딪히고, 또 튀어 올랐다가 땅에 떨어졌을 때는 갈비뼈가 몇 대 나간 상태였다.

내 인생의 첫 저항은 그렇게 끝났다. 저항의 논리 그대로 패배했다.

"오빠는 최강이었어. 그 누구도 건들지 못하는."

난 길게 숨을 내쉬고 다시 말을 이었다.

"백부님도 오빠에게는 맞설 수 없어. 오빠와 비교하면 백부님도 그리 대단하지 않아."

오빠는 여전히 멍하니 있다.

문득 내가 못쓰게 됐다는 생각이 들었다. 그렇다. 그렇지 않고서는 이런 거짓말을 태연히 할 수 없다.

"오빠. 오빠가 날 '치료'해 줬으면 해."

오빠가 놀란 것처럼 입을 떡 벌렸다.

"……내가?"

"오빠라면 할 수 있을 거야. 오빠는 신도 씨도 '치료'했으니까."

그리고 리쓰코 씨의 시신을 '처분'했으니까.

"오빠, 잘 생각해 봐."

난 짐짓 고개를 갸웃거렸다.

"이상하지 않아? 신도 씨, 신도 씨의 아내, 하나코, 그리고 아빠와 나도 모두 백부님과 함께 살았어. 백부님이 정한 규칙을 지키며 살았어. 그런데 결국 못쓰게 돼 버렸어."

그렇다면 혹시.

"정말로 못쓰는 사람은 백부님 아닐까?"

오빠. 난 오빠의 눈을 똑바로 쳐다봤다.

"우리 같이 백부님을 '치료'하자."

오빠는 여전히 입을 떡 벌리고 있다.

"오빠라면 할 수 있어. 오빠라면 될 수 있어. 백부님을 뛰어넘는 위대하고 대단한 사람이."

백부님이 필요하지 않은 사람이.

아마 그때 난 오빠를 버렸다.

오다케산까지는 201호 국도를 타고 달렸다. 대자연의 한가운데를 가로지르는 건 똑같지만 미토산 주변에 비해 이곳은 그나마 사람 냄새가 풍긴다. 얼마 후 도로 양옆 언덕에 민가가 보이기 시작했다.

아오이가 입을 열었다.

"여기는 그래도 도심지와 가까운 편이에요. 신주쿠까지 세게 밟으면 아마 한 시간이면 갈걸요."

"흐음."

"혹시 뭐 느낌이 오는 풍경 없어요?"

"있을 리 없지."

내가 '매장'에 가담한 건 신도 씨 때 한 번뿐이다. 그때를 제외하고는 멀리 나간 기억이 없다. 대부분 집 안에 틀어박혀 있었다.

아오이는 이해되지 않는 듯했다.

"이상하네요. 언니가 지금쯤 '앗' 하고 소리칠 예정인데."

멋대로 예정을 정해 봐야 곤란할 뿐이다.

"왜 그렇게 생각해?"

"동그라미가 총 세 개니까요. 하나는 신도 씨를 묻은 '매장 장소'였어요. 그럼 나머지도 대략 예상이 되죠."

난 전혀 예상되지 않았다.

그러나 이 길 끝에 내 과거가 있는 것만은 틀림없다.

"의미가 있을까?"

"의미요?"

"그러니까, 내 과거를 다시 파헤쳐서 뭐 좋을 게 있을까 해서."

"그건 뭐, 대충 그런 거라고 생각하세요. 자아 찾기."

"자아를 찾아서 뭐 할 건데? 찾으면 뭐 달라지기라도 해?"

"나 자신을 이해하거나 아니면 더 이해 못 하게 되겠죠."

아무렇게나 대답하는 것 같은 아오이에게 "그래, 납득이 되네" 하고 대꾸해 줬다.

"그런데 언니도 이해를 못 했잖아요. 그러니 오빠에게 그 변태 아재를 함께 손보자고 한 거고요."

그럴지도 모른다. 그날 이후로 시종일관 분했고 머릿속에는 '빌어먹을'이라는 말만 떠올라서 난 각진 집을 나가기로 결심했다. 리쓰카를 끌어들이고 오빠를 동료로 삼으려 했다. 이해가 되지 않아서.

그러나 이해하고 싶은 것은 아니다. '이해되지 않는다'와 '이해하고 싶다' 사이는 거리가 꽤 있지 않을까.

그런 생각들을 떠올리는 사이에.

"앗!"

난 아오이의 예정대로 하고 말았다.

"잠깐만 세워 봐."

아오이가 급브레이크를 밟았다. 도심지였다면 연쇄 추돌 사고가 일어났을 것이다.

"이 가게."

길옆에 통나무집 느낌의 단층 건물이 있었다.

"그냥 평범한 식당 같은데요?"

아오이가 말했다.

"여기가 왜요?"

"음."

난 반신반의하며 대답했다.

"배고파."

준비해 온 도시락은 이미 깨끗이 비웠다. 거의 아오이가.

식당 주차장에 힌덴부르크호를 세우고 두꺼운 나무

문을 밀고 들어갔다. 볕이 따가운 시간대라 에어컨이라는 인류 문명의 집성체에 진심으로 감사했다.

"어라? 예약하셨나요?"

식당 분위기와 잘 어울리는 옷을 일부러 갖춰 입은 듯한 아저씨가 당황하며 우리를 맞았다.

"여긴 예약 손님만 받는데."

"아뇨. 저희는 그런 세련된 풍습과는 연이 없는 떠돌이랍니다. 그냥 조금 쉬었다 가려고 하는데."

"흐음."

플란넬 셔츠를 입은 수염 난 아저씨가 눈을 휘둥그레 떴다.

"뭐 잠깐이라면."

"그리고 이왕 온 김에 바나나주스라도 시원하게 한잔하고 가면 좋을 것 같아요."

"그 정도도 뭐."

"거기에 샌드위치까지 있으면 금상첨화겠죠."

플란넬 셔츠 아저씨는 그제야 노골적으로 '이상한 녀석들이 왔군' 하는 표정을 지었다.

우리는 세 개뿐인 테이블 중 하나를 점거하고 바나나주스로 목을 축였다. 엄청나게 달고 시원했다.

"이렇게 맛있는 바나나주스는 태어나서 처음 먹어 봐요. 혹시 이 지역 명물인가요?"

플란넬 셔츠 아저씨가 주방 안에서 대답했다.

"아니. 그런 건 아니야."

바나나는 대만산이라고 했다.

두 사람의 대화를 들으며 난 가게 안을 둘러봤다. 팔짱을 끼고 흐음 하고 신음한다.

"언니, 혹시 배 아파요?"

"아니, 그건 아닌데."

화장실에 갈 만한 통증은 아니지만 위장 안쪽이 왠지 욱신거렸다.

"마침 재료가 남아서."

플란넬 셔츠 아저씨가 가져온 접시에는 샌드위치가 두 개 있었다. 양상추 사이로 보이는 돼지고기 기름이 군침을 돌게 한다.

"오오오옷."

아오이가 곧장 샌드위치를 덥석 베어 물고 감탄했다.

"세상에 이렇게 훌륭한 샌드위치가! 혹시 오키나와산 돼지고기인가요?"

슈퍼에서 세일해서 사 온 돼지고기라고 했다.

"그렇다면 이 토마토가!"

"그것도 슈퍼."

플란넬 셔츠 아저씨는 이제 아오이를 거의 무해한 짐승쯤으로 받아들인 듯했다.

"그냥 칭찬하려고 아무렇게나 둘러대는 것 같은데."

"아뇨, 아뇨. 저렴한 식재료로 이렇게 맛있는 음식을 만드는 게 바로 장인 정신이겠죠. 빵은 조금 평범한 것 같지만."

가게에서 직접 만든 빵이라고 했다.

"혹시 평소에 입 다물고 있는 게 낫다는 소리 자주 듣지 않아?"

두 사람이 허물없이 주고받는 수다를 흘려들으며 나도 샌드위치를 한입 먹었다. 아삭거리는 양상추의 식감과 풍부한 육즙, 싱싱한 토마토. 맛이 절묘하다. 거기에 이 달착지근하고도 짭짤한 소스.

"저, 잠시만요."

무심코 목소리를 높였다. 플란넬 셔츠 아저씨와 아오이가 동시에 흠칫하며 나를 돌아봤다.

"이 소스도 슈퍼에서 파는 건가요?"

"편의점이겠죠."

아오이가 추측했다.

"소스는 오리지널이야."

플란넬 셔츠 아저씨가 힘주어 말했다.

"나만의 비법이 있지."

"저……."

난 다시 물었다.

"이 가게는 언제부터 여기 있었나요?"

"올해로 10년 됐어."

"오오, 돈은 좀 만지셨어요?"

"돈은 무슨. 항상 적자만 면했으면 하는데."

"잠시만요!"

난 두 사람의 만담을 가로막았다.

"혹시…… 테이크 아웃도 되나요?"

"샌드위치?"

"다른 음식이라도."

그러자 플란넬 셔츠 아저씨가 "아아" 하고 손뼉을 쳤다.

"배달이라고 해야 하나, 케이터링이라고 해야 하나. 아무튼 그런 서비스를 했던 시절도 있었지. 주문량이 너무 없어서 그만뒀지만."

"혹시 광고 전단 같은 것도 만드셨나요?"

"응, 맞아."

"이 가게 사진이 실린?"

"그래. 기억이 새록새록하네."

플란넬 셔츠 아저씨의 대답을 들은 난 고개를 끄덕이고 샌드위치를 한입 더 먹었다. 시간을 들여 천천히 맛을 음미한다.

틀림없다. 먹어 본 적 있다. 이 소스.

나는 오늘 세 번째 "잠시만요"를 입에 담았다.

"혹시 이 근처에 삼각 모양 지붕이 달린 집이 있지 않았나요?"

이 일대는 거의 모든 집이 삼각 지붕이야. 그 말까지 듣고 우리는 가게를 나갔다.

"전단이 들어 있었던 것 같아."

기억이 선명하지는 않지만 백부님이 배달을 시킨 적이 있다. 그리고 집에 도착한 음식을 식탁에 늘어놓고 있을 때 그 전단을 목격했다.

"맛을 정말 기억하세요?"

"그 시절에는 외부 음식을 먹을 기회가 거의 없었어. 도넛 하나를 먹을 때도 살면서 처음 생굴을 먹어 봤을 때와 비슷한 충격을 받았으니까."

"그러고 보면 생간 같은 것도 비주얼이 충격적이죠."

"응, 충격적이지."

별반 상관없는 이야기다. 우리는 적당한 공터에 힌덴부르크호를 세우고 뜨거운 햇볕이 내리쬐는 마을을 걷기 시작했다. 트럼프 지도에 그려진 삼각 지붕 집을 찾아서.

플란넬 셔츠 아저씨는 이 근방에서 '이로카와'라는 성을 가진 사람을 본 적이 없고 '신도'나 '후루타'도 처음 들어 본다고 했다. 백부님은 호적이 여러 개 있었다. 각진 집에서는 미쓰히데 씨의 호적을 썼고 이곳에서는 어떤 이름으로 살았는지 알 수 없다. 결국 믿을 수 있는 건 조금씩 젖산이 쌓여 가는 두 다리와 어렴풋한 기억뿐이다.

"주변 풍경은 각진 집과 비슷했어. 그건 기억해."

각진 집을 처음 봤을 때 그렇게 느꼈다. 숲을 등진 채 녹색 터널로 주변과 단절된 입지. 백부님은 시끄럽게 굴어도 뭐라고 할 사람이 없다고 했고 가끔 그런 입지의 장점을 살려 노래방 기계를 요란하게 틀기도 했다.

아오이는 눈에 들어오는 집에 무작정 들어가 묻고 다녔고, 난 그런 아오이 뒤에서 말없이 위장에서 느껴지는 통증을 건넜다. 난 여기서 대체 뭘 하고 있는 걸까. 뭘 위해 과거를 파헤치는 걸까. 난 알고 싶은 걸까, 이해하고 싶은 걸까. 내가 원하는 건 뭘까.

대체 뭘 이해하면 좋을지도 모르겠다.

그리고 이해한다고 해서 뭐가 달라질지도 알 수 없다.

아오이는 그런 날 아랑곳하지 않고 닥치는 대로 집에 가서 문을 마구 두드리고 "실례합니다!"라고 외쳤다. 아무리 작은 마을이라고 해도 그렇게 쉽게 성과는 나오지 않았다. 어느덧 해가 기울기 시작했다. 오렌지색 빛이 산그늘 너머로 사라지고 땅거미가 졌다. 더위는 약간 가셨지만 피로가 잔뜩 쌓였다. 뒤꿈치가 욱신거리고 머릿속이 몽롱하다. 이제는 힌덴부르크호를 어디 세워 뒀는지도 기억이 안 났다.

"언니."

아오이가 문득 멈춰 섰다. 슬슬 마을을 빠져나가는 지점이다. 아오이는 손으로 숲을 가리켰다.

"저거, 왠지 터널 같지 않아요?"

두 그루의 나무가 만드는 아치가 그곳에 있었다. 차 한 대가 간신히 지나갈 폭이다. 몸이 부르르 떨린 것은 밤바람 때문은 아닐 것이다.

"가 봐요."

아오이가 거침없이 걸어갔다. 눈을 크게 뜨고 아오이를 따라간다. 따라가면서 속으로 '아아……' 하고 여러 번 한숨을 내쉬었다. 아아…… 여기다. 이 앞에, 있다.

터널을 지나자 그곳에는 내 기억이 있었다. 삼각 지붕의 일본식 가옥.

"현관 불이 켜져 있네요."

아오이는 소리 죽여 속삭이고 집 앞으로 쓱 다가갔다. 움직임이 날랜 고양이 같다.

아오이가 현관 앞에 서서 문기둥을 턱으로 가리켰다. 문패에 적힌 투박한 세 글자를 본 순간 가슴이 철렁했다.

'야마다'

"뭐가 어떻게 된 거죠?"

아오이는 망설이지 않았다. 말릴 새도 없이 초인종을 누른다. 대답이 없다. 다시 한번 누른다. 정말 소란스러운 밤이다. 물론 가장 소란스러운 것은 내 심장 뛰는 소리다.

세 번째 초인종 소리가 울리기 직전에 미닫이문 안에서 불이 들어왔다. 그림자가 나타나 우리를 향해 걸어온다.

드르륵.

살짝 열린 문 사이로 하얀 머리카락을 리젠트 스타일[*]로 빗어 넘긴 남자가 얼굴을 내밀었다. 끝이 위로 올라간 눈썹과 처진 눈, 언짢아 보이는 입가. 그 모든 것에 환영하는 느낌이라곤 없다.

"안녕하세요."

아오이가 싹싹하게 인사했다.

"죄송합니다. 길을 잃어서."

리젠트 아저씨는 표정이 변하지 않았다. '그게 나랑 무슨 상관이야?'라는 듯한 얼굴이다.

"목이 좀 말라서요."

묵묵부답.

"손도 좀 씻고 싶고."

묵묵부답.

"배도 약간 아픈 것 같아요."

묵묵부답.

"아니, 그냥 솔직히 여쭙고 싶은 게 좀 있어요."

* 앞 머리카락을 위로 높이 빗어 넘긴 머리 모양. 엘비스 프레슬리의 헤어스타일로 유명하다.

이제는 둘러대기도 귀찮은 듯하다. 아오이는 단도직입적으로 물었다.

"혹시 전에 이 집에 살던 이로카와라는 분을 아시나요?"

드르르륵. 문을 절반까지 연 리젠트 아저씨는 주름이 잔뜩 진 덧옷에 슬리퍼를 신고 있었다.

"누구요?"

"전 르포를 쓰는 아오이라고 합니다."

입에 침도 안 바르고 거짓말을 한다.

"옆에 있는 여자는?"

"조수예요."

리젠트 아저씨는 "흐음" 하고 내 머리부터 발끝까지를 찬찬히 훑어봤다.

그러더니 갑자기.

"이런 먼 곳까지 오다니."

만면에 미소를 지었다.

아저씨는 "일단 들어오시게" 하고 손짓했다. 홀아비 혼자 사는 곳이라 누추하고 대접할 것도 없지만 이해하게나. 참, 소주는 있는데 한잔하겠나? 에이, 사양하지 마. 자고로 여행지에서는 자유를 만끽해야지.

"자자, 들어가시게."

우리는 신발을 벗고 아저씨에게 등을 떠밀려 가며 신도 씨가 후루타 씨를, 오빠가 도키로를 내동댕이쳤던 복도를 걸었다.

아저씨가 우리를 데려간 다다미방에는 소파와 대형 TV가 있었다. 박제된 매와 갑옷, 투구 장식, 항아리 등 잡다한 물건이 벽 앞을 메우고 있는데 그 가치가 얼마나 되는지는 차치하고 추리 드라마 속 살인 사건이 일어날 무대로 안성맞춤인 곳이라는 생각이 들었다.

"자, 앉게, 앉게."

아저씨가 가리킨 소파에 아오이와 나란히 앉았다.

"난 야마다라고 하네. 야마짱이라고 불러도 돼."

자, 사양 말고 한잔들 하게. 야마짱은 작은 테이블에 있는 머그잔에 소주를 따라 우리에게 건넸다.

"이런 산속에 사느라 평소에 사람 만날 일이 거의 없지. 더구나 두 사람 같은 미인이라면 환영하지 않을 도리가 있나."

아저씨는 핫핫 하고 웃으며 작은 잔에 따른 소주를 쭉 들이켰다. 아오이가 "잘 마시겠습니다" 하고 머그잔을 단숨에 비웠다. 난 입을 대는 척만 했다.

이야, 젊은 아가씨가 아주 호쾌하구먼! 아뇨, 아뇨. 아
저씨야말로. 자자, 한 잔 더, 한 잔 더. 네, 네.

계속 이러다가는 수습이 안 될 것 같아서 아오이의 옷
소매를 잡아당겼다.

"아저씨는 서쪽 지방 출신인가요?"

"그래. 오사카의 이쿠노란 곳이 고향이지."

"아하, 그 신사가 있는 곳?"

일본은 전국 어느 곳에나 신사가 하나쯤 있으니 제법
쓸 만한 맞장구처럼 들린다.

"그래, 그래, 이쿠노 신사. 난 전통 신앙에는 관심이
없지만."

"이로카와 씨와도 거기서 처음 만나셨나요?"

"이로카와 기자에몬 말이지?"

야마짱은 천장을 보며 백부님과의 관계를 선뜻 인정
했다.

"세월이 벌써 이렇게 흘렀구먼. 몇 살 때였지? 아마
그 녀석 나이가 서른 무렵이었던 것 같은데. 처음 알게
된 곳은 미나미 쪽 번화가였지. 그 녀석은 머리가 아주
똑똑했어. 일솜씨가 좋고 배짱도 두둑했고. 뭐 둘이 함
께 못된 짓을 저지르고 다니던 시절도 있었는데, 그때

도 이 녀석은 앞으로 더 큰 일을 벌일 녀석이라는 걸 직감했지."

"실제로 이로카와 씨는 니르바나 기쿠이케 씨와 여러 악행을 일삼고 다녔다던데요."

야마짱은 "다 옛날이야기야" 하고 쑥스러운 듯이 머리카락을 손으로 쓸었다.

"아무튼 매일매일 무게를 잡고 다녔지. 그 녀석과 나 모두 부모가 인간 구실을 못 해서 어렵게 자랐거든. 가장 비싼 음식과 좋은 술, 고급 차, 번듯한 집, 예쁜 마누라. 죽기 전까지 그 모든 것들을 손에 넣고 말겠다며 씩씩거렸어."

"아저씨도 니르바나 기쿠이케 밑에 있었어요?"

"난 그냥 옆에서 돕는 수준이었어. 이로카와의 부하처럼 쓰였지. 그 덕에 난 체포도 면했고."

아오이는 "그렇군요" 하고 왠지 감탄한 것처럼 말했고, 옆에서 난 멋지 않은 위장 통증을 견디고 있었다. 최대한 신경을 다른 곳에 돌리려고 머그잔에 든 술을 한 모금 마셨다가 웩 하고 전부 게워 낼 뻔했다.

"녀석이 여기로 도망친 뒤에도 가끔 연락을 주고받았어. 나와 다르게 솜씨가 전혀 녹슬지 않았더군. 니르바나의 신자 명단에 있는 사람들에게 연락해서 수행이니 뭐니 하는 말로 꼬드겨서 잔뜩 부려먹었다고 해."

삼각 지붕 집의 가정부 후루타 씨와 각진 집의 마사에 씨도 다 니르바나 밑에서 수행하던 사람이었다.

"그 무렵 난 오사카에서 장사를 하고 있었는데 마침 장사를 접으려는 찰나에 그 녀석한테 연락이 왔지. 이 제는 힘든 일은 못 할 것 같다고 하니 나더러 이 집을 관리하라더군."

이런 촌구석에 있는 집이라 팔고 싶어도 못 팔지 않았을까. 그는 아오이를 향해 히죽 웃으며 말했다.

"그게 언제쯤이에요?"

"맞혀 봐."

"6년 정도 전인가요?"

우리 가족이 이 삼각 지붕 집을 떠난 시기다.

야마짱이 힘차게 고개를 끄덕였다.

"이제는 이 집의 지박령이 돼 버렸어."

한 잔 더 하겠나? 이 고장에서 이름난 술인데 우리 집의 비장의 무기지. 야마짱은 표주박 같은 술병을 꺼내와서 머그잔에 넘치도록 술을 따랐다. 거절하기도 뭐해서 우리는 술을 받아 마셨다.

"난 이제 사리사욕을 버리고 한량없이 타이거스* 시합이나 기다리는 늙은이가 돼 버렸어."

"일에는 손을 떼셨나요?"

"아니. 이 집에 온 이후로는 나도 자네들과 같은 일을 하고 있네."

"같은 일?"

"작가 나부랭이라고 해야 할까. 글을 써서 사람들에게 내놓고 있지. 이런 곳에서도 컴퓨터는 쓸 수 있으니."

갑자기 머리가 어지러웠다. 피로 탓일까, 알코올 탓일까. 위장의 통증도 가라앉을 기색이 없다.

"글을, 쓴다고요……?"

옆에서 아오이가 그렇게 묻고 고개를 툭 떨궜다. 만취하기에는 너무 이르다.

"그래. 뭐 적당히 써 갈기는 별자리 운세이긴 한데."

그제야 난 속으로 '아아……' 하고 납득했다. 이 리젠트 헤어스타일을 보며 떠오를 듯 말 듯하던 기억이 명료해진다. 난 꼬이는 혀를 굴려서 간신히 물었다.

---

* 일본 야구팀 한신 타이거스.

"선, 더……?"

"역시 알고 있었나."

야마짱이 빙긋 웃고 술을 마셨다. 우리에게 따라 준 비장의 무기와는 다른 술이다.

"너, 이 집에 살던 아이지?"

머리가 천근만근 무겁다. 고개를 끄덕이거나 아니라고 부인하기도 귀찮다.

"이로카와에게 부탁해서 영상을 받았지. 오래된 영상이라 화질이 영 별로였지만 결국 이렇게 쓸데가 있군."

천박한 미소를 보며 이 집에도 감시 카메라가 여러 대 있었던 것을 떠올렸다.

"난 너 정도의 빈약한 몸매가 취향이라서 말이야."

실례되는 말이지만 반응할 수 없다. 입에서 목소리가 나오지 않는다. 손에 힘이 들어가지 않는다. 머그잔이 바닥에 떨어졌다.

"노란 머리 아가씨도 나쁘지는 않아. 둘 다 젊기도 하니."

아오이가 몸을 기우뚱거렸다. 입에서는 침이 흐르고 있다.

"미안하지만 이게 내 일이라. 조금만 참아 줘."

야마짱은 하나도 미안하지 않은 것처럼 실실 웃으며 아오이의 두 손을 덥석 움켜쥐고 아오이를 소파 아래로 내렸다.

"조금 아플 수도 있겠지만 견뎌야지 뭐, 어쩌겠어."

아오이를 방 밖으로 질질 끌고 가는 모습을 가만히 지켜볼 수밖에 없다. 온몸에서 힘이 풀리고 감각이 조금씩 사라지고 있다.

그렇게 난 아무것도 못 하고 맥없이 기다렸다. 몇 번인가 일어서 보려고 했지만 몸이 말을 듣지 않았다. 옴짝달싹 못한다는 게 정확히 이런 순간을 뜻할 것이다. '아오이!' 하고 외치려고 해도 입에서 나오는 말은 "아, 오"에 그친다.

"옳지, 착하지."

야마짱이 방에 들어와 내 앞에 섰다. 잠옷 바지의 가랑이 부분이 눈앞에 있다. 야마짱이 발기한 그것을 내 볼에 갖다 붙였다.

"넌 이런 일에 익숙하지?"

바로 몇 년 전까지 매일같이 일했을 테니.

아오이처럼 손목을 붙잡힌 채로 질질 끌려간다. 안방에서 복도, 복도에서 현관으로.

"바닥에 실례하면 안 돼. 청소하기 힘드니까."

바닥이 울퉁불퉁한 것도 아닌데 머리가 이리저리 흔들린다. 끌고 가는 게 너무 거칠다. 힘없이 벌어진 입으로 뿌연 흙먼지가 들어왔다.

바깥은 이미 캄캄한 밤이었다. 잔디를 손질하지 않은 뒤뜰 쪽으로 끌려간다. 시야 끝으로 두 개의 가건물이 보인다. 닭장과 돼지우리를 개조한 곳이라 우리는 그곳을 축사라 불렀다.

야마짱은 전에 내가 1년 반을 지냈던 닭장 옆으로 향했다. 하나코와 하나코의 엄마가 있었던 돼지우리 쪽이다. 날 그 안에 집어넣더니 숨을 한 번 내쉬고 문을 닫는다.

"자, 우리를 방해할 사람은 아무도 없으니 느긋하게 즐겨 보자고."

그때 은색의 뭔가가 번쩍이며 휘잉 하고 야마짱의 뺨을 스치고 지나갔다. 눈을 휘둥그레 뜬 야마짱이 비틀거리다가 발을 헛디뎌 엉덩방아를 찧었다. 동시에 쿵 하고 다른 누군가가 쓰러지는 소리가 들렸다. 손에 삽을 든 아오이였다.

"이······."

야마짱이 고리눈을 떴다.

"이년이!"

바닥에 쓰러져 움직이지 못하는 아오이의 얼굴에 사커 킥이 작렬했다. 아오이는 그대로 뒤로 벌러덩 넘어졌다.

"허튼짓을!"

야마짱이 이번에는 아오이의 다리를 발로 퍽 걸어찼다. 난 엎드린 채 그 모습을 지켜보고 있다.

야마짱이 숨을 거칠게 내쉬며 하얀 리젠트 머리를 매만졌다.

"우습게 보지 말라고 했지!"

아오이의 노란 머리카락을 붙잡고 먼지투성이 바닥에 얼굴을 내리꽂는다. 한 번, 또 한 번.

"이로카와 자식도! 기쿠이케 자식도!"

그렇게 소리치면서 아오이 위에 올라탄다.

위험해.

야마짱이 아오이의 뺨을 후려쳤다. 아오이는 저항하지 못한다.

난 흔들리는 시야 속에서 얻어맞고 있는 아오이의 하얀 피부를 바라보며 아무것도 못 하고 속으로 숫자만 셌다.

한 대. 두 대. 세 대.

네 대. 다섯 대. 여섯 대. 일곱 대. 여덟 대. 아홉 대.

"개나 소나 날 우습게 보고!"

열 대. 열한 대. 열두 대. 열세 대. 열네 대. 열다섯 대.
열여섯 대. 열일곱 대. 열여덟 대. 열아홉 대. 스무 대.
스물한 대.

왠지 낯익은 광경이다. 각진 집에 있는 노란 문 지하
실. 리쓰카가 도키로를 상대로 일할 때도 난 이렇게 구
석에서 가만히 지켜보기만 했다.

스물두 대.

몸 안쪽에서 뭔가가 꿈틀거린다.

스물세 대.

머릿속이 찌릿한다.

스물네 대.

입에서 뜨거운 숨이 새어 나온다.

스물다섯 대.

아프다.

스물여섯 대.

아파.

아오이가 얻어맞을 때마다 내게도 통증이 느껴졌다.

위장 밑바닥에서 치밀어 오르는 것을 모조리 토해 낸다. 위액과 샌드위치, 소주 냄새가 뒤섞인 지독한 악취를 견디며 간신히 고개를 들었다.

야마짱이 고장 난 태엽 인형처럼 반복해서 아오이의 뺨을 후려치고 있다.

호흡을 가다듬는다. 토한 뒤로 팔다리 감각이 돌아왔다. 애초에 난 그 비장의 무기를 별로 마시지도 않았다.

손을 천천히 앞으로 뻗는다. 어두운 땅바닥에 놓인 삽을 쥐어 든다.

"거들먹거리지 말라고!"

그 우렁찬 외침이 신호가 되었다. 앞으로 두 번 다시 걷지 못해도 좋으니 이번 한 번만 힘을 내 달라고 근육에 부탁하며 야마짱의 머리에 삽을 내려쳤다.

퍼억.

"어?"

야마짱이 날 돌아봤다. 넋이 나간 듯한 얼굴 위로 붉은 핏줄기가 주르륵 흐른다.

"……이 암퇘지 같은 년이."

다시 한번 삽을 휘둘렀다. 그러나 몸이 아직 말을 듣지 않았고 조금만 방심해도 다리가 풀릴 것 같아 제대로 서 있기도 힘들었다.

야마짱의 거친 주먹이 내 코를 강타했다.

하마터면 뒤로 쓰러질 뻔했다. 아니, 쓰러져야 마땅한 충격이었다. 그러나 난 쓰러지지 않았다. 쓰러지고 싶지 않았다.

"사람을 대체 뭘로 보고!"

야마짱이 짐승처럼 포효했다. 주먹을 꾹 쥐고 있다. 난 쓰러지지 않게 버티고 서 있는 게 고작이었다. 시야가 흔들리고 의식이 아득해진다. 손에서 삽이 떨어질 것 같다.

또다시 온다. 온 힘이 실린 펀치가. 난 피하지 못하고 맞아 쓰러질 것이다. 쓰러져서 죽사발이 될 것이다.

"으으윽!"

그 순간, 야마짱이 도깨비 같은 얼굴을 추하게 일그러뜨렸다.

아래에서 아오이가 야마짱의 가랑이 사이를 움켜쥐고 있었다. 얼굴이 두 배쯤 부어오른 아오이가 날 보며 한쪽 눈을 찡긋한다. 세상에서 둘도 없을 그로테스크한 윙크였다.

언니!

"지금이에요!"

삽이 완벽한 궤도를 그렸다.

안에 있던 밧줄로 팔다리를 꽁꽁 묶고 아오이가 따귀를 열 대쯤 갈겼을 때 야마짱이 눈을 떴다. 야마짱은 애벌레처럼 몸을 꿈틀거리며 몸부림치다가 이내 소용없는 것을 깨닫고 "머리에 열이 나는 것 같아", "앗, 피가, 피가", "이러다 죽을 거야" 같은 다양한 우는소리를 끝없이 늘어놓았지만 이미 고문 모드에 돌입한 아오이에게 통할 리 없었다.

흰 머리카락을 한 가닥 한 가닥씩 뽑는 단순하면서도 음산한 학대에 야마짱은 결국 모든 것을 체념했다.

"본명은?", "야마다 후쿠스케입니다.", "나이는?", "일흔입니다", "스리 사이즈는?", "네? 그런 건 저도 잘……."

외우고 다니란 말이야, 이 자식아. 흰 머리카락을 세 가닥 더 뽑는다.

"너와 그 변태 자식의 관계는?"

"그건 조금 전에 말씀드린 대로입니다."

니르바나가 체포된 후 야마짱은 오사카에서 소소하

게 점술 학원을 운영했다. 그러다 학원의 경영 상태가 기울었을 때 백부님의 연락을 받은 것이다.

"전 오래전부터 그 녀석 말에는 꼼짝 못 했습니다. 녀석도 그걸 잘 알았으니 절 이용하려고 했겠죠."

"우리한테는 왜 그랬어?"

"그것도 그 녀석이 지시한 겁니다. 혹여 누가 이 집을 찾아오면 적당히 상대해 주면서 정체를 밝혀서 자기한테 보고하라고……."

"이유는?"

"저도 잘 모르지만, 누가 자기 뒤를 캐면 이것저것 곤란해서 아닐까요."

머릿속에 신도 씨의 아내와 딸 하나코가 떠올랐다.

"전 정말 아무것도 못 들었습니다. 전 사채업에도 가담하지 않았고 그냥 팔자 좋게 이 집 관리만……."

"그런 것치고 우리를 아주 거나하게 대접해 줬지. 이봐, 당신. 지금껏 이 집에서 도대체 몇 명을 더 죽였어?"

"안 죽였어요! 정말입니다. 그렇게 무서운 짓을 어떻게……."

"오, 바로 조금 전까지 죽기 일보 직전이었던 사람이 지금 이렇게 눈앞에 있는데?"

"아뇨, 아니에요. 그럴 의도는 눈곱만치도 없었습니다. 일단 얌전히 만들고 천천히 이야기를 들어 보려다가 충동적으로 그만⋯⋯."

"시끄러워!"

아오이는 그의 두피에서 흰 머리카락을 뭉텅이로 뽑아 버렸다.

"상대에게 약을 먹이고 대화하려는 인간이 세상천지에 어딨냐!"

야마짱은 찍소리도 못하고 고개를 숙였다.

"당신 말이야. 이제 다 끝났으니 포기해. 우리 말고 더 있었지? 이 집을 찾아온 사람이."

아오이가 위협적으로 얼굴을 바짝 갖다 붙이며 물었다.

"히나구치 진토쿠."

그 이름을 듣고 야마짱의 눈동자가 좌우로 흔들린다.

"대머리가 될 때까지 입 다물고 있을 작정이야?"

그 말은 실로 효과적인 협박이었다.

야마짱이 더듬더듬 이야기를 시작했다.

"진토쿠 씨는 어느 날 갑자기 찾아와서⋯⋯ 자기와 힘을 합쳐 이로카와를 해치우자고 하더군요. 제가 왜 그런 일에 협력하겠습니까. 성가신 일은 딱 질색인데."

"그래서 죽였어?"

"죽이다뇨! 상대하지 않고 그냥 내쫓았을 뿐이에요."

"그 후로 그 변태 자식한테 고자질했고?"

야마짱이 힘없이 고개를 끄덕였다.

"2012년 12월쯤, 맞아?"

"……아마 그 무렵이었던 것 같네요. 그보다 약간 빨랐던 것 같기도 한데, 아무튼 제가 한 일이라곤 그뿐입니다. 전 그냥 이로카와에게 보고만 하는 사람이었어요!"

아오이가 흐음 하고 고개를 끄덕이더니 갑자기 야마짱의 코를 확 쥐고 비틀었다.

"거짓말도 잘하네, 우리 아저씨."

으름장을 놓는 것처럼 목소리를 깔고 말한다.

"계속 우리를 우습게 보다가는 엉덩이에서 내장이 뽑히고 어금니를 두 번 다시 딱딱거리지 못하게 될 수 있어."

이 한마디는 야마짱의 트라우마가 될 것이 틀림없다.

"당신, 그전부터 히나구치 기요미 씨한테 집적거렸지?"

야마짱의 얼굴에서 겁먹은 표정이 체념한 표정으로 바뀌었다.

"……그것도 다 이로카와가 지시해서."

이 삼각 지붕 집에 살기 시작한 야마짱은 삶이 무료한

나머지 선더 후쿠스케라는 이름을 내걸고 점술에 복귀했다.

"니르바나의 제자라는 건 어떤 의미에서 좋은 홍보 문구가 됐죠."

성인 주간지에서 기꺼이 페이지를 할애해 줄 정도는 될 것이다.

"하지만 요즘 세상이 워낙 시끄럽고 흉흉하잖습니까. 여유롭게 잡지나 챙겨 볼 정신들이 없겠죠. 그러니 제 앞에 떨어지는 돈도 점점 줄어서……."

다음 계약이 끊겼고 이듬해 연재 중단이 최종 결정됐다.

"네놈의 금전 사정 따위는 하나도 안 궁금해!"

흰 머리카락이 뚝뚝 뽑힌다.

"아무튼 그런 상황에서 이로카와 녀석이 히나구치 집안 가족들을 찾아보라고 했어요. 찾으면 돈을 좀 챙겨 주겠다고……."

그러나 단서를 얻지 못하고 시간만 흘렀다.

"그런데 어느 날 이로카와가 또다시 전화를 걸어 와서……."

당시 우리가 살던 2층 집의 주소를 알려 줬다.

"그 변태 자식은 언니네 집 주소를 어떻게 알았지?"

"그건 저도 모르죠. 저한테는 그냥 기요미 씨 옆에 붙어 있으라고…….."

야마짱은 봉사 활동이라는 구실을 내걸고 엄마와 백부님을 잇는 역할과 운전, 잡일 등을 맡았다고 했다. 가끔 함께 노인 요양원을 돌면서 점을 봐 주기도 했다는데 할아버지, 할머니들에게 과연 어떤 미래를 들려줬을까.

"그리고 병원에 있는 그 집 아들을 주의하라고 했습니다."

오빠다.

야마짱이 한창 엄마와 친분을 쌓고 있을 때 백부님은 빚 독촉으로 아빠를 공략했다. 오빠 앞으로 생명 보험을 들게 한 것도 백부님의 지시일 것이다. 그리고 아들을 죽이라고 강요했다.

그러나 오빠는 되살아났고 아빠는 백부님에게 반기를 들었다.

"히나구치 진토쿠 씨를 어떻게 한 거야?"

"전 그냥 그 사람을 이로카와에게 데려가기만 했어요."

크리스마스 날. 2층 집에서 각진 집으로.

"사유미 씨는?"

이번에는 내가 물었다.

462

야마다 사유미. 오빠가 추락한 아파트에 살던 여자. 행방불명된 에노키도 씨의 딸.

"당신이 베리라이프 에도가와 아파트에 집을 구해 줬잖아."

아오이에게 멱살을 잡힌 야마짱이 그제야 기억난다는 표정을 지었다.

"아, 걔는 아마 제 딸일 겁니다."

"뭐라고?"

아오이가 날카롭게 되물었다.

"아, 친딸은 아니고 양녀요. 그것도 여기 온 지 얼마 안 됐을 때 이로카와가 지시한 겁니다. 그러고 보니 걔 이름이 사유미였군요."

서류상의 관계일 뿐이고 얼굴도 모른다. 야마짱은 베리라이프 에도가와에 가 본 적도 없다고 했다.

"원래는 이로카와의 부인이었는데 이혼하고 제 밑으로 넣었다고 하더군요. 그게 이로카와 녀석의 방식입니다. 저처럼 말 잘 듣는 사람들의 호적을 이용해 혈연관계를 맺고 연금과 생활 보호비 따위를 빼앗아서 보험금으로 집어넣죠. 오직 돈이 목적인 겁니다. 저도 다 어쩔 수 없이 따른 거예요. 말을 안 들으면 언제든 찾아와서 죽일 거라고 협박해서…….”

“사유미 씨가 지금 있는 곳은?”

“저도 잘 모르는데…… 그러고 보니 그 여자를 어느 부잣집에 시집보내려고 이혼했다는 말을 들은 적이 있습니다.”

그렇게 사유미 씨는 베리라이프 에도가와를 떠났다.

야마짱이 아는 걸 전부 털어놨다고 봤는지 아오이는 “언니, 이 정도로 하죠” 하고 몸을 일으켰다.

“아, 저, 이것 좀 풀어 주세요. 그리고 병원에 좀.”

“아직도 주둥이가 살았네.”

아오이는 야마짱의 배를 퍽 걷어차고 가건물 밖으로 나갔다.

나도 야마짱에게 당한 만큼 갚아 줄 권리가 있겠지만 그의 머리에서 줄줄 흐르는 피를 보고 그냥 넘어가기로 했다.

아오이를 따라 건물을 나가려는 찰나, 불현듯 그것이 내 눈에 들어왔다. 닭장과 맞닿은 벽에 뚫린 구멍. 난 저 구멍을 통해 매일 밤 하나코와 시시콜콜한 잡담을 나눴다. 주로 저녁밥 메뉴 이야기. 가끔 하나코가 좋아하던 남자아이 이야기도.

"아가씨. 부탁이니 이것 좀 풀어 주고 가요."

그렇게 애원하는 야마짱 옆에 쪼그려 앉아 귓가에 속삭였다.

"하나코와 하나코 엄마의 시신이 이 뜰 어딘가에 묻혀 있을 거예요. 찾아서 다시 잘 묻어 주세요. 안 그럼 다음번에는 삽으로 끝나지 않을 거예요."

야마짱이 고개를 연신 끄덕이는 것을 확인하고 밧줄을 느슨히 풀어 주었다. 삽으로 끝나지 않을 거라 위협한 주제에 난 대체 무슨 짓을 하는 걸까 속으로 의아해하며.

아오이는 힌덴부르크호를 향해 걸으며 야마짱에게 들은 이야기를 포함해 그간의 상황을 정리했다.

오빠가 아파트 옥상에서 추락했다가 되살아난 것을 계기로 아빠는 과거를 청산하고자 마음먹었다. 마음을 굳게 먹고 삼각 지붕 집을 찾았을 때 그곳에는 백부님 대신 야마짱, 즉 선더 후쿠스케가 살고 있었다. 그에게 협력을 요청했지만 문전박대를 당했고 야마짱의 고자질 때문에 백부님은 아빠의 '처분'을 결정했다.

크리스마스 날 아빠를 찾아온 빚쟁이들은 백부님의 수하들이었고, 아빠는 결국 모든 것을 포기하고 가족과 마지막 저녁 식사만 하게 해 달라고 부탁했다.

아라타라는 이름의 시한폭탄이 벌레 한 마리 죽이지 못하는 착한 청년으로 다시 태어났다는 사실을 알게 된 백부님은 우리 가족을 다시 한번 지배하고자 마수를 뻗었다. 이유는 몇 가지가 있을 테지만 우리 가족이 신도 씨 살해에 관여했다는 점이 가장 클 것이다.

힌덴부르크호가 한밤의 도로를 달리기 시작했다.

"여전히 불분명한 건⋯⋯."

아오이는 두 볼이 빵빵하게 부어올라서 무슨 말을 하는지 알아듣기 어려웠다.

"언니네 오빠의 행동이에요."

그렇다. 오빠는 왜 베리라이프 에도가와에 가서 그곳 옥상에 올라가 추락했을까.

야마짱이 우리 가족의 주소를 알게 된 시점은 오빠가 그곳에서 추락한 이후다. 즉, 오빠는 백부님의 의도와는 상관없이 그 아파트로 향했다는 말이 된다. 그전까지 줄곧 방 안에만 틀어박혀 있었던 주제에 그날만은 혼자 전철을 타고 에도가와구까지 갔다.

그리고 하필 그곳에는 백부님의 수하였던 선더 후쿠스케, 즉 야마다 후쿠스케의 양녀이자 에노키도 다스케의 외동딸인 사유미 씨가 살고 있었다. 이런 우연이 또 있을까.

"오빠는 '되찾으러 간다'라는 말을 남기고 베리라이프 에도가와로 떠났어."

"그게 사유미 씨를 뜻한 말이었을까요?"

알 수 없다. 다만 오빠는 이런 말도 남겼다. 그날 그곳 에서 자기를 밀쳐 떨어뜨린 사람은 여자였다고.

하지만 오빠는 도대체 어디서 사유미 씨를 처음 알게 됐고 왜 거기서 밀려 떨어졌을까.

"미즈호마치에도 갈 거야?"

트럼프에 그려진 마지막 동그라미. 솔직히 이제는 지쳤고 코도 시큰거린다. 심지어 아오이는 야마짱보다도 먼저 병원에 뛰어가야 할 상태라 안전 운전을 할 수 있 을지 의심스럽다.

"모처럼 여기까지 왔으니 가지 않는 건 손해겠죠."

"거기에는 들러야 할 곳도 없는데?"

"아뇨, 있어요."

"응?"

"처음부터 염두에 두고 있었어요. 구글 지도에서 명 소로 표시됐거든요."

뭐가 있을지 기대돼요. 아오이는 그렇게 말하고 가속 페달을 세게 밟았다.

힌덴부르크호가 향한 곳은 신사였다. 제법 넓고 이런 저런 시설도 충실한 곳이다. 마을 안에 있는 덕에 높은 돌계단도 없어서 우리는 고생하지 않고 기둥문을 지났다.

"아마 저기일 거예요."

아오이를 따라 어두운 자갈길을 걸었다. 시야 끝에 벽이 보인다. 핸드폰 스트랩 같은 걸 파는 가게가 대충 이런 분위기 아닐까.

벽을 가득 채운 수많은 나무판들.

"자, 찾아보죠."

합격 기원, 순산 기원, 무병장수 기원, LOVE, 꿈 등 방문객들의 소원이 적힌 나무판을 우리는 하나하나 확인했다.

그 나무판은 내가 먼저 발견했다. 별로 비싸 보이는 나무판은 아니다. 적혀 있는 글씨도 삐뚤삐뚤하다. 귀여운 일러스트나 이모티콘 따위가 그려져 있지도 않다. 그러나 난 잠시 그 나무판에서 눈을 떼지 못했다.

"그 트럼프는……."

등 뒤에서 아오이의 목소리가 들렸다.

"언니네 아버지가 가족에게 남긴 죄의 고백이자 참회인 동시에 언니 자신의 역사이기도 해요. 이렇게 빙 둘러 가는 방법을 선택한 건 언니도 그날 '매장'에 관여했기 때문이겠죠. 그래도 언니네 아버지는 언니에게 트럼프를 남겼어요. 언니가 자기 과거를 찾아 나설 때, 언니의 진짜 모습을 찾아 나설 때 그걸 확실히 찾아낼 수 있도록요."

엄청난 상상력이다. 아오이가 쓴 책은 의외로 재밌을지도 모른다.

그렇게 생각하며 난 나무판에 적힌 글자를 바라봤다.

'맞서 싸우거라.

─요리코와 아라타에게.'

석양 같은 아침 햇빛이 나를 비추고 있었다.

돌아가는 차 안에서 평소 거의 울리지 않는 내 스마트폰이 울렸다. 등록되지 않은 번호로 걸려 온 전화다. "여보세요" 하고 전화를 받았다. 내게 전화를 건 병원 직원은 수화기 너머에서 할아버지가 위독하다는 소식을 알렸다.

· 4년 전 - 2013년

내 '치료'가 일단락돼 밥을 먹을 수 있게 됐지만 노란 문 지하실에서 나갈 수는 없었다. 난 철창문 안에 갇힌 채 알몸 상태 그대로 똑같이 알몸인 리쓰카와 희뿌연 형광등 불빛이 비치는 돌바닥에 드러누워 하루를 보냈다.

우리는 주로 〈악질 엄마 VS 정병 딸〉 이야기, 그게 지겨우면 〈돈의 제왕〉 이야기, 추리 드라마 이야기, 그리고 아주 가끔 이 집에서 탈출하면 뭘 할지에 대해 이야기했다.

리쓰카는 자유의 몸이 되면 일단 위스키 봉봉을 배 터지게 먹고 싶다며 눈을 반짝였고, 난 그건 별로 현명한 선택이 아니라고 가르쳐 주었다. 술이란 건 썩은 물이고 위스키 봉봉은 예를 들면 티라미수 위에 낫토*를 부어서 먹는 것과 비슷한 거라고 했다. 그러자 리쓰카는 "그럼 배터지게 낫토 말이 김밥을 먹을래요"라고 계획을 바꿨고, 난 "응, 그건 좋네. 아주 좋아"라고 추켜세워

* 삶은 콩을 발효시켜 만든 일본 전통 음식.

주며 가공의 '참 잘했어요' 도장을 찍어 주었다.

식사는 마사에 씨가 가져다주었다. 그리고 그때마다 위층 상황을 전해 들었다. 백부님의 상태와 엄마의 상태, 도키로의 상태.

"도키로 님은 당분간 '출장'을 간다고 합니다. 미쓰히데 씨를 도우러 간다고 들었습니다."

미쓰히데 씨는 아직 아내의 죽음을 모르는 듯했다. 백부님은 미쓰히데 씨를 어떻게 말로 구워삶을지 궁리하고 있을 게 분명하다. 미쓰히데 씨가 끝내 돌아서는 경우까지 포함해서.

실제로 백부님은 최근 매일같이 집을 비우고 있는데 이 역시 미쓰히데 씨를 앞으로 어떻게 처리할지를 대비한 움직임 같다고 마사에 씨는 추측했다. 마사에 씨는 이 집이 미쓰히데 씨의 소유고 그가 백부님의 양자로 들어간 사실도 알고 있었다.

리스카는 우리의 대화에 끼지 않았다. 마사에 씨가 있을 때는 줄곧 카메라를 신경 쓰며 고개를 숙였다. 우리의 밀담이 들통나면 모든 게 끝이니 걱정하는 듯했다.

엄마는 백부님이 집을 비우자 마치 이 집의 여왕이라도 된 것처럼 굴었고 덕분에 마사에 씨의 상처는 전혀 나을 기색이 없었다.

"기요미 님을 끌어들이기는 어려울 겁니다."

그건 나도 동감이었다. 엄마는 이미 완전히 저쪽 편으로 돌아섰다.

"아라타 씨도 도키로 씨와 함께 출장을 떠났습니다."

우리의 비장의 카드이자 최종 병기 오빠. 내가 힘을 합쳐서 백부님을 '치료'하자는 말을 꺼낸 날, 오빠는 제대로 된 대답을 들려주지 않고 지하실을 나갔다. 협력할 마음이 있을까, 없을까. 얼른 확인하고 싶었다. 최악의 경우에는 오빠가 백부님에게 고자질을 할 수도 있다.

"아라타 씨의 속내는 잘 모르겠습니다. 평소에 쓸데없는 말은 일절 안 하는 분이라."

오빠의 협력이 없다면 탈출 계획의 성공률도 곤두박질친다.

"백부님과 엄마가 동시에 집을 비우는 타이밍을 노려야 해."

난 매일 밤 리쓰카와 작전 회의를 했다.

"집에 마사에 씨만 남는 순간을 노려서."

"그런데 이 집을 나간 후에는 어떡하죠?"

"일단 홋카이도나 오키나와까지 도망치면 되지 않

을까?"

"걸어서 말인가요?"

그러고 보니 우리는 돈이 한 푼도 없었다.

"마사에 씨가 운전을 할 수 있대."

"차는 어디서 구해요?"

"그거야 어떻게 되겠지. 차야 거리에 잔뜩 있잖아."

"너무 무계획해요. 차 문을 따거나 시동을 거는 기술이 있는 것도 아니잖아요."

리쓰카는 가끔 지나치게 생각이 많다.

"붙잡혀서 끌려오기라도 하면 그때는 정말 끝이에요."

그 말은 틀리지 않을 것이다.

"그럼 일단 지팡이 할아버지 집으로 가자. 그곳엔 잠지도 있고."

그러자 리쓰카는 "네. 그건 괜찮겠네요" 하고 기뻐했다.

"이 철창문은 어떻게 열죠?"

"백부님이 갖고 다니는 그 촌스러운 열쇠 지갑에 있다고 하는데 함부로 꺼낼 수는 없나 봐."

"그럼 어떻게 구해요?"

"마사에 씨한테 부탁해서 슬쩍하면 되지 않을까?"

"네? 함부로 꺼낼 수 없다면서요."

그렇다.

"그리고 애초에 백부님이 집에 없을 때 탈출하는 거니 슬쩍할 수도 없잖아요."

"그럼…… 열쇠를 미리 복사해 둔다거나."

"외출이 금지된 마사에 씨가 열쇠 가게까지 간다고 요? 그러다 들키면요?"

받아칠 말이 없다.

"열쇠가 만들어질 때까지 기다리기도 싫어요. 전 한시 라도 빨리 여기서 나가고 싶어요. 그러지 못하면……."

리쓰카는 꼭 지옥의 사형 집행인 같은 목소리로 말을 이었다.

"다음 일을 할 때는 이로 물어서 끊어 버릴지도 몰라 요."

무시무시한 눈빛을 보며 난 리쓰카가 진심인 것을 깨 달았다.

결국 백부님을 직접 쓰러뜨리든가 해서 빼앗는 수밖 에 없어 보인다.

"그러려면 아라타 오빠의 협력이 반드시 필요해요."

백부님을 쓰러뜨리고 열쇠를 빼앗아 철창문을 열게 한다. 그리고 차 열쇠도 함께 가져가 오빠 또는 마사에 씨가 운전하는 차를 타고 오키나와로 도망친다. 난 추운 곳이 질색이다.

"완벽하네."

"아라타 오빠가 협력해 준다고 가정해서 하는 이야기지만……."

그런데 지금껏 백부님 귀에 이야기가 들어가지 않은 듯하니 기대해도 괜찮지 않을까.

"선생님의 어머니는 어떡해요?"

"엄마는 됐어. 백부님과 사이좋게 지내고 있으니 알아서 잘하겠지."

"……아버지는."

리쓰카의 아버지 미쓰히데 씨를 뜻한다.

"아버지도 여기 두고 가나요?"

나는 '그래야겠지'라고 말을 하려다가 다시 집어삼켰다.

"……이해해요. 무리하게 부탁해도 소용없다는 것도 알고요."

목소리에서 부탁하고 싶은 심정이 절절히 묻어나지만 리쓰카는 입술을 깨물었다.

어쩔 수 없다. 오빠가 협력해 줄지도 불분명한 상황에 '출장' 때문에 집에 있는 시간이 거의 없는 미쓰히데 씨까지 끌어들일 방법이 없다. 미쓰히데 씨가 집에 있는 시간을 노려서 탈출을 시도하고 혼잡한 상황을 틈타 함께 가는 방법 역시 리스크가 너무 크고, 애초에 미쓰히데 씨가 탈출에 협력할지도 알 수 없다.

심지어 미쓰히데 씨가 현재 살아 있다는 보장도 없다. 안타깝지만 리쓰카 역시 그걸 알지 못할 만큼 멍청한 아이는 아니다.

"선생님, 분해요."

리쓰카가 돌바닥에 드러누운 채로 말했다. 나는 "응" 하고 맞장구를 쳤다. 리쓰카가 "강해지고 싶어요"라고 했고 나는 "나도" 하고 대답했다.

"어떡해야 강해질 수 있나요?"

"글쎄. 역시 팔 굽혀 펴기 같은 걸 해야 하려나?"

다음 날 아침 우리는 근육통에 시달렸다.

"다음 주 목요일에 도키로 님이 집에 돌아온다고 합니다."

탈출을 결심한 지 나흘째 되던 날 오후, 마사에 씨가 리쓰카에게 호스 물을 뿌리며 알려 줬다.

그날 도키로는 분명 지하실에 내려올 것이다. 그리고

우리에게 일을 요구할 것이다. 그의 불사조가 리쓰카의 이에 끊어지는 게 먼저일까, 아니면 우리의 탈출이 먼저일까. 후자가 모두가 행복해질 것은 명백하다.

"오빠는?"

"아마 함께 오겠죠."

백부님은 총 다섯 명 몫의 식사 준비를 지시했다고 한다. 백부님, 도키로, 엄마, 마사에 씨, 그리고 오빠다.

'미쓰히데 씨는?'이라고 묻기는 두려웠다. 리쓰카는 말없이 호스 물을 맞고 있다.

"요리코 님. 이걸 봐 주세요."

호스를 쥔 마사에 씨의 손가락에 라이터가 들려 있었다. 날 향해 있는 아랫부분이 반짝인다. 지팡이 할아버지에게 받은 소형 카메라다.

"요리코 님 방에 있더군요. 스마트폰도."

마사에 씨는 보기보다 적극적이었다.

"그것들을 이용해서 지인들에게 접촉해 보겠습니다."

"전화는 안 터지지 않나요?"

"Wi-Fi로 LINE 메신저를 쓸 수 있습니다. 아직 남아 있을 제 아이디로 로그인해서 메시지를 보내 보려고 합니다."

마사에 씨는 보기보다 전문적이었다.

"성공을 장담할 수는 없습니다. 메시지를 무시할 가능성도……."

마사에 씨는 "그래도 할 수 있는 건 해 봐야죠"라고 덧붙였다.

"그 뒤로는 두 분에게 달렸습니다."

"마사에 씨."

난 떠오르는 의문을 입에 담았다.

"마사에 씨는 여기서 탈출하지 않을 건가요?"

마사에 씨는 내 질문에 답하지 않고 리쓰카에게 쏟아지는 물줄기를 말없이 바라봤다.

"백부님 차에는 총 여섯 명이 탈 수 있어요. 아니, 그걸 떠나 운전할 수 있는 사람이 오빠와 마사에 씨뿐이니 같이 가시지 않으면 곤란해요."

그러자 마사에 씨가 웃음을 풋 터뜨렸다.

"요리코 님은 정말 속이 시원할 만큼 제멋대로인 분이네요."

실례되는 말이다.

"하지만 괜찮습니다. 전 요리코 님을 좋아하니까요."

나는 흐음 하고 적당히 흘려들었다. 미안하지만 난

그런 마음이 전혀 없다.

"이럴 리 없었습니다. 전 니르바나 선생님과 어르신을 세상 그 누구보다 신뢰했습니다. 그분들 밑에서 수행하다 보면 반드시 세상에 보탬이 될 수 있을 거라 믿었죠."

리쓰카는 슬슬 물줄기를 맞고 있기가 힘들어 보였다.

"……이럴 리 없다. 언제부터 그렇게 느끼기 시작했는지는 이제 기억도 안 나네요. 어느새부턴가 전 그냥 이 집의 가정부가 돼 있었습니다. 올바른 일을 위해 봉사하는 사람이 아닌, 그저 욕망에 사로잡힌 자들의 수하가 돼 있었습니다. 정신을 차려 보니 이미 때는 늦었더군요. 그 뒤로는 애써 모르는 척 고개를 돌리고 살았습니다."

요리코 님.

"실은 저도 정말 분합니다. 바보 취급을 당하면서 당연하다시피 반말로 이름을 불렸고 그때마다 속으로 '빌어먹을' 하고 욕지거리를 내뱉었습니다."

마사에 씨는 호스를 내리고 후련한 것처럼 미소 지었다.

"타이밍을 노렸다가 음식에 수면제를 타려고 합니다."

얼굴에서 어느새 웃음기가 사라져 있다.

"어르신의 열쇠 지갑을 빼앗아 이 문을 열러 오겠습니다."

"……수면제가 있어요?"

"마음만 먹으면 어떻게든 될 겁니다. 마음만 먹으면 어떻게든 되는 법입니다."

파란 멍이 들고 반창고를 덕지덕지 붙인 옆얼굴에서는 감정이 읽히지 않는다.

"명심하십시오. 무슨 일이 있어도 도망쳐서 살아남으셔야 합니다. 반드시."

전.

"살면서 단 한 번이라도 어려운 사람을 구해 주고 싶습니다."

며칠이 지난 날 밤에 꾸벅꾸벅 졸고 있던 내 귓가에 숨소리가 닿았다.

"선생님."

조심스럽게 불러서 난 리쓰카가 자다가 실례라도 했나 생각했다.

"실은, 제가 좀 써 봤어요."

리쓰카가 주뼛주뼛 공책을 내밀었다.

"〈악질 엄마 VS 정병 딸〉의 뒷이야기가 이런 식이면 좋을 것 같아서."

"정말?"

몸을 벌떡 일으켰다.

"흔히 말하는 2차 창작?"

"아, 아뇨. 아니, 그게 맞을지도 모르겠네요."

"동인지라고 불러야 하나?"

"쑥스러워요."

"보여 줘, 보여 줘."

난 형광등 불빛 아래로 공책을 가져가 깨알 같은 글씨를 꼼꼼히 읽었다. 리쓰카가 쓴 〈악질 엄마 VS 정병 딸〉은 초등학생 시절 딸이 같은 학교 남자들(교사와 학부모도 포함)을 하나둘 농락하는 이야기였다. 리쓰카가 그리는 딸은 일 처리가 깔끔한 것으로 모자라 무시무시했고 이야기는 어째서인지 중간부터 미중년 교감과 농구부 주장의 BL 스토리로 빠지는 등 중구난방인 면도 없잖아 있었지만, 한 명의 동인녀*로 훌륭히 성장한 리쓰

---

* 주로 2차 창작물 제작 활동을 하는 여성 작가를 일컫는 말.

카가 대견해서 머리를 쓰다듬어 주고 싶었다.

와, 이 수위 아저씨. 이렇게 혐오스러운 뚱땡이 캐릭터는 처음 봐. 아, 역시 선생님 취향일 것 같았어요! 그런데 이 '마그마처럼 진득하고 끈적하게 휘감기는 점막'은 대체 어떤 점막을 뜻하는 거야? 아…… 그건 콕 집어서 대답하기가 좀……. 그럼 이 '비장의 도파민 섹스'라는 건? 아, 선생님, 그게……. '흑등고래도 놀라 뒤집어질 세찬 물줄기'는? 선생님, 그만하세요. 죄송해요…….

우리는 그런 대화를 나누며 탈출 전날의 마지막 밤을 하얗게 지새웠다.

왜 이렇게 돼 버린 걸까.

"괜찮아, 괜찮아."

운전석에서 들리는 목소리가 귀에 거의 닿지 않는다.

"금방 병원에 도착할 거야. 괜찮아."

창밖으로 시선을 향한다. 차창 밖은 어둠뿐이라 앞으로 가는지 뒤로 가는지도 분간할 수 없다. 난 피가 철철 흐르는 왼쪽 어깨를 잠시 머릿속에서 지우고 바로 조금 전까지 일어난 일들을 되짚으며 왜 이렇게 돼 버렸는지를 다시 한번 떠올렸다.

나 때문인 걸까.

계단을 뛰어 내려오는 발소리를 듣고 일이 심상치 않게 굴러가고 있다고 확신한 시간이 오후 6시.

그로부터 약 다섯 시간 전인 오후 1시.

마사에 씨는 점심밥이 담긴 쟁반을 들고 조용히 지하실에 내려와 요강을 처리한 후 우리에게 호스 물을 뿌려 주었다. 그러면서 "어르신이 외출했습니다. 5시에 돌아오신다고 하네요"라고 알려 주었다.

"이제 카메라는 신경 안 쓰서도 됩니다."

마사에 씨는 앞치마 주머니에서 먹을 것들을 주섬주섬 꺼냈다. 마사에 씨가 손수 만들었다는 햄버거를 먹으며 리쓰카가 감동의 눈물을 흘렸다. 매실장아찌가 든 주먹밥을 받은 난 조금 불만스러웠다.

"이것도."

이번에는 앞치마 밑에서 커다란 종이봉투가 나와서 앞치마의 위력을 새삼 다시 봤다.

종이봉투 속에는 두 사람 몫의 옷과 속옷, 신발, 그리고 내 스마트폰이 들어 있었다.

"마사에 씨. 이건 제 게 아닌 것 같아요."

"선물입니다. 전에 땅에 떨어뜨린 걸 사죄하는 의미에서."

부드러운 촉감의 스포츠 브라였다.

"8시쯤 다시 올 수 있을 것 같습니다. 아쉽지만 제가 그때 말했던 지인과는 결국 연락이 되지 않아서 저희끼리 어떻게든 해결해야 할 것 같네요."

"마사에 씨는 어떡하실 건가요?"

"……이제 와서 피할 수는 없겠죠. 두 분이 무사히 일을 끝마친 걸 확인하면 제 책임을 확실히 완수할 생각입니다."

정확히 무슨 뜻인지 알 수 없지만 마사에 씨의 얼굴에서는 당찬 자신감이 느껴졌다.

"그럼 무사 성공을 기원하겠습니다."

"마사에 씨도요."

"요리코 님."

마사에 씨가 검지를 세우며 말했다.

"실은 전 그 마사에라는 이름을 좋아하지 않습니다. 온통 좋지 않은 기억만 가득해서 부모님을 원망했을 정도죠. 그리고 누가 들어도 너무 여자아이 이름 같지 않나요?"

마사에 씨는 보기보다 더 듬직한 어깨를 으쓱하며 쑥스러운 것처럼 미소 지었다.

"강함을 동경하며 몸을 단련하고 무술을 배운 적도 있습니다. 하지만 그런 건 근본적인 해결책이 될 수 없었죠. 결국 충족되지 않는 마음을 채우기 위해 니르바나의 신자가 되었고, 그러다가 어르신 아니, 이로카와에게까지 이용당하고 만 겁니다. 다 제가 심약해서."

이로카와는 처음에는 마사에 씨에게 경호원 역할을 지시했지만 얼마 안 돼 마사에 씨가 보기보다 여린 사람인 것을 깨닫고 집 안에서 무슨 일이든 마음껏 부릴 수 있는 가정부 일을 시켰다. 그게 어느덧 정착되고 말았다고 마사에 씨는 말했다.

"힘드셨겠어요."

난 그렇게 마사에 씨를 위로하고 "하지만 마사에 씨가 만든 음식들은 하나같이 맛이 절묘했어요. 특히 수제 햄버그스테이크는"라고 칭찬해 주었다. 매실장아찌 주먹밥에 대한 원망을 약간 섞어서.

마사에 씨는 당황한 것 같으면서도 기쁨을 감추지 못했다.

"요리코 님. 절 이름이 아닌 성으로 불러 주십시오. 될 수 있으면 친근하게, 반말도 괜찮습니다."

나는 "네, 그럼" 하고 원하는 대로 해 주기로 했다.

"우라베도 무사 성공을 기원할게."

내 말을 듣고 마사에 씨 아니, 우라베는 미소 지으며 "그럼 이만" 하고 조용히 계단을 올라갔다.

오후 2시.

우리는 철창문 안쪽 구석에 나란히 앉아서 계단을 노려보고 있었다. 옷은 아직 갈아입지 않았다. 예상하지 못한 타이밍에 백부님이나 도키로가 내려올 가능성도 있다. 등 뒤에 종이봉투를 숨기고 때가 오기를 기다렸다.

오후 3시.

리쓰카와 번갈아 잠시 눈을 붙였다. 리쓰카가 쓴 2차 창작물을 읽느라 어젯밤 잠을 제대로 못 잤다. 재능이 지나쳐도 문제다.

오후 4시.

따분함을 견디지 못하고 리쓰카와 끝말잇기를 시작

했다.

오후 5시.

옷을 갈아입을 시간이다.

"잘 어울리네."

파란 반바지, 노란 긴소매 폴로셔츠, 운동화에 흰 양말. 그런 묘한 차림새가 영 마음에 안 드는지 리쓰카는 발을 동동 굴렀다. 리쓰카에게 맞는 옷이 도키로의 예전 옷밖에 없으니 생긴 비극이다.

"너무해요. 선생님은 옷도 멋지고 머리카락도 주황색이고."

"난 어른이니까."

볼에 바람을 집어넣고 토라진 리쓰카를 곁눈질하며 가죽점퍼를 입었다.

오후 5시 30분.

느닷없이 천장에서 목소리가 들려서 심장이 떨어질 뻔했다.

"들려요?"

우라베였다.

"창고에서 말하고 있어요. 들려요?"

도키로가 전에 보여 준 창고 바닥 비밀 마룻장의 존재를 우라베에게도 알려 주었다.

"손님이 왔어요."

"손님?"

이 집에서 산 지 반년 동안 단 한 번도 없었던 일이다.

"지금 이로카와와 함께 있어요."

"누구지?"

"그게……."

우라베는 말끝을 흐렸다.

"아무튼 앞으로 어떤 일이 펼쳐질지 예상이 안 되네요. 마음의 준비를 해 두세요."

왠지 문제가 생길 것 같은 예감. 그러나 철창문에 갇혀 있는 우리가 할 수 있는 건 없다.

나는 리쓰카와 때가 오기만을 기다렸다.

"백부님이 내려오면 어떡하지? 옷도 갈아입었으니 이제 빼도 박도 못 하는데."

"일단 좌우로 갈라져요. 둘이 함께 붙잡히는 것보다 나아요."

"그리고?"

"아마 저희에게 호스 물을 뿌릴 거예요. 그럼 벽에 몸을 기댄 채 버텨야 해요."

"그리고?"

"그러다가 결국 분을 못 참고 철창문을 열어 주면 그때가 찬스예요."

"찬스?"

"싸울 수 있으니까요."

리쓰카의 말을 듣고 난 화들짝 놀랐다.

"지금까지 절 괴롭히고 잡지도 불태워 버린 걸 복수할 거예요."

리쓰카가 꿋꿋이 서서 주먹을 불끈 쥐었다.

"선생님, 약속해 주세요. 제가 붙잡혀도 절대 돕지 않기로."

계단을 노려보면서 말을 잇는다.

"바로 도망치세요. 피하는 게 아니라 싸우기 위해서 죽을힘을 다해 도망쳐 주세요. 악질 엄마랑 정병 딸처럼 물불 가리지 않고 마음의 소리만을 따라가는 거예요. 그래야 제 선생님이에요."

"……리쓰카 너, 너무 건방진 거 아니니?"

"전에도 자주 들었어요."

나는 '역시' 하고 납득하며 계단을 노려봤다.

그때 위쪽에서 쿵 하는 소리가 들렸다. 크지는 않지만 지하까지 전해질 정도이니 굉음이라고 해도 무방할 것이다.

우리는 무심코 맞잡으려던 손을 내렸다. 대신 주먹을 쥐었다.

쿵.

위에서 도대체 무슨 상황이 펼쳐지고 있는지 알 수 없다. 어쨌든 우리가 지금 여기서 할 수 있는 일이라곤 없다. 그저 앞을 직시하며 노려보는 것 외에는 아무것도.

오후 6시.

철컥. 노란 문이 열리는 소리가 들렸다. 탕! 이번에는 말 그대로의 굉음이 울려 퍼졌다. 총성이다. 드라마와 영화에서 자주 듣던 그 소리. 아무래도 호스 물 정도로 끝나지 않을 듯하다.

"……〈악질 엄마 VS 정병 딸〉 속 딸은 결국 죽을까?"

"네. 제가 예상하기에 두 번째 시즌을 마지막으로."

나는 살아남을 것으로 예상하고 있다.

"아마 세 번째 시즌은 그 딸이 낳은 아이가 악질 엄마한테 복수하는 전개가 아닐까 해요."

"그때는 악질 엄마가 아니라 악질 할머니겠지."

"할머니와 손녀의 대결도 괜찮을 것 같아요."

나도 속으로 괜찮을 수 있겠다며 동의했다.

"분하네."

그때 탁탁탁 하고 누가 계단을 뛰어 내려오는 소리가 들렸다. 기세가 심상치 않다.

"〈악질 엄마 VS 정병 딸〉 뒷이야기를 읽지 못할 수도 있다는 게 분해."

우리는 가만히 계단을 노려봤다. 리쓰카는 공책과 펜을 가슴에 꼭 품고 있다.

"잡지도 세 권이나 불태워 버렸잖아."

"제가 쓸게요. 써서 선생님께 보여 드릴게요."

아니, 꼭 그럴 필요는 없다.

그때 우리 앞에 마침내 누군가가 모습을 드러냈다. 반사적으로 경계 자세를 취한다.

"이야, 다행이다! 무사하셨네요!"

지나칠 만큼 쾌활한 목소리였다.

"그쪽에 있는 아가씨가 리쓰카 씨? 처음 뵙겠습니다!"

건들거리는 서퍼와 자의식 강한 정치인의 웃음이 뒤

섞인 듯한 미소.

"여길 어떻게?"

내가 솔직한 의문을 입에 담자 그는 어깨를 으쓱했다.

"제가 약속했잖습니까. 다다음 주에 다시 뵙자고."

그러고 보니 지팡이 할아버지 집에서 그런 말을 들은 기억이 있다. 날짜를 계산하니 그로부터 정확히 2주가 흘렀다. 그러나 가도무라 씨가 어떻게 이 지하실에 내려왔고, 왜 묵직해 보이는 엽총을 손에 들고 있으며, 어째서 흰색 와이셔츠가 피에 흠뻑 젖어 있는지는 도무지 알 길이 없었다.

"4시까지 기다렸는데도 요리코 씨가 안 오더군요. 무슨 일이 생긴 게 분명하다. 내가 도우러 가야 한다! 평범한 사람이라면 누구나 그렇게 생각하지 않을까요?"

그러나 평범한 사람은 엽총을 들고 피가 잔뜩 묻은 와이셔츠를 입을 일이 거의 없을 것이다.

"아, 이 총이요? 우연히 차 트렁크에 있어서."

생전 처음 듣는 종류의 우연이다.

"전 엽총 소지 면허가 있으니 불법은 아닙니다."

그게 문제의 핵심은 아닌 것 같다.

"옷에 피가 묻어 있는데요."

"안심하셔도 됩니다. 제 피는 아니니."

단 1밀리도 안심할 수 없다.

"저희를 여기서 꺼내 주시는 거예요?"

"물론입니다. 자, 이걸."

가도무라 씨가 앞으로 내민 은색 수갑을 보며 이 사람은 별로 도움이 되지 않으리라는 예감이 머리를 스쳤다.

"두 분이 각각 손목에 한쪽씩 차세요."

"왜죠?"

"이유는 단순명쾌합니다. 전 지금 두 분을 구해 드리러 왔습니다. 이건 제 사적인 호의를 떠나서 이 사회의 정의를 위한 선택이죠. 정의는 반드시 이루어져야 합니다. 정의가 없는 세상은 불신을 낳으니까요. 불신은 다시 사회 정의를 경시하는 세태를 만들고, 정의를 경시하는 세태는 사회 정의의 쇠락을 부릅니다. 다시 말해 정의에서 권력과 힘이 떨어져 나가는 겁니다. 이해하시겠나요? 사회 정의는 수단과 방법을 가리지 않고 반드시 달성되어야 합니다. 그러려면 가끔 무력이 필요할 때도 있습니다. 초법적인 행동에 나서야 할 때도 있습니다. 그리고 정의에 기초한 초법적 행동을 취하는 사람들을 우리는 영웅이라고 부릅니다."

누가 들어도 수갑을 차야 하는 이유에 대한 설명은 아니다.

"문제는 그런 이들의 도움을 받는 사람들이 반드시 양식을 갖춘 사람은 아니라는 점입니다. 안타깝게도 영웅의 뒤통수를 치는 어리석은 자들도 있습니다."

가도무라 씨가 "제 말이 무슨 뜻인지 이해하시겠나요?"라고 물어서 고개를 끄덕였다. 한마디로 가도무라 씨는 우리가 배신할 가능성을 의심하고 있다는 뜻이다.

"이해해 주셔서 감사합니다. 자, 얼른 가시죠. 위에서 언제까지 버틸 수 있을지 모르니."

나와 리쓰카는 각각 오른팔과 왼팔에 수갑을 찼다. 엽총 총구가 우리를 향하고 있는 상황에서 다른 선택지는 없다.

"수갑 열쇠는 제가 갖고 있겠습니다."

가도무라 씨는 열쇠를 와이셔츠 가슴 주머니에 넣더니 "뒤로 물러서 주십시오" 하고 철창문 자물쇠에 총구를 겨눴다.

탕.

귀를 막으라고 조언해 주는 자상함은 없었다.

난 귀가 먹먹해져서 리쓰카와 함께 철창문 밖으로 나
갔다.

"위는 지금 어떤 상황이죠?"

"요시키가 맡은 바 임무를 다하고 있을 겁니다."

"허리가 굽은 그분 말인가요?"

"네."

가도무라 씨는 철컥하고 총알을 장전했다. 손놀림이
능숙하다.

"요시키도 의욕이 넘치더군요. 그 역시 이로카와 기
자에몬에게 사랑하는 누나를 빼앗겼으니까요."

삼각 지붕 집에서 가정부로 일하던 후루타 씨가 그의
누나라고 했다.

가도무라 씨는 허리가 굽은 그 요시키라는 남자가 겉보
기와 달리 지겐류* 검법의 실력자라 일단 쇠파이프를 한
번 손에 들면 그에게 맞설 사람이 없다고 호언장담했다.

그때 위에서 누가 화를 내며 소리치는 소리가 들렸
다. 백부님 목소리는 아니다.

* 단칼에 적을 베어 버리는 일격필살의 검법.

"도키로도 왔나요?"

"네. 저희가 집 앞에 왔을 때 마침 그가 도착하더군요."

구청에서 잠시 확인차 왔다고 하고 문을 열어 달라고 했습니다. 엽총과 쇠파이프는 낚시 가방에 몰래 넣어서 가져왔죠. 어떻습니까, 괜찮은 아이디어죠? 그리고 거실에서 이로카와, 도키로를 마주 보고 섰을 때 이로카와의 부하로 보이는 남자 두 명이 우리를 감시할 것처럼 집 출입문을 막아서더군요. 부엌에서는 회과육을 만드는 듯한 냄새가 풍겼고요.

"그리고 잡담을 몇 마디 주고받다가 엽총을 꺼내 들었습니다."

가도무라 씨는 지금 당장 나와 리쓰카를 풀어 주라고 했지만 백부님은 변명만 주절주절 늘어놓았고 결국 참다못한 요시키 씨가 쇠파이프를 들고 백부님에게 달려들었다고 한다.

"요시키의 일격이 이로카와의 어깻죽지에 꽂히기 직전에 누가 뛰어들어서 방해하더군요. 그래서 무심결에 그만 총을 한 발 쏴 버렸습니다."

'무심결에 그만'이라는 말로 정리될 사안인지는 몰라도 어쨌든 위층에서는 순식간에 아비규환이 펼쳐졌다.

백부님이 어쩔 줄 몰라 하는 사이 도키로까지 뛰어들어 난투극이 시작됐다.

"그러는 동안 누가 '이쪽으로!' 하고 외치는 소리가 들리더군요. 그 소리를 듣고 이 지하실에 달려온 겁니다."

오는 길에 거실을 향해 총을 한 발 더 발사했다. 지하실 문은 열려 있었다. 그리고 지하실에 들어가기 직전에 가도무라 씨는 거실을 향해 한 발을 더 쐈다.

가도무라 씨를 부르고 지하실 문을 열어 준 사람은 우라베일 것이다.

"모두 집 안에 있을 줄은 예상 못 했지만 악당들을 한번에 처리할 기회라고 생각하면 되죠. 어차피 경찰을 부를 수도 없으니 곤란한 건 저들입니다. 정의는 우리 편입니다."

경찰에 의지할 수 없는 것은 피차일반인 듯하지만 굳이 지적하지 않았다. 엽총을 들고 눈을 번득이는 남자의 기분을 상하게 해서 위험을 무릅쓸 필요는 없다.

"그 피는 누구 피인가요?"

리쓰카가 조심스레 물었다.

"글쎄요."

가도무라 씨가 어깨를 으쓱했다.

"첫 발을 맞고 쓰러진 녀석의 피겠죠. 뛰어오다가 그 녀석 몸에 발이 걸려서 넘어지면서 묻었습니다."

가도무라 씨는 "실크 셔츠인데 말이죠" 하고 한숨을 휴 내쉬었다.

리쓰카가 더 캐물으려고 해서 난 리쓰카의 폴로셔츠를 잡아당겼다. 이 사람을 자극하는 건 위험하다.

"자, 여러분. 어서 이 악덕의 관에서 탈출합시다."

가도무라 씨의 얼굴은 희열에 가득 차 있었다.

우리는 그를 따라 계단을 올랐다. 노란 문이 활짝 열려 있고 인기척은 없다. 소란도 잦아들어서 으스스한 정적만 감돌고 있었다.

가도무라 씨는 문 뒤에 몸을 숨긴 채 주변을 살폈다. 복도에 튀어 나가 재빨리 총구를 좌우로 향한다. 백부님과 도키로는 보이지 않았다. 검법 실력자라는 요시키 씨도.

노란 문은 이 집 가장 안쪽 끝에 있다. 오른쪽으로 세 걸음 걸으면 정면 복도가 나오고 거기서부터 15미터쯤 더 가면 현관이다.

"요시키! 무사하면 대답해라!"

쥐 죽은 것처럼 고요하다.

"······이거 왠지 함정 같은데."

가도무라 씨는 천장에 달린 방범 카메라를 올려다보며 흥 하고 코웃음을 쳤다.

"우리 움직임을 다 보고 있겠죠."

가도무라 씨는 백부님이 자기 방에서 모니터를 보며 도키로와 오빠에게 지시하고 있을 거라고 했다.

"차에도 누가 있을지 모릅니다. 걸어서 도망치는 게 나을 것 같네요."

"뒷문이 있어요."

난 그렇게 속삭이고 왼편을 손으로 가리켰다.

"저긴 안 됩니다."

가도무라 씨가 고개를 흔들었다.

"자세히 보십시오. 바로 앞쪽 방 문이 열려 있죠."

창고 문이다. 그 안에 누가 숨어 있기라도 한 걸까. 또는 숨어 있는 것처럼 연출한 작전일까. 아니면 그저 문을 닫는 걸 깜빡한 걸까.

내가 알기로 가장 마지막에 창고에 들어간 사람은 우라베다. 바닥에 있는 비밀 마룻장을 떼어 내서 지하실에 있는 우리에게 가도무라 씨가 찾아왔다고 알려 주었다.

"설마······."

난 마음을 굳게 먹고 물었다.

"앞치마를 입은 사람을 총으로 쏘신 건 아니죠?"

그러자 가도무라 씨는 한 번에 내 말을 이해했다.

"깜짝 놀랐습니다. 그 녀석이 여기 있어서."

"네?"

"알고 지내던 녀석이거든요. 이미 오래전에 죽은 줄 알았는데, 뭐 아무튼 걔는 무사할 겁니다."

무슨 뜻인지 정확히 이해할 수는 없어도 지금은 어쨌든 가도무라 씨의 말을 무조건 믿는 수밖에 없다.

난 뒷문 반대편을 바라봤다.

"욕실 창문으로도 나갈 수 있을 거예요."

그 커다란 창문을 깨뜨리면.

가도무라 씨가 흐음 하고 신음했다.

"이로카와가 2층 자기 방에 있다면 지금 이 안에 남은 사람은 도키로와 부하 셋, 부엌에 있던 여자. 그중 한 명은 지금 죽어 가고 있겠죠."

말투에서 죄책감이라고는 느껴지지 않는다.

"정문 앞에 세워 둔 차 근처에 분명 한 명이 있을 겁니다. 그럼 나머지 두 명이 거실, 창고, 욕실 중 어디에 몸을 숨기고 있을지."

"우라베 씨는 저희 편이에요. 그리고 오빠도……."

난 황급히 말했다.

"2퍼센트 정도는 우리 편일 가능성이 있어요."

그러자 가도무라 씨는 어처구니가 없는 것처럼 날 쳐다봤다.

"어쨌든 우리 동선을 파악하고 있을 테니 기습만은 피해야 합니다."

가도무라 씨가 선택한 곳은 결국 욕실이었다.

"빠르게 빠져나가죠."

그는 그렇게 말하고 냅다 뛰기 시작했다. 말도 안 돼. 나와 리쓰카는 한쪽 손목에 나란히 수갑을 차고 있어서 이인삼각이나 마찬가지다. 발맞춰 뛰기가 쉽지 않다.

가도무라 씨가 정면 복도를 지나 벽에 등을 기대서 난 재빨리 발걸음을 뗐다. 그러나 곧 다시 몸이 뒤로 쏠렸다.

리쓰카가 움직이지 않고 제자리에 멈춰 서서 정면 복도 끝을 향해 소리쳤다.

"아빠!"

내가 움직여도 소용없었다. 리쓰카의 기세에 밀려 우리는 거실과 복도 사이에서 천장을 바라본 자세로 누워 있는 미쓰히데 씨 옆으로 갔다.

"아빠! 아빠!"

미쓰히데 씨의 옆구리에서 피가 줄줄 흐르고 있었다. 풀린 눈빛으로 입을 뻐끔거리고 있다.

리쓰카가 공책과 펜을 바닥에 내려놓고 무릎을 꿇어서 그의 손을 붙잡았다. "정신 차리세요!" 하고 외친다.

난 고개를 돌려 거실을 살폈다. 소파가 쓰러졌고 테이블 유리가 산산조각 나 있다. 그 옆에는 쇠파이프가 떨어져 있다.

바닥에 나동그라진 오디오 옆에도 엎드린 채 누워 있는 사람이 있었다. 앞치마를 입은 우라베다. 가도무라 씨가 지하실에 가기 전까지 시간을 벌다가 당한 것으로 보인다.

"지금 뭐 하시는 겁니까!"

가도무라 씨가 뛰어왔다. 미쓰히데 씨는 힘없이 고개를 흔들고 리쓰카의 손을 뿌리치더니 턱을 살짝 치켜들었다. 입술이 '도망쳐'라는 모양으로 움직인다.

우리가 천장을 올려다본 순간, 허공에서 정체불명의 커다란 덩어리가 떨어졌다.

탕! 하고 총성이 울렸다. 내 얼굴 위로 뜨거운 액체가 쏟아진다. 허공을 향해 엽총을 발사한 가도무라 씨가 덩어리 아래에 깔려 있다. 사람 몸으로 보이는 그 덩어리는 머리가 날아가서 온데간데없고 허리가 약간 굽어 있었다.

"히익!"

가도무라 씨는 요시키 씨의 몸 아래에서 발버둥을 치며 2층을 향해 "안 돼!" 하고 소리쳤다.

2층 난간 옆에 남자가 서 있었다. 그는 허리를 꼿꼿이 세운 채 그 자리에서 풀쩍 뛰더니 허공을 날아 요시키 씨의 몸 위에 쿵 하고 착지했다. 아래에 깔린 가도무라 씨가 "으윽!" 하고 신음을 내뱉었다.

2층에서 점프한 사람은, 오빠였다.

나와 리쓰카, 빈사 상태인 미쓰히데 씨를 내려다보는 눈빛에서 분노나 흥분, 연민이나 의지 따위는 느껴지지 않는다. 주먹이 붉게 물들어 있다. 우라베 아니면 요시키 씨의 피일 것이다. 검법 실력자도 오빠의 폭력 앞에서는 속수무책이었다.

"……백부님은 위대한 분이야. 대단한 분이야. 날 필요로 하셔. 나도 그분이 필요해."

오빠가 중얼거렸다. 결국 98퍼센트의 승리였다.

"백부님은 옳아. 옳은 건 옳으니 옳은 거야. 옳은 일을 하는 사람은 옳아."

오빠는 그런 주문 같은 말을 외며 요시키 씨의 몸을 걷어차고 가도무라 씨의 손에서 엽총을 빼앗았다.

난 너무 놀란 나머지 그 자리에 주저앉아 있었다. 리쓰카는 오빠를 보면서 미쓰히데 씨를 지킬 것처럼 두 팔을 펼쳤다. 철컥하고 수갑 소리가 울렸다.

"옳은 건 옳으니 옳은 거고, 옳은 일을 하는 사람은 옳으니 옳고, 옳은 건……."

"잠깐! 아니야! 옳은 사람은 나야! 넌 옳지 않아! 왜냐하면 옳은 날 네가 공격했……."

탕!

반동 때문에 오빠가 뒤로 밀려났다. 가도무라 씨의 가슴에 구멍이 뻥 뚫렸다. 동공 같은 곳을 굳이 확인할 필요도 없어 보인다.

리쓰카는 두 팔을 펼친 채로 몸을 부들부들 떨고 있다. 그대로 다시 몸을 일으키는 오빠를 노려보고 있다.

"옳은 건 옳으니 옳고, 옳은 일을 방해하는 건 옳지 않으니 옳지 않아."

총구가 우리를 향한다. 나는 눈을 질끈 감았다.

철컥.

맥 빠진 소리에 눈을 떴다. 총알이 다 떨어진 듯하다.

오빠는 멍한 얼굴로 미련 없이 엽총을 집어 던졌다. 입으로는 "옳은 건 옳으니……" 하고 계속 중얼거리고 있다.

"선생님."

리쓰카가 오빠를 노려보며 입을 열었다.

"죄송해요. 저 때문에."

글쎄. 정말 리쓰카 때문일까. 지금 눈앞의 위기는 분명 리쓰카 때문일 수 있다. 그러나 이 상황을 단지 그것만으로 설명할 수는 없다.

아니, 설명 같은 건 애초에 가당치도 않다. 미쓰히데 씨가 옆구리를 총에 쏘인 채 쓰러져 있는 이유. 가도무라 씨의 가슴에 구멍이 뚫린 이유. 2층에서 떨어진 요시키 씨의 머리가 절반이 사라진 이유도 모두 설명하기 쉬울 것 같으면서 쉽지 않다.

이 집에 사는 이유, 삼각 지붕 집에 살던 이유, 아빠가 사라진 이유, 엄마가 날 때린 이유, 오빠가 옥상에서 추락한 이유, 되살아난 이유, 기억을 잃은 이유, 백부님이 '치료'를 하는 이유, 도키로가 섹스를 하고 싶어 하는 이유, 우리가 만나게 된 이유, 오빠가 강한 이유, 우리가 약한 이유. 쓰루가 아파트 단지 옥상에서 던져진 이유…….

떠올려 봐야 소용없다. 그냥 그렇게 된 것이다.

"어쩔 수 없어."

난 그렇게 입을 열었다.

요시키 씨가 휘둘렀을 쇠파이프가 어느새 오빠의 손에 들려 있다.

리쓰카는 여전히 두 팔을 활짝 펼치고 있다. 난 가만히 눈을 감으려고 했다.

그때 쇠파이프를 치켜든 오빠 뒤에서 누군가가 움직였다. 앞치마다. 부러진 코에서 피가 줄줄 흐르는 우라베가 오빠를 노려보고 있다.

퍽! 하고 둔탁한 소리가 울렸다. 우라베의 발차기가 오빠의 허리에 꽂힌다. 두 사람은 동시에 바닥에 쓰러졌다.

"총을!"

우라베가 오빠와 몸싸움을 벌이면서 소리쳤다.

리쓰카가 움직였다. 그러나 난 움직일 수 없었다. 우리 둘의 손목을 잇는 수갑 줄이 팽팽해진다.

"총을!"

우라베가 다시 외쳤다.

"선생님!"

리쓰카가 소리쳤다. 그러나 여전히 난 움직일 수 없다.

리쓰카가 있는 힘껏 날 끌어당겼다. 리쓰카의 왼쪽 손목에서 피가 배어났다. 오른손을 뻗어서 간신히 엽총을 집는다.

"총알을! 찾아!"

오빠 밑에 깔려 있는 우라베가 외쳤다.

리쓰카가 가도무라 씨의 주머니를 뒤진다.

"총알을 넣고! 레버를 당겨!"

리쓰카는 놀라울 만큼 이해가 빨랐다. 총알을 넣고 레버를 철컥 당긴다. 난 〈악질 엄마 VS 정병 딸〉에서 딸이 도면을 그리며 엽총 쏘는 법을 자세히 설명하는 장면이 있던 것을 떠올렸다.

"조준해!"

리쓰카는 시키는 대로 엽총을 들어 자세를 취했다. 난 오른쪽 손목이 끌려가는 대로 두었다. 리쓰카가 우라베 위에 올라탄 오빠를 조준한다. 오빠는 무슨 말을 중얼거리며 계속 우라베의 얼굴에 주먹을 내리꽂고 있다. 우라베가 필사적으로 주먹을 막으며 외쳤다.

"쏴!"

탕. 리쓰카의 몸이 뒤로 휙 날아갔다. 덩달아 나도 같이 튕겨 나간다.

쨍그랑. 오빠 뒤에 있는 거실 유리창에 구멍이 뚫렸다.

오빠는 아무 반응을 보이지 않는다. 고개를 돌리거나 놀란 기색도 없이 주먹을 위아래로 움직이는 동작만 반복하고 있다. 퍽 소리가 들렸다. 우라베의 방어가 점차 무너지기 시작했다.

리쓰카가 바닥에 떨어진 엽총에 다시 달려들었다. 그러나 총을 제대로 들지 못한다. 조금 전 충격 때문에 몸이 말을 듣지 않는 듯했다.

"선생님!"

리쓰카가 비명을 지르며 애원했지만 난 역시 몸을 움직일 수 없다. 계속해서 포물선을 그리는 오빠의 주먹에 시선이 꽂혀 있다. 그것을 통해서 펼쳐지는 폭력이 너무 처절해서 아름다울 지경이다.

이길 수 없다. 오빠의 관자놀이에 총구를 대고 방아쇠를 당겨도 그 순간 지진이 덮치거나 탄이 중간에 걸리는 것처럼 인간의 힘으로 어쩔 도리가 없는 작용에 의해 총알이 오빠 옆을 비껴가고 우리는 곤죽이 될 것이다. 모든 저항은 패배로 이어진다는 것을 증명하듯이.

리쓰카는 결국 날 포기하고 무릎걸음으로 가도무라 씨의 시신 쪽으로 다가갔다. 시신 앞에서 쓰러지듯 상반신을 기울이고 수갑 열쇠가 든 피 묻은 와이셔츠 가슴 주머니에 손을 뻗는다.

난 리쓰카의 손목과 연결된 팔을 허공에 올린 채 멍하니 오빠를 보고 있었다.

우라베는 몸이 축 늘어져 있다. 이미 의식을 잃은 듯하다. 그래도 살과 살이 맞부딪히는 소리, 뼈가 으스러지는 소리는 멈추지 않는다. 완전무결한 폭력이다. 어떤 이유나 논리, 이해득실도 없는 그야말로 부조리한 물리 현상이다.

리쓰카는 손가락을 덜덜 떨었다. 손끝으로 쥔 열쇠가 수갑 구멍에 들어가지 않고 계속 엇나간다. 아마 내가 옆에서 도와도 결과는 마찬가지일 것이다. 어려울 것이다.

그때 갑자기 오빠의 움직임이 멈췄다. 공허한 눈빛이 우리를 향한다.

리쓰카는 결국 수갑을 푸는 걸 포기하고 이번에는 가도무라 씨의 바지 주머니를 뒤졌다. 총알이 나왔다. 엽총을 다시 든다.

오빠가 스르르 몸을 일으켰다. 우리를 향해 다가온다. 난 필사적으로 총알을 집어넣는 리쓰카를 보며 차라리 죽은 척을 하는 게 낫지 않을까 생각했다.

리쓰카는 떨리는 팔을 들어서 겨우겨우 엽총을 겨눴다. 오빠는 겁먹지 않고 마치 저승사자처럼 느긋하게 걸어온다. 앞으로 5초 후에는 발차기가 닿을 만큼 거리가 좁혀질 것이다.

리쓰카는 이를 꽉 깨물고 오빠를 똑바로 노려보고 있다. 손가락을 방아쇠 위에 올린다. 그러나 여전히 몸이 말을 잘 듣지 않는지 총신이 불안정하다.

"선생님. 도와주세요."

난 움직일 수 없었다. 오빠가 다가오고 있기 때문이다. 이제 곧 주먹세례가 날아들 것이다. 통증을 오프 모드로 만들어야 한다. 그러려면 상황을 있는 그대로 인정하는 정신이 필요하다. 희망을 품거나 주어서는 안된다. 순순히 받아들일 마음의 준비를 한다. 그것이 바로 내가 통증을 끄는 기술이다.

"맞아도 죽지는 않을 거야. 오빠는 그런 쪽에서 프로니까."

리쓰카는 내 말을 듣고도 고개를 끄덕이지 않았다.

"그래 봐야 무리야. 못 맞혀."

"……맞힐 수 있어요."

다음 순간, 리쓰카가 엉거주춤 허리를 숙이자 총구가 수평에서 수직으로 향했다.

"선생님, 부디 도망치세요."

탕.

엄청난 충격과 함께 나는 뒤로 콰당 넘어졌다. 매캐한 향기가 코를 찌른다. 귓속이 윙윙 울린다.

흔들리는 시야 속에서 리쓰카를 찾았다. 리쓰카는 하늘을 본 자세로 쓰러져 있다. 뒤통수를 바닥에 대고 바닥에는 총알이 박혀 있다. 그리고 나와 수갑으로 이어졌던 리쓰카의 왼쪽 손목이 사라지고 없었다.

"리쓰카!"

난 리쓰카를 향해 기어갔다. 얼굴을 확인했다. 리쓰카는 두 눈을 부릅뜨고 있다. 입을 벌리고 있다. 그러나 그 모든 것은 이미 움직임을 멈췄다. 코피가 흐른다. 오줌 지린내가 풍긴다. 의심할 여지 없는 죽음의 냄새다.

이런 말도 안 되는 이야기가 또 있을까. 열세 살 여자아이의 왼쪽 손목이 날아가고 소변을 지리며 눈과 입을 크게 벌린 채 죽어 버리는 이야기가.

"요리코."

오빠가 피투성이 주먹을 떨구고 다가왔다.

"허리가 아파."

머릿속이 새하얬다.

"거기까지 해라."

그때 머리 위에서 목소리가 들렸다. 백부님이 계단을 내려온다. 그 옆에는 커다란 보스턴백을 든 엄마가 찰싹 달라붙어 있었다.

"야단스럽기도 하지."

백부님은 얼굴을 찌푸리며 요시키 씨의 등을 걷어찼다. 가도무라 씨를 보며 "대체 뭐냐, 이 녀석들은" 하고 못마땅하게 내뱉었다.

"아라타. 고생했다. 역시 믿음직스럽구나."

백부님이 어깨를 두드려도 오빠는 별 반응을 보이지 않았다.

백부님은 스마트폰을 귀에 대고 "도키로, 시동 걸어 둬라"라고 지시했고, 엄마는 "이게 대체 뭐니 정말" 하고 화를 냈다.

"모처럼 회과육을 만들었는데."

"안 그래도 미쓰히데를 조만간 처리할 예정이었으니

마침 잘됐지. 여길 떠날 때가 온 거야."

"다음은 어디로 가시나요?"

"어차피 준비는 다 마쳤어. 그리고 보니 당신은 처음이겠군. 이곳과 거리가 가깝다는 게 좀 걸리지만 조용해서 좋은 곳이야."

난 백부님과 엄마의 대화를 한 귀로 듣고 흘렸다.

"요리코."

백부님이 내게 얼굴을 들이밀며 입을 열었다.

"이 모든 건 다 네 잘못이다."

머릿속에 아무 생각도 들지 않는다.

"다 네 잘못이야. 네가 저지른 짓 때문에 모두 이렇게 죽어 버린 거다."

대답할 수 없다. 호흡이 가쁘다.

"내가 말했지? 적응하지 못하는 녀석은 결국 못쓰게 된다고."

심장이 쪼그라드는 느낌이다.

"다 네 잘못이다."

내 잘못.

"총을 이리 가져오너라."

난 비틀거리면서 그 말에 따랐다. 오른쪽 손목에 그

대로 채워진 수갑이 바닥에 닿아 쇳소리를 울렸다.

"총알을 넣어라."

총알은 가도무라 씨 주머니에 세 발이 남아 있었다.

"잘 들어라, 요리코. 넌 지금 이 정체불명의 괴한들에게 당한 거다. 이 미치광이 2인조에게."

난 말없이 이야기를 들었다.

"미쓰히데는 참 몹쓸 녀석이지. 아내를 죽이고 땅에 묻질 않나, 딸을 지하실에 가두질 않나. 인류를 저버린 인간쓰레기였어. 그러다 마침 이 미치광이 2인조가 집을 덮쳤고 세 사람이 서로 죽고 죽이게 된 거다. 알겠느냐? 그게 바로 이 참극의 진상이다."

그러자 옆에서 엄마가 "마사에는요?" 하고 물었다.

"아아, 저 녀석은, 흐음. 뭐 그냥 가정부라고 하면 될 것 같은데."

"하지만 이 두 사람에게 다른 동료가 있을 수도 있잖아요."

"그건 그렇지. 그럼 마사에도 공범으로 할까. 요리코를 이 집에 납치한 사람은 미쓰히데. 이 두 사람은 미쓰히데를 찾아온 손님이었는데 가정부인 마사에가 느닷없이 날뛰기 시작한 거지. 이 녀석이 들고 온 엽총을 보고 흥분해서."

엄마가 "훌륭한 스토리예요" 하고 백부님을 추켜세웠다.

"그리고 마지막에는……."

백부님이 말을 잇는다.

"요리코, 네가 범인을 쏴서 죽인 거다."

난 아무 말도 할 수 없었다.

"자네도 괜찮겠지?"

그러자 엄마가 "네" 하고 고개를 끄덕였다.

"어쩔 수 없지. 요리코, 네 잘못이니까."

또다시 심장이 꾸욱 하고 오그라든다.

"못쓰게 되면 안 된다고 그렇게 주의했건만."

엄마는 못내 아쉬워 보였다. 안타까운 것처럼 희미하게 미소 짓는다.

"요리코. 초연 반응˙이라는 게 있어서 네가 직접 총을 쐈다고 사람들이 믿는 게 중요하다. 네 오빠가 기껏 마사에의 얼굴을 저렇게 손봐 줬는데 그 노력을 물거품으로 만들어서는 안 되겠지?"

---

* 화약 연기가 묻은 물건에 검사용 약물을 묻혀 확인하는 범죄 감식법.

백부님은 "자, 일어서라" 하고 지시했고 내 몸은 그대로 움직였다.

"탕하고 한 발 더 먹여 주는 거다."

난 백부님이 시키는 대로 우라베를 향해 다가갔다.

총알이 두 발 든 엽총을 손에 들고 있다. 어쩌면 지금 이 집에서 내가 가장 강할 수도 있다. 그러나 난 역시 가장 약했다.

"뭘 망설이느냐, 요리코. 넌 피해자다. 정당방위라는 말이다. 붙잡혀도 기껏해야 어느 시설에 들어가는 것으로 끝나겠지."

백부님이 가리킨 곳을 보며 이제는 알아보기 힘들 만큼 망가진 우라베의 얼굴에 총구를 향한다.

"이해했느냐? 요리코. 넌 이 집에 납치된 거다. 납치돼서 이런저런 끔찍한 일들을 겪은 거다. 그래서 모든 기억을 잃었고, 넌 내가 누군지도 모른다. 가족을 기억 못 할뿐더러 네 이름을 비롯해 모든 기억을 깡그리 잊어버린 거야. 그렇지 않느냐?"

나는 '그런가' 하고 생각했다.

"그렇게만 증언하면 앞으로도 네가 못쓰게 될 일은 없다. 아슬아슬하게 세이프다."

나는 '그런가' 하고 생각했다.

"자, 입에 그걸 꽂아라."

난 시키는 대로 했다. 우라베의 입안에 총구를 넣는다. 백부님과 엄마가 뒤에서 내 몸을 떠받치고 있다. 백부님은 "자" 하고 지시했고 엄마는 "얼른" 하고 재촉했다. 오빠는 옆에서 멍한 얼굴로 날 보고 있다. 방아쇠에 갖다 댄 내 손가락 위에 백부님이 손가락을 얹는다.

탕.

"……충격이 대단하군."

"정말요. 내일 허리가 쑤실 것 같아요."

나야말로 온몸이 욱신거렸다.

"자, 요리코. 뒷일도 잘 부탁한다."

"요리코, 힘내렴."

엄마가 "아라타도 와서 인사해"라고 재촉하자 오빠가 "요리코" 하고 입을 열었다.

"네가 못쓰게 되지 않아서 다행이야."

세 사람은 집을 나가 사라졌다. 혼자 남은 나는 그 자리에서 무릎을 꿇었다. 이미 해가 떨어져서 어두운 거실. 난 머리가 터져 나간 우라베 옆에 앉아 있다.

못쓰게 되지 않아서 다행이라고? 정말? 내가 못쓰게

된 건지 아직 괜찮은지 분간되지 않는다. 어떤 게 못쓰는 상태이고 어떤 게 못쓰지 않은 상태인지도 알 수 없다. 모두의 죽음이 정말 나 때문인지 아닌지도 모르겠다. 이제는 정말 아무것도 떠올리고 싶지 않았다.

다만 리쓰카의 죽음만은 내 잘못이다. 난 할 수 있었다. 리쓰카를 돕거나 리쓰카 대신 엽총을 들어 내 손목을 쏠 수도 있었다.

난 세 개의 버튼 중 나의 색을 누를 수 있었다. 그러나 누르지 않고 리쓰카에게 모든 것을 떠맡겼다. 난 리쓰카의 선생님이었는데도.

바닥에 엎드려 있는 리쓰카를 본다. 옆에 공책과 펜이 있다.

자연스럽게 몸이 움직였다. 엽총을 들어서 총구를 턱 밑에 갖다 댄다. 간신히 손가락을 뻗어 엄지를 방아쇠 위에 올린다. 총알은 아직 한 발 남아 있다.

눈을 감는다.

"안 돼!"

탕.

정신을 차렸을 때 난 바닥에 쓰러져 있었다. 뭔가가 내 몸 위에 올라와 있는지 갑갑하다. 왼쪽 어깻죽지에서 열기가 느껴졌다. 가죽점퍼 어깨 부분이 날카롭게 파여 있다.

"바보 같은 짓을!"

눈앞에 먼지가 잔뜩 묻은 지팡이 할아버지의 얼굴이 보였다.

할아버지는 몸을 일으켜서 집 안을 둘러보고 아연실색했다.

"이로카와는?"

난 입을 열었다. 어느 날 미쓰히데 씨에게 납치돼 끔찍한 일을 겪으면서 기억을 잃었다는 이야기. 미쓰히데 씨는 아내를 죽여 땅에 묻었고 딸을 지하실에 가둔 변태 인간 말종이라는 이야기. 가도무라 씨와 요시키 씨가 집에 불쑥 찾아왔고 엽총을 보고 흥분한 우라베가 엽총을 빼앗아 모든 이들을 쐈다는 이야기. 마지막으로 내가 우라베에게 복수한 이야기. 엄마, 아빠, 오빠, 이로카와 백부님, 도키로는 누군지 기억하지 못한다는 이야기. 내 이름마저 잊어버렸다는 이야기.

지팡이 할아버지는 화가 난 얼굴로 고개를 흔들었다.

"됐다. 그만해라."

할아버지는 "그만해라"라는 말을 한 번 더 하고 천장

을 우두커니 바라봤다. "경찰이었던 내가 이런 짓을 하다니" 하고 중얼거리더니 엽총에 마지막 총알을 장전한다. 그리고 엽총을 우라베의 손에 쥐였다.

"미안하다."

할아버지는 마지막으로 그렇게 말하고 우라베의 손가락을 움직여 총을 발사했다. 2층 천장으로 탕하는 소리가 울려 퍼졌다.

"요리코."

할아버지가 날 보며 입을 열었다.

"걱정 마라. 넌 내가 지켜 주마."

그렇게 내게 '할아버지'가 생겼다.

• 작년 - 2016년

야마짱의 주먹에 맞아 코가 부러진 나와 솜사탕처럼 볼이 부어오른 아오이 콤비는 누가 봐도 형사 사건에 휘말린 사람이었고 우리를 본 간호사들도 "두 분의 치료가 먼저 아닐까요?"라며 걱정했지만 난 그들을 아오이에게 맡기고 일단 할아버지가 있는 병실로 뛰어갔다.

할아버지의 침대 옆에 선 젊은 의사도 부러진 내 코를 보며 당황한 듯했지만 그는 의사답게 애써 침착한 면모를 보였다.

"할아버지."

할아버지의 손을 붙잡았다. 힘없이 눈 감고 있던 할아버지가 놀란 것처럼 입을 살짝 벌린다.

의사는 할아버지가 세 시간째 혼수상태라고 했다. 뇌혈관이 어떻고 맥박이 이런저런 상태라 이런 약과 저런 처치를 해 봤지만 결국 의사의 설명은 한마디로 '더는 손쓸 도리가 없다'라는 것이었다. 난 그 말을 흘려들었지만 할아버지의 죽음을 피부로 느꼈다. 이제 머지않았다는 것도.

난 의사에게 "둘만 있게 해 주세요"라고 부탁했고 의사는 "그럼 밖에 있겠습니다"라고 해 주었다. 반창고와 붕대를 가져오겠다고도 했다.

"할아버지."

난 다시 한번 할아버지를 불렀다. 물론 대답이 없다. 삑, 삑, 삑 하고 모니터에 흐르는 빛줄기만이 할아버지의 생존을 알렸고 그 선이 산 모양을 그릴 때마다 할아버지의 생명이 서서히 꺼지는 것 같아서 기계의 콘센트를 뽑아 버리고 싶은 충동에 휩싸였다.

창문으로 들어오는 햇빛이 할아버지 얼굴에 얼마 남지 않은 잔털을 비췄다. 머리가 벗겨졌고 두 볼도 움푹 파였는데 성대만 유독 불거져 있다.

문득 할아버지를 처음 만났을 때 할아버지가 날 향해 소리치던 모습이 떠올랐다. 도키로와 영화를 보고 돌아가는 길에 할아버지는 녹색 터널에서 우리를 향해 고함을 지르며 지팡이를 휘둘렀다. 그 괴팍해 보이는 할아버지와 2년 넘게 둘이 살게 될 줄은 그때는 꿈에도 몰랐다.

"지켜 줄 거라고 했잖아요."

내 목소리는 산들바람처럼 휩쓸려 사라졌다.

그 사건이 일어난 날, 할아버지는 구급차를 부르고 가도무라 씨의 번쩍거리는 차에 날 태웠다. 그리고 병원까지 엄청난 속도로 차를 몰았다.

병원까지 가는 길에 할아버지는 내가 할아버지의 숨겨진 딸이고 올해 아버지를 불쑥 찾아와 그대로 함께 살다가 오늘 집 근처에서 불현듯 총소리가 들려서 우연히 각진 집 안에 발을 들였고, 거기서 총격에 휘말려 죽을 뻔했지만 집에 돌아오지 않는 딸을 걱정한 아버지가 찾아와 구해줬다는 식으로 말을 맞추자고 했다. 할아버지는 자신이 전직 경찰이니 그 말을 믿어 줄 거라 했고, 믿게 만들겠다고도 했다.

가도무라 씨는 총격 직전까지 할아버지의 집에서 날 기다리고 있었다고 한다. 약속 시간이 지나자 "무슨 일이 생긴 게 분명합니다. 가 봐야겠어요!"라고 씩씩거리며 요시키 씨와 함께 몸을 일으켰다. 할아버지는 자기도 함께 가겠다고 했지만 거치적거린다는 이유로 거부당했고, 그로부터 한 시간이 지나자 결국 초조함을 견디지 못하고 집을 뛰쳐나왔다.

―명심해라, 요리코. 넌 아무것도 기억 못 하는 거다. 내가 아빠라는 사실 외에는 아무것도.

운전대를 손에 쥔 할아버지가 거듭 강조했다.

―요리코, 넌 잘못이 없다. 넌 아무 잘못 없어.

난 그 말을 듣고 안심했다. 그렇다. 난 잘못이 없다. 그러니 괜찮을 것이다. 못쓰게 되지 않는다. 그렇게 스스로 되뇌었다.

차가 구급차보다 빨리 병원에 도착해서 치료를 받았다. 형사 조사를 받을 때는 할아버지가 옆에 있어 준 덕에 고개를 숙이고 말없이 있어도 됐다. 그리고 병원에서 퇴원한 후 게미가와에 있는 빌라에서 할아버지와 함께 살기 시작했다.

자세한 사정은 알 수 없었다. 히나구치 요리코라는
사람을 어떻게 에노키도 요리코로 만들었는가. 내가 우
라베를 엽총으로 쏜 사실을 어떻게 숨겼는가. 백부님과
엄마, 오빠는 그 뒤로 어떻게 됐는가.

그런 의문을 던질 때마다 할아버지는 "괜찮다"라고
해 주었다. 예전 동료가 도와주고 있다. 아는 사람 중에
변호사가 있다. 넌 내가 지킬 거다. 그러니 괜찮다.

잊어라, 전부 잊어라. 요리코, 넌 앞으로 행복해질 거
다. 행복해져야 한다.

"할아버지."

할아버지의 손에서는 에너지라고 부를 기운이 전혀
느껴지지 않았다. 미약한 체온만 전해질 뿐이다.

난 할아버지에게 물었다. "왜 죽어요?"라고.

나이가 나이이니 어쩔 수 없지. 할아버지는 분명 그
렇게 대답할 것이다. 그럼 난 "그렇구나"라고 대답하고
"할아버지도 벌써 그런 나이가 됐네요"라고 할 것이다.

그러나 내가 정말 궁금한 것은 그런 게 아니다. 사람
은 언젠가 죽는다는 것은 알고 있다. 병이나 노화 때문
이라는 것도 안다. 그러나 왜 하필 지금인지를 알 수 없

었다. 1년 뒤, 반년 뒤, 사흘 뒤, 내일도 아닌 바로 지금 할아버지가 죽어야 하는 필연성이 대체 뭘까.

내가 알 수 있는 것이라고는 결말뿐이다. 할아버지는 죽는다. 이제 곧.

여기서 내가 아무리 한탄하고 기도하고 날뛰어도 그 결말은 뒤집히지 않을 것이고, 그러니 내 모든 행동은 쓸데없고 그저 고분고분히 때를 기다렸다가 결말을 받아들이고 어떤 절차 등을 밟는 것을 끝으로 매듭지어질 것이다. 이제 두 번 다시 할아버지와 대화를 나눌 수 없고 함께 버스에 탈 수 없고 볼링을 치거나 TV를 볼 수도 없다. 회과육을 만들어 줄 수도 없다.

그것이 바로 죽음이다. 한 번 던진 공은 다시 돌아오지 않는다. 쓰러진 볼링 핀은 다시 일어서지 않는다. 당연한 일이다.

그때 으윽 하고 할아버지가 신음했다. 난 할아버지의 손을 잡고 얼굴을 가까이했다. "할아버지?"라고 부른다. 지금이 바로 레인을 굴러가는 공이 핀에 부딪히기 직전인 것을 깨닫는다.

할아버지는 대답이 아닌 신음을 내며 헐떡거렸다. 입가가 바르르 떨린다. 침이 질질 흐른다. 그 모든 광경을 난 눈에 아로새겼다.

나직한 속삭임이 들렸다. ……사유미.

할아버지의 움직임이 멈췄다. 삐 하는 전자음이 울려
퍼졌다.

병실 밖 벤치에 아오이가 앉아 있었다. 볼에 거즈를
붙인 채 다리를 쭉 뻗고 입을 굳게 다물고 있다.

난 아오이 옆에 앉았다. 코에 감긴 붕대에 손을 갖다
댄다.

우리는 잠시 그러고 있었다. 하얀 가운을 입고 바쁘
게 움직이는 사람들과 장의사 같은 사람이 우리 앞을
지나간다. 장례식이라는 게 어떤 절차인지 난 잘 알지
못한다.

"결국…….."

아오이가 힘없이 중얼거렸다.

"그 멍청한 우리 오빠는 아무도 죽이지 않았다는 말이
네요."

난 병원에 도착하기 전까지 아오이에게 모든 사실을
털어놓았다. 내가 뉴스에 사건의 피해자이자 **에노키도
요리코라는 이름으로 보도된 이유**. 히나구치라는 성을

지금껏 숨겨 온 이유. 그리고 우라베는 살인범 따위가 아니라 오히려 우리를 구해 주려고 했다는 이야기.

"언니는 그런 오빠를 죽였고요."

난 고개를 끄덕였다. 그날 백부님이 총을 쏘라고 지시할 때만 해도 우라베는 아직 살아 있었다. 난 그것을 똑똑히 기억하고 있다.

"그런데 범인은 정작 그 멍청이가 돼 버렸고."

고개를 끄덕일 수밖에 없다.

그 사건은 그야말로 기이하고 복잡하고 돌발적인 것으로 모자라 상식을 벗어났다. 머리가 날아간 요시키 씨, 가슴에 구멍이 뚫린 가도무라 씨. 옆구리에 총을 맞은 미쓰히데 씨와 왼쪽 손목을 잃고 쇼크사한 리쓰카, 그리고 입에 총알이 박힌 우라베. 현장의 모습만 보고 사건의 진상에 도달할 수 있다면 그것은 탁월한 추리력이 아니라 초능력이다. 적어도 2층에서 떨어지는 요시키 씨에게 가도무라 씨가 총을 쐈다는 이야기는 모두의 실소 또는 분노를 자아낼 것이다.

백부님은 빈틈이 없었다. 감시 카메라 영상은 전부 삭제됐고 소지품도 사라졌다. 우리가 가도무라 씨와 노란 문 지하실 안에 있는 동안 엄마가 보스턴백에 모조리 집어넣었을 것이다. 심지어 내가 2층 집에서 가져온 토템 폴 장식마저 사라졌다고 한다.

현장에 남은 사람 중 엽총을 쏜 사람은 가도무라 씨, 리쓰카, 우라베, 그리고 나까지 총 네 명이다. 초연 반응을 조사하면 대부분 밝혀지겠지만 그래도 리쓰카가 어떤 상황에서 엽총을 쏘고 왼쪽 손목을 잃었는지는 밝힐 수 없을 것이다. 가도무라 씨가 미쓰히데 씨와 요시키 씨를 쏘고 내가 우라베를 쏜 행위에서도 제삼자들은 합리성을 찾아낼 리 없다.

그 안에서 유일하게 살아남은 미쓰히데 씨는 과다 출혈로 현재도 의식 불명 상태다.

얼마 지나지 않아 가장 그럴싸한 결론이 나왔다. 가도무라 씨와 요시키 씨는 그날 엽총을 들고 그 집에 들어갔고 정확히 어떤 이유인지 몰라도 그 안에서 다툼이 일어났다. 그리고 그 자리에는 어째서인지 지하실에 감금돼 있던 것으로 추정되는 리쓰카가 있었고, 모종의 이유로 리쓰카에게까지 불똥이 튀는 바람에 리쓰카가 엽총을 쏜 것처럼 보이지만, 결국 범인은 그 집 가정부인 우라베였다. 왜냐하면 그가 마지막으로 엽총을 들고 있었으니까. 한마디로 의문투성이 상태로 사건은 흐지

부지 묻히게 되었다.

 날 둘러싼 의문은 거의 없었다. 할아버지 덕분일 것이다. 할아버지는 번쩍거리는 차 안에서 열쇠로 내 수갑을 풀어 줬고 차 안에 있던 물을 몸에 끼얹으라고 했다. 그것이 초연 반응을 감추기 위한 지시였다는 것을 난 나중에서야 알게 됐다.

 할아버지는 양식과 체면 같은 외피를 벗어던지고 내 죄를 숨겨 주는 길을 선택했다. 그것은 내 그간의 과거를 없었던 것으로 만드는 길이기도 했다. 질리도록 했던 내 '일'과 신도 씨의 시신을 땅에 묻은 과거를 없애기 위해 할아버지는 가도무라 씨와 백부님 일당에 관한 이야기를 함구했다.

 "그 덕에 우리 집안은 풍비박산이 났고요."

 그렇다. 아오이의 말이 옳다. 나와 할아버지는 모든 책임을 우라베에게 돌렸다. 그것이 잘못됐다는 것을 알면서도 지금껏 입 씻고 모르는 척했다.

 "이제 괜찮아."

 난 복도 천장을 올려다보며 입을 뗐다.

 "책으로 써도 되고 경찰에 신고해도 돼."

 아오이가 내키는 대로 하기를 바랐다. 감옥에 갇혀

채찍질을 당하고 다른 사람의 미움을 사는 일에는 이제 익숙하다. 괜찮다. 난 통증을 끌 수도 있다.

할아버지가 죽었다. 아빠도 죽은 듯하다. 엄마에게는 버림받았다. 리쓰카도 곁에 없다. 나라는 이름의 공은 아직 레인 위를 구르고 있지만 그 끝에 핀은 한 개도 없고 속도와 각도, 습도와 마찰과 상관없이 결말은 누가 봐도 뻔하다. 거터볼*이다.

"언니가……."

아오이의 분노 섞인 목소리가 벽에 닿아 무겁게 울린다.

"언니가 제 취재를 도운 건 할아버지의 친딸, 그러니까 사유미 씨가 지금 어딨는지 알기 위해서죠?"

그렇다. 병상에 누운 할아버지에게 사유미 씨를 만나게 해 주고 싶었다. 아오이를 처음 만났을 때 내 안에 그런 욕망이 싹텄다. 그래서 혹시 그간의 사정을 알 수도 있는 가도무라 씨의 예전 상사 구사토리 씨를 만나려고 했다.

하지만.

* 공이 볼링 레인 양옆 도랑에 떨어지는 것.

"결국 원하는 건 이루지 못했어. 사유미 씨는 지금 그들과 함께 있을 테니까. 그리고 백부님 옆에는 오빠가 있어. 오빠한테는 못 당해."

그날 그 집 거실에서 리쓰카가 자신의 왼쪽 손목을 쏜 후 우리를 향해 걸어오는 오빠를 보면서 뼈저리게 느꼈다. 이 사람은 그냥 강한 게 아니다. 그냥 폭력적인 게 아니다. 이미 그 차원을 뛰어넘었다. 한마디로 부조리하다. 죽은 줄 알았는데 되살아났고, 착해진 줄 알았는데 미쳐 버렸고, 내 부탁 따위는 아랑곳하지 않는 것으로 모자라 내 마지막 희망마저 송두리째 앗아 가 버렸다. 집안 사정 때문에 성격이 거칠어졌다거나 백부님에게 세뇌당해서 그렇게 됐다는 식의 어중간한 이유를 갖다 붙여 봐야 소용없고, 그러므로 오빠는 세상 그 누구보다 강한 것이다.

"……언니는 그 자식들에게 복수하고 싶지 않아요?"

"아니, 됐어. 이제는 괜찮아."

"그래요?"

아오이는 갑자기 내 목덜미 옷깃을 붙들더니 날 끌고 성큼성큼 걸어갔다. 여자 화장실에 끌고 가서 날 혼쭐내 주려는가 싶었는데, 정말로 그랬다. 아오이는 화장실에 들어가자마자 분을 삭이지 못하고 내 오른쪽 뺨에서 짝, 왼쪽 뺨에서 짝 소리가 나게 따귀를 후려갈겼다. 난 그대로 서서 계속 따귀를 맞았다.

마지막으로 온 힘을 실은 비장의 한 대를 맞고 타일 바닥 위에 쓰러졌다.

여기가 브롱크스*가 아니고 병원이라 다행인 줄 알아요! 아오이는 그런 말을 내뱉고 화장실을 나가 사라져 버렸다. 난 비틀비틀 몸을 일으켜 아오이가 왜 저렇게 화가 났는지 곰곰이 생각해 봤지만 결국 알 수 없다는 결론에 이르렀다. 다만 화가 잔뜩 나서 어깨를 들썩이며 날 내려다보는 아오이의 모습에서 묘한 그리움이 느껴졌다. 그 이유도 알 수 없다.

이 세상은 알 수 없는 것투성이고 난 늘 아무것도 모르는 채로 넘어지고, 쓰러졌다.

게미가와 집에 아오이는 없었다. 둘이 함께 도시락을 만들어서 오쿠타마로 떠나기 직전 모습 그대로다.

* 미국 뉴욕시의 우범 지역.

거실에 홀로 앉아 TV를 켜려다가 관뒀다. 혼자 지낼 밤이 불안하지 않다. 지금 난 오히려 정적을 원하고 있다. 이대로 계속 밤이기를 바랐다.

밥상 위에 놓인 머그컵이 눈에 들어왔다. 굵은 글씨로 '天下布武(천하포무)'라고 적혀 있다. 아오이가 좋아하는 컵이다. 이 집에 있는 아오이의 물건들을 어떡해야 할까. 쓰레기 수거일이 내일인지 모레인지 기억나지 않지만 꼭 신경 쓰지 않아도 될 것이다. 어차피 난 조만간 이곳을 떠나게 될 테니까.

할아버지의 유품을 정리하기 시작한 것도 충동적인 시간 때우기였다. 장롱에 있는 양말과 속옷, 하라마키*를 다다미 위에 놓는다. 통장과 인감. 나와는 상관없는 물건들이다.

침실의 옷장 안을 확인했다. 이불과 투명한 플라스틱 옷상자만 있고 상자 안에는 옷도 거의 없다. 나와 할아버지에게 멋 부리기 같은 건 먼 나라 풍습이나 마찬가지였다.

---

* 체온 유지를 위해 배를 감싸는 복대.

유품을 정리한다고 하면서 방만 어지럽히고 있는 것을 깨닫고 의욕을 잃었다. 유품이든 보물이든 주인이 없으면 무용지물이다. 타는 쓰레기인지 타지 않는 쓰레기인지만 구분하면 된다.

막연하게 옷상자를 꺼내 허름한 겨울옷들을 확인하고 다시 넣으려고 할 때 손이 멈칫했다. 옷장 안, 옷상자 뒤에 세워져 있는 직사각형 모양 물체. 꺼내 보니 그것은 검은 공공칠가방이었다. 지폐가 3억 엔은 들어갈 이런 가방이 집 안에 있는 줄 몰랐다. 열어 보려고 했지만 자물쇠가 채워져 있다. 다이얼식 자물쇠다. 적당히 숫자 네 개를 돌려 봤지만 자물쇠는 꿈쩍도 하지 않는다. 할아버지의 생일일까. 알 수 없다. 내 생일도 아니다. 힌트가 너무 부족하다. 어쨌든 난 충분한 시간을 들여가며 다이얼을 계속 돌렸다.

잠시 후 행운이 찾아왔다. '1120'으로 다이얼을 돌린 순간 철컥 소리가 들렸다. 난 바닥에 깔린 담요 위에 다소곳이 앉아 엄숙한 의식을 치르듯 가방을 열고 눈을 의심했다.

그 안에 있는 것은 성인 잡지를 오려서 철한 스크랩이었다. 〈악질 엄마 VS 정병 딸〉의 반가운 일러스트도 보인다.

이곳에 살기 시작하면서 할아버지는 내 과거와 관련된 물건을 최대한 멀리했다. 심지어 가죽점퍼도 버리려고 했으니 잡지를 그대로 뒀을 리 없다. 나도 언젠가부터는 잡지를 바라지 않게 되었다.

〈악질 엄마 VS 정병 딸〉 스크랩을 집어 들었다. 한 장 한 장 깨끗하게 뜯어서 스테이플러로 한 권 단위로 봉했다. 과월호도 전부 모은 듯하다. 가장 오래된 건 내가 집에 가져가 백부님이 불태워 버린 호였다.

첫 줄만 읽어도 기억 밑바닥에 잠겨 있던 이야기가 꿈틀거리기 시작했다.

스크랩 밑에는 공책이 있었다. 펜이 있었다. 할아버지가 그 집 거실에서 나와 함께 나가기 직전 순간적으로 집어 든 리쓰카의 공책. 리쓰카의 펜.

공책을 펼쳤다. 맨 앞에는 〈오의의 서〉에 나오는 엉터리 같은 말들이 적혀 있다. 뒤에서부터 펼쳐 보니 〈악질 엄마 VS 정병 딸〉 내용을 필사한 것에 이어 〈리쓰카의 악질 엄마 VS 정병 딸〉이 적혀 있다. 난 말없이 글을 읽었다. 별 맥락도 없이 이야기가 도중에 BL로 바뀌는 전개가 역시나 기발하고 재밌다.

책장을 넘긴다. 리쓰카가 남긴 마지막 문장, 마지막 글자가 눈에 들어온 순간 머릿속이 새하얘졌다.

'다음 화에 계속'

몸 깊숙한 곳에서부터 떨림이 느껴졌다. 공책을 든 손에 힘이 들어간다. 다음 화에 계속. 이야기가 앞으로도 이어질 것을 예고하는 그 여섯 글자는 우리가 그토록 바라던 희망이었다.

탈출 전날 밤 리쓰카는 그 참혹한 지하실 철창문 안쪽 구석에서 눈을 반짝이며 이 여섯 글자를 썼을 것이다.

……빌어먹을.

분했다. 리쓰카의 머릿속에 있었을 '다음'을 읽지 못한다는 것. 리쓰카가 그걸 쓰지 못하게 됐다는 것. 리쓰카에게 기회가 있었다는 것. 그 기회를 없애 버린 사람이 바로 나라는 것.

내가 그때 리쓰카를 제대로 돕기만 했다면. 오빠에게 엽총을 겨눈 리쓰카에게 힘을 보태기만 했다면 리쓰카는 살아남았을 수도 있다.

그러나 난 움직이지 않았다. 눈을 감고 말았다.

공공칠가방 가장 아래에는 앨범이 있었다. 굳이 열어 볼 것도 없다. 날 사건에서 최대한 멀어지게 하기 위해 이사까지 했는데도 결국 할아버지가 지바현을 떠나지 못했던 이유. 사유미 씨의 웃는 얼굴이 이 앨범 안에 가득 들었을 것이다.

난 리쓰카를 구하지 못했다. 그러나 할아버지는 날 구했다. 이건 이상하다. 이치에 맞지 않는다.

스마트폰을 집어 든다. 상대가 전화를 받자마자 "아오이" 하고 입을 열었다.

"아까 뺨 맞았을 때는 진짜 아팠어."

네가 야마짱에게 맞고 있을 때도 아팠어.

"마지막으로 무슨 뜻인지 모를 말을 하고 사라지기 직전에 눈에 들어온 네 얼굴. 그 얼굴은 리쓰카의 얼굴이었어. 둘이 함께 '빌어먹을'이라는 말을 연신 읊조릴 때 리쓰카의 얼굴이었어. 그건 말이지, 곧 내 얼굴이기도 해."

아오이는 아무 말도 하지 않았다. 내가 말해야 한다. 이것은 내 의지이니 내가 직접 전해야 한다.

"사유미 씨를 구하고 싶어. 백부님과 도키로에게도 한 방 먹여 주고 싶어."

내게 통증이 돌아왔으니까. 아프면 분하니까.

"도와줄래?"

그제야 아오이가 입을 열었다. 데니즈에서 만나자고.

해결되지 않은 문제가 아직 많다. 우선 아오이의 부모님이 못 견디고 끝내 목을 매기 전에 우라베의 누명을 벗겨야 한다. 난 경찰서에 가서 내가 당시 겪은 일들을 설명했다.

경찰도 마냥 바보는 아니었다. 그 집에 있는 기이한 지하실과 부자연스럽게 닦인 지문이 수상했고 감시 카메라 영상이 삭제된 것도 의도적이라고 느끼고 있었다고 한다.

그런데도 사건이 결국 우라베의 범행으로 종결된 것은 부엌에서 만들다 만 회과육에 수면제가 섞여 있었던 탓이다. 똑같은 성분의 수면제 병이 우라베의 앞치마 속에 있었고 몇 년 전 그가 수면제를 구입한 것도 확인됐다고 한다.

난 "그건 저와 리쓰카가 갇혀 있던 지하실 철창문 열쇠를 훔치려고 구한 거예요"라고 설명했지만 경찰은 내 말을 믿어 주지 않았다.

가도무라 씨가 왜 사람들을 쐈겠니? 그 사람은 그때 그 일과 상관도 없잖아. 잘 알지도 못하는 타인을 도우려고 엽총까지 난사할 사람은 없다고 보는 게 상식적이지 않을까? 아니, 그 말씀도 맞지만 가도무라 씨는 우리 상식과 조금 거리가 있는 분이었어요. 저와 리쓰카를 구해 주러 왔다면서 저희에게 수갑을 채운 분이라고요. 그러나 경찰은 내 말을 듣고 실소를 넘어 화를 냈다. 고인을 그렇게 모독하면 쓰나! 누군가가 상식이 통하지 않는 사람인 것을 증명하기는 몹시 어렵다는 것을 난 몸소 깨닫게 되었다.

엄마와 오빠의 존재도 마찬가지다. 내가 2층 집 위치를 잘 모르는 것도 악영향을 끼쳤다. 경찰이 날 대하는 기본 태도는 부모가 사망한 충격으로 망상에 빠져 버린 여자아이. 한마디로 정신병 딸이었다.

깨어나지 못하는 미쓰히데 씨가 운 좋게 의식을 회복하는 전개도 현실에서는 일어나지 않았다.

그리고 나는 나대로 경찰 앞에서 떳떳하지 못할 사정이 있었다. 과거에 신도 씨의 시신을 묻는 데 가담한 일과 우라베를 총으로 쏜 것. 물론 그 모든 이야기를 솔직히 털어놓아도 곧이곧대로 믿어 줄지는 의문이지만.

언젠가 언니도 감옥에 들어갈 수 있겠지만 아직 일러요. 지금은 최대한 버텨 보기로 해요. 아오이는 의외로 태연했다. 고지식하고 체면만 신경 쓰는 부모님에게 세상을 살아가는 것이 얼마나 아름다운 일인지 알려 주고,

아들을 믿는 게 얼마나 존귀한 일이고 직업소개소에 다니는 게 얼마나 중요한 일인지를 알려 줬다고 한다.

결국 모든 건 백부님 일당을 세상에 드러내는 것부터 시작된다는 결론에 이르렀다. 아오이는 그 이야기를 책으로 써서 자신이 부자가 되면 그때야 비로소 모든 게 해결된다고 단언했다. 그 말이 언뜻 맞는 것 같았다. 이 세상에서 일어나는 문제는 대부분 돈이 해결해 준다.

어쨌든 백부님 일당이 지금 있는 곳을 밝혀낼 필요가 있었다. 삼각 지붕 집을 다시 찾아간 우리는 야마짱을 마구 위협해 백부님에 대한 정보를 실토하게 했다. 비행기를 타고 인도로 도망칠 준비를 하고 있었던 야마짱에게 아오이는 인도식 카레를 만들도록 지시했다. 제법 맛있었다.

덧붙이자면 야마짱은 전에 내가 시킨 대로 하나코와 하나코 엄마의 묘를 번듯하게 만들어 둔 상태였다. 그 안에는 요시키 씨의 누나이자 철사 같았던 후루타 씨의 묘도 있었다.

야마짱은 백부님이 지금 있는 곳을 알지 못했다. 그가 아는 정보라고는 백부님이 가끔 그에게 걸어 오는 전화번호뿐이었다. 그 번호에 의지해서 어떻게든 그들을 찾아내려고 노력했지만 얼마 안 돼 포기했다. 아무리 궁리해도 안 되는 건 안 된다.

어느덧 시간이 흘러서 한 해가 거의 저물었다. 우리는 늘 그렇듯 게미가와의 빌라에 모여 작전 회의라는 명목의 일상을 보냈다. 난 안방에 누워서 할아버지가 남기고 간 잡지 스크랩을 읽는 아오이를 곁눈질하며 TV를 봤다. 아오이는 〈악질 엄마 VS 정병 딸〉에 흠뻑 빠져서 이제는 얼간이 편집자라는 모토이 씨에게 작품의 재미를 설파하는 지경에 이르렀다.

저녁 뉴스를 진행하는 예쁜 아나운서가 요즘 유행하는 디저트와 가게 앞에 사람들이 줄 서는 가게를 소개했다. 며칠 있으면 크리스마스다.

아마 신도 요즘 별일이 없어서 따분하지 않았을까. 난 지역 명물로 이름난 슈크림 가게 앞에 줄 선 사람들 속에서 엄마를 발견했다.

· 현재 - 2017년

당신은 기억하고 있는가. 지금 히나구치 요리코가 추락하고 있다는 사실을.

요리코가 TV에서 어머니를 발견하고 그 후 반년 동안 일어난 일을 간략히 정리하려고 한다. 아는 사람들은 안다는 그 지역 명물 디저트 가게는 지바현 안에 있었다. 사쿠라시 소메이노라는 곳이다. 요리코의 할아버지, 즉 에노키도 다스케는 요리코에게 그럭저럭 먹고살 유산을 남겨 두고 갔다. 양자 결연 절차를 마쳤고 다른 상속인도 없어서 유산은 모두 요리코의 것이 되었다. 새해가 되자 요리코는 그 돈을 써서 소메이노로 집을 이사했다. 자못 당연한 것처럼 우라베 아오이도 따라왔다.

논밭에 둘러싸인 주택가였다. 차 없이 살기는 불편한 곳이다. 요리코는 원동기 면허를 취득했다. 요리코로 서는 엄청난 자유를 획득한 셈이다. 아오이는 요리코의 스쿠터에 '파트라슈호'라는 이름을 붙여 주었다.

이로카와 기자에몬이 사는 곳을 찾기가 수월하지만은 않았지만 그 모든 과정을 이곳에 낱낱이 적을 시간은 없다.

이로카와 일당은 높은 지대에 덩그러니 있는 서양식 2층 주택에 살고 있었다. 이로카와 일당이 어떻게 그 저택에 사는지 알아냈는지는 간단하다. 저택 정면에 총 다섯 개 있는 창문 중 한 곳에 토템 폴 장식이 보였기 때문이다.

요리코와 아오이는 그 집을 조사했다. 항상 일 처리가 조잡한 두 사람치고는 매우 신중했다. 그러나 어차피 전문가가 아니니 저택 근처 아파트에 무단으로 들어가 출입 금지 옥상에서 망원경으로 관찰하는 정도가 고작이었다.

그럭저럭 성과는 있었다. 저택을 떠나는 차 사진을 여러 장 찍어 그 안에 이로카와 기자에몬, 도키로, 히나구치 기요미, 아라타가 있는 것을 확인했다. 가정부로 보이는 사람도 있었다. 요리코와 아오이는 아마 그 사람이 사유미 씨일 거라고 결론 내렸다.

문제는 어떻게 사유미 씨를 구출하는지였다. 사유미 씨가 도움을 원하는지도 알 수 없다. 어쩌면 구출을 거부할 수도 있다.

아니, 상관없다. 이제는 그녀를 구하느냐 구하지 않

느냐의 문제가 아니다. 어쨌든 그곳에서 끌어내야 하는 것이다. 한마디로 납치에 가까운 행위지만 법 문제는 고려하지 않았다. 정의 같은 것과도 상관없다. 요리코와 아오이에게는 에노키도 다스케의 마지막 소원을 이루고 이로카와에게 복수하는 것이 가장 중요했다.

다섯 창문 저택은 높은 담장에 둘러싸였고 보안 시스템도 엄중해 보였다. 안에서 무슨 일이 벌어지는지 알 도리가 없다. 정면 돌파는 도박보다 자살에 가까웠다.

저택을 관찰하는 동안 그들이 일주일에 한 번꼴로 외식하러 나간다는 사실을 초인적인 기억력을 자처하는 우라베 아오이가 깨달았다. 이로카와, 도키로, 기요미, 아라타가 탄 차는 소메이노에서 동쪽으로 2킬로미터 정도 뻗은 횡한 외길을 지나 가부라기마치로 향했다. 중간에 도로 옆 레스토랑에서 식사를 마치고 가끔은 교차로 근처에 있는 대형 오락 시설 속 노래방에 갔다.

그때 저택 안에는 사유미만 남았다. 그녀를 납치 아니, 구출할 수 있는 둘도 없는 기회다.

그러나 그들이 식사만 하고 돌아오는 날도 있었다. 그러면 시간상 아슬아슬하다. 그들이 노래방에 가는 날을 노려야 했다. 그러나 자칫 잘못해서 미행을 들키기라도 하면 모든 게 끝장이었다.

그리하여 요리코는 볼링장에 다니기 시작했다. 그곳에서 밤 9시까지 시간을 보내다가 볼링장을 나가 주차장에서 이로카와의 차를 찾았다. 차가 있으면 아오이에게 문자를 보내 작전 개시를 알리는 것이다.

그다음에는 모든 것을 하늘에 맡길 수밖에 없다. 둘이 함께 돌격하면 사유미 씨는 어떻게든 구출할 수 있을 것이다. 최악의 경우 머리를 때려서 기절시키거나 밧줄로 묶어 끌고 나오면 된다. 거칠기 짝이 없는 수법이지만 요리코와 아오이 모두 반대하지 않았다.

그리고 마침내 오늘 밤, 모든 조건이 갖춰졌다.

요리코는 아오이에게 이로카와 일당이 차를 타고 출발했다는 연락을 받고 볼링장에서 시간을 보내며 그들을 기다리다가 사상 최고의 점수를 경신한 후 평소처럼 밤 9시에 볼링장을 나갔다. 주차장에는 이로카와의 SUV 차량이 세워져 있었다. 요리코는 아오이에게 문자를 보내고 스쿠터에 올라탔다.

2킬로미터 외길을 단숨에 달려 오미야 신사, 나나이도 공원을 지나서 다섯 창문 저택으로 향했다. 가는 길에 나 자신이 뭔가 엄청난 짓을 저지르고 있다는 기분이 들었고 그때마다 세상은 원래 될 대로 되는 거라고 되뇌며 마음을 가라앉혔다. 괜히 흥분했다가 실수를 저지를 수 있다는 사실을 요리코는 여러 할리우드 영화를 보며 배웠다.

그러나, 사고가 일어났다.

의심할 여지 없는 '사고'였다. 골목에서 튀어나온 승용차 운전자는 요리코, 이로카와와 접점이라고는 없는 선량한 회사원이었다. 의식을 잃고 늘어진 그는 퇴근 후 병원에서 막 태어난 아들의 얼굴을 보고 돌아가는 길에 평소보다 조금 서두르는 바람에 좌우 확인을 소홀히 했다. 그때 요리코의 스쿠터가 뛰어들었다. 둘 중 누구의 책임이 더 큰지와 도로교통법 같은 걸 운운하는 것은 지금 여기서 별 의미가 없다.
한마디로 재수가 없었다.

에노키도 다스케가 세상을 뜬 날 밤에 요리코는 결심했다. 자신의 의지를 확실히 표명했다. 그런 행동을 두고 그녀의 독립이나 성장으로 평가하고 싶은 마음을 이해 못 하는 건 아니지만, 지구상에서 보면 수십억 명 중의 한 명에 불과한 평범한 여자의 결심 따위 그다지 중요한 일이 아니었다. 그 누구도 관심을 보이지 않는 사소한 물리 현상인 것이다.

실제로 요리코는 방금 허공에 붕 튀어 올라 뭘 어찌할 도리도 없이 그대로 아스팔트에 몸을 부딪쳤다. 요리코의 몸은 쿵 하는 둔탁한 소리를 울렸고 반동으로 한 번 더 튀어 올랐다.

폼을 조금 잡는다고 모든 일이 뜻대로 굴러갈 만큼 세상은 만만하지 않다.

─또 너냐.

아스팔트는 싸늘히 식어 있었다. 밤바람이 하늘을 보고 드러누운 요리코의 볼을 스치고 간다. 숨을 쉬어 본다. 다행히 폐는 아직 멀쩡한 듯하다. 그러나 갈비뼈에서 뭔가 위화감이 느껴진다. 꽃무늬 바지를 입은 왼쪽 다리도 기이한 각도로 휘었다. 입술 위로 코피가 흐르고 있다. 몸을 움직이기는 힘들어 보인다.

시야 끝에 하얀 쇳덩어리가 보였다. 내가 들이받은 차다. 내 몸은 차체 위를 날아가 바닥에 떨어진 듯하다. 여기서 운전석은 보이지 않지만 스쿠터와 직격했으니 운전자도 무사하지는 않을 것이다.

움직이지 않는 쇳덩어리를 멍하니 보며 마음속으로 다시 한번 말했다.

—또 너냐.

난 **이 녀석**을 알고 있다. 아주 잘 알고 있다. 떼려야 뗄 수 없는 친구 같은 존재다.

이 녀석을 처음 만난 곳은 아파트 단지 뒤뜰이었다. 그때 이 녀석은 둥근 아저씨 같은 모습으로 나타났다. 갑작스러웠다. 아무 맥락과 이유도 없었다. 이 녀석은 내게 '우리 예쁜 공주님'이라고 말을 걸었다. 히죽히죽 웃더니 얼마 후 내 머리 위에서 쓰루를 내던지고 사라졌다.

가끔 이 녀석은 아빠의 모습을 하고 나타날 때도 있다. 엄마의 모습일 때도 있다. 백부님의 모습, 도키로의 모습, 가도무라 씨의 모습, 가도무라 씨가 들고 있던 엽총의 모습……. 그러나 아마 대부분은 오빠의 모습이었을 것이다.

이 녀석은 내 앞에 나타날 때마다 뭔가를 빼앗아 갔다. 먹을 것과 이불, TV, 잡지, 평화로운 시간. 대부분 폭력이라는 수법이 쓰였다. 난 거의 백기 투항을 강요

당했다.

이 녀석은 강하다. 정말 강하다. 지금 난 술을 마시고 담배를 피울 수 있는 나이고 면허도 있다. 선거일에 투표도 할 수 있다. 그러나 이 녀석에게는 당할 수 없다. 난 누구보다 잘 알고 있다. 성인이든 어린아이든 상관없이 이 녀석 앞에서는 누구나 속수무책이다.

부조리.

운명이라고 불러도 좋을 것이다.

백부님은 쓰레기 같은 인간이었지만 가끔 옳은 말도 했다. 우리는 어차피 이 세상에서 티끌 같은 존재이고, 그것은 다시 말해 완전하고 완벽하게 무력하다는 뜻이다. 최대한 그 사실을 인정하고 필요시에 통증을 오프 모드로 만들 것. 내가 할 수 있는 일이라고는 그 정도다. 이 녀석에게 한번 붙잡히면 다른 수는 없다.

그리고 오늘 밤 또다시 이 녀석이 등장했다. 갑작스럽게, 아무 맥락도 이유도 없이. 천연덕스럽고 태연하게. 늘 있는 일이다. 너무 흔해서 넌더리가 날 지경이다. 또 너냐. 또 네가 빼앗아 가는 거냐.

숨을 헐떡이며 하늘을 우러러본다. 소메이노의 밤하늘에는 별이 많다. 무단으로 들어간 아파트 옥상에서 다섯 창문 저택을 감시하며 밤을 지새울 때 아오이는 신나는지 기운이 펄펄 넘쳤다. 뭐 아오이는 항상 기운이 넘치기는 하지만.

감각이 거의 느껴지지 않는 오른손을 뻗어 꽃무늬 바지 주머니를 뒤진다. 스마트폰은 액정이 부서졌고 내부 기판까지 튀어나온 걸 보니 이미 못쓰게 된 듯하다. 난 무용지물이 된 스마트폰을 주머니 밖으로 꺼내 버렸다.

미안, 아오이. 난 못 갈 것 같아. 그리고 못 가게 된 걸 전하지도 못할 것 같아. 부탁이니 무리하지는 마. 그들에게 붙잡히면 너도 못쓰게 될 테니까. 난 네가 그렇게 되는 건 싫어.

……아프다. 차에 부딪혀 4미터 정도 허공에 튀어 올라 아스팔트에 떨어지는 건 역시 아프다. 또 다른 삶의 깨달음이다. 무심코 웃음이 터졌다.

웃으면서 몸에 힘을 집어넣었다.

아프다. 정신이 아찔하고 눈앞에 별이 보일 만큼 아프다.

상반신을 일으킨다. 드드득, 드드득. 몸 이곳저곳에서 에러가 발생하고 있다.

아프다. 눈물이 터질 만큼 아프다.

그러니 괜찮을 거라고 생각했다. 아프니까, 아직 괜찮다.

'움직여'라고 지시한다. 근육, 움직여. 백혈구, 적혈구, 간, 콩팥, 움직여. 심장, 야, 척추. 움직일 수 있잖아. 아프니까 괜찮잖아.

아프다는 건 아직 살아 있다는 뜻이다.

두 손으로 땅을 짚는다. 허리를 일으킨다. 무릎을 꿇는다. 맹렬하게 덮치는 통증.

괜찮다. 2층 집에서 오빠가 계단 위에서 날 던졌을 때 배웠다. 낙법의 중요성을 배웠다. 그러니 연습했다. 내 방에서 몰래 낙법을. 난 할 수 있다. 그리고 해냈다. 이번에도 낙법을 구사한 것이다. 그러니 움직일 수 있다.

몸을 일으킨다. 왼쪽 다리는 상태가 심각해서 차마 볼 수도 없다. 하지만 괜찮다. 일어설 수만 있다면 훌륭하다.

걸어라. 칼슘, 단백질, 림프구. 젖 먹던 힘까지 다해서 걸어라.

쉽지 않다. 균형이 조금이라도 무너지면 곧 다시 쓰러질 것이다. 근성으로 뛰어넘을 수 없는 벽이 있다. 역시 안 되는 걸까.

그때, 그것이 눈에 들어왔다. 바로 옆에 떨어져 있는

길쭉한 물체. 만약의 상황에 무기로 쓰려고 스쿠터에 실어 둔 할아버지의 지팡이.

거기 있어 줘서 고마워. 손이 닿는 거리에 있어 줘서.

무거운 헬멧을 벗어 던진다. 한쪽 다리로 콩콩 뛰어 그 앞까지 간다. 잘했어, 오른 다리야. 왼 다리, 넌 정말 도움이 안 되는구나.

지팡이를 집어 든다. 하마터면 앞으로 고꾸라질 뻔했다. 극심한 통증이 온몸을 스친다. 이를 꽉 깨물고 버티고 서서 지팡이를 땅에 짚는다. 몸을 일으켜 하늘을 보며 숨을 크게 내쉰다. 난 아직 서 있다.

다음은 걷는 것이다. 호흡을 가다듬고 머릿속으로 되뇐다. 걸어, 라고.

등 뒤에서 그것이 나를 덮친다. 몸속에서 속삭인다. 안 돼. 그 자리에 다시 앉아. 그러지 않으면 죽을 거야.

그렇다. 그 말이 맞을 것이다. 얼마 안 있으면 구급차도 도착할 것이다. 내가 살아남을 가능성이 아직 꽤 있다. 그러나 여기서 걷느냐 걷지 않느냐를 결정하는 건 네가 아니야.

난 지시한다. 또 지시한다.

걸어. 앞으로 나아가. 쓰러지지 마.

다리가 움직인다. 두 손으로 지팡이를 붙든다. 아직 호흡할 수 있다. 대단하지 않은가.

길은 곧장 오르막길이 되었다. 중력이 괴롭다. 그러나 난 지금 고지대에 있는 저택에 가고 있다. 다가가고 있다. 괴로워도 기뻐해야 한다. 불만이라면 하필 저런 집을 고른 그들에게 퍼부어야 할 것이다.

하마터면 의식을 잃을 뻔했다. 다시 정신을 차리자 머리에서도 피가 흐르고 있다. 충분히 그럴 만하다. 난 지금 죽기 일보 직전이다. 노래를 부른다. 자꾸 내 곁을 떠나려는 의식을 붙들기 위해 흐응, 흐응 하고 콧노래를 부른다. 패티 스미스, 넘버 걸. 가사는 적당히. 아항, 이나 라라라, 처럼. 닐 영은 멜로디가 처지니 패스다. 나인 인치 네일즈는 아예 논외다.

지팡이를 짚는다. 오른 다리를 앞으로 내민다. 왼 다리를 질질 끌고 간다. 노래를 흥얼거린다. 오르막길을 오른다. 등 뒤에 들러붙은 **그 녀석**을 떼어 내려고 앞으로 나아간다. 다음은 뭘까. 벼락일까, 운석일까, 대지진일까. 마음대로 해. 나도 내 마음대로 할 테니.

오르막길을 점차 제패해 간다. 길 끝에 2층 저택이 보인다. 1층에 두 개, 2층에 세 개. 총 다섯 개 창문의 불이 모두 꺼져 있다. 문 앞에 세워져 있는 노린재 같은 차. 아오이의 힌덴부르크호. 안을 들여다봐도 아무도 없다. 젠장, 역시 아오이는 멋대로 움직였다. 뭐 그러니까 아오이겠지만.

바깥문 안쪽으로 몸을 집어넣는다. 어떤 상황인지 도무지 감이 잡히지 않는다. 아오이도 설마 내가 이런 몰골로 나타날 줄은 꿈에도 모르고 있을 것이다.

집 현관으로 이어지는 돌계단을 오른다. 계단은 역시 힘들었다. 요즘 같은 시대에 배리어 프리도 모르다니! 또다시 백부님을 향한 원망이 부글부글 끓었다.

멋들어진 현관문을 두드렸다. 이 육중한 문을 내 힘으로 열 수는 없을 것이다.

"아오이!"

난 최대한 힘을 짜내 외쳤다.

"아오이!"

대답이 없다. 말도 안 돼. 벌써 당한 거야? 사유미 씨가 설마 숨겨진 무술 유단자는 아니겠지?

난 자포자기한 기분으로 문에 들러붙었다. 길쭉한 문손잡이를 쥐고 세게 당긴다. 그러자 문이 갑자기 확 열려서 하마터면 엉덩방아를 찧을 뻔했다. 이러지 마. 여기서 쓰러지면 이제 두 번 다시 일어나지 못할 거라고. 몸은 이미 오래전에 한계를 뛰어넘었다.

집 안은 어두웠다. 인기척이 없다. 난 신발을 벗지 않고 그대로 호텔 로비 같은 곳에 들어섰다. 머리 위에 샹들리에가 있다. 좌우에는 곡선을 그리는 계단. 모든 것이 어둠에 잠겨 흐릿해 보인다.

"아오이!"

내 목소리가 울려 퍼졌다. 반응이 없다. 눈앞에는 긴 복도가 이어져 있다. 계단을 오르는 건 어려울 테니 복도 안쪽으로 걸어갔다.

몇 개의 방, 몇 개의 문. 하나하나 열어서 확인할 시간은 없다. 어쨌든 안쪽으로, 안쪽으로 지팡이를 짚고 걸어간다. 온 신경을 곤두세운다. 살짝 열려 있는 가장 안쪽 문을 향해.

그곳은 부엌 같았다. 지금 여기서 기습이라도 당하면 손쓸 도리가 없다. 꼭 기습을 당하지 않아도 이미 심각한 상태다.

하지만 가야 해.

부엌 안으로 발걸음을 내디뎠다. 그 순간, 예상했으니 기습이라고 할 수는 없겠지만 어쨌든 머리에서 충격이 느껴졌다. 깡 하는 소리가 들린 것 같다. 몸을 휘청거리는 내게 쓰러지는 것 말고는 다른 선택지가 없고, 쓰러지면 모든 게 끝날 것이니 일단 될 대로 되라는 심정으로 손을 앞으로 뻗었다. 손끝에 선반이 닿은 건 천운일 것이다.

"응……?"

누군가의 목소리가 들렸다.

난 간신히 버티고 서서 목소리가 들린 쪽을 돌아봤다.

입구 옆에 프라이팬을 손에 든 여자가 서 있다. 앞치마를 두르고 있다. 예쁜 얼굴은 잡지 속 그라비아 모델 페이지에서 본 기억이 있다.

"사유미 씨…… 맞죠? 11월 20일생."

"그걸 어떻게……."

'알아?'라는 표정을 보고 역시 공공칠가방의 암호가 사유미 씨의 생일이었다는 게 증명됐다.

"그건……."

사유미 씨의 시선이 내 손에 들린 지팡이로 향했다.

"어디서?"

"유품이에요."

"유품? 설마 죽은 거야? 우리 아빠?"

내가 고개를 끄덕이자 사유미 씨는 프라이팬을 든 손

을 아래로 떨궜다.

"그렇구나. 죽었구나……."

"네, 돌아가셨어요."

"……그거, 내가 선물한 거야."

"들었어요. 할아버지, 그러니까 에노키도 씨는 도로에 뛰어든 사유미 씨를 구하려다가 차에 치여 다리를 다쳤다고."

우리는 어둠 속에서 잠시 입을 다물었다.

얼마 후 사유미 씨가 당연한 질문을 던졌다.

"당신은 누구?"

난 성실히 대답했다.

"그런 걸 일일이 설명하다가 해가 다 질 거예요. 아니, 해는 이미 졌지만 어쨌든 저랑 같이 가요."

"같이? 여기서 나가려고?"

"네."

"나가서 어떡하게? 이제는 늦었어. 난 이미……."

"죄송하지만 그런 건 나중에 이야기해요. 보면 알겠지만 전 지금 가만히 서 있기도 힘든 상태라."

그러나 사유미 씨는 내 사정을 봐주지 않았다.

"난 그 사람 지시로 사람까지 죽였어!"

"저도 마찬가지예요."

"뭐?"

"그러니까 그런 건 신경 쓰지 마세요. 아직 괜찮아요."

사유미 씨가 멍하니 날 바라봤다. 그녀의 심정이 이해 안 되는 것은 아니다.

"베리라이프 에도가와 아파트에서 일어난 그 일 말씀하시는 거죠? 그때 추락한 사람은 지금 아주 잘 살고 있어요. 여기서 팔팔하게 살아가고 있잖아요."

그러자 사유미 씨는 약간 난처한 것처럼 "뭐 그건 그렇지만……"이라고 중얼거렸다.

"아무튼 그러니 얼른 나가요."

"아니. 그럴 수 없어. 그 사람들에게 맞설 수는 없어."

그때 부르릉 하고 차 시동 소리가 들렸다. 힌덴부르크호의 신음은 아니다. 그 사람들이 돌아온 것이다.

나는 혀를 쯧 찼다. 이 몸으로 도망치라고? 아니면 싸우라고? 지금 장난해?

"저, 제가 여기 들어오기 전에 노란 머리에 쓸데없이 무례하고 기운찬 여자애가 한 명 왔을 텐데 지금 어디서 뭐 하나요?"

"글쎄."

"글쎄?"

"난 밖에서 네가 외치는 소리를 듣고 이 안에 계속 숨어 있느라……."

이런, 이런. 아오이. 대체 어디 가 버린 거야.

현관문이 열리는 소리. 이제는 이러쿵저러쿵해 봐야 소용없다. 난 마음을 다잡았다.

"사유미 씨. 전 싸우려고 하는데 사유미 씨는 어떡하실래요?"

사유미 씨는 프라이팬을 부둥켜안고 몸을 덜덜 떨고 있다.

"아까 맞설 수 없다고 하셨는데, 그러니까 백부님에게는 맞설 수 없다고 하셨는데 그건 사실이 아니에요. 전혀 사실이 아니에요. 사유미 씨가 지금 맞서지 못하고 따르는 상대는 백부님이 아니라 사유미 씨 자신이에요."

분명 우라베라면 그렇게 말할 거라고 생각했다.

지팡이를 짚고 복도를 살핀다. 체구가 작은 사람이 다가오고 있다.

"어이, 사유미?"

도키로의 목소리다. 난 할아버지의 지팡이를 써서 그를 꼬치구이로 만드는 장면을 떠올렸지만 너무 비현실

적이다. 영화에서처럼 이 지팡이 속에 칼이 숨겨져 있지 않은 게 원통했다.

난 선반 위에 있는 컵을 들어 바닥에 떨어뜨렸다. 그 소리를 듣고 도키로의 그림자가 멈칫했다.

"사유미이?"

온다. 일단 너만은 확실히 해치워 주마.

"거기 있어? 집 앞에 저 노린재 같은 차는 뭐야?"

이제 거리가 불과 2, 3미터도 되지 않는다. 난 부엌 입구 벽에 등을 기댄 채 숨을 죽였다. 도키로를 이곳에 끌어들여 아까 사유미 씨에게 당한 것처럼 기습을 가하는 것이다.

"사유미."

도키로의 머리가 문을 지나 쓱 들어왔다. 난 젖 먹던 힘을 다해 지팡이를, 그것도 가장 튼튼한 손잡이 부분으로 그의 급소에 홈런을 날리려고 했지만 지금 내 왼쪽 다리가 구불텅하게 휘어져 있다는 사실을 깜빡했다.

나는 쿵 하고 그 자리에 쓰러졌다.

"으악! 이게 뭐야!"

도키로는 깜짝 놀라 버럭 소리치더니 바닥에 납죽 엎드린 날 보며 눈을 휘둥그레 떴다.

"요리코잖아!"

방긋 웃는 그의 얼굴을 보며 역시 맞은 사람은 기억해도 때린 사람은 기억 못 한다는 사실을 몸소 깨달았다.

"오랜만이네. 살아 있었구나."

난 혼신의 힘으로 지팡이를 뻗어서 그의 턱을 올려 치려고 했지만 그전에 도키로의 발이 먼저 내 손목을 짓밟았다.

"여기까지 놀러 오다니, 그렇게 내가 보고 싶었어?"

웅크리고 앉아 내 머리카락을 움켜쥔다. 히죽 웃는다.

역시 이 다리로는 무리였나.

무심코 질끈 감으려던 눈에 그것이 비쳤다. 손바닥에 적힌 '194'라는 숫자. 조금 전 볼링장에서 경신한 내 최고 기록. 할아버지에게도 이길 것 같은 베스트 스코어.

아직 할 수 있다.

할 수 있는 건 다 해 보자.

"사유미 씨, 지금이에요!"

그것은 MP* 잔량을 무시한 소환 마법이었다. 실패하

---

* magic point. 게임에서 마법을 사용하는 데 필요한 수치를 뜻한다.

면 수치뿐일 외침이었다. 그러나 아무것도 안 하는 것
보다는 낫다.

휘잉 하고 바람을 가르며 프라이팬이 내 눈앞을 스
치고 지나가 도키로의 얼굴을 강타했다. 사유미 씨가
"앗!" 하고 소리쳤다. 그러더니 "저도 모르게 그만……"
하고 변명처럼 중얼거린다.

으윽 하고 신음하며 허리를 숙이는 도키로의 뒤통수
를 지팡이로 사정없이 내려쳤다. 세 번을 내려쳤다. 그
렇게 호스 물을 뿌려댈 때는 신났지? 내가 얼마나 괴로
웠는지 알아?

도키로가 엉거주춤한 자세로 앞으로 쓰러지기 직전,
지팡이로 간신히 몸을 지탱하고 있던 나는 오른 다리에
복받치는 감정을 고스란히 실어 그의 불사조에 회심의
일격을 꽂아 넣었다. 내게도 이 정도 권리는 있다고 생
각했다.

정신을 잃은 도키로에게서 다시 복도 쪽으로 시선을
돌렸다. 백부님은 보이지 않는다. 어디 숨어 있을 게 분
명하다. 1초라도 빨리 지금의 상황을 벗어날 타개책을
떠올리지 않으면 우리에게 내일은 없다.

그전에 목소리가 들렸다.

"요리코."

백부님의 목소리였다.

"너도 정말 사람 힘들게 하는 아이구나."

복도에 백부님이 나타났다. 벽 뒤에 몸을 숨긴 채 우리를 힐끔거리는 그를 보며 진절머리가 났다. 그의 손에 TV 드라마에서 자주 본 물건이 들려 있다.

"지난번 일의 교훈이지. 유비무환이라고 할까."

권총 총구가 나를 향하고 있다.

백부님은 느릿느릿 발걸음을 뗐다.

"요리코, 난 아직 이 집을 버릴 수 없다. 당분간 이곳에서 지내며 한숨 돌릴 생각이야. 그러려고 사유미도 일부러 애지중지 키운 거다. 부잣집 영감탱이에게 시집 보내고 얼마 전에야 간신히 그 영감이 뒈져서 다시 돌려받았어. 그동안 내가 돈과 시간, 노력을 얼마나 들였는지 아느냐? 네 장난질 하나로 그 모든 걸 끝낼 수는 없다."

백부님이 한 걸음씩 날 향해 다가온다.

"요리코, 지금이라면 아직 괜찮다. 되돌릴 수 있어. 자, 숨지 말고 어서 나오너라. 오랜만에 귀여워해 주마."

달콤한 울림. 늘 나를 안심시키고 침묵하게 하고 무

작정 따르게 한 목소리.

심장이 오그라들 것 같아서 난 할아버지의 지팡이를 가슴에 대고 머릿속으로 '개소리 마, 이 자식아!'라고 외치는 아오이의 목소리를 재생했다. 쓸데없이 목소리가 크고 알맹이도 없는 아오이의 수다 앞에서 백부님의 꼬드김 따위 명함도 내밀 수 없다. 난 이미 적응했다.

"어쩔 수 없구나."

내 굳센 반항심을 알아챘는지 백부님이 중얼거렸다.

"요리코, 잘 알겠지만 난 성가신 걸 싫어한다. 널 '처분'해서 '매장'하는 것도 쉽지는 않겠지. 그러니 이렇게 하지 않겠느냐? 네가 원하는 걸 들어줄 테니 대신 내 앞에서 사라져 주는 거다. 이제 두 번 다시 내 앞에 나타나지 않는 거다. 어떠냐? 나쁘지 않은 거래 같은데."

말하다가 무심코 진실을 보이는 게 정확히 이런 순간을 뜻할 것이다. 당신, 절대로 그런 약속을 지키는 사람이 아니잖아.

"3초 기다리마. 두 팔을 번쩍 들고 나오는 거다."

순순히 나와서 총알받이가 되라고?

"하나."

난 지팡이를 쥐었다.

"둘."

오른 다리를 향해 묻는다. 갈 수 있어? 라고.

"세에에."

숨을 한껏 들이마신다. 사유미 씨의 손에서 프라이팬을 빼앗는다. "틈을 봐서 도망치세요"라고 지시한다.

"에에에에에."

'엣'까지 말하게 할 성싶으냐. 난 프라이팬을 방패 삼아서 복도로 뛰쳐나갔다.

탕.

철컹!

상상을 뛰어넘는 충격에 엉덩방아를 쾅 찧었다. 프라이팬에 구멍이 뚫렸다.

곧이어 백부님이 달려왔다. 내 몸 위에 올라타서 왼손으로 목을 조른다.

"움직이지 마!"

백부님이 부엌에 있는 사유미 씨에게 외쳤다. 그녀에게 총구를 향한다.

"얌전히 있어라."

백부님의 눈이 다시 나를 향한다.

"요리코, 우리 귀여운 요리코."

흰 수염을 혀로 쓱 한 번 핥는다.

굳이 위에서 제압하지 않아도 내 몸은 이미 한계다. 이제 저항할 힘이 없고 목소리조차 나오지 않아서 교섭 가능성도 사라졌다.

마침내 끝이 다가오고 있다. 뭐 그래도 도키로에게는 한 방 먹여 줬다. 불사조에 갈긴 그 킥을 저승길 노잣돈 삼으면 된다. 나로서는 할 수 있는 걸 다했다.

"가여운지고. 요리코, 원망할 거면 신을 원망해라."

앞으로 대대손손 저주를 퍼부어 주겠다는 일념으로 그를 노려봤지만 백부님은 그럴수록 더 기뻐할 뿐이었다.

"그런 눈으로 보지 말거라. 애초에 모든 게 다 네 잘못으로 이렇게 된 거 아니냐. 멍청한 네 아비와 어미, 그리고 네 오빠도."

그는 유쾌한 것처럼 덧붙였다.

"기왕 이렇게 됐으니 하나 더 가르쳐 주마. 네 오빠를 아파트 옥상에서 떨어뜨린 사람은 사유미지만 그러기를 원한 사람은 네 엄마였다."

난 눈을 부릅떴다.

"너희가 삼각 지붕 집을 떠나고 얼마 지나지 않아 네 어미가 내게 연락하더구나. 내 곁으로 돌아가고 싶다고. 그렇게 해 달라고. 네 오빠가 폭력에 눈이 멀었다고 하더구나. 하지만 난 네 오빠와 달랐다. 삼시 세끼 밥을 챙겨 주고 따뜻한 이불을 줬지. 일을 하게 해 주고, 네 엄마를 누구보다 기쁘게 해 주는 사람도 바로 나였다."

어때. 정말 건전하지 않으냐? 히히힛.

그 상스러운 웃음소리를 잠자코 듣고 있을 여유는 없었다. 오빠가 베리라이프 에도가와 아파트로 향한 게 사유미 씨 때문이 아니었다고? 엄마에게 불려 간 거였다고? 그 누구도 말리지 못하는 폭군이었던 오빠가 엄마의 말에 순순히 따랐다고? 그 사실에 난 적잖이 동요했다.

되찾으러 간다. 오빠가 했던 말이 머릿속에 되살아났다.

"네 오빠 앞으로 생명 보험을 들고 때마침 시집가기 전이었던 사유미를 시켜 등을 밀게 했지. 배신하지 못하게 영상도 확실히 남겼고."

백부님은 즐거워서 어쩔 줄 모르겠다는 듯이 말하다가 살짝 쓴웃음을 지었다.

"하지만 그놈이 설마 죽지 않을 줄이야, 그리고 되살아날 줄이야. 이 세상은 정말 이상야릇한 일로 가득 차 있다. 그것도 모자라 그 멍청한 네 아비가 내게 반항할 줄이야. 야마다에게 감시를 맡긴 게 정답이었다. 멀리 돌아가기는 했지만 결국 모든 게 옳은 방향으로 간 거다. 성가신 배신자들을 처단하고 난 네 오빠 아라타를 손에 넣었지. 내 최강의 포켓몬. 역시 신은 날 버리지 않았다. 나만큼 복 받은 운명이 또 있을까!"

요리코, 너와는 다르게 말이다. 히히힛.

"자, 이제 어떡할까. 네 그곳은 어미와 비교도 할 수 없을 만큼 상태가 엉망이지. 이렇게 된 이상 입도 위험할 테고."

손으로 목을 꾹 조르자 머리에 피가 쏠린다. 눈앞이 흐려진다.

"적어도 네게 리쓰카 정도의 미래만 있어도 살려 주겠지만."

리쓰카. 고작 열세 살의 나이에 도키로에게 능욕당하고 왼쪽 손목이 날아가고 소변을 흘리며 처참히 죽어 간 내 사랑하는 제자.

난 목이 졸린 채로 이를 꽉 깨물며 오른손을 주머니에 집어넣었다. 가죽점퍼 주머니에.

"요리코."

백부님이 얼굴을 들이밀었다. 수염을 혀로 쓱 핥는다.

"역시 넌 죽어 줘야겠다."

목에서 압박이 더 강해진다. 꽉 깨문 이 사이에서 거품이 보글거린다. 난 마지막 힘을 쥐어짜 손을 주머니에서 뽑았다.

"으응?"

날 내려다보는 백부님의 동공이 커진다. 그의 목에 힘껏 찔러 넣었다. 오른손에 쥔 리쓰카의 펜을.

펜을 타고 핏방울이 뚝뚝 떨어진다. 입을 뻐끔거리는 백부님에게 이제 난 리쓰카를 대신해 역사에 남을 가장 악랄하고 무시무시한 욕설을 퍼부어야 한다.

"이 물개 같은 놈!"

잠깐. 이건 아닌 것 같은데. 그렇게 생각하며 백부님의 몸을 옆으로 밀친다. 백부님이 몸을 부들부들 떨면서 "아후우, 아후우" 하고 신음하는 사이 그가 손에서 놓친 권총을 향해 달려든다.

"요리코. 그만하렴!"

복도 끝에서 엄마가 나타나 소리쳤다.

"백부님께 그게 무슨 짓이니! 요리코 너, 못쓰게 되려고 그래?"

아니, 엄마. 그 누구도 못쓰게 되지 않았어. 못쓰게 되는 사람은 없어. 물론 누구나 다 잘 되는 건 아니야. 하지만 그걸 떠나서 사람이 다른 누군가를 그렇게 단정 내려서는 안 돼. 이 사람은 못쓰는 사람인가, 아닌가. 적어도 이 안에서 그런 걸 정할 수 있는 사람은 없어!

난 총구를 엄마에게 향한 채 복도 바닥을 질질 기었다. 이제 몸을 일으키기는 힘들 듯하다. "사유미 씨, 이리 오세요!" 하고 온 힘을 다해 소리친다. 돌아보고 확인할 힘은 없다. 사유미 씨가 오지 않아도 어쩔 수 없다. 뒤에서 날 덮쳐도 어쩔 수 없다. 아무튼 난 이 복도 바닥을 기어야 한다.

엄마 뒤에서 웬 남자가 몸을 쓱 드러냈다. 이미 예상하고 있었다. 알고 있었다. 가장 마지막 순간에 내 노력을 산산조각 낼 남자가 내 앞길을 가로막으리라는 것을.

위아래로 하얀 트레이닝복을 입은 빡빡머리의 남자. 히나구치 아라타다.

오빠가 엄마 옆을 지나쳐 날 향해 걸어온다. 발에는 컨버스를 신었다. 오른손에는 노란 머리카락을 붙들고 있다. 어두운 복도에서도 한눈에 알아볼 만큼 축 늘어진 아오이를 오빠는 질질 끌고 왔다.

이 바보야! 지금껏 어디 있었어! 그것도 모자라 기절한 채 붙잡혀 끌려 나오다니, 대체 이런 게 어딨어!

그러나 오빠는 역시 오빠다. 상대를 인질로 붙잡는 비겁한 수는 쓰지 않는다. 아오이의 목덜미를 붙들고 볼링공을 던지듯 팔을 휘둘러 아오이를 쓰레기처럼 복도에 내동댕이쳤다.

요란한 소리를 울리며 데구루루 굴러온 아오이를 향해 기어서 다가가려고 하지만 거리가 너무 멀다. 아오이의 얼굴은 야마쨩에게 따귀를 맞았을 때와는 비교할 수 없을 만큼 참혹한 상태다. 마지막으로 본 아빠 얼굴처럼 윤곽선이 모조리 무너져 있다.

"아오이! 살아 있으면 대답해!"

아오이의 손이 어색하게 움직였다. 괴로운 듯이 내 쪽을 보며 입을 연다.

"……갑자기 배가 아파서 저쪽에서 잠깐 실례하고 있을 때 붙잡혀 버렸어요."

사람이 필사적으로 오르막길을 오르는 동안 대체 뭘 한 거야! 이 멍청이!

하지만 그런 불만을 내뱉을 때가 아니다.

오빠가 복도를 걸어온다. 비틀거리는 발걸음으로, 주

저 없이.

난 바닥에 배를 깔고 엎드린 채로 총을 향했다. 오빠의 표정은 변하지 않는다. 초점이 있는지도 알 수 없는 눈으로 날 내려다본다. 동굴처럼 텅 빈 눈이다.

탕.

내가 태어나서 처음 쏜 총알에 맞아 "아야!" 하고 어깨를 감싸며 웅크린 사람은 엄마였다. 미안.

탕.

오빠에게는 맞지 않는다.

탕.

맞지 않는다. 부자연스러울 만큼.

"요리코."

오빠는 아오이의 몸을 밟고 지나와 그야말로 평온한 목소리로 입을 열었다.

"요즘 느낀 건데, 난 이제야 제대로 알게 된 것 같아. 이 세상의 구조를. 백부님은 위대하고 대단한 분이지만 네가 쓰러뜨렸잖아. 넌 위대하고 대단하지도 않은데, 왜일까."

오빠가 다가온다. 호흡이 가빠진다. 이제 통증 따위 신경 쓰이지 않는다. 그보다 훨씬 치명적인 공포가 엄습해 온다.

"그건 말이지, 요리코. 우리가 매 초마다 지금 이 순간에서 다음 순간으로 되살아나기 때문이야. 바로 조금 전의 나는 다음 순간의 내가 되기 전에 한 번 죽었어. 그리고 되살아나서 새로운 내가 된 거야. 이해하겠어? 우리에게는 지금 이 순간밖에 없다는 소리야. 오직 이 순간만이 나고, 난 이 순간에만 존재하고, 이 순간이 끝나면 나도 끝나고, 다음의 나 역시 지금 이 순간을 살다가 다음 순간에 죽는 거야."

이제는 완전히 정신이 나갔다.

"대단할 거 없어. 다음 순간으로 가는 자와 못 가는 자가 있을 뿐. 그 밖의 것들은 별 의미도 없어. 그렇지 않아?"

오빠가 다가온다. 이제 곧 발차기가 닿을 거리다. 총구를 향한다. 똑바로 오빠를 겨눈다. 그러나 몸의 떨림이 멎지 않는다. 몸보다 더 격렬한 마음의 경련이다.

"그걸 깨닫고 나서야 허리 통증이 가셨어. 머리도 가벼워졌고. 난 이제 자유로워진 거야."

요리코.

"나와 함께 다음 순간으로 가자."

"아오이!"

나는 소리쳤다.

"부탁이니 일어나! 일어나서 도망쳐! 이 총알은 맞지 않을 거야. 스치지도 않을 거야. 아니, 만약 맞는다고 해도 소용없을 거야. 그러니……."

"언니."

두 볼이 풍선처럼 부었고 이도 몇 개 부러졌는지 발음이 꼬이지만 아오이의 목소리는 내 귀에 확실히 닿았다.

"친구를 버리고 도망칠 수는 없어요."

그러더니 아오이는 힘주어 몸을 일으켰다. 두 손으로 땅을 짚고 일어서서 재빨리 나를 향해 뛰어온다. 그리고 손을 뻗는다.

아오이의 손가락이 오빠의 트레이닝복을 붙들었다.

"지금이에요!"

아오이가 날 향해 말했다. 그때 내가 리쓰카에게 못한 일을, 아오이는 해 주었다.

맞느냐, 빗나가느냐. 운명은 이미 정해졌을지 모른다. 그러나 지금 이 방아쇠를 당기는 사람은 나다.

"오빠."

오빠는 아오이에게 눈길도 주지 않고 발차기 자세를

취했다. 예전에 수없이 두 눈으로 본 그리운 모션. 그 궤도는 정확히 내 머리를 노리고 있다.

찰나의 순간. 그러나 내게는 오랜 시간이다. 오빠가 이렇게 된 건 그 여름에 내가 아파트 단지 뒤뜰에 웅크리고 있었기 때문이다. 도라 아저씨를 만나 쓰루에게 아저씨를 보냈기 때문이다. 우리 가족의 삶은 순식간에 밑바닥으로 떨어졌고 오빠는 폭력에 눈을 떴다. 오빠가 폭력에 눈을 뜬 탓에 히나구치 집안은 재기할 수 없게 되어 결국 백부님에게 손을 뻗쳤다. 백부님 때문에 오빠는 사람을 죽였다. 신도 씨를 폭행했다. 내 손에서 빼앗은 야구 방망이로 그를 곤죽으로 만들었다. 온 힘을 실은 그 방망이질에서는 흡사 댐이라도 무너진 것 같은 분노가 부글부글 들끓었다.

백부님에게 반기를 들고 이사 간 2층 집에서 오빠는 우리에게 폭력을 행사했다. 늘 뭔가에 항상 화가 나 있었다.

오빠의 분노와 초조감, 그 정체를 이제 조금은 이해할 것도 같다.

오빠는 용서할 수 없었을 것이다. 나와 아빠, 엄마가 백부님의 노예가 된 현실을. 백부님 곁을 떠난 뒤에도 노예 상태에서 벗어나지 못하는 현실을.

그러니 엄마의 부름에 응했다. 맨발에 컨버스를 신고 되찾기 위해서 베리라이프 에도가와 아파트로 향했다. 분해서. 백부님의 노예로 전락한 우리 가족의 운명이 원통해서.

오빠는 분명 우리 가족을 다시 일으키고 싶었을 것이다. 그러나 그 방법을 모르고 결국 펀치와 킥에 의지하고 말았지만 그래도 내게는 스마트폰을 사 주었다. 노예에게는 필요 없는 물건을.

엄마에게 배신당하고 일면식도 없는 사유미 씨의 손에 밀려 옥상에서 떨어져 죽을 뻔했다가 되살아난 오빠. 기억을 잃고 사람을 때리는 건 옳지 못하다고 믿는 바른 청년이 됐는데도 오빠는 각진 집에서 결국 그곳에 적응하고 말았다. 내가 적응하라고 했고, 오빠는 적응하려고 했고, 결국 적응한 다음에 이런저런 사건을 겪고 사람이 완전히 망가져 버린 끝에 부조리한 괴물이 돼 버렸다. 그리고 많은 사람이 죽었다.

이 모든 일 역시 나 때문일까? 그럴지도 모른다.

오빠 자신 때문일까? 그럴지도 모른다.

아빠 때문일까? 엄마 때문일까? 백부님 때문일까? 아

마 전부 맞을 것이다.

하지만 그렇지 않다. 이건 그런 차원의 이야기가 아니다.

너야, 너. 저 높은 곳에서 마치 다른 사람 일처럼 수수방관하고 있는 너.

가장 강한 건 바로 너다. 그 누구도 맞설 수 없다. 당해 낼 수 없다. 그러니 난 널 만날 때마다 지금껏 눈을 감아 왔다. 앞으로도 넌 수많은 부조리를 내게 가차 없이 쏟아 낼 것이다. 그리고 볼썽사납게 난 계속 고꾸라질 것이다.

그러나 이제 두 번 다시 눈을 감지는 않는다.

감을 성싶으냐.

"오빠."

나랑 전철 타고 외출했던 것 기억해? 함께 쳤던 훌라는? 그때 난 정말 즐거웠어.

난 오빠를 똑바로 바라보면서 방아쇠를 당겼다.

태어나서 처음 들것에 실렸다. 뒤이어 아오이도 실렸다.

"그런데 언니. 꼴이 왜 그 모양이에요?"

이제 와서.

경찰에 신고한 사람은 사유미 씨였다. 경찰차와 구급차가 발산하는 붉은 빛이 다섯 창문 저택 주변을 지배했고 뒤이어 기자로 보이는 사람들이 우르르 몰려와서 카메라 플래시를 터뜨렸다. 삼삼오오 구경 중인 사람들도 보인다.

"책은 대박 날 수밖에 없겠어요. 반드시 베스트셀러가 될 거예요. 제 머릿속에 벌써부터 시끄럽게 떠드는 문화인 아저씨들이 떠오르네요."

백만 부 인세를 어디에 쓸 것인지, 할리우드 영화로 제작될 때 캐스팅은 누구로 할 것인지, 그 밖의 세금 문제, 주연을 하려면 영어를 배워야 할 테니 벌써부터 귀찮다는 이야기 등등. 아오이가 계속 잠꼬대 같은 말을 지껄여서 난 아오이가 머리에 심한 충격을 받았다고 짐작했다.

"언니도 분명 뉴스를 장식하는 화제의 인물이 될 거예요."

그러려나. 내 책은 옥중 수기 형식으로 나올지도 모르겠네. 백부님은 죽기 일보 직전이고 오빠는 심지어 머리에 구멍이 뻥 뚫렸으니까.

그러나 의외로 오빠는 괜찮을 수도 있다. 어차피 이 세상은 보기보다 더 엉망진창이니까.

문득 떠올랐다. 조금 전 오빠가 휘두른 발차기. 그 발차기는 어쩌면 평소보다 시속 몇 센티미터 정도는 느리지 않았을까. 그게 트레이닝복을 붙들고 있던 아오이 덕분인지 아니면 그저 오빠의 변덕인지는 난 알지 못한다.

아오이가 힘없이 스마트폰을 툭툭 두드리며 말했다.

"교도소에는 영치품으로 카푸리코를 가져갈게요."

그전에 책이나 완성해. 그리고 실력 있는 변호사를 붙여 줘.

구급차 두 대가 입을 쩍 벌리고 있다. 우리는 각자 다른 구급차에 실렸다. 다섯 창문 저택이 조금씩 멀어진다.

그때였다.

"앗!"

아오이가 갑자기 외쳤다.

"얼간이 모토이 자식한테 연락이 왔어요. 그 자식, 〈악질 엄마 VS 정병 딸〉을 책으로 낼 거래요."

오.

응, 그거 좋네. 기대돼.

살아야겠어.

장안의 화제인 인기 연재소설!

악질 엄마 VS 정병 딸
신세기 모녀 전쟁 촉발 편

고 가쓰히로(檎 克比朗)

제1화. 정병 딸, 탄생하다

난 어스름한 지하실에서 태어났다. 태어날 때 기억 따위 없으니 정확히는 '태어난 것 같다'라고 해야 옳지만, 아무튼 거짓말은 아니다. 왜 거짓말이 아니냐고? 나중에 설명할 테니 일일이 따지지 않았으면 한다. 지하실이라고 하면 보통 어둡고 눅눅한 공간을 떠올릴 것이다. 그러나 내가 태어난 지하실은 눅눅하지 않고 에어컨까지 있어서 나름 쾌적한 곳이었다. 내 방보다 가로로 세 걸음, 세로로 다섯 걸음 정도 더 넓었다. 이게 말이나 되나? 실내가 어두운 것도 그저 분위기를 위한 것이고 마음만 먹으면 언제든 LED 전구를 켜서 눈부시게 할 수 있었다. 내 방에는 작은 램프 하나뿐인데.

아아, 쓸데없는 말이 너무 많았다. 괜히 기분이 더럽다. 화장실 변기에 전부 흘려보내고 싶을 만큼.

그러나 조금만 더 힘내 보기로 한다.

내가 태어났을 때 이야기다.

엄마는, ……아니, 마음 같아서는 엄마라고 부르고 싶지 않다. '그 여자'로 충분하다. '그 할망구'도 괜찮고 반말을 써도 상관없다. 내가 알기로 엄마는 총 스물네 개의 이름이 있고 무엇이 실제 그 여자의 이름인지 나도 모른다. 도저히 정상이라고 할 수 없다.

글이 진도가 안 나간다. 짜증이 솟구친다. 고기 믹서에 모조리 쑤셔 넣고 싶을 만큼.

그렇다. 지하실 이야기. 지하실 이야기를 마저 해야지.

난 지하실에서 태어났다. 날 낳은 사람은 엄마. 엄마는 분만대 대신 삼각 목마 위에 누워서 날 분출했다. 알몸의 엄마 주변에는 마찬가지로 알몸인 남자 열두 명이 북적이고 있었다. 엄마의 심복들. 그중에 산부인과 의사가 있었고 2년 후 공연 외설죄로 체포된 그 녀석 손에 이끌려 난 엄마 밖으로 꺼내졌다.

물론 기억은 하지 못한다. 난 병아리가 아니고 처음 눈에 띈 사람에게 복종하지도 않는다.

그러나 이건 분명하다. 누가 뭐라고 해도 사실이다.

왜냐하면 엄마는 그 광경을 열두 명의 심복 중 영미렵지 못했던 영화 지망생 남자에게 찍게 했으니까. 그리고 그 영상을 내게 수도 없이 보여 줬으니까.

즉, 이것이 나의 탄생을 내가 기억할 수 있는 이유다. 증명 종료.

상상해 봤으면 한다. 삼각 목마 위에서 땀투성이가 되어 배에 힘을 주는 엄마와 그런 엄마가 떨어지지 않게 옆에서 몸을 떠받치는 남자들. 흥분한 남자들에게 둘러싸여 엄마의 가랑이에서 '안녕' 하고 인사하는 나. 남자들은 마치 '내가 아빠야!'라고 주장하듯 우르르 모여 주변을 둘러싸고 있다. 그야말로 지옥도 같은 광경이었다.

그런 영상을 보면 누구든 정신병을 앓을 수밖에 없다. 모든 인류, 심지어 마더 테레사도 십중팔구 앓을 것이다. 브라보! 마그나 바기나!

……워워, 잠깐 타임. 진정할 테니 물을 좀 갖다줬으면 한다. 거기 있는 알약도.

내가 어디까지 이야기했지? 내가 태어난 부분까지? 아직 거기?

이런 속도라면 앞으로 시간이 꽤 걸릴 것이다. 내가 엄마를 죽이기로 결심한 날까지 설명하려면.

제8화. 세쌍둥이의 영혼, 하늘에 오르다

[지난 화까지의 줄거리]

화려한 미모의 남자 세쌍둥이가 덫에 걸렸다. 정체불명 과부의 총애를 바라며 그들이 들어간 저택은 함정으로 가득한 미궁. 떨리는 여섯 개의 동공, 어둠 속에서 빛나는 반월도!

그제야 세쌍둥이는 뭔가 이상하다는 것을 눈치채기 시작했다. 마성의 과부의 유혹에 그들은 경쟁하듯 여섯 개의 난문을 돌파해 이 지하 대강당에 도착했지만, '마지막 미션'이라는 지시에 따라 세 개의 의자에 앉자마자 벨트가 온몸을 휘감은 것이다. 허리와 손목, 발목, 목까지. 벨트는 거의 완벽하게 세쌍둥이의 움직임을 봉쇄했다.

"이게 대체 무슨 일이야!"

장남인 겐지가 소리쳤다.

"나한테 물어서 뭐 해, 이 바보야!"

둘째 교지가 대답했다.

"당연히 구속 플레이지."

삼남인 규지는 아직 여유로웠다.

다음 순간, 지하실에 음악이 깔렸다. 폭발과도 비슷한 음량 때문에 세쌍둥이의 심장은 간발의 차로 정지를 면했다.

"바그너야."

겐지가 깨달았다.

"곡명 〈발키리〉군."

교지가 맞장구쳤다.

"베를린 필이야."

규지는 적당히 아는 척

585

을 했다.

세쌍둥이의 문화 수준은 일본인의 평균을 훨씬 뛰어넘었지만 그런 교양이 필요한 상황이 아니었다.

뒤이어 쿠우웅 하고 둔탁한 소리가 울리기 시작했다.

천장이 움직이고 있었다. 길이 2미터쯤 되는 직사각형 무대가 서서히 내려오고 있다. 쿠우웅 하는 소리는 위에서 들렸지만 세쌍둥이는 꼭 땅이 울리는 것처럼 느꼈다.

"아아, 당신은!"

겐지가 소리쳤다.

"이게 대체 무슨 짓이야?"

교지가 물었다.

"가운을 입고 있군."

규지는 실망스러운 듯 말했다. 그의 취향은 알몸에 앞치마를 두른 스타일이었다.

서서히 내려오는 천장 무대 위에는 세쌍둥이를 사로잡은 마성의 과부가 서 있었다. 그녀는 튀니지산 가운 외에는 아무것도 걸치지 않았다. 오른손에 번쩍거리는 물건을 쥐고 있다.

"서, 설마!"

겐지가 당황했다.

"저것은!"

교지는 전율했다.

"반월도네. 우즈베키스탄산 같은데."

규지는 아직 냉정했다.

천장 무대가 마침내 땅에 닿았다. 과부는 자신을 둘러싸듯 배치된 세 개의 의자와, 그 의자에 묶여 있는 세쌍둥이를 차례차례 둘러봤다. 물에 젖은 듯 윤기가 흐르는 검은 머리카락이 턱까지 내려와 검은 눈동자를 감추고 있다. 두꺼운 입술. 겐지는 그 입술의 젤리 같은 질감에, 교지는 펌프 같은 흡입력에, 규지는 그 안에서 뾰족하게 솟은 송곳니에 찔리는 감촉에 푹 빠져 있었다.

"우후훗."

과부가 손에 든 우즈베키스탄산 반월도를 횡 하고 휘둘렀다. 은빛으로 반짝이는 그것은 마치 죽음을 연주하는 악기처럼 아름다웠다.

"우, 우리를 어떡할 생각이야!"

겐지는 장남으로서 의젓함을 되찾고 외쳤다.

"이건 범죄라고!"

차남인 교지도 가만있을 수 없었다.

"나무아미타불."

규지는 포기가 빠른 성격이었다.

"어떡할 거냐고? 글쎄. 어떡할까. 어떡하면 좋을 것 같아?"

과부는 자못 유쾌한 것처럼 반월도를 휘둘렀다. 사과 껍질을 벗기려고 휘두르는 건 절대 아니다.

"마지막 게임을 하기로 해."

과부가 머리카락을 쓸어 올리자 바닥없는 늪처럼 검디검은 눈동자가 드러났다.

"너희의 우애를 두 눈으로 보고 싶어. 내가 바라는 건 그뿐이야."

세쌍둥이는 각자 자신이 처한 상황을 이해하고 입술을 깨물었다.

젊은 혈기의 소치 때문에 색욕에 눈이 멀었다고 해도 그들은 근본은 성실했다. 성실을 넘어 우수했다. 외모만 아름다운 것이 아니라 마음씨도 아름다웠다. 부모님의 지극한 교육 덕분에 어려운 상황에 굴복하지 않는 굳센 정신력까지 갖추고 있었다.

오호호홋!

과부의 새된 웃음소리를 들으며 겐지를 이를 꽉 깨물고 떠올렸다. 이 여자의 간계를 무너뜨려야 해. 이런 말도 안 되는 짓거리에 우리 형제가 목숨을 잃을 수는 없어. 아니, 규지는 어떻게 되든 크게 상관없긴 하지만.

교지는 떠올렸다. 우리는 앞으로 이 나라의 정점에 서서 비싼 샴페인을 마시고, 질리도록 섹스해서 디플레이션 탈피와 저출산 문제를 해결해야 해. 미래를 위해서라도 여기서 죽을 수는 없어. 최악의 경우 규지까지는 잃어도.

규지는 떠올렸다. 형들을 구해야 해. 내 목숨을 희생해서라도.

최종화. 각자의 여행길 (後)

[지난 화까지의 줄거리]
악질 엄마는 우두커니 그 자리에 서 있었다. 정병 딸의 '깜짝 상자 작전 리턴즈' 작전 때문에 오른팔이 뜯겨나간 채. 악질 엄마의 미래는? 눈물 없이 볼 수 없는 대단원의 막이 내린다!

날이 새자 하늘은 검정에서 파랑으로, 그리고 얼마 후 붉은 화염처럼 물들었다. 그녀는 2층 발코니에 있는 등의자에 앉아 그 변화를 눈으로 즐기고 있었다.

저택에는 그녀밖에 없다. 열두 명의 심복은 사라졌다. 바로 조금 전 오른팔을 치료해 준 전직 산부인과 의사를 때려죽였으니 이제는 정말 아무도 없다.

산들바람이 불었다. 피를 씻어낸 후 덜 마른 머리카락이 나풀나풀 흔들린다.

밀랍으로 굳힌 오른팔을 볼에 갖다 대서 비빈다. 끝없이 되살아나는 추억. 처음 남자의 남근을 쥐었을 때, 그것을 비틀어 꺾었을 때. 스패너를 치켜들 때의 묵직함, 반월도의 예리한 손맛. 영원한 악몽을 선사하는 마약을 제조할 때는 하마터면 손가락이 녹아내릴 뻔했다. 아프가니스탄에서 위팔을 총에 쏘였을 때는 불타는 듯이 뜨거웠고 시베리아 원정에서는 차갑게 곱기도 했다.

그리고 삼각 목마 위에서 그 아이를 품었을 때 느

끼인 온기.

우후훗.

오른팔을 품에 안고 그 아이가 남기고 간 위스키 봉봉을 입에 넣는다. 달콤하고도 씁쓸한 맛을 시간을 들여 음미하자 자연스레 웃음이 나왔다.

그 아이가 세운 계획, 이름하여 '깜짝 상자 작전'. 그것을 꿰뚫어 보고 역습을 시도한 그녀의 '티라노 계획'. 그녀의 반격은 완벽했다. 아이는 고통스러워했고 조금만 더 밀어붙이면 목숨이 끊어질 터였다.

설마 이 위스키 봉봉 때문에 모든 게 뒤집힐 줄이야.

오른팔이 뜯겨 나갔을 때 "까아악!" 하고 지른 비명이 머릿속에 다시 울려 퍼진다. 혐오스러운 물개 같았던 추태. 한심한 그 비명은 그녀의 자긍심을 산산이 조각낸 패배의 팡파르였다.

지평선 너머에 타오르는 듯한 붉은 빛이 들어찬다. 새들이 당황한 것처럼 푸드득 날아간다.

떨어져 나간 오른팔에 입을 맞춘다. 오장육부가 바르르 떨렸다. 지금껏 느껴 보지 못한 감정이 치밀어 오른다.

분노나 굴욕감과는 비슷한 듯하면서도 다르다. 성취감. 그녀는 자신의 패배가 만족스러웠다. 통쾌하기까지 했다.

그 애는 정말 훌륭하게 성장했어…….

그러나 그 감상은 얼마 안 돼 가슴 밑바닥으로 침몰했다.

그 대신 삶을 향한 욕망이 샘솟았다.

앞으로 그 아이를 어떻게 처리해야 할까.

그녀는 미소 짓는다. 알몸으로 미소 짓는다. 그것은 첫눈처럼 순결하고 슈퍼 문처럼 고결한, 자비로운 미소였다. (끝)

★ 다음 주부터는 〈악질 엄마 VS 정병 딸 - 세계 일주 묵시록 편〉이 시작됩니다. 많은 기대를!

상처투성이 포신으로 쏘아 올린
처절하고 찬란한 캐논볼

누가 봐도 고통스럽지만 고통을 고통으로 인식조차 못 하는 사고. 어떻게 봐도 피해자지만 피해자인 것을 자각조차 할 수 없는 환경. 불행과 불운이 그저 평범한 일상이 돼 버리는 것. 그것은 과연 어떤 것일까요. 여기 그렇게 상상만으로도 무시무시한 경험을 숨 쉬듯이 해 온 여자가 있습니다. 그리고 그 자신도 헤어날 수 없는 늪에 빠졌지만 그런 여자를 옆에서 도우려는 또 다른 여자가 있습니다. 각각 '가해자의 여동생'과 '피해자가 될 뻔했던 피해자'라는 기묘한 관계성으로 얽힌 두 여자. 두 여자는 그들이 이어진 계기가 된 어느 충격적인 사건의 진실을 파헤치기 위해 세상에서 가장 불행하지만 불행을 몰랐던 한 여자의 26년 인생을 되짚습니다. 이후 상상도 못 할 충격적인 비밀이 하나둘 밝혀지면서 주변 상황이 현란하게 뒤바뀌고 이야기는 혼돈의 롤러코스터를 타게 됩니다. 시시각각 형태를 바꿔서 나타나 그들의 발목을 붙잡는 '부조리'와 갖은 난관에 맞서며 때로는 경쾌하게, 때로는 처절하게 마지막 캐논볼 한 방을 쏘아 올리기 위해 고군분투하는 두 여자. '최악의 낙하' 이후 끝 모를 어둠을 향해 자포자기하는 마음으로 쏘아 올린 포탄은 과연 목표물에 꽂힐 수 있을까요. 두 여자는 운명은 어떻게 될까요.

이렇듯 짧은 시놉시스만으로는 읽기 전까지 도대체 무슨 이야기일지 감이 안 잡히는 『히나구치 요리코의 최악의 낙하와 자포자기 캐논볼』(이하 히나구치 요리코)은 현재 일본 미스터리 소설계에서 가장 주목받는 젊은 재일동포 3세 작가 오승호(일본명 고 가쓰히로)가 2018년 발표한 작품입니다. 제목부터 시작해 처음부터 끝까지 모든 것이 새로운 발상과 시도로 가득 찬 이 작품은 작가가 그동안 발표한 기존 작들과 작풍이 사뭇 다릅니다. 추리 소설에 묵직한 사회적 메시지를 담은 사회파

미스터리 장르와 영화적 설정과 배경 묘사, 등장인물의 심리에 집요하게 파고드는 오승호 작가만의 개성을 절묘하게 융합시켰다는 점에서 만들어진 수식어 '오승호파 미스터리' 안에서도 단연코 이색적인 작품입니다. 이번 작품을 관통하는 키워드는 '자유'와 '도전' 그리고 '저항'입니다. 작가는 『히나구치 요리코』 출간 후 가진 인터뷰에서 자신이 조금씩 '미스터리'라는 틀에 갇히는 듯한 느낌을 받았고 그래서 작품이 중간에 엎어질 상황을 각오하고 그 어느 때보다 자유롭고 형식에 구애받지 않는 소설을 쓰고 싶었다고 밝혔습니다. 그러나 작품을 완성하고 나니 참담한 비극마저 가벼운 문장, 경쾌한 효과, 깜짝 놀랄 의외성 등으로도 표현할 수 있는 미스터리 소설만의 영역이 무궁무진하다는 것을 다시금 깨닫게 되었고 앞으로도 도전은 끝이 없겠다고 느꼈다고 합니다. 막상 오승호 작가의 이력을 짚다 보면 도전이라는 단어가 새삼스럽기는 합니다. 추리 작가 신인 등용문인 에도가와 란포상 역사상 가장 치열한 논쟁과 심사 과정을 거쳐서 선출된 데뷔작 『도덕의 시간』부터 시작해 '사실'과 '진실' 사이에서 고뇌하는 이들과 그들의 선택을 그린 최신작 『스완』까지, 오승호 작가의 작품은 지금껏 단 하나도 도전적이지 않은 작품이 없었습니다. 데뷔 후 작품 소재와 표현 등에서 두각을 드러내며 작품이 출간되는 족족 화제에 올랐고, 그 결과 2015년 데뷔 이후 2021년 현재까지 발표한 열 작품 중 무려 일곱 작품이 각종 문학상 부문의 후보에 올랐으며 그중세 작품이 수상의 영예를 얻기도 했습니다. 이번 작품 『히나구치 요리코』 또한 현지 출간 후 많은 독자와 평론가들의 시선을 사로잡았고 '멍투성이 청춘 성장 미스터리 소설'이라는 표어와 함께 점차 입소문을 타면서 그해 가장 논쟁적인 작품이 되어 2019년 제72회 일본 추리작가 협회상 장편 부문 후보에 올랐습니다.

『히나구치 요리코』는 번역하기 수월한 작품이 아니었습니다. 책을 펼치기 전부터 범상치 않은 느낌을 듬뿍 자아내는 제목, 납득하면서 나아가기 쉽지 않지만 중간에 도저히 멈출 수 없는 이야기 전개, 개성이 지나치다 못해 철철 넘치는 등장인물들, 형식에 얽매이지 않는 문장, 읽으면 절로 영상이 그려지는 영화적 연출, 과거와 현재를 현란하게 넘나드는 시점 구성, 곳곳에 치밀하게 깔린 복선, 독자의 가독성과 호흡을 고려해서 최대한 살려야 하는 작품 고유의 리듬감, 때로는 한없이 경쾌하고 유머러스하지만 때로는 한없이 참담하고 끔찍한 묘사 사이의 간극까지. 이 작품 『히나구치 요리코』는 작가가 작가로서 자신의 한계를 시험한 것처럼 번역한 저 역시 마찬가지였습니다. 눈과 머리로는 글자를 좇으면서도 가슴 속으로는 작품 속 등장인물들과 함께 웃고, 분통을 터뜨리고, 코끝이 찡해지며 감정이 이리저리 널뛰는 흔치 않은 경험을 맛봤습니다. 작가는 이 작품을 읽고 누군가는 불쾌해지고, 누군가는 이맛살을 찌푸릴 것이고, 다른 사람에게 이 책을 쉽사리 추천하기도 어렵겠지만 그래도 다 읽은 다음에는 '재미있었다'라는 감정을 느꼈으면 좋겠다는 작은 소망을 밝혔습니다. 그리고 그 이상의 '뭔가'가 전해진다면 더없이 기쁠 것 같다고도 했습니다. 오승호의 작품을 읽으면 늘 그랬지만 전 이번에도 꼼짝없이 작가의 의도대로 움직인 마리오네트가 되었습니다. 여러분은 어떠실지 궁금합니다.

오승호 작가의 작품을 한 권씩 번역할 때마다 조금씩, 그렇지만 절실히 깨닫는 것이 있습니다. 작가는 작품

속에서 피하지 못할 운명, 납득 못할 부조리, 어쩔 수 없는 비극에 맞서는 인물들을 그리며 그것을 상대로 승리하지 못할지언정 그 자신이 할 수 있는 선에서 떳떳이 저항하고 해결책을 찾는 인물 묘사에 매우 탁월하다는 것입니다. 오승호가 만든 세계 속에서 그들은 영상을 찍고, 토론을 하고, 발레를 하고, 캐논볼을 쏘아 올리며 금강석처럼 단단한 비극과 운명에 흠집 하나라도 내기 위해 고군분투합니다. 흠집을 못 낼 거라면 그 앞에서 욕지거리를 내뱉고 하다못해 가운뎃손가락이라도 치켜세우는 당당한 모습을 보입니다. 차분한 수용, 처연한 최후를 찬미하는 식의 일본 여타 소설들의 흔한 작풍과는 결이 살짝 다른 측면이 있습니다. 그것이 작가의 의도인지 아니면 타고난 개성인지는 알 수 없습니다. 무서운 것은 『히나구치 요리코』에 등장하는 '세뇌', 『스완』에 등장하는 '재단(裁斷)' 등 작품 속 소재가 현실에서도 실제로 일어나는, 다분히 현실적이라는 것들이라는 점이며 우리는 지금 이 순간에도 수많은 부조리에 둘러싸여 있고 견디기 버거운 비극은 도처에 만연해 있습니다. 그러나 그보다 중요한 것은 우리가 소설을 읽으면서 그런 상황들을 '상상'하고 그것에 맞설 자세를 어렴풋이 떠올리며 한 줄기 희망과 용기를 선사받는다는 점일 것입니다. 눈앞을 가로막은 장벽을 당장 무너뜨리지 못하더라도 우리 모두 지치지 않고 나아가기를 바랍니다. 그리고 각자가 선 위치에서 언젠가 통쾌한 캐논볼 한 방을 날릴 수 있기를 기원합니다.

2021년 여름
이연승

히나구치 요리코의
최악의 낙하와 자포자기 캐논볼

1판 1쇄 인쇄 2021년 7월 15일
1판 1쇄 발행 2021년 7월 30일

지은이 오승호(고 가쓰히로) **옮긴이** 이연승
책임편집 민현주 **디자인** 강수정 **제작** 송승욱 **발행인** 송호준

발행처 블루홀식스 **출판등록** 2016년 4월 5일 제 2016-000100호
주소 경기도 파주시 회동길 483-1 **전화** 031-955-9777 **팩스** 031-955-9779
이메일 blueholesix@naver.com

ISBN 979-11-89571-54-2 03830

ROCK N ROLL NIGGER
Word & Music by PATTI SMITH and LEOMARD J. KAYE
KOMCA 승인필